作者近照

孙仰芳剧本新作选

SUNYANGFANG JUBEN XINZUO XUAN

孙仰芳 著

宁波出版社

图书在版编目（CIP）数据

孙仰芳剧本新作选 / 孙仰芳著. -- 宁波：宁波出版社，2020.7
ISBN 978-7-5526-3879-0

Ⅰ.①孙… Ⅱ.①孙… Ⅲ.①戏剧文学－作品综合集－中国－当代 Ⅳ.①I230

中国版本图书馆CIP数据核字（2020）第071079号

孙仰芳剧本新作选

著　　者	孙仰芳
责任编辑	张爱妮
责任校对	陈金霞
装帧设计	金字斋
出版发行	宁波出版社
地址邮编	宁波市甬江大道1号宁波书城8号楼6楼　315040
印　　刷	宁波白云印刷有限公司
印　　张	24.25　插页 1
开　　本	710mm×1000mm　1/16
字　　数	400千
版　　次	2020年7月第1版
印　　次	2020年7月第1次印刷
标准书号	ISBN 978-7-5526-3879-0
定　　价	50.00元

版权所有·侵权必究
如有缺页、倒页、脱页，由销售部门负责调换。
服务热线：0574-87279895

序

一路上的风景

2003年7月,中国戏剧出版社出版发行了我的一部剧作选。那本书里收集11部作品,记录了我1981年大学毕业返回故乡工作后,到2000年之间的有代表性的剧本。追昔抚今,一晃眼又过去了17年,真有一种斗转星移、白云苍狗之感!

记得那本书的序言是我自己写的,题为"土炕上开始的旅程",为了承继前者,现在这部新作选的序,也依旧自己执笔,取了"一路上的风景"作为标题。我自退休后,除继续撰写少量剧本外,旅游成了生活中最大乐趣。屈指一数,至今已走过近40个国家,寻幽访胜,所见的每一处风景,有些让我流连忘返,也有些让我大失所望,但归来之后都化作甜蜜的回忆。如今,收录在这本书里又有11部作品,也可以称之为我剧作生涯中的11处风景,以供朋友们展卷一观。

正像每一处风景背后都有一段故事,剧本创作也是如此!

《枫》是一部歌颂朱枫烈士生平事迹的红色题材作品,写于2019年,也是我这部新作选里的最新剧作。这是一位在新中国诞生之际,毅然舍子别亲,潜入台湾获取军事情报,最后因叛徒出卖壮烈牺牲的女英雄。我曾在18年前根据她的不朽功绩,写过一部广播剧《宝岛红枫》,反响不俗,获得了国家广播电视总局颁发的中国广播剧奖连续剧奖。此后朱枫烈士的形象,一直萦绕在我脑海里,久久难以忘却!我想再写一部关于她生前在大陆,如何从一个江南渔商家的小姐成长为一名坚定的共产党人的舞台剧，也就是"这一片枫叶是怎样染红的"。恰巧在这时，我市甬剧领军人才、梅花奖得主王锦文女士给我打来一个电话，说的竟然是同一件事情。于是，在王锦文与市甬剧研究传习中心的努力下，该剧本被列入当年市文艺创作重点题材项目。《枫》的最后一场戏，是剧中人主动接受组织安排，独自登上停泊在香港维多利亚港口开往台湾的邮轮，由此追溯她在大陆的心路历程：剧中有远嫁东三省的传奇故事；有去武汉、桂林两地创办抗日书店，与革命知己结为红色伉俪的非凡经历；也有将儿子长期寄养继女家里，只认自己为"外婆"而刺痛心灵的母子之情……诚然，舞台上要塑造的是一个戏剧艺术形象，需要跳出真人临摹的窠臼。为此，剧中我把朱枫烈士易名为林枫（其他人物也都作艺术化处理），努力让想象力的翅膀能够高高地飞翔，正如剧中主题歌吟唱的那样："独立寒秋斗苍穹，历经严霜色更浓。不争暖春一点绿，我爱枫叶满山红！"

  这部新作选里，我执笔撰写最早的一个剧本是《大裁缝》。我岳父家原住在月湖边上，距离当年的服装博物馆只是一步之遥，我常去那里走走，想把阿拉红帮裁缝替孙中山先生做中山装之事写成一出戏，无奈一直找不到能够构成戏剧情景的好故事。直到有一天，我在服装博物馆门口遇见一位老人，听他说从前宁波大户人家嫁囡，除了十里红妆外，还要自带裁缝，这裁缝是要坐轿跟着新娘子进门去的，十分神气！老人这番话，就像电光石火点燃了我的创作灵感，剧本很快就写出来了，又很快刊登在《戏文》杂志上。这《大裁缝》原本是为市甬剧团写的，却引起了浙江越剧团的关注，励栋煌团长前来宁波，与我签订了一份合同。一位省级大剧团领导居然登门向我要剧本，让我受宠若惊！接着这剧本传递到程新丰团长手上，后来浙江越剧团新上任的陶铁斧团长说他在办公室里又看到了这个剧本，决定把它作为纪念辛亥革命100周年的献礼剧目搬上舞台。陶团长真是非常努力，他先争取在省文化厅立项，然后又确定请著名导演杨小青老师来执导《大裁缝》。此刻，杨导正远在东北忙于京剧《将军道》，尽管如此，她还是从吉林给我打了半个多小时电话，认真深入地分析与探讨剧本如何修改。半个月后杨导返回浙江，我赶去与她碰面，可偏偏是我"临门一脚"的功夫实在太差，最后这球还是射不进球门！在那前后几年，剧本也入了中国艺术研究院原创评室副主任王勇的法眼，他把《大裁缝》改为《小裁缝》，成了另一种版本，由上海淮剧团首演，又作为上海市代表剧目赴广州参加了"沪粤戏剧展演"。这里应该补叙一笔的是，去年我市演艺集团创作出品，荣获全国"五个一工程"奖的歌剧《呦呦鹿鸣》编剧，就是这位王勇先生。

写作《中国梵高》也有一段因缘，当年鄞州区文广局邀请我替沙耆先生写一出戏。我对故乡这位大画家虽有所耳闻，却知之不多。于是，他们就陪我先去塘溪镇参观沙耆故居，接着又拜访了史美章先生。这位史先生是大画家超级粉丝，手里收藏了许多关于沙耆先生的资料。我看完这些资料，被深深地震撼了！随后，谢根芳副局长又带我奔赴上海见到了沙天行先生，他是大画家后人，我与他相谈甚欢，告别时天行先生还送我一本印刷十分精美的沙耆先生画册。就这样，"命题之作"渐渐变成我自己想要写的一部作品。几天后，我拿出了剧本大纲，该大纲在鄞州区文广局召开的研讨会上获得莅会专家赞言，记者随后在《宁波日报》上以通栏标题"中国梵高将上越剧舞台"进行报道。与此同时，鄞州区文广局决定邀请上海越剧院的一位著名演员来主演沙耆，我就由此认识了这位"越剧王子"。他和我碰过几次面，吃过几顿饭，每次他见到我时脸上总是微微笑的，对我很客气，却很少谈剧本的修改意见，这使我有点着急，可在"越剧王子"面前又不能多说什么。现在追忆起来，原来太客气的背后，往往不是一件好事情！果不其然，这位著名演员已经叫人另写一部剧本，这使得鄞州区文广局感到有点为难，甚至很是尴尬。谢根芳副局长与原鄞州越剧团团长金琪军一起来我所在单位做协调工作，他们对我表示歉意，又提前付清了全部稿酬，另外金团长还跟我另签一份合同，约定剧团下一部戏就排演我另一个剧本《石美人》（此剧本发表于1993年第4期《上海戏剧》杂志），稿酬另议。这份合同至今还搁在我的抽屉里，现在时过境迁，早已不计较这些了。令人欣喜的是，2013年山东省举行第十届中国艺术节，面向全国征集舞台剧本，我把《中国梵高》易名为《醉入画坛》寄过去参赛,经过专家委员会两轮评审,在一百多部应征剧作中,此剧本荣获剧本奖第一名。消息传来,我真是喜不自禁,这是自己剧作生涯中最值得高兴的一次获奖,它充分肯定了我这部倾情之作的艺术水准!

《牵手树》与《我们都是城里人》是我创作的两部反映当代现实生活的剧本,故事发生地都在宁波,只不过我在剧中将地点易名为"海城"。《牵手树》描绘的是毕业于东海大学的一对老校友,在民营企业研发新一代变压器,弯道超车,摘取核心技术皇冠的故事。帮助这部剧作诞生的"大媒人",是宁波市原文化局副局长裴明海先生,他带我认识了两位奋斗在我市工业战线上的科研人才、总工程师。写工业题材难,写科研人员的故事更是难上加难!然而,听了他们叙述的科研创新路上曲折而又艰辛的经历,我大感兴趣。创作《牵手树》之时,正逢美国政府以保护知识产权为名,肆意打压我国华为、中兴两家高科技民营企业。我根据采访来的素材,专门写了一节德国西门子公司与剧中人签订合同时,提出我方先要转让自主研发的热控膜新技术,被严词拒绝的剧情。这节戏我确实是写得神清气爽,洋人卡我们脖子的时代已经过去了!《我们都是城里人》反映的是进城的农民工与城里人一起打拼,重新组建新家庭,携手追求幸福生活的故事。剧本中的主要人物的原型都来自当今社会的真实生活,他们在戏中各自演出一段段悲喜交融的人生轨迹。是呀,新时代涌现出来的这些新型家庭,如何实现和谐相处,融为一体,显然已经上升为城市建设的一个巨大课题!于是,就有了我这个剧本。

选录在这部新作选里的,除了上述舞台剧本,还有两部广播剧作品与两部电影作品。每当追忆起广播剧创作,我觉得那是自己剧作生涯里最为愉悦的一些经历。1998年前后,我在一次会议上认识了宁波电台原台长徐明鸣先生,随口谈起打算写一部象山渔民拯救美国飞行员的作品,徐台长建议我不妨先写成一部广播剧。自那时开始,我一发而不可收,每隔两年就为电台写一部广播剧,至此写了六部。这里选录的《辫子坟》获得浙江省"五个一工程"奖、第十三届中国广播剧专家评析一等奖;《包玉刚的婚床》除了获得第九届中国广播剧专家奖一等奖,还荣获2007年至2008年度中国广播影视大奖提名奖,其余的四部作品《中国妈妈》《宝岛红枫》《天使的承诺》《夕阳临窗》也获得广播剧全国评选各类奖项,无一空缺。这不是我的剧作有多么优秀,而是因为我的身后有一支阵容强大的广播剧制作团队!我在这里除了要感谢徐明鸣台长,还要感谢"金话筒奖"得主辛雪莉女士、高级录音师楼健飞先生以及宁波电台总编室王磊和叶赵明两位同志,是他们的努力,使我在广播剧创作领域里有了一块温暖如春的美好天地。儿童电影《亲亲海豚》是我为小朋友们创作的一部剧作,把它搬上大银幕的导演是杭州海空影视公司的陆建光先生。陆导曾荣获第九届中国国际儿童电影节大奖,他对执导儿童影片很有经验,读完我的剧本后,就立即提出要在全城海选儿童演员。于是,我第一次发现阿拉宁波居然有这么多喜欢表演的小童星,寥寥数天,报名者达200多人。经过几轮筛选,最后挑选出陈凯烨、胡益铭、杨佳溢与应菲等四位小演员,和我一起实现了电影梦。至今我都十分想念他们,不知这些小童星后来是否再与影视结缘。《我的老公是卧底》是一部具备较多商业元素的缉毒影片,主要剧情是反映我市缉毒警察与戒毒所医生携手抢救一名被吸毒者抛弃的毒娃。这故事引起了龙泰影视公司老总夏默先生的兴趣,他从北京请来了青年导演查文白先生,和我合作,一起把它搬上银幕。我很快写出了剧本,原片名叫作《长命锁》,然后交到了查文白先生手里。这位青年导演确实思路敏捷,颇具才华,他在原剧本基础上又改写了一稿,电影易名为《我的老公是卧底》,正是那个吸引眼球的片名,使这部缉毒片很快进入人们视线,除了院线公映外,央视六套电影频道还在晚上8点黄金时段进行播放,接着又获得浙江青年电影节优秀影片入围奖。夏默老总一高兴,额外给了我一个红包。

新作选里的附录部分,是两部未曾亮相的实验剧作。戏曲艺术传承至今,它不但在剧情内容上发生很大变化,表演手法更是呈现出千姿百态的迷人景象,而我正是一个喜欢探求新奇的人。实验越剧《梁山伯与朱丽叶》,通过江南某城一个梁祝剧团赴意大利维罗纳演出的故事,把中国戏曲的经典文本与莎士比亚的名剧杰作,一起放在了同一个舞台上。实验京剧《愤怒的赵五娘》是根据流传在浙江象山白沙湾上的民间故事改编的,我颠覆了高则诚《琵琶记》里赵五娘的传统形象,写出了蕴藏在赵五娘心中的愤怒。创作这两部实验剧作,基本上我是在自说自话,无拘无束,把一切功利性的欲望都抛弃在脑后,遵循的只是八个字:莫问出路,只求愉悦!但就是在这自说自话、无拘无束的过程中,我享受到了很大的创作乐趣,从而留下两处另类风景。是呀,此地风景虽小,却回味无穷,不喜欢的人可能不屑一顾,喜欢的人也许爱不释手。

是为序。

孙仰芳
2020年3月

目 录

近现代戏曲

枫（大型甬剧） / 003
大裁缝（近代戏曲） / 040
中国梵高（多场次戏曲） / 074
牵手树（七场现代戏曲） / 110
我们都是城里人（五场现代戏曲） / 148

广播剧与电影

辫子坟（广播剧） / 181
包玉刚的婚床（广播剧） / 200
亲亲海豚（儿童电影） / 221
我的老公是卧底（电影） / 262

附 录

梁山伯与朱丽叶（实验越剧） / 307
愤怒的赵五娘（实验京剧） / 344

后 记 / 378

近现代戏曲

大型甬剧

枫

人　物

林　枫　女,原名林玉凤,30岁至44岁。她早年远嫁东三省,丈夫周工程师遭日机炸死。后在抗日洪流中与赵晨光结为伉俪,两人携手参加革命。

赵晨光　22岁至36岁,他年少林枫8岁。先接手武汉一家进步书店,后随书店迁居桂林,最后到北方加入解放大军。

亮　亮　周工程师的遗腹子,7岁。他长期寄养于周阿兰身边。

周阿兰　周工程师与前妻生下的女儿。20岁,后去了台湾。

顾小敏　女大学生。21岁,进步青年。

郑雪冰　老共产党员。40岁至54岁,人称"郑大姐"。她是林枫和赵晨光的引路人与上级领导。

林立甫　镇海渔商。52岁,林枫的父亲。

时　间

抗战时期至新中国成立后。

地　点

宁波、武汉、桂林、香港。

序

〔寂静的舞台。

〔蓦地,响起日寇飞机的轰鸣声,紧接着,一串串炸弹凌空而下,爆炸声不绝于耳,夹杂着公路桥梁的崩裂声、街道房屋的倒塌声以及人们恐惧的嘶喊声。

〔林枫画外音:九一八事变后的第四年秋天,小日本飞机又一次轰炸我远嫁的那座东三省城市,我的丈夫周工程师,来不及从他就职的机械厂里跑出,不幸罹难。从这一天开始,我的人生轨迹也发生了变化……

〔一切又归于寂静,舞台上是被炸塌的机械厂大门。

〔少顷,头上缠着白布的林枫,在周阿兰搀扶下,缓缓走上。身后跟随着赵晨光和一批机械厂工人。

赵晨光　到了!(伸手一指)嫂子,周工就是在这里被炸死的。

林　枫　厂门口?

赵晨光　对,那天,周工和我已经走出大门,偏偏这时掉下来一颗炸弹。周工用力推了我一把,我活了下来,可周工他……

林　枫　(摆了摆手)别说了!

赵晨光　嫂子,周工走了,听说你们要回故乡去?

林　枫　我已怀有身孕,想把那孩子生在南方老家。(朝周阿兰转过身去,声音缓慢、沉重地)阿兰,你把我扎好的祭品拿上来!

周阿兰　哎!

〔周阿兰跑下,复上时她手里托着一只纸飞机。

众　　　一只纸飞机?看看!上面画着小日本膏药旗。

林　枫　(面对周阿兰,大声喊)把它放在你父亲死去的地方!

〔周阿兰放下了纸飞机,转身扑在林枫身上大哭。

林　枫　(厉声地)哭什么?快把火柴给我!(周阿兰递过去一盒火柴,林枫划了几下,总是点不着火)这是怎么一回事情?

周阿兰　(抽泣地)妈妈,火柴被我眼泪……弄湿了。

林　枫　噢!(又朝赵晨光扭转头去)赵晨光,你有打火机吗?

赵晨光　我有!(掏出打火机,递给对方)嫂子,给!

〔林枫伸手接过打火机,点燃了纸飞机。
〔纸飞机很快烧成一堆灰烬。
〔幕后合唱:
　　　擦去泪痕,
　　　停息哭声,
　　　一腔怒火燃我心。
　　　扎一只,
　　　小日本的纸飞机,
　　　烧与亲人作祭品!
〔灯暗。

第一场

〔两年后,盛夏。
〔镇海县城,远处不时传来海浪声。
〔一幢简陋的民居小院。场上无人。林立甫幕内唱:
　　　国运不济家不宁,
　　　日寇入侵乱纷纷。
〔林立甫走进小院。

林立甫　(接唱)　忆当年,玉凤远嫁东三省,
　　　如今她,拖儿带女故乡行。
　　　一朝离别又重逢,
　　　父女竟成陌生人。
　　　林家大屋她不住,
　　　另租陋室搞学运,
　　　常与学生混一起,
　　　集会游行忙不停。
　　　立甫我,日夜担忧心发慌,
　　　实无奈,抬腿迈进小院门!
〔周阿兰怀抱婴儿从屋里走出。

周阿兰　外公,你来了!快进屋去坐呀!

林立甫　我不进去了,就在这院子里跟你讲几句。阿兰,今天你姆妈是不是又去了学校?

周阿兰　是呀!天一亮,她就走了。(自豪地)我妈妈现在可是个大忙人哪!学生们推选她当了歌咏队队长,教唱抗日救亡歌曲,还上街游行呢!

林立甫　我就担心这个呀,唉!(长叹一声,不悦地)阿兰,你姆妈怎么这样爱听那个赵晨光的话?

周阿兰　赵叔叔是我爸生前助手。我爸被炸死后,他就送我们返乡,谁知走出山海关不久,那边机械厂就被小日本占领了。赵叔叔不想回去,干脆跟着我们一起走……这一路上,赵叔叔给了我们不少帮助啊!

林立甫　如今你姆妈整天在外面奔波,哪有工夫来照顾你们?

周阿兰　这没有什么——最苦的日子我们都挺过来了。

林立甫　(感叹地)阿兰你真是个好姑娘!虽说玉凤是你继母,你却处处都帮着她说话。今天,我想托你转告你姆妈,林家大屋那幢红楼至今都空着……等候你们去住呀!你们快搬回来吧!

周阿兰　外公,这句话你怎么不直接对我妈妈讲,还要我转告?

林立甫　我对她讲过几次,她都扭头不听。(换了话题)阿兰,这手里抱着的可是你弟弟?

周阿兰　嗯!他叫亮亮,一周岁多了。

林立甫　能让我抱一抱吗?

周阿兰　可以!可以!

〔周阿兰把婴儿递给对方,谁知婴儿一到了林立甫手里就哇哇大哭。

林立甫　哎哟!你看你看,他在我手上怎么就哭起来了?唉!(摇摇头,自嘲地)看起来,这孩子和你姆妈一样,心里都讨厌我呀!

〔林立甫神情无奈地把婴儿交还给周阿兰。

〔婴儿在周阿兰怀里很快睡着了。

〔这时,大街上传来学生们激昂的歌声。

周阿兰　外公你听,学生们又上街游行了!他们唱的是《松花江上》……

〔歌声越来越响亮、悲壮:

　　　　九一八,九一八,
　　　　从那个悲惨的时候,

　　　　　　脱离了我的家乡，

　　　　　　抛弃那无尽的宝藏，

　　　　　　……

　　〔学生们手举抗日标语横幅从院门外走了过去。

周阿兰　（兴奋地）走在前头的就是我妈妈！

林立甫　噢,我回去了！回去了！（转身走了几步,又返回来,从身上摸出一只长命锁）阿兰,这只长命锁是我送给大外孙的见面礼。你先替我收下,等你们搬回到红楼来住时,再叫你姆妈给亮亮挂上。

周阿兰　好的,我记住了！（收起长命锁）

　　〔林立甫走下。少顷,林枫双手捧着一块布景片与画笔走上。

周阿兰　（将睡熟的婴儿放到摇篮里）妈妈,游行结束了？

林　枫　还没有,我回来办一件事情。（放下东西,扭头朝小院门外张望）刚才出去的那个人是你外公？

周阿兰　（点点头）是呀！外公除了来看亮亮外,还跟我说了几句话。

林　枫　他跟你说了些什么？

周阿兰　妈妈,外公叫我们马上搬回到红楼去住。

林　枫　搬家？

周阿兰　对！

　　　　（唱）林家大屋红楼房，

　　　　　　又高又大又宽敞。

　　　　　　妈妈你——

　　　　　　为何要租小院落？

　　　　　　手上余钱全用光！

林　枫　（唱）院落虽小地段好，

　　　　　　屋外还能听海浪。

　　　　　　再加上——

　　　　　　它离学校路不远，

　　　　　　进进出出很便当！

周阿兰　恐怕不会那么简单吧！（追问）妈妈,你还是告诉我,外公和你之间,究竟发生过什么事情？

林　枫　这……它早过去了,我不想重新提起！

（唱）妈妈我生在渔商家，
　　　从小由你外婆来养大，
　　　红楼是林枫出生地，
　　　留下过一段好时光。
　　　少年我，日照窗棂学刺绣，
　　　少年我，灯下执笔把图画，
　　　可叹这好梦不久长，
　　　十八岁去了东三省。
　　　嫁与周工做填房，
　　　林枫当了你后妈。
　　　阿兰呀，人生一世路漫长，
　　　我盼望，生命之舟再起航！

周阿兰　再起航？妈妈，你是不是又要带我们走了？

林　枫　是的。最近你赵叔叔要去武汉，我想跟他一道走。可到现在，你赵叔叔还没有答应我……

周阿兰　妈妈，赵叔叔要去武汉做什么呢？

林　枫　是接手一家书店。它名叫星火书店，在武汉很有名气，专门销售抗日救亡书刊，一些年轻人经常往那里跑！（语气坚决地）因此，我已经下定了决心，不管赵晨光答应不答应，这次都要去武汉！

周阿兰　妈妈，你现在好像变了一个人……

林　枫　我变了吗？

周阿兰　变了！变了！我爸在世时你只给我们做饭、洗衣服，连房门都没迈出过几步。可现在呢？你和学生们一起集会游行，唱抗日歌曲……如今居然要去武汉——妈妈，你像热血青年一样了！

林　枫　这话也太过奖了！（伸手又拿起布景片与画笔）阿兰，我进屋去了。

周阿兰　妈妈，这些东西是做什么用的？

林　枫　同学们要把《松花江上》那支歌排练成小话剧。道具、布景都叫我来做。

周阿兰　他们真是选对人了。谁不知道我妈妈有一双巧手哪！

林　枫　又给我戴上了高帽子。（这时，摇篮里响起婴儿哭声）噢，亮亮醒了？

周阿兰　我抱亮亮出去。（抱起婴儿）妈妈，你忙你的吧！亮亮他听到海浪声就不会哭了。

〔周阿兰怀抱婴儿走出小院。林枫赞许地望了她一阵后,也返身走进了屋子。

〔赵晨光与郑雪冰边说边走上。

赵晨光　郑大姐,这次你非要叫我去武汉不可吗?

郑雪冰　难道你不想去?星火书店李老板可是你恩师呀!

赵晨光　是的,我在东北大学读书时,他是教国语课的教授。

郑雪冰　九一八事变后,李教授不愿在日寇枪口下继续教书,去了武汉,创办起那家星火书店。如今他身患重病,力不能支,正等着你这个得意门生去接手哪!

赵晨光　这……可我一走,那林枫他们……

郑雪冰　林枫他们不是已经回到老家了吗?再说,我看林枫这个人性格刚烈、办事果断,心中挺有主张的。

赵晨光　正因为如此,我与她一时难以分开!

郑雪冰　噢——(试探地)赵晨光,你是不是对林枫产生了感情?

赵晨光　郑大姐,不瞒你说,她丈夫炸死那天,我就站在周工遗体前发过誓言,我要一辈子照顾好林枫!

郑雪冰　(虽说有点吃惊,但也表示理解)怪不得你陪着林枫他们,从关外来到了这里……(话锋一转)不过,我还是要提醒你几句,林枫比你大上八岁,而且她又嫁过人,身边有孩子,这些你都想清楚了没有?

赵晨光　我早想清楚了。(神态坚定、真诚地)那天祭奠周工,林枫扎了一只纸飞机——当打火机点燃画有小日本膏药旗的纸飞机时,我就认定自己愿意陪伴她度过终身!郑大姐!

(唱)　那一幕——
　　　　胜似电闪雷鸣声,
　　　　七尺男儿也动容,
　　　　尤其是我赵晨光,
　　　　胸中顿生爱慕心。
　　　　虽说是,几番追求遭婉拒,
　　　　却反而,更添恋情燃全身。
　　　　世俗之见不足畏,
　　　　人间最贵是真情!

〔这时,林枫已从屋内走出,悄悄待在了一边。

郑雪冰　我明白了!你与林枫的感情是真挚的,我祝福你们日后能够成为一对伉俪。可现在情况有点特殊……李教授患病后,组织上派你去接手星火书店工作——这副担子很沉重啊!(一字一句地)赵晨光同志,你要牢牢记着,个人情感要服从组织需要。

赵晨光　个人情感要服从组织需要?

郑雪冰　对!现在林枫身边,还有一个一周岁大一点的孩子。到了武汉,你们怎么工作?这会影响星火书店走出困境的!

〔林枫走了上去。

林　枫　晨光,我不去武汉了。你到了那边安心工作吧!

赵晨光　这……林枫,你怎么突然改变了主意?

林　枫　刚才郑大姐说的话我都听到了。她讲得有道理——我服从!

郑雪冰　(赞扬地)还是林枫她明白事理呀!今天就这样先定下来了。你们再好好告别一下,我走了!

〔郑雪冰走下。

赵晨光　林枫,难道你不想永远跟我在一起吗?

林　枫　我不是不想,而是想得太多了反而会感到失望的。

赵晨光　这怎么会呢?

林　枫　晨光!

　　　　(唱)　自从动身出关外,
　　　　　　　你一路陪伴来跟随,
　　　　　　　为了林枫一家人,
　　　　　　　竭尽全力无懈怠。
　　　　　　　如今已到分开时,
　　　　　　　我不愿让你再犯难!

赵晨光　(唱)　自从动身出关外,
　　　　　　　我一路陪伴本应该,
　　　　　　　两年时光只觉短,
　　　　　　　苦乐共享不知累。
　　　　　　　今日突然要告别,
　　　　　　　晨光我心中留遗憾!

林　枫　（唱）　留点遗憾也无妨，
　　　　　　　　人生岂能求完美。
　　　　　　　　等到亮亮长成人，
　　　　　　　　我再到武汉来相会！
　　　〔周阿兰怀抱婴儿复上，站在院子门口已是听了一阵。
周阿兰　妈妈呀妈妈，你别再等了！跟着赵叔叔一道去武汉吧。（大声表态）亮亮由我来抚养！
林　枫　（惊讶地）阿兰，你说什么——你来抚养亮亮？
周阿兰　是呀，我是亮亮的大姐姐，今后就学着当他妈妈。
赵晨光　这真是一个好主意啊！（激动地）我马上去找郑大姐，叫她改变决定。
　　　〔赵晨光急下。
林　枫　（非常感激）阿兰，妈妈谢谢你！
　　　〔林枫双手拥抱住了周阿兰。
　　　〔灯暗。

第二场

　　　〔数月后的深秋。
　　　〔武汉，星火书店。
　　　〔店内立着一排排书架，顾客盈门，呈现出生意兴隆景象。少顷，郑雪冰在赵晨光陪同下走上。
郑雪冰　（赞扬）我没想到，只短短几个月，星火书店就重新恢复了活力。赵晨光同志，你们厉害呀！
　　　（唱）　书店外，战火逼近武汉城，
　　　　　　　店堂内，书架围得不透风，
　　　　　　　人人争购抗日书，
　　　　　　　聚集起，热血沸腾读者群。
　　　　　　　倘若李教授还在世，
　　　　　　　他定会，喜出望外放笑声！
赵晨光　是的！郑大姐，这正是他对我的期望。

（唱）　恩师不幸身染病，
　　　　独木难把大厦撑。
　　　　他临走之前不闭眼，
　　　　留下重担我挑千斤。
　　　　星火书店不能倒，
　　　　定叫它，化作火炬照天明！

郑雪冰　说得好！说得好！

赵晨光　现在，许多抗日救亡书刊都卖得脱销。我们就自己动手，抄录刻写，做成油印本，赠送给大家。

郑雪冰　这个措施真不错啊！咦，是你想出来的吗？

赵晨光　不是我，是林枫。郑大姐！

（唱）　幸亏你，同意林枫来武汉，
　　　　晨光我，心中才有定盘星。
　　　　星火书店低谷时，
　　　　门可罗雀陷困境，
　　　　林枫她，不说一句丧气话，
　　　　咬紧牙关拼输赢。
　　　　到如今，流下汗水结硕果，
　　　　换来了一片好风景！

〔顾小敏走了过来。

顾小敏　哎哟赵经理，你又在客人面前夸奖起林枫姐来了。（调皮地）你的眼睛里，怎么只有她没有我们呢？

赵晨光　别胡说！你们做出了成绩，我照样会夸奖的。

顾小敏　（佯作撒娇地）假如做不出来呢？那我们在你面前，都变成了一个个影子。赵经理，你说是不是呀？

赵晨光　去去去！快忙你的去吧！

〔顾小敏嬉笑着跑开。

郑雪冰　（颇感兴趣地）这个女孩子说话挺有意思的。

赵晨光　她叫顾小敏，大学刚毕业，按理说能够找到一份好工作，却执意要来我们星火书店。

郑雪冰　（高兴地）这表明你们星火书店，在年轻人中的影响越来越大了！

〔这时,林枫捧着一沓刻录好的油印本走上。

赵晨光　林枫,你过来一下……郑大姐来看我们了。

林　枫　(并没有扭头)知道了。我先把这些油印本放到书架上。

赵晨光　那急什么呢?你快过来呀!

林　枫　青年读者都等着看哪!

赵晨光　你——

〔郑雪冰阻止住了赵晨光,主动走了过去。

郑雪冰　林枫,这次你阿爸林老先生也跟我一起来到武汉。他除了来看你们,还要到长江银行去取一笔存款。林老先生说,现在时局很乱,手上有了铜钿,心里才会不慌。

林　枫　(神态冷淡地)这跟我又有什么关系呢?

赵晨光　哎哟林枫,你话不能那么说呀!(也走了过去)林老先生来看我们是一件大好事。郑大姐,我到长江银行去接一接他!

〔赵晨光转身奔了下去。

郑雪冰　(关怀地)林枫,我听说赵晨光一直在追求你,你始终没有答应,这是为什么?今天你能不能告诉我?

林　枫　其实很简单。现在,赵晨光追求我只是为了报恩——我丈夫周工救过他性命,他要像周工一样来照顾我。我觉得,这不是真正的爱情!

郑雪冰　那真正的爱情是什么?

林　枫　两情相悦,志同道合!郑大姐,你应该知道,我有过一段不合适的婚姻……当年,我给周工做填房,他年纪比我大了20年。前妻留下的女儿阿兰,都不好意思叫我妈妈!

　　　　(唱)　这场婚姻很荒唐,
　　　　　　　犹如经历梦一场,
　　　　　　　父母之命媒妁言,
　　　　　　　我糊里糊涂做新娘。
　　　　　　　听到过多少嘲讽话,
　　　　　　　见到过多少冷眼光。
　　　　　　　幸亏他周工是个好男人,
　　　　　　　林枫我这才心中有希望!

郑雪冰　后来,小日本飞机一颗炸弹,把你这点希望都给毁灭了。(稍停片刻,真心劝慰)噢！我看如今赵晨光对你一片真情,这十分难得——你可要珍惜啊！林枫,我希望你能从噩梦中早点走出来！

（唱）　人生之路短又长,
　　　　黑夜逝去见天亮,
　　　　如今是,飞来喜鹊唱枝头,
　　　　眼前一片好阳光。
　　　　林枫你,莫把创伤常惦挂,
　　　　昂首抬头天地广！

林　枫　这……郑大姐,你让我再考虑考虑吧！

郑雪冰　好的。(忽地,又想起一件事情)今天我还给你带来了一张照片。这张照片是我离开镇海那天,特意叫上阿兰抱着亮亮,到宁波城里天胜照相馆拍的。你看看！

林　枫　(双手接过照片,惊喜地)哎哟！几个月不见,我儿子又胖了,人也长大了不少。

郑雪冰　如今他还会开口说话了。亮亮第一声喊的——就是"妈妈！"

林　枫　妈妈？

郑雪冰　只不过,亮亮喊的不是你,是阿兰。

林　枫　（神情有点尴尬）一样的,一样的。

〔郑雪冰走到店堂里一幅油画跟前,抬头观看。

郑雪冰　咦,这幅美丽的油画《红枫林》,出自哪一位大画家之手？

林　枫　不是大画家,它是我画的。

郑雪冰　（一阵惊讶）人人都说你有一双巧手,没想到还会画画？

林　枫　画画是我从小爱好。这幅《红枫林》背后还有一段故事……

郑雪冰　林枫,你讲讲,快讲一讲！

林　枫　（深情地追忆）画这幅油画,是从关外返回故乡途中。那天,我带着阿兰,与赵晨光一起走到山东沂蒙山,肚子突然痛了起来……亮亮提前出生了。当夜,赵晨光砍了许多树枝,搭起了一个小窝棚,让我与阿兰抱着刚出生的婴儿进去住。第二天早晨,我醒转来一看,发现山顶上到处长满了红枫林,鲜红的枫叶顿时把人给吸引住了——就这样,我们在红枫林里足足待了三个月！

（唱）　山崖顶,那一片枫林红,

把天地,染成了红彤彤。
红枫林中歇歇脚,
搭起了一个小窝棚。
我爱枫叶红如血,
满腔热血在沸腾;
我爱枫叶红似花,
花朵没有你色彩浓;
我爱枫叶红胜火,
一团团烈焰抗狂风。
从此我把名字改,
不叫玉凤叫林枫!
〔顾小敏急速地奔上。

顾小敏　不好了!不好了!长江银行出事了!

郑雪冰　啊!(吃惊地)林老先生不是还在那边吗?

林　枫　刚才赵晨光去找他了。(强作镇静地)顾小敏,你别紧张,慢慢说!慢慢说!究竟出了什么事情?

顾小敏　一伙前线下来的兵痞抢劫长江银行,打昏了林老先生。幸亏赵经理及时赶到,叫来了警察才算制服他们!现在,赵经理已把林老先生送到了医院去看病。

郑雪冰　我们快到医院里去看看!

〔灯光暗转,再亮时已是医院。林立甫头上绑着一圈纱布,躺在病床上。赵晨光坐在病床旁边。郑雪冰与林枫走上。

赵晨光　(站起身子)郑大姐,林枫,你们来了。刚才医生已给林老先生打了止痛针,他睡着了。

郑雪冰　林老先生伤得重吗?

赵晨光　还好,只是轻微脑震荡。在送医院路上他还告诉我,那些人要夺走保险柜钥匙,林老先生死都不松手!当年,他把海鲜生意从宁波做到了武汉,赚来的钱,全部都存放在长江银行里。

林　枫　是的。我小时候常听大人们说,我们家在外地开有鱼市行,除了上海与杭州,生意做得最大的就是武汉。

〔林立甫在病床上挪动一阵,缓缓坐起身子。

林立甫 （轻声叫唤）玉凤！玉凤！
赵晨光 林老先生醒过来了。林枫，你阿爸在喊你哪！
林　枫 我听到了。
郑雪冰 快过去吧！这次林老先生来武汉，最大愿望是想见一见你。（伸手把林枫推向床边）林枫，你们父女两人，是要好好谈一谈了！（朝赵晨光使了一个眼色）我们出去吧！
〔郑雪冰与赵晨光走下，病房里只剩下了这一对林家父女。
林立甫 玉凤，你过来一点，挨着我病床坐下呀！（林枫没有反应，依旧站在原地）我说的话你没有听见？（连声叫唤）玉凤！玉凤！玉凤！
林　枫 现在我已改了名字，叫林枫。
林立甫 这我知道。不管你从前叫玉凤，还是现在叫林枫，说到底都是林家女儿。血缘关系是无法改变的！（激动地爬下病床，站立起来）可你上次回家，居然不到红楼来住——这红楼可是你出生地啊！
林　枫 我的少年时代是在红楼度过的。（追忆地）18岁前我多么快乐！仿佛这整个世界，都是为我一个人创造的！
　　　　（唱）　少年是只快乐鸟，
　　　　　　　　无忧无愁无烦恼，
　　　　　　　　人称红楼小公主，
　　　　　　　　美妙的日子乐陶陶。
　　　　　　　　长大后进了中学堂，
　　　　　　　　新生活朝我把手招。
　　　　　　　　原认为，从此一路尽坦途，
　　　　　　　　谁料想，迎头一场急风暴！
林立甫 你18岁远嫁东三省，我就一直思念着你。其实，这场不合适的婚姻不是我决定的，是你生母。
林　枫 什么？（猛烈摇头）不不不！我不相信——她不会那样做的。
林立甫 你生母那样做也是为了你好呀！你只记得少年十分快乐，忘掉了你小时候身体虚弱，经常生病……全家人都为你担忧。（追忆地）有一天，你生母去育王寺里烧香，求菩萨保佑。出庙门后，她碰见一个测字先生，替你算命。那个测字先生说，你命中有大难，长大后宜远嫁，越远越好，而且只能给人做填房……才能躲过灾祸！

林　枫　这样荒唐的话你们也会相信?

林立甫　你生母是虔诚的佛教徒。不过,到她走的那一天却突然醒悟过来了。她对我讲,我们把女儿给害苦了!假如以后有机会碰面,你要代我向她道歉,赎赎罪!

林　枫　母亲要向我道歉?

林立甫　是呀!(指指床沿)你坐下来,让我好好地看看你。

〔林枫迟疑了一下,坐在床沿上。

林立甫　(唱)　细细看,默默想,

　　　　　　　我把女儿来打量。

　　　　　　　虽说容貌未改变,

　　　　　　　精神气质不一样。

　　　　　　　这真是,小草不怕狂风吹,

　　　　　　　历经过风霜花更香。

　　　　　　　岁月是一把雕刻刀,

　　　　　　　剔除糟粕——

　　　　　　　留下的是精华!

林　枫　我有这么大的变化吗?

林立甫　有!现在,你已经变成了一个有自己主张的人!

林　枫　阿爸,你这次来了武汉后还要去什么地方吗?

林立甫　什么地方都不去了。伤好了就回家……那边,还有一大堆事情等着我去做哪!今天我要送你一件东西——(摸出一串钥匙)这串钥匙是开长江银行保险柜的。

林　枫　它是开长江银行保险柜的钥匙?

林立甫　对!当年我在长江银行存了12根金条。

林　枫　12根金条?这么大的一笔存款!

林立甫　那笔存款是不少的。这次我在武汉,亲身尝到了时局动乱之苦啊!听说国民政府从南京迁移到这里,屁股都没有坐热,又要忙着往重庆搬迁。(长叹了一声)唉!你快去长江银行替我取出来,这12根金条全部留给你用。

林　枫　不不,我不要!阿爸!

　　　　(唱)　你辛苦操劳大半生,

　　　　　鱼市商行有名声,
　　　　　诚信从业善经营,
　　　　　存下了这笔积蓄金。
　　　　　十二根金条沉甸甸,
　　　　　林枫我岂能把手伸?
林立甫　哎哟!我已经到了这把年纪,还要它做什么?(神情焦虑地)如今,小日本鬼子已经打到了长江北岸,武汉城怕是守不住了……不知你们有何打算?
林　枫　武汉沦陷之前,我们想把星火书店搬迁到广西桂林去!
林立甫　一路南下,开支很大。你别客气了,这笔存款说不定还能派上用场。它就作为我与你生母,对你当年远嫁东三省一点小小的补偿。(高声地)拿去!
　　　　〔林立甫把那串钥匙硬塞到林枫手里。
　　　　〔灯暗。

第三场

　　　　〔五年之后,初春。
　　　　〔桂林郊外,风景如画,远处有一幢竹楼。
　　　　〔山野上,赵晨光手推一辆堆满书刊的独轮车,与顾小敏一起走上。
顾小敏　(唱)　星火书店发展快,
赵晨光　(唱)　南下桂林,办起印刷厂。
顾小敏　(唱)　出版抗日救亡书,
赵晨光　(唱)　精神食粮,胜似刀与枪!
顾小敏　赵经理,这五年来,我们星火书店除了销售进步书刊外,还创办印刷厂,那经费都是上面拨下来的吗?
赵晨光　抗战到了关键时刻,上面不会拿出这么多钱给我们的。
顾小敏　这……那资助我们的财神爷是谁呢?
赵晨光　(笑)嘿嘿!现在我还不能说,需要保密!(伸手一指)顾小敏,你看!前面是一片红枫林。我想过去摘几瓣枫叶,带回去给林枫,让她也欣

　　　　　赏欣赏！

顾小敏　我们的林枫姐最喜欢枫叶了！（调皮地）赵经理，今天我问你一个问题，我和林枫姐相比，有没有地方胜过她呢？

赵晨光　当然有呀！比如你年轻、漂亮，个性很活跃。大家都十分喜欢你！

顾小敏　（紧追不舍）除了这些，还有吗？特别是你对我的印象！

赵晨光　还有……还有跟你在一起我不觉得累。（急转话题）哎哟顾小敏，你问这些做什么？我还要到红枫林里去摘枫叶哪！

顾小敏　这枫叶让我去摘吧！（转身，嬉笑着跑下去）

　　　〔蓦地，响起了日军飞机的轰鸣声。

赵晨光　敌机来了！（高喊）你别去了！顾小敏——快回来！

顾小敏　（边跑边扭头）我不怕！

　　　〔一串炸弹扔了下来。

赵晨光　（大声叫喊）趴下！趴下！趴下！

　　　〔危急关头，一个女人猛地奔了上来，用力压倒了顾小敏。

　　　〔爆炸声过后，赵晨光被弹片划伤了腿，可他依旧忍痛往顾小敏方向移动……这时，那个女人却与顾小敏一起奔了过来。

顾小敏　赵经理，刚才多亏了这位大姐，救了我性命。

赵晨光　谢谢你——（抬头一望，顿时愣住了）咦，你是阿兰？

周阿兰　是呀！（脸色惊喜地）哎哟赵叔叔，我终于找到你们了！你和我妈妈都好吗？

赵晨光　好！好！阿兰，这几年亮亮怎么样？

周阿兰　亮亮一直跟在我身边。（伸手指竹楼）赵叔叔，前面那幢竹楼就是我家。

赵晨光　噢！阿兰，你是不是嫁人了？

周阿兰　（点点头）我跟一个军人结了婚，他是电讯兵，对我很好，也很疼爱亮亮。

赵晨光　这就好！这就好！（转身朝顾小敏）你先回去，快把这喜讯告诉林枫。

顾小敏　哎！（欲下，又扭头询问）赵经理，你这腿怎么啦？

赵晨光　叫弹片给咬了一口，不碍事的。

周阿兰　赵叔叔，你先到我家里去包扎一下，如何？

赵晨光　好，我正想去你家看看哪！

　　　〔顾小敏推着独轮车走下。与此同时，周阿兰搀扶起赵晨光，两人慢慢地走向竹楼。

〔灯光转暗。

〔林枫幕内唱：

  桂林郊外传喜讯，

  赛似蜜糖甜我心。

〔亮起一束灯光，林枫快步走上。

林 枫　（接唱）　我与亮亮分别后，

  至今他有七岁龄。

  阿兰代我做妈妈，

  亮亮渐渐长成人。

  不知他是否愿意把我认？

  不知他心中是否生怨恨？

  想到此，惊喜过后添焦虑，

  盼只盼，今日重续母子情！

〔灯光大亮，竹楼。

〔林枫敲门。

林 枫　请问，周阿兰是住在这里吗？

〔已经包扎好腿伤的赵晨光忙过去开门。

赵晨光　林枫，你来了。(忙拉对方进屋)快进来！快进来！这里就是阿兰的家。

林 枫　（走进竹楼，打量一下四周）咦，亮亮呢？

赵晨光　阿兰到军营去接他了。

林 枫　你说什么——军营？（吃惊地）亮亮怎么会在军营里？

赵晨光　你别紧张呀！林枫，阿兰找了一个老公，他叫吴卫国，台湾人，服役的军营就在这附近。

林 枫　（有点吃惊地）阿兰老公是个台湾人？

赵晨光　阿兰说，台湾很早就被小日本侵占了，吴卫国跑到了大陆，在国民党部队里当电讯兵，这才认识了阿兰与亮亮。另外，刚才阿兰还问我，赵叔叔，你与我妈妈结婚了没有？

林 枫　噢，那你是怎么回答她的？

赵晨光　我对她说，你我相处这么多日子，不着急！等到把小日本赶出了中国再举办婚礼。

林 枫　你已把我们的婚礼定在抗战胜利之日……

赵晨光 （神情担忧地）我这句话有没有说错？

林　枫 （唱）　晨光开口将我问，

　　　　　　　我心似脱兔跳不停，

　　　　　　　这一路相伴到如今，

　　　　　　　他仍然，情深意切不变心！

　　　　　　　不嫌我年纪比他大，

　　　　　　　不嫌我曾经嫁过人，

　　　　　　　难道说，他一切都是为报恩？

　　　　　　　这报恩，也是一番真感情。

　　　　没有,我同意！

赵晨光 （兴奋地跳起来）真的呀！

　　　（唱）　林枫表态把头点，

　　　　　　　同意两字暖我心，

　　　　　　　这真是，精诚所至金石开，

　　　　　　　今日里，双手推开爱情门！

　　　　那这件事我们就说定了？

林　枫 好,我等着！

赵晨光 我也等着！

林　枫、赵晨光 （一起高喊）我们共同等待这一天！

〔门外,响起了脚步声。

赵晨光 亮亮回来了！我去开门——（谁知走进来的,竟然是郑雪冰与顾小敏）咦,郑大姐,你怎么知道我们在这里？

郑雪冰 （伸手指顾小敏）是她给我带路的。

顾小敏 赵经理,郑大姐马上要去延安了！

赵晨光 噢,这延安是多么叫人向往的地方啊！（感情真挚地）郑大姐,你到了延安,担任更加重要的工作,可别忘记我们这小小的星火书店呀！

郑雪冰 星火书店现在不小了,连印刷厂都办起来了。今天我到这里来,除了告别外,主要是来找林枫的,向她说一声谢谢！

林　枫 郑大姐,你向我说一声谢谢做什么？

郑雪冰 你父亲林老先生留下12根金条,你拿出10根交给星火书店当经费。

顾小敏 （恍然大悟）哎哟！林枫姐,原来资助星火书店的财神爷就是你呀！

林　枫　　我这样做本是应该的。

郑雪冰　　组织上为此事专门开了一个会议,叫我把这张欠条务必送到你手上——(拿出欠条)给!这上面盖有红色印章,等革命成功了,你可以拿它来找我们兑取。

林　枫　　不不!我不要——我是自愿捐献的。

郑雪冰　　(唱)　现在你是党外人,
　　　　　　　　　自愿捐献也不行。
　　　　　　　　　我们共产党有纪律,
　　　　　　　　　井水河水要分得清!

顾小敏　　林枫姐,你就把欠条收下吧。否则,今天郑大姐就空跑一趟了!

赵晨光　　顾小敏说得对!林枫,你就先收下这张欠条。

〔顾小敏把欠条硬塞到林枫手里。此刻,周阿兰已带着亮亮走进竹楼。亮亮进来后抬起头,好奇地望着一屋子的人,众人也很快把目光集中到他身上。

亮　亮　　今天,家里来了这么多人,真热闹啊!

周阿兰　　亮亮,我来给你介绍介绍。

亮　亮　　(挺神气地摇了摇手)不用。妈妈,让我自己来认吧!

〔众人都被亮亮这小大人的神态给逗乐了。林枫欲跑过去,但她又极力控制着自己。

周阿兰　　好吧,你去认呀!

亮　亮　　(首先,走到顾小敏跟前)这位漂亮的大姐姐,我应该叫你阿姨。

顾小敏　　真乖!亮亮,你就叫我小敏阿姨好了。

亮　亮　　小敏阿姨好!(接着,走到郑雪冰跟前)你年纪比我妈妈还大,叫什么呢?叫姑姑吧!

郑雪冰　　好!姑姑就姑姑,你叫一声!

亮　亮　　姑姑!

赵晨光　　(主动走过去)亮亮,你叫我什么呢?

亮　亮　　你最简单了!这里只有你一个男人,叫叔叔。

赵晨光　　亮亮真聪明!

林　枫　　还有……(有点失控地)还有我。

周阿兰　　(脱口而出)妈妈,你别着急——(把亮亮拉到林枫跟前,引导地)亮亮，今天你要好好想一想……想起这个站在你面前的人是谁了吗？你应该喊她什么？

亮　亮　刚才我听到妈妈你喊她妈妈。妈妈的妈妈——（思索了一阵，面朝林枫认真地）你应该是我外婆！

林　枫　外婆？（迫不及待地）亮亮，我是你妈妈呀！

亮　亮　（固执地）你不是！（又强调一遍）不是妈妈，是外婆！

众　　　（一起高声叫喊）亮亮，林枫真的是你亲生母亲啊！

亮　亮　（生气地）你们都骗人！我已经有了一个妈妈，不可能再有第二个……（噘起嘴）哼，我不跟你们玩了！（奔进里屋去）

〔众人都惊愕万分。

郑雪冰　你别难过，林枫，今天你在阿兰家里多待一些时间，我们先走了！

赵晨光　林枫，你再跟亮亮好好地沟通沟通。

顾小敏　亮亮一定会认你这个妈妈的！

〔郑雪冰走下，顾小敏也扶着赵晨光走出竹楼。此刻，林枫神情也有点恍惚。

周阿兰　这亮亮太不像话了！我进去说他几句。（欲走入里屋）

林　枫　（阻拦地）不要！不要！阿兰，亮亮没有错，错的是我……

周阿兰　妈妈！

　　　　（唱）亮亮是你心头肉，
　　　　　　　忍痛割爱在当初，
　　　　　　　如今有缘再重逢，
　　　　　　　儿大居然不认母。
　　　　　　　怪只怪阿兰少调教，
　　　　　　　母子难把鹊桥渡！

林　枫　（唱）阿兰莫把责任揽，
　　　　　　　所有过错全归我，
　　　　　　　今日又见亮亮儿，
　　　　　　　林枫心中愧疚多。
　　　　　　　他自幼离开娘怀抱，
　　　　　　　你以姐代母来养抚，
　　　　　　　日夜操劳不言累，

　　　　　呕心沥血吃尽苦。
　　　　　只要亮亮他能快乐,
　　　　　我宁愿不把妈妈做!
周阿兰　哎哟!这怎么行呢?(决然地)今天我一定要把亮亮叫出来,当面喊你一声妈妈!(又欲进里屋)
林　枫　(大声地)回来!(周阿兰停步)现在,我看到你与亮亮都过得很好,心里已是非常高兴了!可不知我阿爸如今如何?
周阿兰　外公他……(一时说不下去)
林　枫　他怎么啦?
周阿兰　宁波沦陷前夕,外公变卖全部家产,成立了一支民防团,跟小日本鬼子进行死战……最后身中数弹,倒在了林家大屋的红楼里。后来,镇上的人都替我外公送葬,场面很大,纸钱撒得像雪花一样在飘!
林　枫　阿爸——(紧紧抱着周阿兰,声音抽泣地)我没有想到,像阿爸你这样胆小怕事的人,国难当头时,也会成为一位抗日英雄!
周阿兰　(从身上摸出长命锁)这是外公留下来的,我一直带在身边。当初外公把它交到我手上说,这只长命锁是送给大外孙的见面礼,日后等你们搬回到红楼去住时,一定要叫你姆妈给亮亮挂上……谁知后来我们再也没有去过红楼。
　　　　〔这时,亮亮悄悄地从里屋走出。
亮　亮　妈妈,你跟外婆在说什么呢?
周阿兰　噢!亮亮,你出来了。刚才有一件事情正说到你哪!
亮　亮　什么事情说到我了呢?
林　枫　(朝亮亮招手)亮亮,你过来!快过来呀!(举起手里的长命锁)这只长命锁是外公专门送给你的,今天让妈妈——(又立即纠正)不不!让外婆替你挂上。
　　　　〔林枫把长命锁挂到亮亮脖子上。
亮　亮　(跑回到周阿兰身旁,脸色得意地)妈妈,我没有认错吧,她就是我外婆!
　　　　〔一束追光照在林枫表情苦涩的脸上。
林　枫　我有这么老吗?
　　　　〔灯光渐渐熄灭。

第四场

〔抗战胜利之日。
〔桂林,星火书店大堂。
〔鞭炮声四起,震耳欲聋。随后,庆祝抗战胜利的人们奔上舞台。他们都是星火书店职员,喜悦之情还未从脸上消失,愁容又爬了上来。

职员甲　这国民政府怎么啦?抗战胜利了,反而取缔我们的营业执照。
职员乙　大概吃错了药吧!星火书店是全民抗日的有功之臣,应大力表彰才对啊!
职员丙　走走走!我们找国民政府抗议去!
〔顾小敏从大堂内走出。
顾小敏　各位先停步!刚才赵经理已去国民政府交涉此事。我们等他回来后再行动,好不好?
〔众停下了脚步。
职员丙　(蓦地,叫喊起来)哎哟,那不是赵经理吗?他回来了!
〔赵晨光走上。
赵晨光　我知道各位同仁都在等我消息,可我不得不遗憾地告诉大家,国民政府态度十分恶劣!他们说抗战胜利了,你们星火书店已经完成历史使命,必须在三天内摘牌歇业。
众　　　(气愤地)这不是卸磨杀驴吗?我们到重庆去,找蒋光头理论理论!
赵晨光　这条取缔令正是重庆方面颁发的。
众　　　啊?(一个个都惊愕不已)
〔众摇头叹息,纷纷走了下去。
顾小敏　(焦虑地)赵经理,我们星火书店就这样就地散伙了。你打算怎么办呢?
赵晨光　我决定北上去参加解放大军!顾小敏,你呢?
顾小敏　(神态坚定地,一字一句)你去哪里,我就跟你去哪里!
赵晨光　这句话可不能随便说说的。(开始用一种惊异的目光打量对方)参加解放大军是要上战场,枪林弹雨里打冲锋,天天要冒着掉脑袋的

　　　　　　　危险!

顾小敏　我不怕!

　　（唱）　别看我是个女书生,
　　　　　　背起钢枪也是一个兵。
　　　　　　光明与黑暗在决战,
　　　　　　革命的步伐不能停,
　　　　　　昂首挺胸奔赴新战场,
　　　　　　我要为最后胜利献青春!

赵晨光　（赞扬地）这句话说得好哇!顾小敏,过去你在我眼里只是一个影子,今天你是一位勇敢的战士!

顾小敏　是吗?（惊喜地）这么说,赵经理,今后我可以与你并肩作战了?

赵晨光　（点点头）不但并肩作战,更是生死与共。顾小敏,现在你代我去问一下,同仁中有愿意参加解放大军的,可以和我们一起走,留下不去的,每人发一笔安置费。

顾小敏　哎哎!我知道了。（欲跑下）

赵晨光　等一等!（顾小敏停步）今天林枫去哪里了?我怎么没有见到她呢?

顾小敏　刚才阿兰到这里来过一趟。她把林枫姐给叫去了,说是吴卫国服役的部队马上要调到台湾去驻防。阿兰想把亮亮还给林枫姐……

赵晨光　是吗?（高兴地）亮亮终于要认妈妈了!

〔顾小敏走下。此刻,林枫带着亮亮走上。

赵晨光　（迎了上去）祝贺你呀林枫,母子俩今日团圆,不容易啊!

林　枫　这多亏了阿兰。她知道迟早有一天要把亮亮还给我的,就把我们过去的故事讲给亮亮听……一遍两遍不行,就讲九遍十遍!

亮　亮　赵叔叔,现在我明白了!（有点难为情）我那个妈妈是我姐姐,我认的这个外婆却是我妈妈。

赵晨光　亮亮,这就对了!

林　枫　亮亮,你到那边看书去!我在这里要跟你赵叔叔讲几句话。

亮　亮　哎,妈妈!

〔亮亮朝着林枫响亮地喊了一声,跑了下去。

赵晨光　这一声妈妈叫得真甜呀!

林　枫　晨光,今天我还有一件喜事要告诉你,组织上已经批准我加入中国共产党了。从现在开始,我和你就是同一个组织里的战友!

赵晨光　哎哟太好了!这真是双喜临门啊!

林　枫　(话锋一转)接下来我跟你讲的这件事情,你可先要做好心理准备哪!

赵晨光　什么事情?那么神秘兮兮的。

林　枫　组织上决定派我去香港……

赵晨光　(吃惊地)什么什么什么?你去香港做什么?

林　枫　组织上认为我在财务管理上有特长,叫我到香港去担任合众贸易有限公司经理,替我们党筹划资金。

赵晨光　咦,这怎么行呢?林枫,我是从报恩开始,好不容易过渡到了爱情——现在我们眼看就要成家了。可你……(焦急地)我报名北上参加解放大军,这次你要跟我一起走!

　　　　(唱)　在一起,在一起,
　　　　　　　我俩是个共同体,
　　　　　　　一路走来不容易,
　　　　　　　朝夕相处把手牵。
　　　　　　　岂能再度两分离,
　　　　　　　一南一北几千里!

林　枫　(唱)　叫声晨光听我言,
　　　　　　　人隔千里心相连,
　　　　　　　去武汉,到桂林,
　　　　　　　林枫宁愿把儿弃。
　　　　　　　如今却是党召唤,
　　　　　　　我赴香港意志坚!

　　　　你不是对我说过这样一句话吗?个人情感要服从组织需要。

赵晨光　这不是我说的,是郑大姐讲的。

林　枫　假如郑大姐今天还在这里,她一定会赞成我的决定。(加重了语气)赵晨光同志,你说是不是?

赵晨光　这……道理上你是对的,可感情上我有点接受不了。

林　枫　感情上?

赵晨光　我们曾经承诺过——抗战胜利之日要举行婚礼。林枫!

　　　　(唱)　你是一只飞翔的鹰,

　　　　　　我苦苦追求直到今,
　　　　　　世俗之见我不惧,
　　　　　　爱的就是你这个人!
　　　　　　双双携手斗敌顽,
　　　　　　心心相印同步行。
　　　　　　这承诺,到底算数不算数?
　　　　　　这婚礼,到底举行不举行?

林　枫　承诺当然算数!婚礼当然举行!

赵晨光　请问,什么时候举行我们的婚礼?

林　枫　(一字一句地)就在今天晚上。

赵晨光　今天晚上?(十分意外)这怎么可能呢?我们什么都没有准备呀!

林　枫　我们还需要准备什么?(深情地)晨光,这件事我们都准备10年了!

赵晨光　(一下子醒悟过来,激动地)对对对! 10年了! 10年了! 林枫,我马上下去,叫同仁们在今晚举办一个简简单单的婚礼。

林　枫　不!这个婚礼我不要简简单单的,要漂漂亮亮!

赵晨光　好,漂漂亮亮!(欲下)

林　枫　(又喊)你回来——

赵晨光　(停步,又走回到林枫跟前)还有什么事情?

林　枫　今晚,你就穿着这样的衣裳,在婚礼上做新郎?(双手拿出一件新衣服)给!这是我为你做的一件中山装,你穿起来看看,不知合身不合身?

赵晨光　(惊喜万状地)哎哟林枫,你把我当新郎的衣裳都准备好了!那你呢?

林　枫　我给自己也做了一件。(有点害羞地)今晚婚礼上,你会看到的。

赵晨光　好好好!今晚的婚礼,一定要搞得漂漂亮亮的!(双手捧着中山装,神气地走了下去)

　　　　〔林枫又取出了一件红色的旗袍。

林　枫　(唱)　这一件红色旗袍装,
　　　　　　　今夜我穿上做新娘。
　　　　　　　这一天,我盼了多少回,
　　　　　　　历尽艰辛实难忘,
　　　　　　　这一天,我等了多少久,
　　　　　　　春花秋月年岁长。

做过多少梦,
紧闭的心房已开放!
想过多少回,
幸福的滋味细品尝!
红旗袍呀红旗袍,
林枫我心中真欢畅!

〔顾小敏轻步走上。

顾小敏　林枫姐,你一个人在这里呀!（朝四周张望）周围没有别人?

林　枫　没有。（放下手里的旗袍）顾小敏,你——有事找我?

顾小敏　（点点头,低声地）我有一封信,想请你转交给赵经理。

林　枫　噢,一封什么信?

顾小敏　（害羞地）一封求爱信。

林　枫　求爱信?（吃惊地,不相信自己耳朵）你你……你给赵晨光写了一封情书?

顾小敏　嗯。林枫姐,我很喜欢他呀!（又进一步）今天我还要请你来做媒人。

林　枫　（更加吃惊地）叫我做你与赵晨光的媒人?

顾小敏　这有什么奇怪呢?刚才赵经理就在这里对我说,我与他一起北上参加解放大军,并肩作战,生死与共。（林枫心里觉得一阵刺痛）咦,你怎么啦?

林　枫　我,我……（强作镇静）我没什么。

顾小敏　（发现那一件红旗袍）哎哟,这件旗袍真漂亮!林枫姐,你借给我穿一下,好不好?（没容林枫回答,转身拿起旗袍走下）我拿走了。

林　枫　你——（欲喊又止,渐渐地垂下了双手）

〔灯光转暗。再度亮起时,大堂上张贴着大红喜字。众簇拥穿上中山装的赵晨光走上,随后是林枫与顾小敏。

赵晨光　各位同仁,感谢大家来参加今晚的婚礼。在正式仪式启动之前,我先给各位同仁读两封求爱信:一封是顾小敏写给我的,另外一封是我写给林枫的。

众　　（交头接耳一阵议论）这是怎么一回事情?这是怎么一回事情?这是怎么一回事情?

〔众都陆续隐去,舞台上射下三束追光,分别投映到林枫、顾小敏与赵晨光这三人身上。

林　枫　　赵晨光——
　　　　　　（同时地）你为什么这样做?
顾小敏　　赵经理——
　　　　　〔幕后合唱：
　　　　　　　　为什么？为什么？
　　　　　　　　婚礼之夜起风波，
　　　　　　　　台上三位当事人，
　　　　　　　　卷入感情大旋涡！
林　枫　（唱）岁月匆匆似奔马，
　　　　　　　我已失去好年华，
　　　　　　　眼角边上生皱纹，
　　　　　　　额头青丝变白发。
　　　　　　　啊——
　　　　　　　年轻漂亮的顾小敏，
　　　　　　　晨光你应该选择她！
顾小敏　（唱）爱情是杯陈酿酒，
　　　　　　　我却任性将它拿，
　　　　　　　冒昧写下求爱信，
　　　　　　　结果当上糊涂娃。
　　　　　　　啊——
　　　　　　　善良朴实的林枫姐，
　　　　　　　赵经理应该娶了她！
赵晨光　（唱）经历过风流云散，
　　　　　　　经历过跌打滚爬，
　　　　　　　手牵手，肩并肩，
　　　　　　　我们战斗在苦难年华，
　　　　　　　播下的种子，
　　　　　　　一直在心中发芽。
　　　　　　　坚定的信念，
　　　　　　　这才是爱情之花！
〔顾小敏走向林枫,把那件红旗袍穿到对方身上。

顾小敏　林枫姐,你是今晚真正的新娘!
　　　　〔灯光大亮,众围着赵晨光与林枫,祝贺声不绝于耳。
　　　　〔灯光渐渐暗去。

第五场

　　　　〔1949年11月中旬的一天。
　　　　〔香港,合众贸易有限公司经理室。
　　　　〔夜色降临,窗外可见维多利亚港湾。经理室办公桌旁,搁着一只画架,林枫手执画笔,正在创作一幅新油画。少顷,亮亮推门走上。

亮　亮　妈妈!人家早下班了,你怎么还在办公室里?
林　枫　(依然埋头画画)这几天你妈妈下班后,还要抓紧时间画一幅画……噢,今天快画完了!
亮　亮　咦,那是一幅什么画呢?妈妈,你能让我看看吗?
林　枫　当然可以。亮亮,你过来——(这才转过身子,把亮亮叫到画架跟前)这幅画里,妈妈画了三个人,你能说出他们都是谁吗?
亮　亮　左边一个是我,右边一个是妈妈,中间的一个是……赵叔叔!
林　枫　现在赵叔叔是你爸爸。
亮　亮　(噘起嘴)可我就是张不开这个嘴呀!赵叔叔一走都4年多了。妈妈,你怎么知道他现在长的模样?
林　枫　你赵叔叔的模样永远在妈妈心中。亮亮!这4年——
　　　(唱)　天翻地覆慨而慷,
　　　　　　解放军赶走蒋匪帮,
　　　　　　赵叔叔,随军挺进上海滩,
　　　　　　从部队转业到地方。
　　　　　　他盼望,早日与我们来相见,
　　　　　　一家三口聚一堂。
亮　亮　(高兴地)我们就要在一起了!我们就要在一起了!
林　枫　是的!安排好了香港这边工作,妈妈就带你去上海。
　　　(接唱)　这幅画,妈妈取名"全家福",

　　　　　从此后,幸福生活似蜜糖!

亮　亮　妈妈,现在外面天都黑了,我们回家去吧。

林　枫　这幅画还差最后几笔,妈妈把它画完了就回家。亮亮,你是个乖孩子,先回去吧!

亮　亮　好,我先回家去把饭菜做好,等妈妈回来一起吃。

　　〔亮亮蹦跳着走了下去。
　　〔林枫返回到画架前去继续画画。这时,桌上的电话铃响了。
　　〔林枫去接听电话。

林　枫　喂!你找谁?对对,这里是合众贸易有限公司,我叫林枫——(随后,兴奋地叫喊起来)哎哟,你是顾小敏呀!现在人在香港,你还要带一位我熟悉的客人来……那就快来吧,我在办公室里等你们!(搁下了电话,思索地)这位我熟悉的客人会是谁呢?

　　〔少顷,顾小敏带着郑雪冰走上。

郑雪冰　林枫,你还认得我吗?

林　枫　(惊喜地)啊!原来是郑大姐呀!(快步跑过去)郑大姐,你去了延安后,这几年大家都一直想你哪!

郑雪冰　我也想你们。林枫,我听顾小敏说,你和赵晨光终于赶在抗战胜利那天结婚了。我向你表示迟到的祝贺!

林　枫　谢谢郑大姐!(稍作停顿)咦,今天你们怎么会到香港来看我?

顾小敏　郑大姐专门有事找你的。现在郑大姐是中共中央华东局副书记,我也调到了她身边工作。郑大姐主管对台情报工作这一线……

林　枫　对台情报工作?

郑雪冰　林枫,阿兰是你养女,听说她几年前就去了台湾?

林　枫　去了有4年多了,她是跟老公一起走的。

郑雪冰　阿兰老公名叫吴卫国,现在是那边保密局的电讯处处长。

林　枫　郑大姐,你连这个都知道呀!前不久,阿兰就托人到香港来找过我,说她和吴卫国生了一个儿子,叫我做外婆的到台湾去看看,聚一聚,还特意替我弄来了一张入台通行证。

郑雪冰　这件事很好呀!很好!(朝顾小敏转过身去)小顾,你出去观察一下,我们身后有没有尾巴。

顾小敏　哎!(跑了下去)

〔静场片刻。

郑雪冰　林枫,那你打算什么时候去呢?
林　枫　(摇摇头)台湾我是不想去。郑大姐,我想去上海!
郑雪冰　噢!(有点意外地)你要到上海去?
林　枫　这次我带着亮亮一起去。(从身上摸出一封信笺)最近赵晨光从上海寄出一封信。郑大姐,你看看!
郑雪冰　(接过了信笺,读信)枫,我进入上海后,组织上叫我筹建新华书店。我常常想起我们在星火书店的那些岁月,从武汉,到桂林……直至告别那天,我们只度过一夜夫妻生活。现在,我等着你和亮亮早日来到上海——我们的后半生,该有自己的幸福与快乐!
林　枫　我已给他写了回信。我说,心里已深深地体验着,真实的爱与伟大的感情!
郑雪冰　这我十分理解。只是……只是我今天来找你……
林　枫　(突然阻止)郑大姐,你等一会儿说,我先进去拿一件东西交给你。
郑雪冰　噢,什么东西这样重要?
林　枫　你见到它就会记得的。(边说边走进内室)
　　　　〔顾小敏复上。
顾小敏　外面一切正常!(她走近画架)咦,郑大姐,你过来看呀!林枫她又画了一幅油画——取名"全家福"。
郑雪冰　(震撼地)全家福?
顾小敏　是呀,这幅画好温馨啊!
　　　(唱)　眼前一幅《全家福》,
　　　　　　色彩明快亮点多,
　　　　　　画中一家三口人,
　　　　　　脸上都是笑窝窝。
郑雪冰　(唱)　我却做了搅局者,
　　　　　　心头犹如雀鸟啄,
　　　　　　要叫林枫去台湾,
　　　　　　月圆中秋缺一角。
　　　　　　这原定计划须改变,
　　　　　　推翻重来再布局!

顾小敏，我们回去吧！

顾小敏　回去？（神情忽地一愣）郑大姐，我们的计划，还没有跟林枫姐说哪！

郑雪冰　（决然地）不说了，走！

〔林枫手执一张欠条，从内室复出。

林　枫　哎哟！你们怎么来了就要走呢？郑大姐，今天你来得正好，这张欠条是你当年交给我的，现在我再请你带回去——把它交还给组织。

〔郑雪冰停步。

郑雪冰　原来是这张欠条——林枫，你是不是想要兑取现金呢？

林　枫　（猛烈摇头）不不不！郑大姐，你误会了！（又从身上摸出两根金条）这两根金条和那一张欠条是我增交的党费。

郑雪冰　增交的党费？

林　枫　对，郑大姐！4年前——

　　　　（唱）　我加入组织一生梦圆，
　　　　　　　　成为了一名中共党员。
　　　　　　　　为了新中国富强繁荣，
　　　　　　　　再向党表达自己心愿！

郑雪冰　（激动地）林枫，我一定把这张欠条和两根金条及时转交给组织。我们走了！（与顾小敏一起转身欲下）

林　枫　等一等！（又喊着对方）你们不是还有事情要对我说吗？

郑雪冰　（停步）没有了！（又欲走下）

顾小敏　林枫姐——（她再也忍耐不住，奔了过去）我们本来是有一个计划的，要叫你去台湾当密使。

林　枫　叫我到台湾去做密使？（摇摇头）这是怎么一回事情？

顾小敏　现在，全国基本解放了。目前，台湾岛上的地下党已经收集好军事情报，却无法送出来——我们需要派一名密使，去完成这一项任务。郑大姐想到的最佳人选就是你……

郑雪冰　（阻止地）顾小敏，你别说下去了，我已经取消了这个计划！

顾小敏　刚才，郑大姐看到你画的那幅《全家福》后就改变了主意。

林　枫　原来如此！郑大姐，我上海可以迟一点去，先让我去台湾吧！

郑雪冰　林枫，这一项任务不比往常，是生死较量啊！我们已经连续派出了两名同志，可那两个密使，最后都未能顺利归来……现在，我眼睁着你们一家人就要在上海团聚了,千万不要再出意外呀!

林　枫　我记得晨光他对我说过一句话,个人情感要服从组织需要——这句话,还是你郑大姐讲给他听的。

郑雪冰　我是说过这句话。可今天你还是再考虑考虑,不要太匆忙决定!林枫,你这一去到台湾是九死一生,闯龙潭虎穴,一切都要从最坏处打算,不能心存侥幸……等你考虑成熟了,就打这个电话给我。这是电话号码!

〔郑雪冰递给林枫一张小纸条。然后,她与顾小敏一起走下。

〔静场,四周十分寂静,只响着时钟的"嘀嗒"声。

林　枫　现在我又要走了!这一生我都在路上,没有停息过脚步。(追忆地)18岁那年我去了东三省,嫁与一个比我大20年的男人做填房。九一八事变后四年,我带着他的遗腹子返回到了故乡。然而我在镇海与学生们一起搞学运,又跟着赵晨光去了武汉办书店,接着再赴桂林……再接着,来到了香港。我原认为自己最后一段旅程是到上海去,结果却是去台湾!

〔随着林枫的独白声,舞台上场景渐渐消失——天幕上映出油画《全家福》。

〔亮亮从幕侧跑了上来。

亮　亮　妈妈,我们不去上海了?

林　枫　这……(抬头,劝慰地)亮亮依旧到上海去见赵叔叔,只是妈妈不去了。

亮　亮　妈妈你为什么不去了呢?

林　枫　我要到另外一个地方去办一件事情,办完了再来上海看你们。

亮　亮　这件事情比我和赵叔叔都重要吗?妈妈,你不许扯谎。我们会在上海等你的!

林　枫　亮亮放心,妈妈心上只有你和赵叔叔!

亮　亮　好,一言为定!(调皮地伸出小指头,与林枫的小指头勾在了一起)(数板)拉钩,上吊,
　　　　　　一百年不许变!
　　　　　　谁变了——
　　　　　　谁是小狗!

林　枫　(唱)亮亮伸出小指头,
　　　　　　和我一起拉拉钩。

　　　　　　定下的诺言不能变,

　　　　　　一股热浪胸中流。

　　　　　　虽说我,又将身入虎狼窝,

　　　　　　亮亮你,莫替妈妈担忧愁!

　　〔赵晨光从另一边幕侧走上。

赵晨光　林枫,这你骗得过亮亮,瞒不过我呀!

林　枫　那你意思——晨光,我不该答应郑大姐去台湾?

赵晨光　我没有这么说,只是觉得……那太委屈你了!

林　枫　不!最委屈的人不是我,是你。(真诚地)晨光,今天我要向你说一声对不起!

　　　(唱)　对不起,你一路相陪到如今,

　　　　　　对不起,你默默守护情义深,

　　　　　　对不起,你鼓足勇气来示爱,

　　　　　　对不起,岁月飞驰你不变心。

　　　　　　林枫岂是木石人,

　　　　　　点点滴滴记得清。

　　　　　　忘不了,我登上山顶画枫叶,

　　　　　　忘不了,我投身学运进校门,

　　　　　　忘不了,我争上武汉把儿弃,

　　　　　　忘不了,桂林郊外我诉衷情。

　　　　　　抗战胜利那一天,

　　　　　　我们终于成了亲。

　　　　　　原盼望,你我从此聚一堂,

　　　　　　原盼望,你我再也不离分,

　　　　　　原盼望,你我白发直到老,

　　　　　　原盼望,一家人快乐度冬春。

　　　　　　谁知道今日仍在征途上,

　　　　　　林枫我又要出发去远行。

　　　　　　挥挥手告别亲人们,

　　　　　　捷报声中再重逢!

赵晨光　(朝站在另一侧舞台上的亮亮招手)亮亮,你过来!我们和你妈妈站在

　　　　　　一起 —— 为她送行！
亮　亮　哎,我来了！赵叔叔 ——（快步跑过来,跑到赵晨光面前,改口喊了一声）爸爸！
赵晨光　（激动地）好儿子！（双手把亮亮搂抱在怀里）
　　　〔然后,林枫与赵晨光、亮亮这一家三口人,组成油画《全家福》造型。
亮　亮　（唱）一幅三口之家图,
赵晨光　（唱）千言万语藏心窝。
林　枫　（唱）日出东方黎明时,
　　　　　　林枫又要赴征途。
亮　亮　　　啊 ——
赵晨光　（合唱）心心念念一个词,
林　枫　　　想念着！
　　　　　　　想念着！
　　　　　　　　　想念着！
　　　〔赵晨光与亮亮相继隐去,场景返回到办公室。林枫拿出小纸条,走向桌上的电话。
林　枫　（拨号,打电话）郑大姐,我考虑好了。服从组织需要！
　　　〔射下一束追光,映出郑雪冰。
郑雪冰　（手握话筒,激动地）我代表组织谢谢你！林枫,你临行之前,还有什么要求吗？
林　枫　噢,我有三件事情想托付于你,郑大姐！
郑雪冰　林枫,你请讲！
林　枫　第一件事情,请你代我把亮亮先带回到上海,去见他爸爸。第二件,也把我画的这幅《全家福》带上,交给赵晨光,那是我留给他的礼物……
郑雪冰　这第三件事情呢？
林　枫　（语调平静地）假如我没有如期归来,请你转告赵晨光 —— 叫他别忘记,明年的清明节,带上亮亮去一趟镇海,替我给阿爸林玉甫先生上坟,扫扫墓！
郑雪冰　好好！（热泪盈眶）你放心……我都记下了。
　　　〔灯光徐徐转暗。

尾 声

〔大海,掀起巨浪。

〔一只海燕在浪花上飞翔。

〔映出字幕:……她,是新中国诞生之际,潜伏到台湾的中共密使,机智地送出重要情报后,因叛徒出卖,不幸被捕,于1950年6月10日,牺牲在台北市马场町刑场。

〔场景转为一片枫树林,层层叠叠的红枫叶,如同火焰在舞台上燃烧,象征着烈士鲜血染红了天地,与日月同辉!

〔幕后合唱:

  傲立寒秋斗苍穹,

  历经严霜色更浓。

  不争暖春一点绿,

  我爱枫叶满山红!

〔灯暗,歌声仍在回旋激荡。

(剧 终)

近代戏曲

大裁缝

人　物

丁天宝　男,24 岁至 40 岁。他原是"陪嫁"裁缝,跟着新娘子一道进入冯府,偷偷学会做西装,人称红帮裁缝。数年后跑到上海创办天宝衣铺,成为辛亥革命前夕名扬一时的"裁缝状元",中山装是他的巅峰之作。

金　凤　18 岁至 34 岁。冯府新媳妇。她出身富商之家,思想新潮又敢作敢为,与丈夫冯易年决裂后,奔往广州,参加了革命党。

冯易年　20 岁至 36 岁。求学法国的留学生,金凤前夫。他先信奉上帝,后成为清廷军需官,站在了革命党的对立面。

安琪儿　20 岁至 34 岁,中法混血儿,冯易年留法同学。毕业后仰慕东方服饰来到中国,是一名杰出的服装设计师。

小天宝　13 岁,金凤儿子。后由丁天宝抚养成人,成为红帮裁缝新一代传人。

冯　氏　冯易年母亲。42 岁。

四　根　冯家总管,38 岁。

时　间

清末,辛亥革命前夕,一个西风东渐的动荡时代。

地　点

浙江宁波、上海法租界。

序

〔幕前曲:
　　有一件衣裳,
　　裁剪出时代的风向;
　　有一件衣裳,
　　缝纫起民众的理想;
　　风雨中,送走了旧皇朝,
　　迎来了中华新曙光。
　　中山装,中山装,
　　——您永远时尚!

第一场:两顶花轿

〔清末,宁波城西。舞台正中,是一座悬挂着大红灯笼的石库门。
〔冯易年内唱:
　　西学东归回家国,
　　母命难违把新郎做——
〔少顷,冯易年头戴红缨礼帽,身着长袍马褂,倒退着身子匆匆奔上。

冯易年 (接唱) 未接新娘我扭头跑,
　　心中燃起一蓬火!(转过脸,一把将红缨礼帽捏在手上)
　　堂堂冯家大少爷,
　　相貌才学皆不缺。
　　这终身大事非儿戏,
　　岂能如此受侮辱?
〔众亲眷从冯家台门里一起挤出头来。

众亲眷 看看看!新郎官来了!新郎官来了!
〔冯氏走出石库门,手里揣着一只水烟袋。

冯　氏 哎哟易年!你咋黑沉着脸孔?快戴上红缨礼帽!快戴上!(双手拍

打水烟袋,走上前去,询问)新娘子接回来了没有?

冯易年 (气鼓鼓地)阿姆你——给我找了这么一门好亲家!(他反而脱下长袍马褂,把新郎穿的全套行头扔给了冯氏,转身奔进石库门)

〔众亲眷都吃惊不小,面面相觑。冯氏欲追进门去……此刻,欢快的唢呐声响起,一队送嫁妆的人抬上来大小笼箱,还有一顶青布轿子。于是,亲眷们又都拥出来,围住了轿子——从轿内首先伸出来的竟是两只大脚!

众亲眷 (惊叫声一片)哎哟!这么大一双脚!(然后,七嘴八舌议论开了)

亲眷甲 虽说如今人心不古,世风日下,可女人还是脚小好看啊!

亲眷乙 唉,怪不得冯家大公子会气得不想做新郎官呢!

亲眷丙 嘻嘻,一场好戏就要开场了!

〔轿子内,忽地传出一声唱:

　　脚大好,

　　大脚走四方。

　　过河跨桥——

　　我心不慌!

众亲眷 (掩嘴而笑)嘿嘿!

　　(唱) 新娘子原来是个大脚婆,

　　　　自夸脚大太荒唐!

〔又从轿内伸出一双捧着只铜熨斗的手。

众亲眷 啧啧啧!这双手倒还长得秀气,白白净净的。(众亲眷又探头一望)咦,新娘子手里捧着的是个啥东西呀?

亲眷甲 是铜火熜?

亲眷乙 首饰箱?

亲眷丙 噢,都不是都不是!是一只裁缝用的熨斗。

〔轿内唱:

　　小小一只铜熨斗,

　　长长木柄圆圆头。

　　它腹中装满红炭火,

　　欲要旺时——(一串笑声)哈哈哈!

〔笑声过后,轿子里走出的竟是新娘子的"陪嫁"裁缝丁天宝。他把手中熨斗往空中一抛,再接回到手里后,唱出了最后一句:

只消我轻轻吹一口!

众亲眷 天哪!原来真是一个小裁缝唯。(都愣住了神色,然后又纷纷窃笑不已)嘻嘻!嘿嘿!哈哈!

丁天宝 咦,你们笑什么?

众亲眷 (唱) 荒唐荒唐真荒唐,
一只熨斗做嫁妆。
从古至今多少代,
唯有今日——(嘲讽地)哼哼哼!
花轿里钻出个缝衣匠?

丁天宝 各位真是少见多怪!
（唱） 世上三百六十行,
行行能出状元郎。
人家金府大小姐,
叫我天宝做嫁衣裳,
里里外外十八套,
套套衣裙都是美人装!
小姐她,夸我心巧手艺高,
岂不能,赏顶轿子坐一趟?

众亲眷 这……（一下子都没了声音）

冯　氏 （赶紧把众位亲眷拉进石库门,然后又回过头来招呼）哎哟天宝师傅,原来你是新娘子陪嫁裁缝。辛苦!辛苦!快进去喝一杯喜酒!（小声询问地）那金凤小姐呢?

丁天宝 （伸手朝幕侧一指）你看新娘子——她不是来了吗?
〔唢呐声中,又一顶花轿抬上——显然,这顶花轿朱砂金漆,雕龙画凤,比丁天宝刚才坐的青布轿子不知豪华了多少倍。

冯　氏 （赞赏地）这才是新娘子坐的龙凤花轿哪!
〔金凤身穿一件大红旗袍,外披绫罗花袄,款款步出花轿。

金　凤 （双手悄悄掀起红盖巾）这是到啥地方啦?

丁天宝 眼前就是宁波城西冯家台门。

金　凤 噢,到了!
〔送嫁妆的人们又抬起笼箱,朝着喜堂走去……谁知却被从石库门里走出的四根挡在了门外。

四　根　慢！东西先放在外面！（快步走到冯氏跟前，双手递上去一张纸片）刚才，少爷在喜堂里写了一份……（不知如何叙述，叹气地）唉！老夫人，你还是自己看看吧！

冯　氏　（吃惊地叫出了声音）啊！是一份休书！

〔金凤甩掉了红盖巾。众亲眷又跑出来，一个个挤眉弄眼，幸灾乐祸。

众亲眷　哎哟哟——

（唱）　一封休书把路挡，
　　　　大晴天刮起了急风浪！
　　　　两顶花轿停在府门外，
　　　　这古怪的婚事咋收场？

丁天宝　冯老太婆，你们唱的哪一出戏？我们金凤小姐出身大富人家，前来说亲的媒婆，把门槛都踏烂了！可她全看不上——听说你家公子出洋留过学，见识广，金凤小姐这才答应出嫁的。

冯　氏　这一定是误会……我去找我儿子问问明白！（她一抬头，发现冯易年已换穿了一件西装，站在石库门前）你……你……你咋穿起了一套洋服？

冯易年　（高傲地）今天这新郎官——我本来就不想做的！

冯　氏　闭嘴！（举起水烟袋，朝他头上狠狠一敲）快听阿姆话，把洋服脱掉！

冯易年　我不脱！

〔冯易年的西装却引起丁天宝的兴趣。丁天宝走上前去，伸手去摸。

丁天宝　（赞赏地）好料作！正宗英国羊毛呢——嘻嘻嘻，像铜板一样厚！

冯易年　去去去，真讨厌！（推开丁天宝，鄙视地）一个小裁缝！

丁天宝　裁缝再小也是手艺人。看一眼洋服，有啥了不起的？

冯易年　（欲冲过去）你——！

冯　氏　哎哟别闹了！（赶紧拉过冯易年）阿姆今天只求你一件事——（双手捧起红缨礼帽与长袍马褂）快换上这套行头，去和新娘子拜堂成亲。

冯易年　我死也不会穿的！（再次扔在地上）这种封建包办婚姻，本来我就反对！

冯　母　哎哟，你真是活活气死我啦！

（唱）　未入洞房写休书，
　　　　咄咄怪事天下无！

　　　　　　你嫌女方相貌差,
　　　　　　还是金家少财富?

冯易年　不不!都不是!
　　　（唱）要说怪事确实怪,
　　　　　　两顶花轿到冯府!
　　　　　　众位亲眷迎上前,
　　　　　　反认裁缝当媳妇?

丁天宝　哎哟!原来这毛病还出在我丁天宝身上?（爽快地）走走走,让你们结婚。（转身欲下）走到天边,都有我缝衣匠一口饭吃的!

金　凤　（追上去,双手拖着丁天宝）天宝师傅你不能走,今天你是我的……（思索一阵后,嘴里吐出一个词来）一件"嫁妆"呀。

丁天宝　啥?我这个大活人是嫁妆?
　　　〔众亲眷又一齐围上去,嘲笑丁天宝。

亲眷甲　这话就对头了么!要不是金凤小姐咋会叫人用轿子抬你来?
亲眷乙　嘻嘻!原来天宝师傅是跟那些红衣橱、洗脸盆、子孙桶一个样!
亲眷丙　就是呀!"陪嫁"裁缝不就是一件活着的嫁妆吗?
众亲眷　（一齐高声叫喊,故意起哄）裁缝——嫁妆!嫁妆——裁缝!
　　　〔丁天宝神情失望,一屁股跌坐在地上。

金　凤　（伸手拉起了丁天宝,悄声劝慰）别生气呀!天宝师傅,刚才我只不过打了一个比方——其实,你心灵手巧,会做百样衣裳。你在我金凤眼里,是一个了不起的大人物啊!

丁天宝　这句话才算听得入耳!

金　凤　（唱）金凤我身穿旗袍绫罗袄,
　　　　　　全靠你一针一线缝得好。
　　　　　　最难忘,年年岁岁逛庙会,
　　　　　　十里长街赛时髦,
　　　　　　争艳斗彩比霓裳,
　　　　　　人人夸我金凤最窈窕,
　　　　　　这真是,马靠鞍来人靠妆,
　　　　　　天宝师傅手艺高。
　　　　　　今日冯家不留人——（大喝一声）起轿!

你我回去依然坐原轿！

〔金凤欲要跳进花轿,这使冯氏一下子慌了神色。

冯　氏　哎哟金凤小姐呀！这终身大事非同儿戏,岂能说聚就聚、说散就散呢？

金　凤　聚散两便——那可怪不得我了！（不悦地背转身去）

冯　氏　（见势不妙,又忙跑到丁天宝跟前说好话）丁师傅,既然新娘子对你这般器重,离不开你……那你就跟她一道在我们冯家留下来。（媚笑地）嘿嘿嘿,以后也给我冯氏做几件新衣裳穿穿！

冯易年　留下这个小裁缝,我就不结婚！

冯　氏　（气极）你这个逆子！（心火攻胸,一下子晕倒了）

〔石库门前顿时乱成了一团。

四　根　夫人！夫人！哎哟——大少爷,老太太患有心脏病,生气不得呀！你快答应她吧！

冯易年　（无奈地）阿姆！你醒醒……我一切都听你的,还不行吗？

冯　氏　你听我的……（她这才渐渐苏醒过来,站立起身子,双手笨拙地脱下冯易年身上穿着的西装）

冯易年　手脚轻点儿！轻点儿！（十分着急地）阿姆,你看——西装都让你给撕破了。它可是我法兰西同学安琪儿小姐替我定制的！

冯　氏　呸！啥西装不西装的——我就看它不顺眼！（扔下洋服,重新替冯易年穿上新郎行头,最后,高声宣布）拜堂成亲！

〔场上人都很快进入了冯家大屋……只有丁天宝走到石库门前又停下了脚步,他折回转身子,双手拾起刚才被冯氏扔在舞台上的那件西装,前襟后背地观看起来……灯光渐渐熄灭。

第二场：一件洋服

〔两年后,冯家大屋。一排中式红衣柜贯穿舞台,还有一面立式穿衣镜。金凤心情烦乱地来回踱步。

金　凤　唉！这个冯家台门,我真后悔踏进来呀！

（唱）　一脚踏错悔无穷,
　　　　犹如身陷冰窖中,

　　　　这婚后两年无笑声,
　　　　寂寞的日子只有冬!
　　　　原以为,留过洋学的冯少爷,
　　　　见多识广有心胸,
　　　　谁知道,新潮只是一张皮,
　　　　小肚鸡肠疑心重。
　　　　他不许我跨出门一步,
　　　　冯家大屋就是铁牢笼!
　〔屋外传来敲门声。

金　凤　等一下!(她拿出口红,对着穿衣镜抹红了嘴唇,这才跑去拉开房门)咦,是天宝师傅?(脸上马上绽开笑容)快进来,快进来——请坐!
　〔丁天宝走进了房间。

丁天宝　我不坐了!(递过去一只小布包)太太,刚才你娘家来人,说是你舅舅要去广州,临行之前他托人给你捎来了这东西。

金　凤　(拆开一看,兴奋地)《革命军》,邹容著。哎哟,太好了!这本书正是我想看的。(又调皮地询问)天宝师傅,你猜一猜,我舅舅为啥要叫我看这本书呢?

丁天宝　(摇了摇头)我猜不出。

金　凤　那我告诉你,它是一个名叫孙中山的广东医生推荐的。

丁天宝　噢,原来它是一部医书?

金　凤　不不不!《革命军》是一本号召民众奋起推翻封建王朝的书。(立刻又补充地)中山先生原先是行医治病,可如今他要给我们中国动一个大手术啊!(激动地,昂头背诵)中山先生说,夫今日之世界潮流,已不是专制之时代,四万万同胞无不平等共视……

丁天宝　(又摇摇头)太太,你讲的这些话我都听不懂!(他朝屋里张望了一阵)今天大少爷不在家?

金　凤　天一亮他就到码头去接——从法国来的洋同学了!

丁天宝　那,那我回去了。(欲下)

金　凤　慢!(脸色不悦地)你现在咋突然对大少爷产生了兴趣?

丁天宝　(停步,转过身来)天宝对你说实话——我感兴趣的不是他,是大少爷身上穿过的那件洋服。(说到这里,丁天宝一下子来了激情,双手取出一件用布裹着的西装)太太你看,这洋服,如今我也照葫芦画瓢做了一件!

(唱)　古古怪怪西洋装,

　　　　自有奥妙衣中藏,

　　　　它遵照人体来裁剪,

　　　　矮胖瘦长正相当。

　　　　这洋服,胸前左右双排扣,

　　　　犹如雁群展翅膀,

　　　　最稀奇,为使走路更轻快,

　　　　腰身后沿还开衩……

金　凤　好了好了,你别自夸了。(摆摆手,不耐烦地)自从进了冯家,你眼睛里,好像只有少爷身上穿的衣裳——就是忘了给我金凤做旗袍。(此刻,脸色渐渐转为温和)天宝,你还记得自己20岁那年,是怎样来为我金凤做"陪嫁"裁缝的吗?

丁天宝　(追忆地)当年,我手里提着一只铜熨斗,来到你们金府。天宝双脚一跨入府门,小姐你就从绣楼上跑下来,仰着脑袋,前前后后盯牢我看……

〔"小小一只铜熨斗"的曲调,又时隐时现地回荡在舞台上。

金　凤　我看的可不是铜熨斗,是你这一双手!

丁天宝　裁缝的手有啥好看的?

金　凤　你这双手又软又糯,比阿拉女人还要女人哪!

丁天宝　是吗?(又笑)嘻嘻!不瞒你说,裁缝这双手是练出来的!我当学徒时,师父端来一大盆热水,放在我面前——那水要烧得滚烫滚烫的,叫我往盆子里捞绣花针,动作要快,又不能把手烫伤……师父说,做裁缝就要有一双灵巧的手。

金　凤　怪不得我们宁波裁缝就跟别人不一样!(走上前去)天宝,今天你再给我做件新旗袍,好吗?

丁天宝　那我回去取裁缝家什来。(欲下)

金　凤　别走!(双手紧紧地拽着丁天宝)你先替我量一量身材尺寸呀!

丁天宝　太太的身材尺寸我还能不知道吗?不用量。

金　凤　不!我已经替他们冯家生下过儿子。这身子一定变了模样——(娇嗔地)你要重新量过的!

(唱)　你常说,最好的衣裳只有一件,

　　　　　　　金凤我,一辈子要穿你做的衣。
　　　　　　　你离不开我,我也离不开你,
　　　　　　　就像鱼游水中共呼吸!
丁天宝　(唱)　这比喻,听起来虽说有点出奇,
　　　　　　　细一想,居然它还是有些道理。
　　　　　　　天下女人爱美丽,
　　　　　　　缝衣匠才有用武之地!
金　凤　天宝,你快给我量呀!
丁天宝　看看!你拽牢我的手不放,叫我如何量尺寸呢?
金　凤　(这才害羞地松开双手,跑到一边去,轻声地)那你过来量吧!
丁天宝　好!(拿出裁缝用的带尺,走近金凤,欲量又止)
　　　(唱)　我双手把带尺高高举,
　　　　　　　它量过多少娇少女,
　　　　　　　从来心静似死水,
　　　　　　　一点波澜都不起。
　　　　　　　为何今天变了样?
　　　　　　　胸口里乒乒乓乓跳得急!
金　凤　(催促地)快量!你快量呀!
丁天宝　你抬起头来……伸开双手。
金　凤　哎!(顺从地伸开双手,微微闭上眼睛)
丁天宝　(这才开始量身材尺寸)衣长三尺六,(两人又换了个动作)衣领八寸半,
　　　　(最后,丁天宝将带尺围上了金凤的腰)腰围……
金　凤　(慢慢睁开眼睛,唱)
　　　　　　　他的手,轻轻触摸我肤肌,
　　　　　　　恰好比,一股清泉涌入心里边,
　　　　　　　那感觉,好似蜜糖千般甜,
　　　　　　　犹如人在云端飞。
　　　　　　　回想我,待字闺中未嫁时,
　　　　　　　枕边翻破自由书,
　　　　　　　不尊三纲与五常,
　　　　　　　平等博爱记心里。

　　　　　　今日这,独居空房小金凤,

　　　　　　偏要任性博一记!

　　　〔金凤猛地在丁天宝脸上亲吻一口,快步奔进了里屋。

丁天宝　(惶恐不安地)太太! 你——?

　　　〔幕侧传出金凤声音:"以后,你别再叫我太太——要叫我金凤。"

丁天宝　(一下子愣住,不知如何回答)这……(走到穿衣镜前去照,脸上有一块唇印,忙伸手去擦)

　　　〔此刻,冯易年陪着法兰西同学安琪儿走上。

冯易年　丁裁缝! 你在这房间里做什么?

丁天宝　(浑身一惊,急忙从穿衣镜前跳开)没,没……没啥! 我回去了!

　　　〔他用布包裹起西装,欲下。

冯易年　站着! (走过去,夺过西装,大声训斥)好哇丁裁缝! 你本事真大,居然学会了偷东西?

丁天宝　不不不! 大少爷,你别误会! 这件洋服是我自己做的……

冯易年　骗人! 一个小裁缝还能做西装? (声嘶力竭地高声喊叫)你偷了东西不认罪——我要把你送到衙门里去吃官司!

安琪儿　(轻声责备)冯易年同学,你是上帝信徒,要讲点爱心。(走过去)是不是他做的? 让我来看看吧! (接过西装,审视了一阵)这件西装是这位丁师傅做的。

冯易年　(一下子愣住神情)啊!

安琪儿　我在法国学的是立体剪裁法。可这件西装,居然用平面剪裁,也让他给做起来了——袖子与肩背,都以几条布料镶拼而成,真是巧夺天工哇!

丁天宝　其实,这很简单! (恢复了神态,淡泊地)说穿了,做洋服和阿拉做中式服装一样,需要的只是灵气。比如旗袍……

安琪儿　(迫不及待地)丁师傅,你还会做美丽的旗袍?

丁天宝　我当裁缝就是从做旗袍开始的。光是为太太,就不知道做过多少件! 你看——(伸手指红衣柜,自豪地)红衣柜里吊着的旗袍,全是我做的。

安琪儿　(兴奋地)易年同学,你快打开柜门,让我看看呀!

冯易年　(十分扫兴地)这些破衣裳有什么好看的?

安琪儿　我从法兰西来到这里,吸引我的就是中国旗袍——打开! 打开! 快打开!

〔冯易年无奈地走近红衣柜。他每拉开一扇柜门,舞台上空就会吊下一件美丽的旗袍……一扇扇柜门都拉了开来,挂在舞台空中的旗袍琳琅满目,美不胜收!

〔安琪儿陶醉在中国旗袍的海洋里。

安琪儿　(唱)　像一片片彩霞在飘,

像一朵朵鲜花在笑。

是一首首诗,

诗意朦胧真美妙;

是一幅幅画,

画面优雅高手描。

今天啊,婀娜多姿的旗袍装,

把我的灵魂儿全勾销!

哎哟上帝啊!太美了!

(转过身去,赞誉丁天宝)你不是一个裁缝,是艺术家!

丁天宝　(脸色茫然地)我是——艺术家?

安琪儿　对!如果我带你去法国巴黎,你一定会成为顶级服装设计师!

〔这段时间里,冯易年一直盯了丁天宝在看。

冯易年　喂喂喂!丁裁缝,你扭过头来,让我看看你那边脸孔——(终于有所发现)谁在你脸孔上咬了一口?

丁天宝　没啥!没啥!(急忙举手捂住了脸孔)

冯易年　(厉声地)你把手放下!(又加重语气)听到了没有?松开手!(丁天宝无奈地松开了手掌)噢,原来是一个美丽的唇印。(嘲讽地冷笑)嘿嘿!我们冯家,只有太太一个人嘴上抹口红的。莫非你们两人,趁我今天不在家,就……(紧追不放)丁裁缝,你老实坦白——快讲!

〔丁天宝低头不语——舞台上气氛顿时变得十分紧张。

安琪儿　(突然,一阵大笑)哈哈哈!不就是一个红唇香吻吗?(伸手拉过冯易年)我的老同学,说起来你也在法兰西接受过新思想,如今怎么这样不开放?像丁师傅那样会创造美的男人,没有一个女人见到他不欢喜的!(她边说边跑上去,"扑哧"一声,又在丁天宝另一侧脸孔添上了一个唇印)

冯易年 （一个劲地摇头）我的上帝哇,阿门!
〔灯光熄灭。

第三场:乱世之梦

〔又过了两年,天宝住所。窗台下边,搁着一张堆放着衣料与裁缝家什的台板桌。屋外火光冲天,人声嘈杂……少顷,金凤左手抱着孩子,右手拖着只藤条箱急急走上。

金　凤　天宝!天宝!（室内无回音,放下藤条箱,走过去摸了摸铜熨斗）熨斗还是热的……人一定不会走远。（孩子突然啼哭起来）别哭别哭,你都快三周岁了,还吵着要吃奶!
〔金凤坐下喂奶。少顷,"吱嘎"一声儿响——丁天宝进屋。

金　凤　（放下孩子,站了起来）天宝,你到什么地方去了?
丁天宝　教堂被人烧了,我跑出去看看!不知大少爷逃出来了没有?
金　凤　哎哟!你担忧他什么?（气鼓鼓地）这姓冯的,当初为了一个红唇香吻,关了我一个月禁闭,也毒打了你一顿!
丁天宝　（摆摆手）别提那件事了。如今反洋教造反,大少爷日子也不好过呀!
〔这时,一群反洋教的人过场。他们高喊口号:"扶清灭洋!打倒假洋鬼子冯易年!"

金　凤　恶人自有恶人磨。（决然地）天宝,我们不妨也趁着这乱世,离开冯家大屋,到外面去寻觅一条生路!
丁天宝　（吃惊地）你说,我们离开这里?
金　凤　对!冲出这铁牢笼!
丁天宝　（摇头）不行不行不行!（伸手指孩子）那你的儿子怎么办呢?
金　凤　我们带他一道走。
丁天宝　这……大少爷本来就怀疑你和我有私情的。如此一来,不是更加坐实了他的猜测吗?
金　凤　哎哟!你害怕什么?（极力开导对方）天宝,你还记得那个给我送书的舅舅吗?最近,他写信来叫我们去广州!
　　　　（唱）广州是座自由城,

梦寐魂驰牵我心。
舅舅说——
南方出了孙中山,
誓为民众觅前程,
推翻清廷废皇权,
不搞改良闹革命!

丁天宝 闹革命?(更加吃惊地摇了摇头)这革命我是一点都不懂的。天宝只是一个缝衣匠,只会做衣裳……

金 凤 革命党也要穿衣裳的。到了广州,我们就合伙开一家衣铺,怎么样?天宝,你听我说——
（唱）你我携手广州行,
租间街屋招牌新,
请来舅舅写店名,
"天宝衣铺"扬名声!

丁天宝 （唱）我打版样你划粉,

金 凤 （唱）你来裁剪我缝纫。

丁天宝 （唱）还有一只铜熨斗,
红炭烧得热腾腾……

金 凤 （伸手从台板桌上拿起了铜熨斗,边舞边唱）
小小一只铜熨斗,
长长木柄圆圆头。
它腹中装满红炭火,
欲要旺时——
只消我轻轻吹一口!

丁天宝 （惊讶地）哎哟金凤,你咋也会唱这首《铜熨斗》?

金 凤 你经常唱,我听都听会了!（学着丁天宝首次出场时的动作,把铜熨斗往空中一抛,再接回到手里。眼睛忽地一亮）现在我们两个人——就像这铜熨斗里的两块红炭!

丁天宝 （故意反问道）两块红炭是啥意思?

金 凤 只消轻轻吹一口,它们就会烧在一起的。你不相信?我吹给你看——（欲吹铜熨斗,又调皮地转过头来）你也一道过来吹。（丁天宝伸过头

　　　　　去,两只脑袋并在了一起,用力吹起红炭)旺了！旺了！旺了！
　　　　〔两人像孩子般大笑,十分快乐与甜蜜。
金　凤　天宝,这些日子里,我也试着给你做了一件衣裳……
丁天宝　(惊喜地)这话我没有听错吧！金凤,你给我做衣裳?
金　凤　对！是一件长衫。(伸手从藤条箱里拿出来,脸含羞色地)不知你喜欢不喜欢? 快穿起来,让我看看哪！
丁天宝　好好！我穿——(试穿长衫)哎哟！
　　　　〔丁天宝用力一挺背,长衫上掉下了两只袖子。
　　　　〔幕后合唱:

　　　　　一挺背,
　　　　　两(二)只袖子丢下来,
　　　　　丢哟么丢下来！

　　　　〔丁天宝走步,长衫断了线。
　　　　〔合唱:

　　　　　走三步,
　　　　　四面衣襟全撕开,
　　　　　全哟么全撕开！

　　　　〔丁天宝再也不敢走动,双手滑稽地抓牢滑下来的长衫。
　　　　〔合唱:

　　　　　五尺六寸做衣料,
　　　　　七皱八跷胡乱摆。
　　　　　究(九)竟是个啥原因?

　　　　(幕后一串笑声)嘻嘻嘻——

　　　　　金凤手艺实(十)在太"推扳"！
　　　　　太哟么太"推扳"！

金　凤　(难为情地)原来要做一个好裁缝,也挺不容易呀！
丁天宝　我师父说过,有些人看不起裁缝,那是他们心中有偏见。其实,没有我们这些缝衣匠,说不定大家至今还是光屁股！ (脸色十分自豪)"衣食住行"这四个字里,衣是摆在第一位啊！
金　凤　对对对！让那些看不起裁缝的人,都光屁股——没有衣裳穿！
丁天宝　金凤,我心中也有一个梦……

（唱）有一个梦——
久久藏在我心房,
小裁缝定要闯出大名堂!
祖师爷传下好手艺,
甭在天宝手里断了档。
我自幼立下凌云志,
要做一件亘古未有的新衣裳!

金　凤　天宝,我相信你这个梦一定会实现的。噢,现在辰光不早了!你替我照看一下儿子,我到码头上去买船票。(走下)

〔丁天宝见金凤儿子已睡熟,就抱他走进里间。少顷,屋外又传来反洋教的叫喊声:"别让假洋鬼子跑了!别让假洋鬼子跑了!"喊声过后,身穿西装的冯易年突然神情慌张地闯了进来。

〔丁天宝从里间复出。

丁天宝　(吃惊地)冯少爷,你咋还没有逃走呢?

冯易年　唉!四周都是他们的人,我逃得掉吗?(神色沮丧地)跑来跑去,我竟跑到这鬼地方来了,晦气!

〔冯易年转身欲走……四根急上。

四　根　大少爷,不好了!那些烧教堂的人,已把冯家大屋团团围上了!

冯易年　完了!完了!完了!(目光投向丁天宝,眼睛一亮)噢,我的上帝——您给我送救星来了!

（唱）眼前站着缝衣匠,
易年我逃命有办法!

丁天宝　(唱)冯少爷死死盯牢我,
目光为何不一样?

冯易年　(唱)一件洋服作鱼饵,
我与他互相换衣裳。
乱世中,演一出金蝉脱壳计,
定叫他,笑嘻嘻去当替罪羊!

丁裁缝,你不是很喜欢洋服吗?(他边说边脱下西装)今天我满足你——这件洋服换你身上穿的蓝布短袄!

丁天宝　蓝布短袄换西装?(有点不相信)冯少爷,你这话当真?

冯易年　我没工夫跟你开玩笑……快点,快点,先把洋服穿起来让我看看!

丁天宝　嘻嘻!穿就穿!(脱下蓝布短袄,穿上西装)

冯易年　再到台板桌上去走几步!

丁天宝　(犹豫地)这……

四　根　大少爷叫你去走,你就快走!(强行把丁天宝推上了台板桌)

丁天宝　(这才感觉有点不对头,挣扎地叫喊)你们——你们这要做啥?

冯易年　四根,把丁裁缝给我从窗口上推出去!

四　根　知道了!(用力把丁天宝推出窗口)

　　　　〔屋外再次响起喊叫声:"假洋鬼子跳窗跑了!抓住他!抓住他!"

冯易年　(神情得意地)这个替死鬼!

　　　　〔他换上丁天宝的蓝布短袄,转身欲下……从里间传出孩子啼哭声。

四　根　大少爷,里面好像是小公子在哭?

冯易年　(停步,回头倾听一阵,跺跺脚)如今是泥菩萨过河,自身难保——反正家里还有老太太,不管他了!(挥挥手)走!(与四根一起匆匆跑下)

　　　　〔哭声更加响亮了,充满整座舞台。冯氏手舞水烟袋走上。

冯　氏　哎哟!哎哟!这不是我冯家大孙子在哭吗?(放下水烟袋,从里间抱出孩子,疼爱地)嗓子都哭哑了,没有人管!(气愤地)真作孽哇!全怪易年他入了洋教,弄得一家人都不太平!

　　　　〔少顷,浑身被打得血迹斑斑的丁天宝穿着西装爬上。

冯　氏　啊!(错把丁天宝认作冯易年,放下孩子,快步奔过去)易年,易年,你被他们给捉牢了是不是?满脸都是血啊!(双手扶起对方)说话呀!快说话,别吓坏了你阿姆!

丁天宝　(艰难地抬起了头)我我……我不是冯大少爷,是丁……

冯　氏　你是丁师傅?(一下子愣住神情)那你穿的咋是一件洋服?

丁天宝　刚才大少爷跟我换了衣裳,他自己好去逃命。

冯　氏　(恍然大悟)丁师傅!你是个好人,救了易年性命。来来来!快坐到凳子上去——(丁天宝顺从地听从冯氏指挥)我替你擦去脸上血渍!

　　　　〔冯氏拿出手绢,仔细擦洗丁天宝脸孔。这时,金凤匆匆跑上。眼前情景无疑刺痛了她!金凤猛地奔进屋去,抱起孩子就往外跑。冯氏又赶紧扔下丁天宝,追上去,拼命抢夺孩子。

　　　　〔这场面,使丁天宝一下子看傻了。

金　凤　（大声叫喊，着急地）天宝！快把我儿从冯老太婆手中夺回来呀！
丁天宝　哎哎哎！（欲去帮金凤夺取冯氏手里的孩子）
冯　氏　丁师傅，你到底是帮我还是帮她？
丁天宝　（犹豫不决地）这……
金　凤　你还愣着做什么？天宝，去广州的船票我都买好了！
冯　氏　（一切都明白了，咬牙切齿地）好哇姓丁的！我冯氏瞎了眼睛看错人——金凤和你果然有私情。你们这一对奸夫淫妇……（双手高高举起孩子，脸色狰狞地）这是冯家根苗，你们别想要！我冯氏宁愿和他死在一起——听清楚了吗？（示威地）你们快过来抢啊！夺啊！来跟我冯老太婆拼命啊！
丁天宝　（左右为难地）金凤，我们能不能不走呢？
金　凤　你说什么？（神情十分失望）要留，你就一辈子留在冯家吧！（转身，提起藤条箱狂奔下去）

〔丁天宝欲要去追金凤。冯氏突发心脏病，整个身子瘫坐在舞台上，孩子大声号哭。丁天宝又慢慢回转了头……远方，响起了轮船的鸣笛声。灯光熄灭。

第四场：裁缝状元

〔十年之后，上海。
〔幕后合唱：

　　光阴似箭十年整，
　　丁天宝，衣铺开到上海城，
　　衣作行里称"红帮"，
　　赢一个，裁缝状元美名声！

〔众红帮裁缝簇拥着丁天宝走上。

裁缝甲　许多人都把阿拉叫作红帮裁缝。丁师傅，你说阿拉做西装，能做得过外国裁缝吗？
丁天宝　能！那些洋裁缝只懂得立体剪裁法，不懂得变通。
裁缝乙　啥叫变通呀？丁师傅，你再讲讲！

丁天宝　变通两字么,你们都听好了——这做衣裳,除了要知道对方的身材尺寸外,还要知道他心里想的是啥。

裁缝丙　人家心里想的事情,你又猜不出来……

丁天宝　那就要看你眼光了。比如,一个人刚当上官——

　　　　(唱)　趾高气扬把头昂,
　　　　　　　走路凸肚挺胸膛。
　　　　　　　这时候,
　　　　　　　你若为他做衣裳……

裁缝甲　怎么样?

丁天宝　(接唱)　前长后短勿能忘!

众裁缝　嘻嘻!前襟衣裳要做得比后襟长。

丁天宝　对!

　　　　(唱)　久居官场无升降,
　　　　　　　往日锐气早磨光。
　　　　　　　这时候,
　　　　　　　你若为他做衣裳……

裁缝乙　又怎么样?

丁天宝　(接唱)　前后尺寸都一样!

众裁缝　嘿嘿,明白了!明白了!

裁缝丙　假如他不做官了呢?

丁天宝　(唱)　一旦辞官返回乡,
　　　　　　　人也变得很凄凉。
　　　　　　　这时候,
　　　　　　　你若为他做衣裳——
　　　　　　　后襟要比前襟长!

众裁缝　(一致称赞地)哎哟!高明!高明!丁师傅,你真不愧是裁缝状元啊!

〔切光,场景转为西洋公寓一间豪华客厅。安琪儿把自己设计的旗袍,一件件穿到模特儿身上。

安琪儿　(唱)　安琪儿,从小长在法兰西,
　　　　　　　最钦佩,中华服饰天下奇,
　　　　　　　美不胜收的旗袍装,

　　　　日日夜夜把我魂儿牵。
　　　　现如今,丁师傅来到大上海,
　　　　人称裁缝状元数第一,
　　　　我有心拜他为师父,
　　　　切磋技艺,相约在今夕!
　　〔响起一阵门铃声。

安琪儿　噢,裁缝状元来了!(跑过去开门,神色愣住了,眼前站着的竟是身穿清朝官服的冯易年)是你?(模特儿纷纷退场)

冯易年　老同学——冯易年!(进屋,神气地)不认识了是不是?

安琪儿　你怎么脱了西装换官服?

冯易年　(唱)　这套官服非一般,
　　　　　　　前襟后背金蟒盘。
　　　　　　　俗话讲,真人面前不说假,
　　　　　　　冯某人,已是八旗营里大总管!
　　(他神气地把长辫子往身后一甩,由于动作过猛,竟一下子掉在地上)

安琪儿　(捡起长辫子,放在一边)这根猪尾巴——原来还是假货!
　　(接唱)　昔日你上帝面前称信徒,
　　　　　　今朝却投靠清廷当鹰犬。

冯易年　哎哟!报效朝廷,光宗耀祖——易年是识时务者为俊杰。(侃侃而谈)如今,广州那边革命党越闹越凶,竟然跑到上海地界,也来闹革命了。这伙乱党首犯,就是旅居日本的孙中山!

安琪儿　冯大总管,你别说这些——我感兴趣的只是服装。

冯易年　我马上就说到服装了。近日,易年正在为朝廷替八旗大营定制兵服。谁知上海滩上红帮裁缝受到革命党蛊惑,推三推四,不肯接手——(又神气十足)现已查明,原来他们都在搞易服行动,要为孙中山做一件新衣裳。据说,身材尺寸也有人从海外带进来了……

安琪儿　海外有人带进来孙先生的身材尺寸?

冯易年　对!这个胆大包天的乱党分子,居然还是个女人!

安琪儿　冯大总管,你不会怀疑是我吧?

冯易年　岂敢岂敢!美丽的安琪儿小姐,今天我是请你来帮忙的。你与那些红帮裁缝常有来往,不妨为我探听清楚——(挤眉弄眼地一笑)嘿嘿,你我毕竟有过一段快乐时光呀!

（唱）你我相识法兰西，
　　　同窗共读结情谊，
　　　一件西装你定制，
　　　易年我始终记心间。
　　　虽说后来志向异，
　　　鸳鸯配还是有条件!

安琪儿　（冷淡地）对不起了，冯大总管，现在我已经有了心上人!

冯易年　这，这……我不相信!（歇斯底里地叫喊）安琪儿呀安琪儿，你今天必须告诉我——那个心上人是谁? 是谁? 是谁?

〔丁天宝出现在客厅门口。

丁天宝　安琪儿小姐，我来迟了一步!

安琪儿　不!来得正好——（转身，拉过丁天宝）你想知道的人就是他。如今丁师傅已是裁缝行里领头雁，人称裁缝状元。

冯易年　（醋意大发）丁裁缝呀丁裁缝，你好走桃花运哇! 当初你在宁波与我前妻轧姘头，如今又到上海和我留洋同学安琪儿勾搭上了!（凶狠狠地）哼，我冯易年也不是吃素的——骑驴看唱本，你等着瞧吧!（转身奔下）

安琪儿　（喊）冯大总管，你这根猪尾巴还留在这里哇!

〔冯易年复上，匆匆拿起长辫子往后脑勺一挂，又急急地跑了下去。

丁天宝　莫名其妙! 他这是怎么啦?

安琪儿　我也没想到他会变成那样——现在冯易年已是朝廷一只鹰犬。丁师傅，今天我们不谈他了，还是谈谈服装。这十年来，我一直在做旗袍，苦心钻研，设计了几种款式，想请你这个裁缝状元指点指点!

〔她轻轻拍了拍手掌，身穿旗袍的模特儿又纷纷走上，围成一圈儿——开始走秀。

〔幕后合唱：
　　　摇呀摇，美丽的细腰，
　　　摆呀摆，臀尖微微翘。
　　　少女模特美眉儿，
　　　翩翩起舞分外娇!

〔丁天宝走近一位模特儿。

丁天宝　（唱）　这一款,窄窄立领高耸起,
　　　　　　　　　亭亭玉立竟窈窕。

〔又走近另一位模特儿。

丁天宝　（唱）　那一款,有袖巧改无袖装,
　　　　　　　　　大胆裁剪手艺高。

〔少女模特把丁天宝围在了中间。

丁天宝　（唱）　还有一款最奇妙,
　　　　　　　　　束腰隆胸曲线条,
　　　　　　　　　安琪儿小姐不简单,
　　　　　　　　　中西合璧有创造!

〔幕后合唱:
　　　　　　　　　丁天宝遨游在霓裳海,
　　　　　　　　　赞不绝口乐逍遥。
　　　　　　　　　忽然间,他想起了人一个,
　　　　　　　　　触景生情化为思念潮!

〔四周转暗,众模特隐去。

丁天宝　（唱）　身穿旗袍,最美的是金凤,
　　　　　　　　　记不清,我替她做过多少套。
　　　　　　　　　每一件旗袍完工后,
　　　　　　　　　她都要,伸出拇指来夸耀,
　　　　　　　　　说我天宝是个巧裁缝,
　　　　　　　　　天上没有地下也难找。
　　　　　　　　　此刻我,放开喉咙喊一声,
　　　　　　　　　但愿金凤她能够听得到!

　　　　　　（双手搭在嘴上,大声叫喊）金凤——金凤——金凤——

〔他眼前出现了幻觉。此刻,舞台上一束追光照亮了金凤。

金　凤　我在这里,天宝!
丁天宝　金凤,你南下广州过得好吗? 有没有找到你舅舅?
金　凤　找到了,舅舅还带我去日本见到了中山先生。
丁天宝　真的? 中山先生对你说了些什么?
金　凤　他说,王者改制,必易服色!

丁天宝　王者改制,必易服色?这句话说得太好了!金凤,现在我们红帮裁缝想为中山先生做一件亘古未有的新衣裳,他们都叫我丁天宝来设计,可我既没见过中山先生,又不知道他的身材尺寸,这件新衣裳怎么做?(眼睛一亮)你快告诉我,中山先生长得有多高?肩膀有多宽?腰围是多少?金凤,你说给我听听哇!(这时,金凤迅速地隐去)咦,你怎么一下子不见了呢?(着急地叫喊)金凤!

〔灯光大亮,仍是那间客厅。小天宝急促地跑上。

小天宝　阿爸阿爸!不好了!刚才,一队辫子兵闯进了我们天宝衣铺,把所有裁缝家什都拿走了。临走时还扔下一句话,叫你马上去八旗大营报到!

丁天宝　(吃惊地)噢,他们这样搞是要做什么?

安琪儿　刚才那个冯大总管也在这里说,不许你们红帮裁缝为中山先生做衣裳。

丁天宝　这个冯少爷真是太可恶了!

安琪儿　丁师傅,你不要着急!我给你想办法——近日,我就要回法国巴黎去,带在身边的那些缝纫工具全部留给你,让你去做自己想做的事情。

丁天宝　(激动地)谢谢安琪儿小姐!

〔两人握手,灯灭。

第五场:衣铺风云

〔几天后,天宝衣铺。正面墙上,用木棍支起一扇大窗户,可以看到屋里的制衣作坊。小天宝跑上,敲了敲窗棂,丁天宝从衣铺里走出。

丁天宝　叫我啥事情?

小天宝　阿爸,法兰西阿姨今天要回国了!

丁天宝　这我知道,你阿爸正在为她准备礼物。(脸色认真地)小天宝,我们要记住,今天你我还能在这里做衣裳,全靠安琪儿小姐帮忙。她不但留下裁缝家什,还想办法弄来了一张批文,说是这天宝衣铺受法兰西帝国保护,享有外事豁免权——不用到八旗大营里去制作兵服!

小天宝　是的!是的!否则,我们也要像那些叔叔伯伯们一样被集中起来了。

丁天宝　现在我去看看安琪儿小姐。(欲走,回头又叮咛地)小天宝,阿爸走后,你把店门关上!

小天宝　（嘴一噘）哼！这店门上已经张贴了法国领事馆批文,我们不怕！
丁天宝　小心一点总归是勿会错的！（走下）
　　　　〔小天宝放下支窗的木棍,关上店门。这时,从街巷暗处闪出四根。
四　根　（脸色得意地）我家大少爷,早就看出你丁裁缝是个乱党分子！现在不来抓你——为的是放长线钓大鱼。（远处传来一阵脚步声）嘿嘿！大鱼果然上钩了！（隐下）
　　　　〔金凤幕内唱：

　　　　　长夜渐逝天色明,
　　　　　满清皇朝末日临！

　　　　〔她一身男装,头戴一顶当时很流行的铜盆帽。

金　凤　（接唱）　金凤我,乔装换型江南行,
　　　　　上海滩头步不停,
　　　　　走过多少缝纫店,
　　　　　为何四周冷清清？
　　　　　闹革命我不惧生与死,
　　　　　愿为中山先生作先行。
　　　　　先生说,欲易江山先易服,
　　　　　各地裁缝齐响应。
　　　　　共同携手埋葬旧皇朝,
　　　　　换一个,千年古国山河新！
　　　　天宝衣铺？（惊喜地）莫非我日思夜想的那个丁天宝就在这里！（敲门）店里有人吗？
　　　　〔小天宝从窗口探出头来。
小天宝　客官,对不起！敝店生意已满,恕不接货。
金　凤　小师傅,我不是来做衣裳,是要打听一个人……
小天宝　打听人你去找巡捕房呀！（说完欲关窗）
金　凤　等等！等等！我再问一声——（手推窗户）小师傅,你家店主是否名叫丁天宝？
小天宝　你这客官真烦人！我家店主叫什么跟你有何关系？快走！快走！（用力关闭窗户）
　　　　〔金凤失望转身,欲下。

〔丁天宝与安琪儿并肩走上。金凤停步,又忙躲闪在了一边。

丁天宝　安琪儿小姐,今天我去看你,你怎么又陪我走回来了?

安琪儿　我要回法兰西去,心里真是依依不舍啊!丁师傅,在你身上,我看到了灿烂的中华服饰是如何传承下来的,一生一世都忘不掉呀!

丁天宝　哎哟过奖了!安琪儿小姐,你几次帮我忙,我也是一辈子牢牢记着的。

安琪儿　这些我只是尽力而为……不过,最近几天,法租界里来了不少辫子兵,他们行动诡秘,昼伏夜出,目标好像是针对你这天宝衣铺的。

丁天宝　谢谢安琪儿小姐提醒。噢,今天离别之前,我想送你一件礼物。

安琪儿　丁师傅,这件礼物是什么?

丁天宝　我用心替你做了一件旗袍……

安琪儿　(惊喜地)一件中国旗袍!(又好奇地)丁师傅,你没有量过我的身材尺寸,这件旗袍是怎么做出来的?

丁天宝　我不用量,靠的是目测。这是我们红帮裁缝特有的一项技艺。任何人让我们看过一眼,他的身材尺寸全都在脑子里了!

安琪儿　这么神奇?

丁天宝　当然!你不妨进衣铺去穿上试试,看它合身不合身?

安琪儿　(兴奋地)哎哟太好了!进去!进去!

〔安琪儿跟随丁天宝走进了衣铺。少顷,店面墙上的大窗户被灯光照亮,映出丁天宝在给安琪儿试穿旗袍的身影。

〔幕后伴唱:

安琪儿穿上美旗袍,

缝衣匠就是丁天宝。

纸窗户映出双人图,

金凤的胸口插一刀!

〔金凤走近衣铺——她猛地停步,缓缓转回身子,眼眶噙满泪水。

金　凤　(声音颤抖地)我来迟了!来迟了!来迟了啊!

(唱)　眼观窗棂心颤抖,

两束泪水潺潺流。

忆当年,我与天宝分了手,

谁料想,相逢却在十年后。

这十年,我走出冯家到广州,

　　　　　往昔恋情依然挂心头！
　　　　　这十年,我跟着舅舅反满清,
　　　　　夜半醒来还是思不休！
　　　　　这十年,我眼前常见旧时景,
　　　　　这十年,我梦中常与故人游,
　　　　　这十年,我渴望再穿一回旗袍装,
　　　　　这十年,我吟唱过多少遍《铜熨斗》……
　　　　　可叹今朝重逢世事变,
　　　　　金凤不宜在此多停留！

〔金凤欲下,丁天宝从衣铺里走出。随后,小天宝拉着安琪儿也一起走出了店门。

丁天宝　这位先生留步！（金凤停步）请问,刚才你来找过我,不知有啥事情?
金　凤　（掩饰地）对不起,我是走错了店门。（又欲下）
丁天宝　等一等！（细细打量,吃惊地）你这位先生好脸熟?
　　（唱）　眼前这人太熟悉,
　　　　　音容笑貌曾相识。
　　　　　叫人想起小金凤,
　　　　　错的只是这性别。
　　　　　我想弄清真身份,
　　　　　心中顿时有主意！
　　（蓦地,嘴里轻轻地吟唱起来）
　　　　　小小一只铜熨斗,
　　　　　长长木柄圆圆头。
　　　　　它腹中装满红炭火,
　　　　　欲要旺时——
金　凤　（情不自禁地唱出最后一句）
　　　　　只消我轻轻吹一口！
丁天宝　（大声地）金凤！你是——金凤!
金　凤　（猛地扔掉了戴着的铜盆帽）天宝,是我!
〔丁天宝与金凤相拥在一起,安琪儿与小天宝都笑了。
丁天宝　小天宝,这几年你一直问我,自己姆妈是哪一位,今天我可以明明白白地告诉你——这位金凤阿姨就是你阿姆。（把金凤推到小天宝面前）你快叫一声呀！叫呀！叫呀！

小天宝　（愣了一阵之后，扑到金凤怀里）阿——姆！

〔金凤紧紧抱住小天宝，热泪盈眶。

丁天宝　金凤，这次你是来找他的吧？

金　凤　（摇摇头）不是，我是来寻找替中山先生做衣裳的裁缝状元。

小天宝　阿姆！裁缝状元就是我阿爸呀！

金　凤　（惊喜万状地）天宝，这是真的？你愿意为中山先生做衣裳？

丁天宝　（点点头）愿意！愿意！太愿意了！中山先生想穿的衣裳，一定是跟过去所有服饰不同。它古无记载，今无旁例——是我丁天宝久久藏在心里的一个梦！

金　凤　你说得好！

（唱）　中山先生想穿的新衣裳，
　　　　既不是官服又不是洋装，
　　　　它是简简单单一件衣，
　　　　里里外外深意藏。
　　　　这件亘古未有的新衣裳，
　　　　寄托着民众百姓的希望；
　　　　这件亘古未有的新衣裳，
　　　　引导着时代发展的航向；
　　　　这件亘古未有的新衣裳，
　　　　标志着大中华挺立在东方！

丁天宝　我明白了！

（唱）　民族、民权与民生，
　　　　时刻回响在耳旁；
　　　　自由、平等与博爱，
　　　　终生追求永不忘。
　　　　我作为一名缝衣匠，
　　　　此时此刻，感到无限荣光！

〔突然，一阵枪声划破了舞台。

金　凤　（贴身处摸出一卷图纸）天宝，这是中山先生的身材尺寸，我一直带在身上,现在交给你。

丁天宝　好!(收起图纸)

金　凤　辫子兵正在四处追捕我——告辞了!(转身欲下)

丁天宝　(担忧地)金凤,你……你这样走太危险了!

安琪儿　我看,大家还是先进衣铺想个脱身办法。(硬把金凤拉进了衣铺,丁天宝与小天宝也随后跟入)

〔少顷,四根领着手提火铳枪的清兵快速跑上,最后上来的是冯易年。

冯易年　四根,你不会看错吧?

四　根　小人已在这里守候了三天三夜。大少爷,你放心!刚才我亲眼看见,过来的是一个头戴铜盆帽的革命党……

〔安琪儿穿戴上金凤的服饰衣帽走出店门。

四　根　就是他!就是他!

冯易年　站住!(清兵快速围住了安琪儿)

安琪儿　(摘下铜盆帽,怒视冯易年)轮到你不认识我这个老同学了!

冯易年　啊?(吃惊之后,又神气地)美丽的安琪儿同学,今天我要提醒你一句——这个丁裁缝,胆大包天,他不肯替八旗大营制作兵服,却去为乱党首犯孙中山做衣裳!

安琪儿　做什么衣裳那是裁缝的自由。(指向店门上的批文)冯大总管,你看看清楚!如今天宝衣铺受法兰西帝国保护,谁敢肆意查封?另外你也别忘记,自己曾经还是一名上帝的信徒,生前犯下罪孽太多,死了是要下地狱的!

〔她说完转身走下,冯易年把气都出在四根身上。

冯易年　(举手打了四根一个耳光)笨蛋!

〔响起一个清兵的尖叫声:"大人!大人!有人跳后墙跑了!"

四　根　大少爷!这衣铺里确确实实窝藏着革命党!

冯易年　(吼叫道)快给我搜!

〔众清兵涌入衣铺。少顷,拖出了丁天宝。随后小天宝也奔了出来。

小天宝　不许你们伤害我阿爸!(张开双手,护住了丁天宝)

冯易年　这个小东西,给我拖下去打!

〔两清兵拉过了小天宝,欲要往下拖。

丁天宝　慢!冯少爷,今天我有话要告诉你!十年前,老太太临死时,托我天宝带大你小公子……这个小天宝,就是你儿子。

冯易年　啊！（吃惊地）你，你……你说什么？

丁天宝　小天宝今年13岁了，跟在我身边学做裁缝……

冯易年　（哭丧着脸孔）哎哟哟！我们冯家后代，怎么也出了一个裁缝呢？（用力一跺脚）不！他是个野种——野种。（声嘶力竭地大喊）押下去！

〔两清兵拖下了小天宝。

四　根　大少爷！（伸手指丁天宝）这个乱党分子你怎么处置呢？

冯易年　（恶狠狠地）我要叫丁裁缝这辈子活着比死了更难受，做不成裁缝！（命令）把他双手给我按在门板上。

众清兵　是！（四根使劲按着丁天宝的手）

〔冯易年举起枪托砸下去——店门上顿时流淌出两道殷红的血迹。

丁天宝　（一声惨叫）啊……我的手啊！

〔沉重的枪托声，震撼了整座舞台。灯灭。

第六场：中华国服

〔辛亥年，舞台上放着一张长长的裁衣台。裁衣台背后，搁着一架比人还要高的红木座椅，四周还矗立着几件已经"扎壳"的西装毛坯。此刻，众红帮裁缝停下手中活计，伸头探脑地朝外观看……幕侧传来"嘭嘣"作响的鞭炮声和人们庆祝"辛亥革命"胜利的欢呼声。

众裁缝　革命军过来了！革命军过来了！真威风啊！我们快出去欢迎！

〔红帮裁缝一窝蜂地奔了出去。少顷，金凤拉着小天宝走进了店铺。

金　凤　你阿爸呢？

小天宝　他一定又到外面去了！（举手指红木座椅）平日里，阿爸就坐在那把高高的椅子上，看我做衣裳。他说我很有悟性，要把我培养成为红帮裁缝又一代传人。可自从武昌那边传来革命党起义成功的消息后，他就坐不牢了！天天往街头上跑。（边说边伸手一指）阿姆！你看——我阿爸回来了！

〔丁天宝走上，小天宝调皮地冲他俩一笑，跑了下去。

丁天宝　（十分激动地）金凤，中山先生替我们中国动的大手术成功了！

金　凤　是呀！革命胜利了。天宝，今后我们就能永远在一起……（遐想地）要是安琪儿小姐还没回法国去，我一定把她叫来，一道吃顿团圆饭！

丁天宝　好！（认真地）我也想再次告诉小天宝，他亲生父亲不是我，是……

金　凤　这事你快别说了！冯易年从来没有认过那孩子。再说他也不配——（拿出一根长辫子）清廷完了，姓冯的又扔下这根猪尾巴，穿上西装，跑到北方去投靠袁世凯了！

丁天宝　这……冯少爷也太会变了！

金　凤　天宝！

　　　　（唱）　推翻清廷气象新，

　　　　　　　举国上下人欢庆。

　　　　　　　今天我给你捎来一封信，（双手举起信笺）

　　　　　　　寄托着中山先生深深情！

丁天宝　哎哟！（有点不敢相信自己耳朵）这信是中山先生写给我一个裁缝的？

金　凤　中山先生在信上写道：（一字一句朗读）悉贵店衣铺不惧清廷淫威，拒为八旗大营制作兵服。丁先生之义举与日月同辉，江山增色！兄弟今日代表即将成立的共和革命政府向丁先生……

丁天宝　等等！等等！（更加激动地）中山先生叫我丁先生？

金　凤　他不但叫你丁先生，还以兄弟相称哪！

丁天宝　（激动地大喊）中山先生——！

〔红帮裁缝们手里拿着报纸，涌上舞台。

裁缝甲　丁师傅，你看你看——（挥舞着报纸）武昌起义以雷霆万钧之力，席卷全国！各省代表一致拥护孙中山为临时大总统，正式"登基"日子，就定在新年元旦……

裁缝乙　还"登基"呢？（纠正道）现在是共和革命政府，不是大清朝了！这报纸上写的是就职大典。

众裁缝　对对对！是改朝换代的就职大典。

金　凤　中山先生就要当大总统了。（少顷，认真地）天宝，我想问你一句，你为中山先生做的新衣裳，不知完工了没有？

丁天宝　这……唉！（他长叹一声，转过身子，脚步踉跄地走下）

〔小天宝快步奔上。

小天宝　姆妈！阿爸的手，早被辫子兵的枪托给砸烂了呀！现在他做不了衣裳！

〔金凤一下子愣住了神情。

众裁缝　一个裁缝失去了手，就成了废人。可惜呀可惜！（纷纷摇头）

〔蓦地,舞台上传来一句激昂的高喊声。

丁天宝 不！中山先生的新衣裳 —— 我来做！

〔丁天宝已坐在高高的红木座椅上。金凤激动地奔上去,小心翼翼地脱下他戴着的白手套 —— 这手早已坏死了。

金　凤 天宝！你这双手,行吗？

丁天宝 别替我担忧！金凤,今年是辛亥年,革命成功之日 —— 我丁天宝不出点力,这辈子就白活了……我要对得起中山先生的信任啊！（一字一句地）一个好裁缝做衣裳,除了一双手外,最重要的还是靠他一颗心！

金　凤 靠的是……一颗心？

丁天宝 现在我这颗心仍在跳动！金凤！

（唱）天宝我自小家贫穷,
　　　破庙栖身度春冬。
　　　父母双双早亡故,
　　　跟着个师傅学裁缝。
　　　六岁能拿针与线,
　　　十岁会使剪刀裁衣裙,
　　　十四岁手提一只铜熨斗,
　　　四村八乡走西东。
　　　转眼间又长到二十岁,
　　　二十岁与你金凤初相逢,
　　　当"嫁妆",坐花轿,
　　　惺惺相惜情谊浓。
　　　大少爷把我视作眼中钉,
　　　我与你分手在乱世中……
　　　再度相逢十年后,
　　　天宝衣铺识真容,
　　　双双携手斗敌顽,
　　　历尽艰险志向同。
　　　中山先生来信叫我丁先生,
　　　这先生两字分量重！
　　　小裁缝从此无人来看轻,

　　　　扬眉吐气获敬重。
　　　　天宝我无手也要把衣裳做,
　　　　描绘了衣样在心中——
　　　　这衣样,汇聚了红帮裁缝众智慧,
　　　　这衣样,积累了我半辈子裁剪功,
　　　　这衣样,神思妙想巧设计,
　　　　这衣样,跟中西服饰不相同!
　　　　高立领、四贴袋,
　　　　胸前纽扣用青铜,
　　　　做一件让大总统满意的新衣裳,
　　　　就职大典定会显得更隆重。
　　　　千秋青史,留下一段美佳话,
　　　　改朝换代,有阿拉红帮裁缝一份功!
众裁缝　丁师傅,你快发号令吧!我们都是你的手——你说咋做,阿拉就咋做!
丁天宝　好!小天宝,你把布料拿上来,今天阿爸要那匹我们中国人自己纺织出来的中华毛料呢!
小天宝　(拖长声腔)知——道——了!
　　　〔小天宝拿上呢料放在裁衣台上,然后,众红帮裁缝跟随着丁天宝号令,进行舞蹈化的裁剪表演,这场面具有一种仪式感。
丁天宝　(昂头远望,神情庄严)中山先生,您看得起缝衣匠,今天阿拉红帮裁缝给您做国服了!这件国服日后您穿着觉得满意,就叫"中山装"吧!
　　　　(唱)　高高立领似劲松,
众裁缝　(伴唱)　——似呀么似劲松!
丁天宝　(唱)　两肩宽宽沐春风,
众裁缝　(伴唱)　——沐呀么沐春风!
丁天宝　(唱)　胸前五粒铜纽扣,
　　　　　　　　五权分立为民众,
众裁缝　(唱)　上下四只贴身袋,
　　　　　　　　国疆一统求大同,
丁天宝　(唱)　众手缝制新国服,
　　　　　　　　中华民族走向成功再成功!

众裁缝　（伴唱）——走向成功再成功！

丁天宝　各位同行,快快使出祖师爷给阿拉红帮裁缝传下来的十二项绝活来！

裁缝甲　一挺！（做了一个模拟动作）

裁缝乙　二平！（做了一个模拟动作）

裁缝丙　三直！（做了一个模拟动作）

〔随后,每一个裁缝兄弟都以各种不同的身姿手势表演下去："四服、五窝、六圆、七顺、八清、九墩、十台、十一密、十二盛",最后,定格为一幅幅独具特色的舞蹈场面。

丁天宝　一件衣裳到底做得好不好,最后还要看熨功！裁缝行里有一句老话,叫作"三分做功七分熨"。（大声地）小天宝,你拿起铜熨斗！

小天宝　哎！（双手高举起铜熨斗）

丁天宝　归拔磨压,全靠你的啦！

小天宝　（信心十足地）阿爸放心！我要把这件中华国服熨得胸部饱满、吸腰自然、袖山圆顺、驳头挺拔……就好像会在台板上立起来一样！

〔此刻,小天宝把一只铜熨斗,从胸前肩后各个不同方位抛向空中,又都稳稳地接在手里——跳起了十分精彩的"铜熨斗"舞。

〔丁天宝率领着众红帮裁缝齐声高歌：

　　有一件衣裳,

　　裁剪出时代的风向；

　　有一件衣裳,

　　缝纫起民众的理想。

　　风雨中,送走了旧皇朝,

　　迎来了中华新曙光。

　　中山装,中山装,

　　——您永远时尚！

〔天幕上,叠映出身穿中山装参加大总统就职典礼的孙中山先生。

中山先生画外音：中国有服章之美,谓之华,有礼仪之大,故称夏。王者改制,必易服色！这不是我孙文的发明,古书《左传》上就有记载。

〔大幕徐徐落下……歌声仍在飞扬。

（剧　终）

多场次戏曲

中国梵高
——尘封多年的大油画家传奇

人　物

沙　耆　原名引年,1914 年出生于浙东鄞县沙村的大油画家。早期师从徐悲鸿先生,1937 年赴比利时皇家美术学院留学,1946 年归国后隐居故乡数十年,晚年享有"中国梵高"之美誉,2005 年病逝于上海。剧中由两名演员分别诠释这一人物:一名饰演 14 岁少年时期的沙耆(后又兼演沙耆儿子),另一名饰演从 23 岁青年一直到 70 岁晚年。

杜　氏　沙耆母亲,乡下女人,32 岁至 50 岁。

　珍　沙耆的妻子,出场时 20 岁,曾求读于女子学堂,后与沙耆离婚。

林大同　珍的表哥,24 岁。曾与沙耆同窗,后成为共产党一名干部。

章　芸　18 岁至 72 岁。 林大同恋人,她几乎见证了沙耆的一生。

王儒生　教书先生,40 余岁。

巴斯蒂　比利时皇家美术学院院长,50 岁。著名油画家。

丽　莎　巴斯蒂女儿,18 岁,一个美丽的姑娘。

哈里森　比利时皇家美术学院门卫,黑人,48 岁。

乔娜伊丝　画廊女老板,40 余岁。

时　间

1928 年初春至 1983 年秋。

地　点

浙东鄞县沙村、上海滩、比利时"画都"布鲁塞尔。

〔1〕

〔序曲（如似饱经岁月沧桑的老人在自吟自唱）：
　　熬过了，
　　一世风雨；
　　留下了，
　　千幅画卷。
　　乡思愁，
　　恋情弃，
　　为伊痴迷为伊狂，
　　换一个画王美誉！

〔剧场的灯光在序曲声中逐渐熄灭，舞台上一片漆黑。蓦地，响起了20世纪60年代风行一时的口号："彻底砸烂帝修反黄色油画！红卫兵小将誓死捍卫无产阶级革命路线！画疯子不投降，我们就叫他灭亡！……"突然，一位老人愤怒的吼声压过了这一片喧哗声："你们这班后生，谁敢上来毁画，我就打谁一百发子弹！哒哒哒！哒哒哒！哒哒！哒哒哒哒……"随着这模仿子弹出膛的声响，一束追光投射在舞台上。光圈扩大，映出一幢老屋厅堂。一个年过半百的白发老人，怒目圆睁，站在楼梯上，左手举着只空酒坛，右手托着一沓瓦片，这就是我们今晚演出的主人公——大画家沙耆。

沙　耆　我画疯子今天喝了一坛黄酒，要跟你们这班后生血拼到底！（朝着幕侧叫喊）快退下去！再不跑——我开枪了！（扔出手上的瓦片）

〔瓦片纷飞，响起红卫兵撤退奔跑的脚步声。

沙　耆　（高兴地大笑）哈哈哈！我胜利了！胜利了！

〔舞台上又射下一道追光。杜氏走上。

杜　氏　你真行哇！耆儿，他们让你给打败了哪！

沙　耆　（兴奋地）姆妈，您也来祝贺我，是吗？

〔追光圈又徐徐移动过去，在沙耆身后，是描绘在楼梯板壁上的11幅具有印象派风格的油画（主要是裸女画像，系他的晚年作品）。

杜　氏　姆妈知道这些画都是你的命根子！没有它们，你就活不了。（追忆地）

小时候,我就看出你这辈子除了画画,什么都可以舍弃的。(一字一句地)画就是你,你就是画哇!

沙　耆　(又笑)嘻嘻!姆妈,您算是把我给看透了呀!

杜　氏　谁叫我是你姆妈!

　　　　〔咚咚咚——屋外传来敲门声。

沙　耆　谁?

　　　　〔屋外的声音:"是我,章芸。"

沙　耆　(惊喜地)哎哟,是章芸姐来了!姆妈,我去开门。

　　　　〔他没等杜氏回答,就跑去把门打开,章芸走上。

章　芸　刚才,我看见一队红卫兵正从你家这边走出来,心里有点害怕,害怕你会跟老林一样……

沙　耆　我才不会和林大同一样窝囊哪!(神气地)他们再来——我有机关枪!

章　芸　(奇疑地)机关枪?

沙　耆　对!(双手又托起一沓瓦片)

　　　　(唱)　哒哒哒哒机关枪,
　　　　　　　一夫当关谁敢闯?
　　　　　　　莫道小小红卫兵,
　　　　　　　造反大军也滚一旁!

章　芸　(唱)　瓦片当作子弹使,
　　　　　　　你神经有点不正常!

沙　耆　(唱)　世人称我画疯子,
　　　　　　　我貌似痴癫心明亮,
　　　　　　　舍命护画志不移,
　　　　　　　常把老屋当战场!

　　　　芸姐,你放心!有我在这里,没有一个人敢闯进来毁画的!不信?这事你可以去问我姆妈!(他回头——杜氏早已消失了。沙耆着急地跺脚)姆妈!姆妈!您怎么一声不响地走了?快出来呀!

　　　　〔四周无回音。

章　芸　你呀你!又犯病了是不是?(长叹了一声)唉,伯母早过世几十年了。

沙　耆　(认真地)不对!不对!刚才姆妈还在这里跟我说话哪!她夸奖我,说

　　　　我真行——打败了那班小后生！
章　芸　那是你的幻觉。
沙　耆　胡说！这里谁不知道我画疯子厉害？（少顷,脸色惊喜地）咦,芸姐你听——《茉莉花》！这是我姆妈年轻时最爱唱的一首江南民歌。小时候我常见她边摇纺车边唱……
　　〔"吱嗖儿,吱嗖儿"——说也奇怪,大幕深处,果然传来了杜氏手摇纺车的响声与《茉莉花》的曲调。灯灭。

〔2〕

　　〔这歌声把时光带回到沙耆少年时代。村口,一棵大樟树下,时年32岁的杜氏手摇着木纺车,嘴里轻轻地哼着《茉莉花》。
杜　氏　（唱）　好一朵茉莉花,
　　　　　　　　好一朵茉莉花,
　　　　　　　　满园花草,
　　　　　　　　香也香不过它……
　　〔小沙耆背着书包,急速地奔上。
小沙耆　姆妈！姆妈！
杜　氏　叫什么叫？
小沙耆　先生不让我画画——他说我不好好听课,把我赶出了塾堂！（转身,伸手指幕侧）你看你看,先生来了！
　　〔王儒生用手提着长衫衣角跑上,他身后跟着一群学童,有的抬着课桌,有的拿着板凳,最后的两人扛着一块大黑板。
　　〔小沙耆见状,忙躲到了杜氏身后。
王儒生　（高傲地）喂,耆耆姆妈,你家孩子我王某人教不了啦！你看你看,这些课桌板凳上他都画了些什么？
　　〔杜氏走上前观看。
杜　氏　噢,课桌上刻着一匹马,板凳上描着一头牛。
众学童　（嬉笑）嘻嘻嘻！
王儒生　哼！这有啥好笑的？耆耆姆妈！

|（唱）|你儿人小本事大，
课桌板凳乱雕花。
王某人讲课他不听，
塾堂风气全带坏！

杜　氏　（唱）　先生息怒听我讲，
耆儿从小爱画画。
家里四堵青砖墙，
画鸡画狗又画马。

耆儿！耆儿！你躲什么？快给我出来！（小沙耆无奈地闪出身子）

小沙耆　（嘟囔着嘴）我喜欢画画有啥错呢？

杜　氏　画画当不成饭吃！你要好好读书——跪下！快向王先生认错！
〔小沙耆不肯下跪。

王儒生　算了算了！
（唱）　强按牛头难饮水，
石头缝种不出好庄稼，
儒生我才疏学识浅，
（摸出包银）耆耆姆妈，这是你给我的学费。请你们——
（接唱）　另找塾堂换一家！

杜　氏　（着急）哎哟王先生，你怎么说不教就不教？这方圆百里，只有你一人，是考取过功名的前清秀才！我们到哪里去找像你这样的好先生呢？

王儒生　前清秀才算什么——现在是民国，不吃香啦！（摇摇头）噢，对了！耆耆姆妈，你儿子画的一幅杰作我还没让你看呢！

杜　氏　什么？还有一幅……杰作？

王儒生　弟子们，把大黑板给翻转过来——让耆耆姆妈欣赏欣赏！
〔两学童一起翻转黑板。此刻，章芸与背着画夹子的林大同暗上。

杜　氏　（吃惊地）啊！一只人头鸟？
（唱）　上面画张先生脸，
下面是——
老鹰翅膀紧相连，
是人是禽咋分辨？
杜氏我——

　　　　　代儿求情难万千!

王儒生　这还有啥话好讲?现在你儿子画画着了魔——哼!我在他眼里,是一只张牙舞爪的秃鹰!告辞啦!

　　〔王儒生欲下,谁知却被章芸拖住了衣袖。

章　芸　哎哎!慢走一步——让我再看看你老先生一眼。(故意打量对方一番,嬉笑地)嘿嘿,这"鸟头"画得还挺像哪!

王儒生　去去去!晦气!(甩袖而下,众学童也嬉笑着跟下)

　　〔章芸与林大同相视大笑。

杜　氏　(迟疑地)你们是?

章　芸　我叫章芸,这位叫林大同,他是上海美专的高才生。

林大同　我们到这里是来写生的。大妈,你儿子很有绘画天赋,只要好好培养,说不定将来会成为一名大画家!

杜　氏　什么大画家?我们乡下人不敢企盼……有饭吃已经是不错了!

小沙耆　(十分认真地)我就是要当一名大画家!

章　芸　说得好!(她把小沙耆拉到林大同身边,询问地)你愿意跟这位大哥哥,一起去上海学画画吗?

小沙耆　愿意!愿意!当然愿意!

林大同　这事还须征得你姆妈同意才行呀!

小沙耆　(奔到杜氏跟前,哀求地)姆妈!你让他们带我走,去学画画好不好?

杜　氏　唉!(长叹了一声)反正这里再无别人会来当你这个疯孩子的老师了。(把王儒生送回的那份包银交到林大同手里)去吧去吧!

　　〔小沙耆激动地扑进杜氏怀里。灯暗。

〔3〕

　　〔上海美专的学生寝室。舞台上除了两张单人床外,四周挂满了油画作品,青年时代的沙耆背身站在一只画架前,埋头绘画。
　　〔幕内合唱:
　　　　　走出浙东小山村,
　　　　　来到上海大都城。

花花世界顾不上看,

沙耆他,专心画画学本领。

〔少顷,珍快步跑进了学生寝室。

珍 （喊）表哥！表哥！林大同——（走到沙耆身后,双手击拍对方肩背,嗔怪地）人家喊你名字了都不回答一声！

沙 耆 （缓慢转过头来）你……能不能打轻点？

珍 啊！（脸色尴尬）对不起,我认错人了！（沙耆又返回去画画）咦？你这个人真奇怪,打了你,还不问一问我是谁！

沙 耆 打我几下没关系,好好的一幅画却无法再画了！（他神情有点不悦,瞪了对方一眼,收起画笔走了出去）

珍 这个人画画真痴迷呀！（苦笑着摇摇头,走到林大同床铺上坐了下去,忽地感到屁股下有件东西,伸手取出来,轻轻读出声音）《可爱的中国》,方志敏狱中遗作。（吃惊地）一本禁书！

〔门外响起了脚步声,珍又忙把书塞回到床铺下面。

〔林大同走上,身后跟着章芸。

林大同 表妹！

章 芸 珍！

珍 （奔上去,与章芸搂抱在一块儿）芸姐,我表哥真坏！刚才他叫我来,可自己又不在,害我出了一个大洋相——（朝着空画架上看了一眼）唉,不说了不说了,算我倒霉！（然后又对林大同）表哥,你有什么事找我？快讲呀！

林大同 其实,也没有什么大不了的事情……

章 芸 我替他说了吧,徐悲鸿先生要推荐大同去比利时皇家美术学院深造哪！

珍 哎哟,这是件大喜事！（调皮地）芸姐,我表哥出国留洋,你舍得吗？

章 芸 我不拖他后腿,可他自己却有点不想去,至今还没有向徐悲鸿先生表明态度,心里好像藏着一个什么秘密似的。

珍 为什么呢？表哥！

林大同 我想把这机会让给另外一个人！

（唱） 这世界,人才济济似森林,

学画画不只我大同一个人。

　　　　　常言道，艺术圣殿是祭坛，
　　　　　最需要拥有一颗虔诚的心。
　　　　　他画画不计昼与夜，
　　　　　他画画不论冬与春，
　　　　　他胸中藏豪气，
　　　　　他挥笔显神灵，
　　　　　画架一支挺身站，
　　　　　他画起画来不要命！
珍　　　表哥，你说的这个"他"到底是谁啊？
　　　〔沙耆复上。
林大同　就是他！（把沙耆拉到珍面前，介绍）我的同窗好友——沙耆兄！
珍　　　（笑）嘻嘻！我们早就认识了！
林大同　是吗？（又接着介绍珍）沙耆兄，她就是我常对你讲的那个在女子学堂读书的表妹，珍姑娘！
沙　耆　刚才我已经尝到了你表妹的厉害……
珍　　　（不好意思地）他的一幅画，被我弄得画不下去了！
章　芸　原来如此！（面对珍）你别欺侮我们这位未来的大画家呀！（又转过脸对沙耆）今天你再画一幅画让珍姑娘看看——显示一下自己的才华！（再转脸对珍）珍，你要他画什么？
珍　　　（冲口而出）那就……画我吧！
沙　耆　画你？（神情稍一迟疑，接受了挑战）好！画就画！
　　　〔沙耆又走近画架，林大同与章芸笑着跑下去。珍在沙耆画架前当起了模特儿。
珍　　　（唱）一言冲口出，
　　　　　　　首次当模特，
　　　　　　　面对画架不敢看，
　　　　　　　心里直发怵！
　　　〔此刻，珍显得有点别扭起来，而沙耆却一下子变得气定神闲。
沙　耆　喂喂喂！你把头抬起来呀！
　　　（唱）画架一支劲头足，
　　　　　　　手握画笔任飞舞。

先勾轮廓后着色,

绘一幅——

女子学堂学生图!

〔珍终于支撑不住,突然从画架前跑开了身子。

珍　我不让你画了!

沙耆　(喊)哎哎! 你这是怎么啦? 那题目可是你出的……

珍　这……(尴尬一阵之后,又机灵地想出一条理由)一个好画家,咋会叫模特儿一直站着不动? 人家看上几眼就能画出来的!

沙耆　行! 我也不要你站在画架前。

珍　真的? (她走回到沙耆身后,探头一望)咦,他画得好快呀!

(唱)　悄悄儿探头望一眼,

一幅画儿入眼帘,

我好比对着镜子照自己,

画中人比我自己更美丽!

嘴唇儿翘,鼻梁儿挺,

眉眼间透出一股英俊气,

是我非我胜似我,

这样的肖像画谁不欢喜?

我此刻两边脸颊飞红云,

内心深处生爱意,

欲要表白口难开,

轻轻一喊不知是否来得及?

沙耆哥,你画得真好!

沙耆　(一愣)咦,你怎么把我喊成了哥哥?

珍　(害羞地低头)刚才我表哥喊你沙耆兄,你当然是我哥哥呀!

沙耆　不不! 那是你表哥客气,其实我比你表哥小,今年才23岁……

珍　我只有20岁。

沙耆　噢,这么说我是比你大,可以做你哥哥——(这话脱口后又觉得不妥)我是乱讲的! (忙又换了一个话题)听说你们女子学堂的女学生,一律不缠脚,是有这回事情吗?

珍　有! 我是看中可以不缠脚才进女子学堂读书的。沙耆哥,今天你——

（指画架上的肖像画）能把这幅画送给我吗？

沙 耆　不行！这是我的作品。

珍　可那画的是我呀！（脾气倔强地）我不管你送不送……反正这幅画今天我是要定了！（趁对方不备，猛地从画架上取下肖像画，转身跑了开去，挑衅地）你来追我呀！追上了我就把画还给你！

沙 耆　（也犯起了犟脾气）你认为我不敢追你吗？不，我敢！

〔沙耆追珍——寝室里顿时荡漾起年轻人"嘻嘻哈哈"的欢笑声。

〔突然，几个巡警走上。

警 官　站住！

〔欢笑声霎时消失，珍与沙耆恐慌地停住了脚步。

警 官　林大同睡的是哪一张床铺？（径直走到林大同床铺前）是这张吗？快说，老子问你们哪！

沙 耆　（猛地惊醒过来，跑到林大同床上坐下，伸手指着自己的床铺）不不，是上面那张！

警 官　搜！

〔几个巡警把上铺翻了个七零八落……最后只找到了几张油画。

众巡警　报告长官！什么都没有，只有几幅破画。

警 官　把画拿走！（众巡警拿画欲下）

珍　（突然，惊叫了一声）这画不能拿走，是他画的！

〔警官停住了脚步。

警 官　（慢慢走到沙耆跟前，恶狠狠地）是你画的？

沙 耆　长官，你别听她瞎说！我能画出那么出色的画吗？（故作妒忌地笑一笑）嘻嘻！人家林大同是美专学校的高才生，对不对？

警 官　呸！什么高才生？他是"共匪"嫌犯！（一挥手）走！

〔众巡警走下。

珍　（发现沙耆手里牢牢捏着那本《可爱的中国》，猛地扑到他身上，哭喊着）沙耆哥哥，没想到你还这样勇敢哪！

〔灯灭。

〔4〕

〔十六铺船码头。沙耆手拎着一只皮箱走上,他放下行李,又朝幕侧转过身子,神情十分兴奋。

沙　耆　(喊)姆妈！珍！你们走快点,十六铺码头到了！
　　　　〔杜氏与珍相互搀扶着上。
杜　氏　从这里坐船就能去外国？
沙　耆　是呀,姆妈！
　　(唱)　十六铺是个大码头,
　　　　　停泊着邮轮一艘艘,
　　　　　今日我留洋比利时,
　　　　　出国学画壮志酬！
杜　氏　(唱)　耆儿他就要去国外,
　　　　　　　杜氏我心里反添愁,
　　　　　　　两人新婚满一年,
　　　　　　　珍有身孕咋分手？
珍　　　(唱)　我有身孕瞒着他,
　　　　　　　唯独婆婆知根由,
　　　　　　　临行前原想诉实情,
　　　　　　　担忧他知悉不肯走！
　　　　沙耆,你到了比利时,别忘记姆妈和我,要经常来信啊！
沙　耆　我一个礼拜写一封信……不不,三天一封信,怎么样？
杜　氏　关键不是信多信少。耆儿,你心里要牢牢记着,在国内除了姆妈,还有你自己一个家啊！
沙　耆　放心吧,这我能够做到的！
　　　　〔章芸跑上。
章　芸　哎哟,总算让我赶上了。沙耆,我祝贺你——今天特地前来送别！
沙　耆　芸姐,我这次出国留洋,是大同把机会让给我的。要不然,今天走的一定是他……
章　芸　不！徐悲鸿先生看了你的画后,也觉得你去更加合适。何况,大同现在已经到了他喜欢去的地方！(跟沙耆咬耳朵)

沙　耆　（脱口而出）延安？

章　芸　嘘！轻点轻点，码头上到处都有巡警！（双手拿出一件婴儿衣裳）这是我和大同送给你们的礼物！

沙　耆　（惊讶地）一件娃娃穿的小人衣裳？

珍　　　哎哟！芸姐，你们送这东西做什么？

章　芸　你肚子里不是已经有了吗？

沙　耆　（吃惊地）什么？珍有了身孕？

珍　　　是的。（不得不承认）

杜　氏　对！都六个月了你还不知道？（手指沙耆，责备地）你这个人除了画画外，还关心过什么？（叹气地）唉！这些日子，真是委屈了珍哇！

沙　耆　（一下子愣住神情）啊！我真傻！真傻！

　　　（唱）一言震耳好惊讶，
　　　　　　沙耆我真是大傻瓜，
　　　　　　妻子怀孕不知情，
　　　　　　一心只想留洋去画画！
　　　　　　此时此刻我心有愧，
　　　　　　是走是留难把决心下？

珍　　（唱）我提前喊一声孩子爸，
　　　　　　你酷爱画画莫自责，
　　　　　　为妻十分理解你，
　　　　　　满腔恩爱化作一句话，
　　　　　　你尽管放心去远行，
　　　　　　珍与娘会把孩子来养大！

〔响起了轮船汽笛声。

章　芸　轮船要开了！

珍　　　（决然地）沙耆，你快走吧！现在上海一家学校已邀请我去当老师。我们家经济上有了保障，一切都不用你担心！

沙　耆　那，那……那我走了呀！（拎起皮箱走了几步，又猛地转身奔回来，哭喊道）不！我不出国了！

珍　　　沙耆，这不像你说的话——长大了要当一名大画家，是你从小立下的誓言。今天你不去比利时学画，日后是要后悔的！（双手把沙耆拉到

　　　　自己肚皮前)来呀,跟我们的孩子先告个别吧!
沙　耆　(他把耳朵贴到珍的肚皮上,倾听了一会儿,脸色惊喜地)咦,他在动?
　　　　在你肚皮里扭来扭去,还手舞足蹈呢!
　　(唱)　隔着肚皮听胎音,
　　　　　一动一静牵我心。
　　　　　这胎音犹如春雷阵阵响,
　　　　　这胎音好似细雨潇潇声,
　　　　　春雷没有它动听,
　　　　　他比潇潇细雨更温馨。
　　　　　我与未来孩子告个别,
　　　　　爸爸今朝要远行。
　　　　　盼望你平平安安降人间,
　　　　　盼望你顺顺利利长成人,
　　　　　且等我学成归来家团圆,
　　　　　再补上欠下的父子情!
　　〔汽笛声声。沙耆缓缓站起身子,手拎皮箱,一步三回头地走向码头……灯光渐渐熄灭。

〔5〕

〔布鲁塞尔,比利时王国文化名城。灯亮,皇家美术学院大画室里堆满绘画用品,比如石膏雕像、静物摆件以及一只只画架。此刻,许多洋学生正抬头祈盼着什么……丽莎走上。
　　(众洋学生立即围上去,七嘴八舌地)
洋学生甲　丽莎小姐,大奖作品评出来了没有?
洋学生乙　咦,你是院长女儿,怎么会不知道呢?
洋学生丙　哎哟上帝!快给我们透露一点消息吧!
　　　　　……
丽　莎　好!我父亲说了,今年的大奖作品用不着评的。谁画得最好,每个人心里都非常清楚!

众洋学生 （异口同声地）这么说，获大奖的又是那个黄皮肤黑眼睛的中国人——沙耆？

丽　莎 你们看——（双手举起一幅油画）这幅获大奖的作品《学院门前大街》，它的笔触、色彩以及构图设计是不是有点像梵高？

（唱） 这大街就在我们视线内，
　　　每个人不知走过多少回，
　　　熟视无睹少观察，
　　　来去匆匆无所谓，
　　　唯有沙耆把它画，
　　　画笔落处显光彩。
　　　《学院门前大街》多奇妙，
　　　它能与梵高名画来媲美！

〔洋学生们点头称是，渐渐散去……少顷，沙耆手拎画架走上。

丽　莎 （喜悦地）画主人来了！（放下画，悄悄躲在石膏雕像背后）
〔沙耆支起了画架，准备作画。
〔丽莎从身后取出一支银笛，吹奏起曲子。

沙　耆 咦，谁在吹笛？（倾听）这支曲子怎么这样耳熟？
〔曲调变得悠长，迷人。

沙　耆 （惊喜地）是《茉莉花》！（随后他也跟着曲调轻轻哼唱起来）
　　　好一朵茉莉花，
　　　好一朵茉莉花，
　　　满园花草，
　　　香也香不过它……
〔《茉莉花》的歌声回荡在舞台上。

沙　耆 （一下子又返回到现实）不对不对，这里怎么会有人吹奏《茉莉花》呢？那一定是我幻觉！
〔丽莎手持银笛，从石膏雕像后走出。

丽　莎 不是幻觉！沙耆同学，刚才我吹奏的就是你们中国人，个个都爱听的《茉莉花》。

沙　耆 真的？丽莎小姐，这曲调你是怎么学会的？

丽　莎 远涉重洋来找我爸爸学画画的中国学生，不只你一个人。在你之前就

有吴作人先生、张充仁先生,他们平日思念家乡时,都喜欢唱这支《茉莉花》……听着听着,我也就学会了。(说着她又吹起了银笛)

沙　耆　丽莎小姐——(突然地,情感冲动地)你站着别动!

丽　莎　怎么啦?(停止吹笛)

沙　耆　今天我要为你画一幅画!

　　(唱)　美丽动人的丽莎,
　　　　　手持银笛多潇洒,
　　　　　你是上帝派来的模特儿,
　　　　　眼前就是一幅画!

丽　莎　你画我?

沙　耆　对!画一幅《吹笛女》。

丽　莎　(兴奋地)真的?

　　(唱)　沙耆为我来画画,
　　　　　丽莎心里乐开花,
　　　　　但愿此画成杰作,
　　　　　中国的梵高就是他!

〔丽莎又重新手持银笛,吹奏起《茉莉花》曲调。

沙　耆　(唱)《茉莉花》呀《茉莉花》,
　　　　　它带我又回到故居老家,
　　　　　我仿佛看到村口大樟树,
　　　　　看到了姆妈树下纺棉纱。
　　　　　童年记忆不褪色,
　　　　　身在异国更想家!

　　(他渐渐停住画笔,陷入了沉思)珍呀珍!
　　　　　你我分手已三年,
　　　　　隔山隔水隔天涯,
　　　　　全靠一纸信笺传消息,
　　　　　再长的信也诉不尽心里话!
　　　　　我不知一家老少可安康?
　　　　　生下的孩子长得有多大?
　　　　　日日思念夜夜想,

　　　　　　常在梦中做爸爸……
丽　莎　（提醒）沙耆同学，你怎么不画我啦？
沙　耆　噢！（思绪又返回过来，掩饰地）对不起！今天我有点累了——丽莎小姐。
丽　莎　没关系，那我们明天再接着画吧！（欲下，又停步）
　　　　〔学院门卫哈里森先生走上，手中高高举着一封信笺。
哈里森　沙耆先生！沙耆先生！您的中国又来信了！
沙　耆　快把信给我！给我——（他夺过信笺，拆开一看，兴奋地蹦跳起来）我儿子已经会开口说话了。天哇！他头一声喊的竟然是——爸爸！（激动地）我写回信去！马上写回信！（奔了下去）
丽　莎　（望着沙耆背影，羡慕地）这个幸运的中国人……（灯光熄灭）

〔6〕

　　　　〔灯光再度亮起来——这是布鲁塞尔"画都"的一个夜晚。沙耆独自一个人在学院画室里阅读家信。
沙　耆　最近这段日子，日本鬼子飞机天天出来轰炸，我教书的学校已经被炸成一堆废墟，我也失去了工作，生活开始变得艰难。如今，国民政府已从南京搬迁到了武汉，马上又要转往重庆，上海很快也要沦陷了！我决定带上儿子，到你姆妈居住的宁波乡下去过日子……乡下的开销恐怕会小一点……
　　　　（唱）国内寄来珍的信，
　　　　　　　读后叫人很吃惊，
　　　　　　　小日本轰炸上海滩，
　　　　　　　战争恶魔露狰狞。
　　　　　　　虽说珍她未曾开口来求援，
　　　　　　　沙耆我也深知无钱路难行！
　　　　〔一束追光照在舞台另一侧，映出身上背着儿子、手里拎着皮箱的珍。
珍　　　（唱）母子俩出走上海滩，
　　　　　　　逃到宁波乡下去避难，

　　　　　　　虽说囊中钱不多，
　　　　　　　弱母稚子意志坚。
　　　　　　　渴时讨来水一杯，
　　　　　　　饿时地头挖野菜……
沙　耆（唱）乡下并非好地方，
　　　　　　　地薄人穷东西贵，
　　　　　　　长身体的儿子需营养，
　　　　　　　年迈的母亲两鬓白。
　　　　　　　这两副重担一肩挑，
　　　　　　　叫珍如何来安排？
珍　　（唱）吃苦受罪我不怕，
　　　　　　　出力流汗也应该，
　　　　　　　无奈手中少积蓄，
　　　　　　　巧媳妇做不成无米炊！
沙　耆（唱）珍如今失业无工作，
　　　　　　　吃穿只能去借贷，
　　　　　　　一家三口要生活，
　　　　　　　不靠我沙耆能靠谁？
珍　　（唱）我抬头日日将你盼，
　　　　　　　盼你从国外寄钱来！
沙　耆（唱）我夜夜梦游回家乡，
　　　　　　　双手空空心有愧！
珍　　（唱）寄钱来！
沙　耆（唱）心有愧！
珍　　（唱）钱！
沙　耆（唱）愧！
珍　　怎么？你去了这么多年了，还是双手空空？（隐去）
沙　耆　唉！我到现在还是一个留洋的穷学生哪！（猛地，犹如火山爆发地大声叫喊）我不能再在这学院里，光靠助学金学画画了。我要出去赚钱！赚钱！赚很多很多的——法郎！
〔巴斯蒂暗上。沙耆猛地拿起画笔与颜料，欲冲出画室。

巴斯蒂 站住！沙耆,你要到哪里去？

沙　耆 （停步,掩饰地）巴斯蒂院长,我要出去走走。

巴斯蒂 天这么晚了,你还要出去走什么——（伸手拿出几张广告画）又想去画这些无聊的广告,是不是？

沙　耆 院长,我需要钱……

巴斯蒂 （显然,十分不高兴）钱钱钱！钱会把一个天才画家给毁灭掉的！

沙　耆 可我……

巴斯蒂 沙耆同学,你听着——（大声地）我巴斯蒂希望从这座学院里出去的都是大画家,不是一个小小的广告匠！（目光锐利地盯牢对方）我知道你在校园里,每年都能获大奖,可那些只是些习作——你画得最好的作品,是以我女儿作为模特儿的《吹笛女》。（语调又转为温和）我非常欣赏你的绘画天赋……不过,就算你最好的画,它离真正的艺术珍品还差那么一点点！

沙　耆 （情不自禁地重复了一遍）一点点？

巴斯蒂 对！（字字千钧地）这一点点的跨越,需要你付出全部心血的！
（唱）　绘画是一座神圣的殿堂,
　　　　走近她,需要把一切遗忘,
　　　　许多人,都止步于一点点,
　　　　伟大的理想到此灭亡！
　　　　这就是画匠与天才的区别,
　　　　艺术珍品,它不会从天而降。
　　　　虔诚的心是一道必备的祭品,
　　　　纯洁的灵魂,才能高高飞翔！

沙　耆 （又跟着唱最后两句）
　　　　虔诚的心是一道必备的祭品,
　　　　纯洁的灵魂,才能高高飞翔！
（坚定地）我懂了,院长！

巴斯蒂 好！（赞扬地）沙耆同学,最近,法国巴黎要举行一次盛大画展,参加画展的都是著名的绘画大师,有德立克公爵、兰斯夫人,还有毕加索先生。自然,他们也邀请了我……可我今天要把这个参展名额让给你。

沙　耆 （又惊又喜地）院长,你要推荐我的画作去参加法国巴黎的大画展？

巴斯蒂　是的,就是你画的那幅《吹笛女》。你必须要排除一切干扰去进行修改,让它达到最完美状态。我希望你的作品能在画展上引起轰动!(说完,他走下去时发现那些家信,伸手拿了起来,叮咛地)画画的时候,你要专心致志,什么都不要去想。这些家信都别再看了!

〔巴斯蒂走下。

沙　耆　(沉默了一阵,大声叫喊)哈里森大叔!哈里森大叔!

〔门卫哈里森先生奔上。

哈里森　沙耆同学,你叫我有什么事情?

沙　耆　从今天开始,这些信笺你别再往我这里送了。

哈里森　(惊讶地)咦,那都是你的家信啊!

沙　耆　我说的就是家信。来一封,你就收一封,给我放置起来就行了。

哈里森　哎哎哎!(摇了摇头,走下)

〔沙耆走近画架。

沙　耆　(嘶哑着声音狂喊)我要跨越这一点点!一定要跨越这一点点!

〔他用力挥动着画笔,疯狂地画画……灯灭。

〔7〕

〔沙耆故居村口,又是那一棵大樟树,又是杜氏在树下纺棉纱,但她头发已经雪白了。

〔幕后合唱:

　　大樟树下老纺车,

　　木轮飞转线穿梭,

　　杜氏的头发已花白,

　　苦涩的日子慢慢磨!

〔一个小男孩奔上——他就是沙耆与珍的儿子。

沙耆儿　阿娘!阿娘!别人家孩子到了我这岁数,都上学去了!可我怎么还待在家里呢?

杜　氏　你懂事了,我的乖孙孙!今天你姆妈已到镇上邮局去取钱,等取来了钱,阿娘就送你上学读书去!

沙耆儿　那钱是阿爸从外国寄来的吗?

杜　氏　不是。(叹气)唉! 你阿爸也不知道是咋搞的! 自从你出生那年汇来一笔法郎币后,就再也没有寄过一分钱。这几年,我们祖孙三人全靠你姆妈原先那家学校,每隔三个月寄一笔生活费……咦,你姆妈回来了!

〔珍神态疲惫地走上。

沙耆儿　姆妈——(扑了上去)刚才阿娘说,你回来了,我就可以上学去!

珍　我都听到了。(拿出一只书包)这只书包就是给你读书用的。

沙耆儿　谢谢姆妈! (背上书包,高兴地跑了下去)

〔少顷,珍与杜氏对视了一眼。

珍　邮差今天来过没有?

杜　氏　早来过了。唉,依旧没有沙耆寄来的信!

珍　噢,今天没有信,明天一定会有的。

杜　氏　明天? 明天? 珍,你已经等了多少个明天,我那孙子都可以上学啦!

珍　婆婆——(顿时涌出眼泪,扑在杜氏怀里)这究竟是怎么一回事情呢?

杜　氏　沙耆他不懂道理! 珍!

（唱）你有委屈埋心底,
　　　无声的眼泪挂腮边,
　　　你盼信盼到眼望穿,
　　　你写信写到秃了笔。
　　　这些年,他来信哪有你去信多?
　　　到现在居然不见信一件!

珍　不不!

杜　氏　珍,你真是孝顺呀!

（唱）自从你来到小山村,
　　　口中从未有怨言。
　　　养大了儿子又照顾我,
　　　流尽汗水出尽力!

珍　婆婆,村口风大,我们还是回家去吧!

杜　氏　好好! 回去! 回去!

〔两人欲下……章芸手拿一卷报纸走上。

章　芸　珍,伯母,你们好!

杜　氏　噢,是章芸来了,快跟我们到家里去坐一坐。
章　芸　不坐了! 我是路过这里的,随便过来看看你们。
　珍　　芸姐,你今天一定有事情要告诉我,对吗?
章　芸　对! 是一个好消息。我给你们带来了欧洲的《华文日报》。(双手举起报纸,自豪地)看! 我们的沙耆,现在已经是一位大画家了。他的作品,和毕加索画作同室展出,轰动了西方画坛!
　珍　　(激动地)真的? 真的? 快让我看看! (读报)"又一颗画坛巨星冉冉升起……华文记者走访大画家沙耆。"
　　　(唱)　手捧报纸心激动,
　　　　　　阵阵热流胸中涌,
　　　　　　出洋留学的心上人,
　　　　　　如今终于获成功!
章　芸　(唱)　画坛冉冉升巨星,
　　　　　　沙耆美名贯西东,
　　　　　　他能专心学画画,
　　　　　　起码有你一半功!
杜　氏　(唱)　章芸说话实打实,
　　　　　　毫无虚言不空洞。
　　　　　　耆儿出洋整十年,
　　　　　　全靠珍来度春冬!
　珍　　芸姐,我想问你一句话——可以不可以?
章　芸　可以呀! 你问吧!
　珍　　这份《华文日报》你是从哪里弄来的?
章　芸　沙耆从国外寄来的呀! 他先把报纸寄给徐悲鸿先生,先生看完后又叫我把它转交给你们,让大家一起高兴高兴!
　珍　　噢——(顿时变了脸色)这么说,现在我们和欧洲的邮路还是通的?
章　芸　邮路当然没断……不过,由于战争,来回信笺都要耽搁好几个月呢!(发现对方神态异常)哎哟! 珍,我看你脸色不太好,怎么回事情?
　珍　　(极力掩饰地)没什么! 没什么! 今天我有点累了。
　　　(唱)　虽说战火未停息,
　　　　　　欧洲邮路依旧通!

　　　　　为什么久久不见书信来？
　　　　　为什么不把喜讯报家中？
　　　　　为什么家有老母不牵挂？
　　　　　为什么亲生儿子都不问询？
　　　　　要钱,钱不汇,
　　　　　信笺,无一封。
　　　　　珍呀珍,你枉做了十年梦中人,
　　　　　一切企盼都是空！（昏倒在地上）
章　芸　珍！珍！你到底怎么啦？（双手搀扶起对方）
杜　氏　（捡起从珍的口袋里滚落出来的一张纸条）章芸,你帮我看看！这上面写着的是什么？
章　芸　抽血300 cc——（心疼不已地）伯母,珍又到镇上医院卖血了！
杜　氏　（简直不敢相信自己耳朵）卖血？不不,这不可能——她们学校不是会寄来生活费吗？
章　芸　什么生活费？那家学校早被小日本飞机炸平了,现在地上连草都不长！（大声地）伯母,这些日子里,珍每隔三个月去卖一次血。她用卖血换来的钱,让你们祖孙两人活下去呀！
　〔杜氏双腿砰的一声在珍的跟前跪了下去。
杜　氏　（哭喊地）珍,好媳妇,我们沙家欠你的情太多了！对不起啊！
　〔灯灭。

〔8〕

〔比利时皇家美术学院大画室里,每一只画架前,都站着一位绘画的学生。少顷,巴斯蒂兴奋地拉着沙耆的手,与丽莎一起走上。
巴斯蒂　我告诉大家一个好消息,沙耆同学在巴黎画展上展出的作品,获得大师们高度赞誉。特别是那幅经过他呕心沥血修改后的《吹笛女》,如今已被我们尊敬的比利时国王太后珍藏,成为传世之作！
　〔众学生顿时欢呼雀跃起来,把沙耆围在了中央,尖叫声不绝于耳:
学生甲　沙耆！沙耆！你真行啊！

学生乙　你是我们比利时皇家美术学院的骄傲!

学生丙　布鲁塞尔画都的天空,开始闪耀我们大画家沙耆的名字!

丽　莎　安静!安静!现在请我父亲巴斯蒂先生,把这枚来自皇室的金质奖章授予沙耆先生。

〔庄重的音乐声中,巴斯蒂在沙耆脖子上挂上亮光闪闪的金质奖章。

巴斯蒂　祝贺你沙耆,我说的一点点,你终于跨越了。上帝让你得到了回报!

〔此刻,一盏盏灯光逐渐熄灭,巴斯蒂与学生们隐去。舞台上只剩下两束追光,照亮了沙耆与丽莎。

丽　莎　在这巨大成功降临之际——沙耆,你想说些什么?

沙　耆　我首要感谢你!(真诚地)没有你,就没有这幅《吹笛女》。

丽　莎　还有呢?

沙　耆　还有你爸爸巴斯蒂院长对我的精心栽培与无私推荐。

丽　莎　我想,你应该还要感谢布鲁塞尔这座美丽而又迷人的城市,是它给你带来了好运!沙耆,请允许我十分冒昧地再问你一句——你愿意永远留在这座被称作"画都"的城市吗?

沙　耆　永远?(决然地摇摇头)不不不!我不愿意!

（唱）美丽迷人的布鲁塞尔,

　　　它给了我一段难忘的记忆,

　　　一半是幸福,一半是辛酸,

　　　我的心被撕成一堆堆碎片!

　　　画画要投入整个生命,

　　　站在画架前犹如面对上帝。

　　　为了渴望成功,

　　　我必须学会舍弃,

　　　这些年几乎忘掉一切,

　　　握在手中只是一支画笔。

　　　啊——

　　　我的家在那遥远的东方,

　　　那里才是我的归宿之地!

丽　莎　噢!我明白了,你想回中国去?沙耆同学!

（唱）你的中国如今乱了套,

　　　　　从南到北战火在燃烧，
　　　　　别说你安心想画画，
　　　　　一只画架都摆不牢！

沙　耆　丽莎小姐，你听我说！
　（唱）　沙耆我留洋学画到贵国，
　　　　　徐悲鸿先生搭的桥，
　　　　　虽说少年志向已实现，
　　　　　丢失的东西却不少。
　　　　　我常常半夜梦惊醒，
　　　　　只觉得身上冷汗浇，
　　　　　姆妈与妻儿都在责备我，
　　　　　你为何久久不把讯息报？
　　　　　现如今，古老的大地在呻吟，
　　　　　朝着我，一声声呼喊把手招！

〔室外响起雷声，灯光转亮，丽莎轻轻地哭泣。

沙　耆　丽莎小姐，我说的不对？什么地方使你不高兴？
丽　莎　不！（抹去了眼泪）你说的没有错……假如我和你换一个位置，恐怕也会这么想的。（深情地）沙耆同学——
　（唱）　分手前我轻轻地把你叫，
　　　　　断肠的情爱好似刀在绞。
　　　　　我们共同做过一个梦，
　　　　　《吹笛女》——
　　　　　一幅画作心儿跳。
　　　　　青春岁月难挽留，
　　　　　但愿它——
　　　　　白头皓首都忘不了！

沙　耆　丽莎小姐，那就让我们把这个美丽的梦一直做下去吧！
丽　莎　（点点头，恢复了常态）噢！对了，今天我爸爸还特地给你找了一位经纪人，是瑞士画廊女老板乔娜伊丝女士。
沙　耆　乔娜伊丝女士要来当我的经纪人，（惊讶地）为什么呢？
丽　莎　因为我爸爸不想让你变成死后才成名的梵高……（伸手一指）你看，

她已经来了!

〔乔娜伊丝走上。

乔娜伊丝　哎哟我的上帝!巴斯蒂院长给我介绍的客户竟然这么年轻——沙耆先生,今后你所有大作,全部由瑞士画廊来经营!

（唱）　你是来自东方的奇迹,
　　　　美妙的油画轰动艺术圣殿。
　　　　祝福你,年轻人,
　　　　远大的前程无法算计,
　　　　我乔娜伊丝与你合作,
　　　　共同登上另一块表演天地。
　　　　请你不要怀疑——
　　　　画笔与颜料都能转化为金钱,
　　　　索罗比的拍卖场,
　　　　你的画价一定是第一!

沙　　耆　我的画会换来很多很多的钱?这是真的吗?

乔娜伊丝　当然是真的。你会像毕加索先生一样,很快成为超级富翁。

沙　　耆　是吗?（试探地）乔娜伊丝女士,现在你能给我一点钱吗?

乔娜伊丝　当然可以!（拿出一只钱箱）这只钱箱里放着五万法郎——你都拿去,算作我的定金。

沙　　耆　（简直不敢相信）五万法郎都给我?

乔娜伊丝　当然都是给你的!从今天开始,我就在画廊里,等着你那些美妙的画作——（一个飞吻）年轻人,祝你好运!

〔乔娜伊丝走了下去。

沙　　耆　我有钱了!有钱了!（兴奋异常地高喊）丽莎,我们一道去邮局。我要把这五万法郎全部寄回家乡去,寄给我姆妈与妻儿!

丽　　莎　（探头指窗外）外面正在下大雨!

沙　　耆　下点雨怕什么?就是下刀子我也要去!（欲下）

丽　　莎　等一等!（沙耆停步）我听哈里森大叔说,你在闭门画画期间,连家信都不看,所有信笺都积压在他那里。（说完朝门外喊道）哈里森大叔,你可以进来了!

〔哈里森双手捧着一大沓信笺走上。

哈里森　沙耆先生！你这些家信压得我都透不过气来了！快看一看吧！
沙　耆　好好！我看！我看！（拿过了信笺）先看最新寄来的一封吧！（轻轻地读出了声音）"沙耆,这是我写给你的最后一封信……三个月后,如果我还没有收到你的回信与钱,我只能带上我们的儿子,离开你家,去寻找一条生路……"（神情一下子傻了）三个月后？（又看了一眼信笺,吃惊地）啊！今天都六个月以后了！（双手猛地抓起钱箱里的法郎币,朝着空中撒去）现在我要这些钱做什么？做什么？做什么？
〔雷声、雨声与法郎币在空中的飞舞声混合在一起,灯暗。

[9]

〔又是十六铺码头。王儒生双手举着一杆测字看相的布幌走上,这布幌上描着一幅沙耆当年画过的"人头鸟"。

王儒生　唉！赶走了日本人,现在又轮到国民政府开战了！
　　　　（唱）　这时局,战战停停变得快,
　　　　　　　带给百姓都是灾,
　　　　　　　乡下已不能开塾堂,
　　　　　　　百无一用是秀才。
　　　　　　　无奈何,我双手举起大布幌,
　　　　　　　测字看相来上海！
　　　　〔码头上传来了汽笛声。
　　　　外国轮船到了！（叫喊）测字看相,看相测字！（朝着码头方向跑下）
　　　　〔少顷,沙耆手拎着皮箱匆匆走上。
沙　耆　（唱）　昔日学画走天涯,
　　　　　　　今朝我又回到家,
　　　　　　　十六铺码头旧模样,
　　　　　　　人来人往闹喳喳。
　　　　　　　举目望,无有亲人来接站——
　　　　〔王儒生又手举布幌复上。
　　　　咦？"人头鸟"！这不是我当年画的吗？

（接唱） 抬头又见少年画！

〔王儒生发现沙耆停住了脚步，忙跑过来。

王儒生　先生！先生！你要不要测字看相？

沙　耆　测字看相？

王儒生　不准不收铜钿。你看，我这布幌上画的是一幅"人头鸟"！

（唱）　这幅布幌非寻常，

江湖上名气响当当。

人头鸟，鹏程万里展金翅，

巡天观地世无双。

沙　耆　（唱）　稀奇稀奇真稀奇，

一幅画遭遇两个样。

想当年，此画得罪王先生，

逐我退学离故乡；

看如今，先生把它当宝贝，

举在手中作布幌！

（大笑）哈哈哈！

王儒生　先生，你笑什么？

沙　耆　你看看我是谁？当年，画"人头鸟"的坏小孩，你还记得起来吗？

王儒生　（一下子愣住神情）什么？你是沙耆……真的是沙耆？

沙　耆　王老先生若是不相信，我再画一幅让你看看！怎么样？

王儒生　不不！惭愧呀惭愧！当初怪我瞎了眼睛，认为画画是雕虫小技。想不到如今老了，我竟然靠你画的这幅"人头鸟"，在社会上混口饭吃……噢，听说你在国外已是一名大画家了，怎么突然想要回来呢？

沙　耆　我回来是看我姆妈，还有老婆和儿子……

王儒生　这几年你姆妈人是老了不少，又经常生病，她盼望能在临终之前跟你见上一面，可你老婆是用不着再去看她的！

沙　耆　为什么？

王儒生　带上你儿子早嫁人去啦！

沙　耆　啊！（脸色苍白，然后，身体朝后倒去）

〔幕后合唱：

这一言犹如响雷炸，

　　　　　好似层层乌云眼前压。
　　　　　沙耆他倒卧码头脸色白，
　　　　　整个身子散了架！
　　〔灯光暗去。

〔10〕

〔老屋的客厅里。沙耆已被王儒生送了回来，躺在一张竹椅上，依旧闭着眼睛。杜氏站在一旁，神情十分焦急。

杜　氏　耆儿！耆儿！
沙　耆　（轻轻翕动着嘴唇）姆……姆妈。
王儒生　嘿嘿，他会说话了！
杜　氏　耆儿，姆妈在这里，你已经到家啦！
沙　耆　我又回到了家里？真的！（猛地从竹椅上跳起来，双手从皮箱里取出许多颜料与画笔，递给杜氏）姆妈，这是五万法郎！
杜　氏　（无奈地）快拿回去，姆妈不需要你的钱！
王儒生　唉！什么五万法郎？只是几支破笔和一些颜料而已！
沙　耆　（转向王儒生，不悦地）你不懂！你什么都不懂！
　　　　（唱）　我是世界闻名大画家，
　　　　　　　敢于和毕加索争高下。
　　　　　　　乔娜伊丝是我经纪人，
　　　　　　　你们想用钞票随便花！
王儒生　他还在做那外国梦哪！
　　〔章芸走上。
章　芸　伯母，是沙耆回来了吗？
杜　氏　对对！章芸，你又来看我们了。
章　芸　今天我带来一个好消息，徐悲鸿先生听说沙耆回国了，特意为他在北平国立美专留了一个教授位置。（双手呈上）这是聘书！
沙　耆　（这时他的神经又开始错乱，伸手夺过聘书，撕了起来）我不去！我不去！什么地方都不去！珍——（误把章芸当成了珍）从今往后我们再也不分开了,和姆妈一起,好好地在家里过日子。

杜　氏　（无奈地摇摇头）眷儿,她是章芸!

沙　眷　不!她是我老婆。(紧紧抓住章芸双手)对了,珍,我每天给你写一封信,好吗?我还要给你画画,每天画好多好多的画,把你画在家里每一块板壁上……嘿嘿,我一抬头就能看见你!

章　芸　这……
　　　　（唱）他紧紧拉牢我的手,
　　　　　　　情绪激昂言不休,
　　　　　　　错把章芸当成珍,
　　　　　　　欲要纠正他难回头!

杜　氏　（唱）他睁着眼睛认错人,
　　　　　　　无声泪水我腮边流,
　　　　　　　眷儿神经不正常,
　　　　　　　叫人心上更添愁!

王儒生　（唱）犯关犯关真犯关,
　　　　　　　瞎子点灯白费油,
　　　　　　　这阴差阳错拉开幕,
　　　　　　　不知如何把场收?

杜　氏　眷儿,她不是珍,是章芸!（进一步强调）要是她真是你老婆,怎么不把你儿子给带来呢?

沙　眷　我儿子?（突然,一阵大笑）哈哈哈!我儿子就在这里呀!

王儒生　噢,在哪儿?在哪儿?

沙　眷　就是你!（双手指向王儒生,一字一句地）你就是我儿子!对了,比利时国王太后赏赐给我一枚金质奖章。(摸出金质奖章,挂在王儒生脖子上)乖儿子,今天爸爸给你戴上了!哈哈哈!

王儒生　疯了疯了!他完全疯了!（急忙甩手扔掉金质奖章,转身跑了下去）
　　　　〔这时,客厅里气氛有点令人窒息。

章　芸　（安慰地）沙眷,我们会帮你找回儿子的。

沙　眷　你帮我找?（又一阵大笑）哈哈哈!你是谁?你凭什么要帮我呢?

章　芸　刚才你不是把我当作珍吗?

沙　眷　（似乎又明白了）笑话!你才不是珍哪,珍不会像你这样。她的脾气个

	性我知道！如果今天珍在这里,她一定不会让我儿子跑掉的!（又转过脸去对杜氏）姆妈,你说是吗?
杜　氏	耆儿,你不要这样！是我劝珍改嫁的,她在我们沙家太苦了。
沙　耆	这么说——（他才逐渐醒过神来,悲哀地）我真的没有了老婆和儿子?
杜　氏	（点了点头）可你还有一个姆妈!
沙　耆	姆妈——（大叫一声,双腿跪在杜氏跟前）姆妈,刚才我惹您生气了是不是？我对不起您,我不该出国留洋去学画画……
杜　氏	傻儿子,别说这话！姆妈知道你什么都可以没有,就是不能没有画画…… 对吗?
沙　耆	（又激动地大喊）姆妈！您……真好！（然后,轻声哭泣）
杜　氏	别哭别哭！只要姆妈活着一天,就陪着你一天,看着你画画！（追忆地）耆儿,你还记得小时候到王老先生办的私塾堂里去读书吗？姆妈手摇纺车,坐在村口的大樟树底下,天天等你……
沙　耆	记得,姆妈您嘴里还哼着一支歌……
杜　氏	这支歌名叫《茉莉花》。

（声音由轻逐重地唱）

　　好一朵茉莉花,

　　好一朵茉莉花,

　　满园花开,

　　比也比不过它……

　　我有心采一朵戴,

　　又怕来年不发芽……

〔突然,一下子没有了声音。

沙　耆　咦,姆妈,您怎么不往下唱了呢？（悲哀地叫喊）姆妈——您走了,留下我一个人怎么办呢?

〔灯灭。

〔11〕

〔又过去了许多岁月,1965年夏天。一群村民围在村口的大樟树下,正在神采飞扬地议论着一件令人吃惊的新闻。

村民甲　喂喂喂,你们知道吗？海外有人四处收购我们村里画疯子的油画,把他比作中国梵高！

村民乙　梵高？梵高是个什么人？

村民甲　听说是世界上最了不起的大画家。他活着时候,一幅画都卖不出去,后来他疯了,开枪自杀,光是那幅《向日葵》就卖了九千多万美金。

村民丙　乖乖！九千多万,还是美金哪！这可买多少亩地向日葵哇！

村民甲　别说向日葵了,就是上海的国际饭店都能买得下来哪！

村民乙　嘘！你们看——画疯子来了！

　　〔沙耆走上。此时他已是鬓发斑白,眼角处爬上了鱼尾纹,但神态依旧十分清朗,身上背着一只大画架。

沙　耆　（唱）乐癫癫,笑哈哈,
　　　　　　　田埂上走来了大老傻(沙)！
　　　　　　　半是清醒半迷茫,
　　　　　　　颜料画笔手里拿。
　　　　　　　我是一个画疯子,
　　　　　　　三天不画手心痒；
　　　　　　　我是一个画疯子,
　　　　　　　画完东墙画西墙；
　　　　　　　我是一个画疯子,
　　　　　　　村口地头任意画。
　　　　　　　画画画,画画画,
　　　　　　　天下万物皆入画！

众村民　画疯子！画疯子！不——（一齐叫喊）沙爷爷！今天你出来画画,能不能给我们每个人画上几幅呢？

沙　耆　你们都喜欢我画的画？

众村民　是呀是呀！

沙　耆　好！（支起了画架）你们要我画什么？请讲！

村民甲　（唱）画幅黄牛春耕图,
　　　　　　　弯弯犄角牛腿粗。

村民乙　（唱）百兽之王是老虎,

　　　　　　呼啸一声出山谷。
村民丙　（唱）再画骏马一百匹，
　　　　　　铁蹄奔腾犹如擂战鼓！
沙　耆　这些都是好题材呀！不过,你们要我画画,先要请我喝绍兴黄酒。
众村民　绍兴黄酒我们早替你备好了！（抬出一坛黄酒）沙爷爷,你喝！你喝！喝完了就给我们几个老哥们画画！
沙　耆　一言为定！（大碗喝酒）
　　　　（唱）绍兴黄酒劲道足，
　　　　　　一碗一碗落下肚，
　　　　　　喝得我眼花头也晕，
　　　　　　喝得我浑身骨头酥。
　　　　（仰天大笑）哈哈哈！
　　　　（接唱）今日画笔握不着，
　　　　　　醉卧村口打呼噜！（伏首躺在了酒坛上）
村民丙　哎哟不好了！他喝醉了！
村民乙　他喝醉了酒也得给我们画画哪！
村民甲　你醒醒！沙爷爷,你快醒一醒！
　　　〔呼噜声更响了。章芸陪同林大同走上。
林大同　大家不要吵醒他！
众村民　咦,你管这闲事干什么？
章　芸　他叫林大同,是专门从北京来的。
众村民　嘻嘻！原来是一位大干部哇！
　　　〔猛地,沙耆一个鲤鱼打挺似的站立起身子。
沙　耆　北京来的大干部……林大同？
林大同　沙耆兄,是我。你我恐怕有二十多年没碰面了吧？
沙　耆　三七年到现在——足足有二十八年啊！
林大同　这么多岁月一晃眼都过去了呀！（深情地）日前,比利时国王子来华访问,向周恩来总理问起你们的沙耆还在画画吗,周总理就把徐悲鸿大师给叫去了,听完悲鸿大师的介绍后,周总理一字一句地说,我们共产党要保护好他,要给沙耆先生按月发放生活费,还要替他办一个画展……（饱含着无限热情）今天,你的老同学林大同,就是为了落实周总理的嘱咐来到这里的!

沙 耆　（激动地大声呼喊）周总理!

〔暗转。

〔沙耆画外音：谁知一年后，中国大地上掀起了一场"文化大革命"运动，我的画展非但没有办成，而且还株连了林大同，他被戴上了"走资派"的高帽子，从北京押到我们乡下，差点儿被折磨死……可我依旧不肯放下手中这支画笔，不停地画，不停地画！我在自己家楼板上一口气画了11幅裸女画。这件事轰动了整个乡村，许多人跑来看，都说我疯了，喝醉了酒，叫我是画疯子……噢，对了！我们中国人有句古话，叫作"不疯魔，不成活"。这"画疯子"三个字，我听起来还挺入耳的，可我决不允许任何人来毁坏我的画，谁来我就跟谁拼命！因为我看到姆妈她站在天堂里，一直看着我画画。是呀！还是姆妈说得好——这些画都是我的命根子，没有它们，我就活不了！

〔整个舞台在沙耆的画外音中，渐渐地亮了起来——这些画在楼梯板壁上的，被当代美术界赞誉为可以与梵高媲美的沙耆晚年画作，又重新呈现在观众面前，11位画中裸女或坐，或立，或卧，或躺……然后，灯光又徐徐地熄灭。

〔12〕

〔灯光大亮，已是1983年秋日。北京首都博物馆隆重举办沙耆画展。舞台上铺天盖地的都是沙耆的画作，尤其是在剧情中出现过的几幅油画，更是挂在十分醒目的位置上（比如，珍的肖像画、沙耆的获奖作品《学院门前大街》以及比利时国王太后珍藏的《吹笛女》和那11幅裸女画等等）。少顷，章芸双手推着沙耆坐的轮椅缓缓地走上。

沙 耆　（唱）　轧轧作响轮椅声，
　　　　　　　　章芸推我向前行，
　　　　　　　　四面八方全是画，
　　　　　　　　疑是自己入梦境？

章 芸　这不是梦！不是梦！沙耆，你的画展终于举办了。美术界许多同行看完后,非常惊讶!都说由于你的存在,中国油画史应该改写!大家称赞你是中国的"梵高"……

沙　耆　不不不!

　（唱）　中国的梵高不敢称,
　　　　　我只是画坛一痴人,
　　　　　众人视我为画疯子,
　　　　　我活在画中乐无穷。
　　　　　画就是我,我就是画,
　　　　　七彩画笔化作我的魂!

〔林大同带着丽莎走上。

林大同　沙耆兄,今天有一位外国客人要来看画展,你还认识她吗?

丽　莎　沙耆——同学!

沙　耆　你你……你是丽莎小姐?（摇着轮椅上去,激动地）你父亲巴斯蒂院长还好吗?

丽　莎　我爸爸已老得走不动路了,否则他也会跟我一道来你们中国的!（拿出一封信笺）这是他写的信,叫我一定要交到你手里。我爸爸向你忏悔,由于他的固执,逼迫你关在学院里埋头作画,非要让你跨越那一点点,谁知毁掉了你一家人……害得你妻离子散!

沙　耆　噢,是这样……（少顷,决然地）大同,你给我打火机!

林大同　（神情不解地）你要打火机干什么?

沙　耆　给我!快给我!（从大同手里夺过了打火机,"咔嚓"一声,点燃了巴斯蒂写给他的那封信笺）

丽　莎　（吃惊地）啊!你怎么把它给烧掉了呢?

沙　耆　这不能怪你爸爸,是我自己的选择。（抬头,仰望远方）没有巴斯蒂院长,就没有今天的沙耆!

　（唱）　人在世上活一回,
　　　　　岂能样样都完美?
　　　　　如影随形舍与得,
　　　　　谁能解读其中味?
　　　　　我得到的已比失去多,
　　　　　画之疯癫我爱之最!

〔他摇着轮椅,朝着舞台深处驰去——这时再次响起了《茉莉花》的曲调。舞台深处,又出现了杜氏与珍以及沙耆的儿子,沙耆目光深情地久久对视着……保持这动人的场景直至落幕。

(剧　终)

七场现代戏曲

牵手树

自主创新，实业兴邦。——题记

人 物

齐　辉　男，42岁。东海大学电机系毕业，海城变压器厂原总工程师，后辞职创业，现为海城变电科技有限公司董事长兼总经理。

汪树元　男，61岁。海城变压器厂前总工程师，东海大学"文革"前毕业的大学生，系齐辉老学长、校友。

姚玉娟　女，38岁。齐辉妻子，海城会计师事务所主任会计师。

汪维维　19岁，高三学生，后留学英国剑桥大学，汪树元孙女。

毕国忠　男，43岁。原为杨副市长小车司机，后"空降"到海城变压器厂担任厂长。

毕　鹏　24岁，毕国忠养子。海城变电科技有限公司首席技术员。

刘阿翠　女，50岁。老工人，海城变压器厂工会主席。

汉　娜　德国人，女，32岁。西门子电器公司大中华区总裁。

本剧中设有一位不登场的**叙述人**。

时 间

当代（1998年冬末至2018年春天）。

地 点

海城，一座南方的沿海城市。

序

〔幕启,响起舒曼的《春天交响曲》。

〔随着这欢畅的、充满生机的曲调,舞台上呈现出一排排抽出新芽的树木。那些树木不停地旋转着、移动着……最后,定格于两棵一大一小枝繁叶茂的香樟树上。

〔响起叙述人画外音。

叙述人 （富有磁性的嗓音）。亲爱的观众,今夜你们注意了没有?这舞台上两棵香樟树,一大一小,枝叶却全长在了一起,紧密相连,就像一个人牵着另一个人的手……噢,它有个美丽的名字,叫作牵手树。（稍停,长舒一口气）是呀,齐辉与他的老学长汪树元,这两位大学校友,几十年来一起走在创新立业的科研路上,心心相印,风雨同舟,不就是人间的"牵手树"吗?

〔所有剧中人,蓦地都从树丛中奔了出来,绕着牵手树紧紧围成一圈,边跳边唱。

众 （唱） 你我是棵牵手树,
一大一小先后栽,
根根枝丫筋连筋,
片片叶儿轮着排。
任凭刮起恶风暴,
砍不断来锯不开!

〔灯光渐渐熄灭。

第一场 1998年冬末 汪树元家

〔灯光转亮,汪家客厅。汪树元手拿电话,侧耳倾听,话筒里传出"滋滋滋"的空音,只能失望地放下。接着,他忍不住又拿了起来……汪维维跑上。

汪维维 爷爷!爷爷!电话铃没响,你拿起来做什么?（夺过话筒,又追加一

	句)如今你退休都一年多了,没有人会给你打电话的!
汪树元	胡说!(脸色庄重)今天我就等着一个很重要的电话。
汪维维	什么电话这样重要?
汪树元	你齐辉叔叔,一大早就乘火车去钱江厂,估计已到那边……(把话筒夺了回来)他说办好了就职手续,就打电话告诉我。
汪维维	这次齐辉叔叔真的要离开海城变压器厂?(俨然一副大人口气)爷爷,你退休后就是齐辉叔叔接你班,当总工程师,主持新产品研发,现在他正在试制干式变压器,怎么能说走就走了呢?
汪树元	(搁下电话,神情有点不耐烦)你问我,我问谁去?
汪维维	爷爷不肯说,我也知道!(脸色得意地)这次海城厂改制转型,要重新选拔厂长,大家都看好齐辉叔叔,可结果呢?上头空降下来一个毕国忠,那个人过去给杨副市长开过小车,神气得很,却对变压器业务一窍不通。他上任第一天,就以一个老工人的建议,撤了你与齐辉叔叔一起创办的技改办公室……这才把齐辉叔叔给气走了!
汪树元	哎哟维维!你小小年纪,怎么懂得这么多呢?
汪维维	我19岁已经不小了,明年就能考大学。爷爷,我怀疑那背后有阴谋!
	〔屋外传来敲门声。
汪树元	你别再说了。来客人了,快去开门。
汪维维	哎!(跑了过去)
	〔片刻之后,汪维维拉着姚玉娟进屋。
汪树元	(忙迎上去)哎哟!是小姚来了。请坐!(手指椅子)你坐呀!
姚玉娟	我不坐了。汪老,今天我只想问你一句话,齐辉他是不是到外地去找工作了?
汪树元	如今齐辉辞了职,当然要去找出路——那工作还是我给他介绍的。(稍停,脸色不解地)怎么,这事齐辉他没有跟你讲?
姚玉娟	讲是讲了。天一亮齐辉就出了门,可现在我有事找他却联系不上,他的手机都关机了。(跺了跺脚)真急死人哪!
汪树元	齐辉这个人就是那脾气。
	(唱) 那一天,一场风波实难防,
	齐辉他找我老汪来商量。
	技改办公室被撤销,

　　　　　　新产品研发断了粮，
　　　　　　他大声疾呼无人听，
　　　　　　喊哑了喉咙气断了肠。
　　　　　　到最后，冲冠一怒把职辞，
　　　　　　我这才推荐他去了钱江厂……

姚玉娟　是呀是呀！你是齐辉老学长，做什么都是为他考虑的。汪老，可现在情况又有了变化，我市海城工学院——

　　　　（唱）今年新建电机系，
　　　　　　缺少师资难开张，
　　　　　　院长亲自打电话，
　　　　　　邀请齐辉把教师当。
　　　　　　这因祸得福好机缘，
　　　　　　突然一下子从天而降！

汪树元　原来如此！可如今齐辉去了钱江厂……只怕他此刻在人家那边，已经办好了手续。（面有难色）这事怎么办呢？

姚玉娟　汪老，你一定要帮帮忙，想办法把那头辞掉——（斩钉截铁地）搞教育总比进工厂强！

汪树元　（脸色不悦地）小姚，你这句话我听了心里就有点不舒服了！

　　　　（唱）当教师，进工厂，
　　　　　　关键看你怎么想，
　　　　　　我和齐辉都是大学理工生，
　　　　　　相识相知友谊长。
　　　　　　搞教育固然是个好行业，
　　　　　　进工厂照样可以挑大梁，
　　　　　　学工科就要站到第一线，
　　　　　　研发出新产品心中最欢畅！

　　　〔电话铃声响。

汪维维　爷爷，来电话了！

汪树元　噢！那一定是齐辉打过来的。

　　　〔汪树元欲去拿话筒，谁知姚玉娟抢先一步，伸手却把电话给按住了。

姚玉娟　（哀求地）汪老，你无论如何要叫齐辉回来呀！这次就算我求求你了！

汪树元　好吧,我答应你。不过,最后选择什么还是让齐辉他自己来做决定吧!(姚玉娟这才把手渐渐松开,汪树元接起电话)喂!你是……钱江厂人事科?对对,我是汪树元。(听了一会儿,脸色大惊)什么?你们一直等到现在,齐总工还没有来报到——哎哟,这不可能吧!今天一大早他就坐上火车……放心,别的工厂他是不会去的。(脑门上沁出了汗水)行!行!我一定尽快与他取得联系,催一催!
〔汪树元动作缓慢地放下了话筒。

姚玉娟　(声音焦急地)怎么,齐辉没有去钱江厂?

汪树元　这真的有点怪了!(伸手擦去脸上汗珠,自言自语地)他会去哪里呢?

姚玉娟　会不会出事?比如火车……

汪树元　别胡说!(决然地)小姚,你再打他的手机试试!

姚玉娟　他手机我都快打爆了!无人接听!(神情也有点儿慌了)汪老,齐辉失踪了,我们要不要报警?

汪树元　这……(摇摇头)我先去趟火车站问一问!
〔齐辉出现在房间门口。

汪维维　爷爷!爷爷!那不是齐辉叔叔吗?
〔这一声叫唤,顿时驱散了屋里的紧张气氛。

姚玉娟　(愣了一下,激动地奔上去)哎哟!你到底去哪儿啦?汪老和我都快急死了,以为你失踪了!(双手捶击对方胸脯)老公,你怎么把手机都关掉了呢?

齐　辉　辞职后,很多人都打电话来安慰我。我心里烦,想安静安静……就关掉手机了。(边说边把脸转向汪树元)老学长,现在我更需要好好想一想——今后的人生之路,自己应该怎样走!

汪树元　噢!这么说,今天你没有去钱江厂报到?

齐　辉　我中途下了火车,返回来了。

姚玉娟　真的!老公——(有点大喜过望,兴奋地跳起来)你返回来做得太对了!(伸手拉过齐辉)我们走,现在我带你到海城工学院去见院长!

齐　辉　(神情不解地)去海城工学院做什么?

姚玉娟　院长邀请你去电机系上课,当大学教师呀!

齐　辉　大学教师?(摇摇头)这我从来没有想过——我的身份是研发变压器的总工程师,搞教育不是强项。(真诚地)玉娟,你是了解我的。

姚玉娟	哎呀老公！什么都可以边做边学的,何况你有一颗比别人聪明的大脑。(信心满满)我看,用不了多久,你就会成为人人羡慕的大学教授！
齐　辉	可我的兴趣一直是在工厂车间……
汪树元	(又再追问一句)那你又为什么中途下了火车不去钱江厂呢？难道你找到了更好的去处？
齐　辉	没有！没有！(连连摇头,神态认真)老学长、玉娟,你们听我说呀！(追叙地)今天我在火车上遇见了三位民营厂长,他们都是搞变压器的,和我是同行。我碰到他们之前,这三位厂长正坐在餐车里议论我……

〔舞台上由轻渐重响起了火车奔驰声。室内灯光暗去,另一侧空间里的灯光亮了起来——可以让观众感觉到它就是行进中的餐车车厢。摆满酒菜的餐桌两侧,坐着三位厂长。

厂长甲	我建议我们为齐总工辞职海城厂干杯！他这一走,新一代干式变压器研发就到此为止,搞不下去了——换句话说,我们这些民营小厂就有了生存空间。
厂长乙	对对对！听说上头空降下来的那个毕厂长,上任第一天就撤销海城厂技改办公室。依我看呀,这动作好有一比,叫作挥刀自宫！
厂长丙	挥刀自宫？哈哈哈！这比喻太形象了。干杯！干杯！

〔三位厂长把酒杯碰在一起……这时,齐辉从光圈中走入餐车车厢。

| 齐　辉 | 对不起,我人虽然离开了海城厂,但并没有离开变压器行业。 |

〔三位厂长立刻把齐辉围在了中间。

厂长甲	说到曹操,曹操就到。齐总工,刚才大家都为你鸣不平啊！你是变压器行业的科技大咖,许多新产品都出自你手。他们海城厂不留你,你是否愿意屈尊来我们民营小厂搞研发呢？
厂长乙	只要你愿意来,什么工资、住房等等待遇,我统统满足你。嘻嘻！别看我们民营厂庙小,也供得起你这尊大菩萨啊！
厂长丙	这就是我们民营企业的优势所在！
齐　辉	现在,我已准备去钱江厂了。(三位厂长对视一眼,然后爆发出一阵笑声)咦,你们都笑什么？
厂长甲	齐总工,我说一句真心话,你想听吗？
齐　辉	当然想听！
厂长甲	钱江厂不就跟你原来在的海城厂一样吗？他们国营大厂的人事权,

全捏在上头"婆婆们"手里。这钱江厂的老厂长也到了退休年龄,假如日后新来的厂长跟你们毕厂长一样,难道齐总工还愿意在同一个坑里,再沾上一身泥吗?

〔灯光暗去,舞台上场景又返回到原来客厅。

汪树元　噢!我明白了,这就是你不去钱江厂的原因?

齐　辉　是的。汪老,我的老学长!

（唱）　三个民营小厂长,
　　　　话虽尖刻意味长,
　　　　它像一把重锤敲醒我,
　　　　关键时刻须思量!
　　　　如今社会都在变,
　　　　各行各业转制忙,
　　　　改革开放进入快车道,
　　　　劳动致富成为新理想。
　　　　齐辉我不愿再做"小媳妇",
　　　　自主创业是方向!

姚玉娟　难道你也想创办一家民营厂?

齐　辉　不!我想好了——要搞一家专门研发变压器的民营科技所。(充满激情地)假如日后它搞大了,就叫作海城变电科技有限公司!

汪树元　海城变电科技有限公司?（神情激动地）哎哟你这个小师弟,确实想得比我远啊!这想法好……(兴奋地)齐辉,我支持你创新立业!有了它,就可以把你在海城厂没有搞完的干式变压器研发,再接着搞下去——我们要做变压器行业的排头兵!

齐　辉　这正是我最想做的事情。(少顷,担忧地)可钱江厂那边……

汪树元　放心!我会去跟他们解释的。另外——(真诚地)让我来做你这家变电科技有限公司的技术顾问,怎么样?

齐　辉　这求之不得呀!我的老学长!

　　　　〔齐辉与汪树元的两双手紧紧地握在了一起。

姚玉娟　(重重地一跺脚)你们真是自讨苦吃啊!

　　　　〔姚玉娟转身奔下……灯暗。

第二场　3年后初春　望海村老祠堂

〔灯光转亮时,又响起叙述人画外音。

叙述人　一边是大海,一边是老祠堂。望海村这座破旧的祠堂,成了齐辉与他的老学长汪树元最早的创业基地。虽说环境简陋,人也没有几个……可仅仅只过了3年,国内业界第一台小容量树脂降温干式变压器,就诞生在这家民营的变电科技有限公司里!

〔一台扎着红绸带的干式变压器,十分醒目地搁在老祠堂的案几上。众客商对它指指点点,兴奋不已,然后陆续走下。片刻之后,齐辉与汪树元并肩走上。

汪树元　齐辉,我们的干式变压器终于研发成功了。虽说功率低、容量小,还需要进一步改进,但前来订货的客户却络绎不绝,快把老祠堂的门槛都给踏破了!

齐　辉　这真叫人高兴哇!过去那些油浸式变压器又大又笨重,现在我们这干式变压器采用的是树脂降温新技术,不但小巧玲珑,还十分环保,不比国外那些同类产品差,谁会不喜欢呢?

汪树元　(赞扬地)是呀!是呀!想不到你在海城厂栽下的理想种子,居然会在这座老祠堂里开花结果。

齐　辉　老学长,那也离不开你这技术顾问的支持啊!

汪树元　我只是敲敲边鼓的。

　　　　　(唱)　三年前——
　　　　　　　你一锤定音图自强,
　　　　　　　老祠堂里把事业创,
　　　　　　　研发出干式变压器,
　　　　　　　草窝里,飞起金凤凰!

齐　辉　(唱)　回顾三年创业路,
　　　　　　　步步艰辛实难忘。
　　　　　　　这三年,缺少资金靠自筹,
　　　　　　　这三年,螺蛳壳里做道场,

		这三年，画破多少设计图，
		这三年，打过多少生死仗。
		每当研发失败时，
		大海的涛声给我添力量！

汪树元　（唱）　莫道是，创新立业千般苦，
　　　　　　　　闯过去，眼前尽是好风光。
　　　　　　　　齐辉呀，只要心中有理想，
　　　　　　　　定能够，抬起头来见太阳！

　　　　　〔这时，门卫大叔快速跑了上来。

门　卫　齐总工，门口有个从德国来的洋女人要见汪老。

齐　辉　（把脸转向汪树元，脸色奇异地）咦，一个洋女人要见你？德国来的？

汪树元　噢，我猜到了！她一定是德国西门子公司的汉娜女士。

齐　辉　世界500强的西门子公司？

汪树元　（点点头）对！当年我跟他们打过交道。那个汉娜女士曾经到过海城厂，想与我们搞一个合作项目，可一看到我们生产的那些脏兮兮的油浸式变压器，立即摇头说，NO！NO！NO！这太不环保了！

齐　辉　原来如此！（吩咐门卫大叔）快去请汉娜女士！

门　卫　哎哎！（欲下又止步）人家已经进来了。

　　　　　〔汉娜走上。

汉　娜　（带有德国腔的普通话）汪先生，我们又碰面了！刚才我去过你们海城厂，他们说你已经退休，跑到这里来当技术顾问，是不是？

汪树元　是的，汉娜女士。我来介绍一下——（伸手拉过齐辉）这位就是我现在的老板，他叫齐辉，也是我的校友。

汉　娜　齐老板，你好！（拥抱齐辉，然后递上一张名片）这是我的名片。

齐　辉　（看完名片，赞叹地）哎哟！汉娜女士，现在你是西门子电器公司大中华区总裁。我这个小老板在你面前，简直太微不足道了。

汉　娜　不，我已经获悉你们掌握了干式变压器的树脂降温技术，前来祝贺。

齐　辉　（颇为吃惊地）汉娜女士讯息真是灵通啊！

汉　娜　齐老板！
　　　　（唱）　企业不在大与小，
　　　　　　　　科技实力最重要！

　　　　　　　你们研发出——
　　　　　　　世界前沿新产品，
　　　　　　　同行业中来领跑！
齐　辉（唱）领跑两字不敢当，
　　　　　　　爬坡还在半山腰。
　　　　　　　这台干式变压器，
　　　　　　　功率容量未达标，
　　　　　　　技术瓶颈须攻克，
　　　　　　　才能与——
　　　　　　　全球同行试比高！
汉　娜　好哇齐老板！等到攻克了这技术难关，我们西门子公司一定与你合作，把你们的干式变压器推向世界市场。
齐　辉　（半开玩笑地）德国西门子公司名誉全球，说话要算数呀！
汉　娜　当然算数。(少顷，话题一转)不过，我很奇怪，你们杨副市长给我介绍时，为什么只推荐了一个海城厂，对你们一字不提？
汪树元　汉娜女士，那海城厂你不是刚去过吗？
汉　娜　去过，现任厂长名叫毕国忠。杨副市长说他十分能干，这位毕厂长想出一个土办法，居然能叫脏兮兮的油浸式变压器变得非常环保！
齐　辉　是吗？你去看了，结果怎么样？
汉　娜　(叹气地)唉，简直是一个世界级笑话——叫人大跌眼镜啊！
　　　（唱）这个土办法真奇葩，
　　　　　　　全球业界是独一家。
　　　　　　　一台油浸式变压器，
　　　　　　　从头到脚罩上大铁匣，
　　　　　　　光溜溜，铮铮亮，
　　　　　　　苍蝇叮上去要打滑。
　　　　　　　工人们伸手把电闸拉，
　　　　　　　铁匣里，噼噼啪啪冒火花，
　　　　　　　黑烟滚滚焦味浓，
　　　　　　　弄巧成拙，差一点大爆炸！
〔在汉娜演唱这段唱词时，舞台一侧亮起一束灯光，两个工人推上一台油浸式变压器,再把一只铁匣子罩在机器外面……合上电闸后,里面冒出火光与黑烟。两个工人又马上拉掉电闸。

〔毕国忠边挥手驱赶烟雾边走上。

毕国忠　(训斥)谁叫你们这样干活的?

工人甲　厂长,这不是你吩咐的吗?叫我们要在油浸式变压器外面罩上一只大铁匣,让它外观美丽,看不到跑油漏油,达到环保标准。

工人乙　厂长,我们还提醒过你,这会使油浸式变压器无法散热,起火燃烧。可你却说,出了事故你负责!

毕国忠　(故意装糊涂)咦,我说过这话吗?

工人甲、乙　(异口同声地)哎哟厂长,我们两个小工人可不敢乱讲呀!那个做大铁匣的铁匠师傅,是你从外厂用高薪聘请来的。

毕国忠　(还是不认这笔账)我怎么不记得了呢?(恶狠狠地)再胡说八道,马上把你们两人开除出厂!

工人甲　(神态也变得强硬起来)好吧!请厂长开除我们之前,不妨先到财务科查一查,这铁匠师傅的劳务费就是你亲笔批的。

工人乙　对对对!账单上还有你毕国忠的签名呢!

毕国忠　这……(神情一下子沮丧了,继而破口大骂)这王八蛋,问题就出在那个铁皮匠身上,我找他算账去!

〔毕国忠边骂边走下。

工人甲、乙　(放声开怀大笑)哈哈哈!

〔笑声中,灯光熄灭,一切又返回到原来场景。

汪树元　这件事我怎么一点都笑不出来呢?(摇摇头)唉!为了能给汉娜女士留下一个好印象,那个毕厂长居然违反科技常识,给油浸式变压器罩上一只大铁匣,差一点升温爆炸!(突然,双手捂住了胸口)我……我……我感到心痛啊!(伸手指指汉娜)齐辉,今天麻烦你代我送送汉娜女士。

齐　辉　哎!汉娜女士,我送你回去!(陪汉娜走下)

〔汪树元支撑起身体,慢慢走向祠堂深处。此刻,外面响起了混混们的一片喧哗声,他又停住脚步,扭转脸倾听。

——"识相点,快让我们进去!"

——"你们断了我们财路,晓得吗?"

——"闪开!闪开!再拦路,老子就让你吃拳头!"

〔一群小混混推开门卫大叔,涌了进来。

小头目　(发现搁在案几上的干式变压器)他妈的!我还认为他们发明出一颗原子弹,原来竟是这么一台不起眼的小玩意儿。(挥挥手,高声地)兄弟们,快搬它下来!扔了!

众混混　(齐声大喊)扔了!扔了!扔了!

〔混混们伸手去搬干式变压器。

汪树元　等一下!(走过去,面容严肃地)你们是谁?跑到这里来干什么?

众混混　我们都是海城厂的。

汪树元　(一字一句地)那我告诉你们——别看这台小机器不起眼,它可是国内业界研发成功的第一台树脂降温干式变压器。弄坏了你们赔不起!

〔小混混们互相对视了一眼,又都缩回手去。

小头目　(走到汪树元跟前,挑战地)你这个老师傅很面熟……让我想想,莫非你就是从我们海城厂退休的老总工汪树元?

汪树元　不错,是我。

小头目　今天我们奉毕厂长之命,到这里来跟你们讲讲清楚!(伸手指干式变压器)由于这台小玩意儿,我们油浸式变压器压了仓库,销售不出去,在我们产品未卖光之前,你们干式变压器不准出售给任何一家客户!

汪树元　(惊讶地)你们产品卖不出去,还不许我们做生意?那还有没有王法?

小头目　什么王法不王法的?我们是国营大厂!(气势汹汹地)汪树元,你给我听着!你这个退休总工,现在拿的还是海城厂的劳保工资,却跑到人家这里来当技术顾问——这笔账,我们毕厂长还没有跟你算呢!

汪树元　劳保工资都是国家给的。

小头目　(恶狠狠地)你这个吃里爬外的老东西!

汪树元　(气极)你,你……你怎么开口骂人?

小头目　我就骂你了,怎么啦?(撸起袖子,举起胳膊)你不服气,今天我还要让你吃拳头——打死你!

〔齐辉复上。

齐　辉　(见状大喊)住手!(快步奔过去,推开小头目)你们真是一群流氓!

小头目　(厚颜无耻地)嘿嘿!我是流氓我怕谁?兄弟们,快给我打!

〔混混们一哄而上,挥拳殴打……齐辉用他的身体紧紧护着汪树元,自己挨上了不少拳头。

〔幕后响起救护车鸣叫声。

〔灯光熄灭。

第三场　紧接前场　海城医院病房

〔灯光转亮,海城医院一间病房。齐辉躺在病床上,头上缠着纱布,姚玉娟坐在他身边。

齐　辉　（用力支撑起身子,试图走下病床）玉娟,我进医院已有一个星期了。今天想落地走一走!

姚玉娟　不行!不行!你给我好好躺着,别乱动。（把对方搀扶回去）老公!

（唱）　你被混混打成伤,
　　　　急诊救援住病房,
　　　　如不好好来静养,
　　　　今后要落下脑震荡!

齐　辉　（唱）　当初眼前一片黑,
　　　　如今感觉已舒畅,
　　　　我想返回望海村,
　　　　始终牵挂在心房!

姚玉娟　（唱）　提起你那个破祠堂,
　　　　我一股怨恨涌胸膛,
　　　　全怪你大学教授不肯当,
　　　　才招来如今一场大祸殃!

齐　辉　玉娟,到海城工学院去当老师这件事早过去了。（不容反驳地）现在干式变压器最大的技术瓶颈还没有突破,我这颗心都放在那上面!请你理解我,好不好?

姚玉娟　（无奈地长叹）唉,我不理解也要理解呀!你这个人就是那种脾气——撞到了南墙也不回头!

齐　辉　（笑）嘿嘿,这一点你说对了!不愧是我贤内助。

姚玉娟　说你胖,你还真喘起来了!告诉你,今天汪老也要过来看你。

齐　辉　汪老已看过我好几次了。他那么大年纪，又和我一起受到惊吓，就不要再来了。

姚玉娟　可他这次非来不可，还说要带一位你想不到的客人。

齐　辉　噢？这位客人是谁？

姚玉娟　汪老不肯说，我不好意思再问——（伸手指门）你看，他已经来了！

〔汪树元走上，手里拎着一只水果篮。

齐　辉　老学长！你坐，快坐！（又要从病床上爬起来）

汪树元　（把水果篮交给姚玉娟）别动！别动！你好好躺着！（提了把椅子，走过去）我自己会坐下的。

姚玉娟　汪老，你来看齐辉，还买什么东西呢？

汪树元　不不，你误会了！（摇手）这东西不是我买的，是有人叫我带进来的。

姚玉娟　谁呀？

汪树元　海城厂工会主席刘阿翠。

齐　辉　是她？（猛地，坐了起来）我不想见她！不想见她！（大声地）快把这只水果篮给扔出去！

〔汪树元与姚玉娟面面相觑，不知如何处置。

姚玉娟　（劝慰地）老公，我听说这个刘阿翠是海城厂老工人，人缘也不错，今天她来看你，我们也不能拒之门外呀！

汪树元　齐辉，你对刘阿翠这样讨厌吗？

齐　辉　老学长，玉娟，你们不知道呀！三年前，就是这个刘阿翠建议毕国忠撤销技改办公室的！

姚玉娟　（吃惊地）噢，原来如此！

汪树元　以我分析，事情不会那么简单吧？

齐　辉　当年，我亲眼看到刘阿翠走进厂长办公室，与毕国忠谈了半个小时。后来厂部就宣布撤销技改办公室……再后来，刘阿翠就当上了海城厂工会主席。

〔病房的门砰的一声被撞开了——刘阿翠一头冲了进来。

刘阿翠　（双腿跪在地上，哭诉地）齐总工，我对不起你啊！（齐辉把头扭了过去）我是上了毕国忠的当哪！（哇哇大哭）

汪树元　别哭别哭！刘阿翠，你站起身来慢慢说，那个撤销技改办公室的建议，真是你提出来的吗？

刘阿翠　不是我,是毕国忠诱导我说的。
姚玉娟　毕厂长利用了你?
刘阿翠　对!(站立起来,追忆地)他说,现在我们生产的油浸式变压器供不应求,销路不错,还要那个技改办公室做什么?厂部省下来这笔钱,可以给工人们多发点奖金,改善改善大家的生活……你是海城厂老工人,能不能先提一个建议出来?

　　　　(唱)　我一听这话有道理,
　　　　　　　表示赞同把头点,
　　　　　　　新上任的毕厂长,
　　　　　　　他站工人这一边。
　　　　　　　提个建议我挺方便,
　　　　　　　手拍胸脯就争了先!

汪树元　那你就替毕国忠当了他的开门炮?
刘阿翠　是的!是的!当时我真糊涂呀!(追悔莫及)这是我这辈子做过的最后悔的一件事情了。
齐　辉　(渐渐回转头来,脸色冷淡地)刘阿翠,你也不用后悔。后来毕国忠不是让你当上了工会主席吗?
刘阿翠　唉!自从当上工会主席起,我就进入了噩梦!

　　　　(唱)　夜班日,我有事去找毕国忠,
　　　　　　　脚步匆匆跑得急,
　　　　　　　转眼来到厂长室,
　　　　　　　里面声音很出奇,
　　　　　　　窸窸窣窣响不停,
　　　　　　　我推门进去瞧仔细。
　　　　　　　谁料想,眼前景象太可怕,
　　　　　　　吓得我,变成一只木头鸡!

〔舞台上亮起一束灯光,毕国忠打开办公柜,掏出里面一捆捆人民币,双手塞进皮包。他一转头,发现刘阿翠正站在办公室门口。

毕国忠　(恼羞成怒地)你进来做什么?
刘阿翠　我、我……(一下子愣住神情,脸色恐慌地)我不做什么,回去了。
〔刘阿翠转身欲走。

毕国忠 （厉声地）回来！（刘阿翠只好转回身子）办公柜里塞满了人民币，你不想问一问，它们是怎么来的？我又拿这些钞票去派什么用场？

刘阿翠 我不想知道。

毕国忠 是吗？那你刚才为什么感到这样紧张？两只眼睛死死盯牢我看！（骂了一句）这王八蛋，你对我都不讲真话！想瞒过我？（恶狠狠地）刘阿翠你听着——你有现在的好日子那都是我毕国忠给的！

刘阿翠 （低声地）毕厂长，我这个人一辈子都没见过这么多人民币……头脑有点晕。

毕国忠 原来如此！（语气和善起来）告诉你吧，我的工会主席！这些钞票都是用来给工人们发奖金。

刘阿翠 发奖金这句话你已经讲过一百遍了，可工人们什么都没有拿到过。（表示怀疑）况且现在工厂效益这么差，产品都卖不出去，还能发奖金？

毕国忠 （又立即纠正）哎哟我记错了！不是发奖金，这些钱是振兴生产启动经费。（马上再补充一句）杨副市长亲自批准下拨的，他对我们海城厂很是关心啊！只要生产搞上去了，工人们的奖金还会有的。（又板起了脸孔）不过，今天我说的这些话你都不要往外传，自己心里明白就可以了，懂不懂？做到了这一点，我给你的奖金会比别人高出一倍的！

〔毕国忠说完拿起装满人民币的皮包离去，场景又返回到病房。

齐　辉 刘阿翠，你又相信了毕国忠说的那些话，是吗？

刘阿翠 （激烈地摇头）不不不！我再相信他，还是个人吗？（语调快速）俗话说，欲想人不知，除非己莫为。像这种事情总有一天要露底的！所以，今天我才鼓起勇气来找你们两位总工，希望到时候能给我作一个证明——我刘阿翠是清白的。（稍停，长舒出一口气）好了好了，都说完了，我走了。（转身欲下）

齐　辉 等一等！你就不能把这情况向上头反映一下吗？

刘阿翠 上头？（停步）反映给谁呢？反映给那个杨副市长？（脸色凄楚地一笑）嘿嘿！这有用吗？人家毕国忠上头有人哪！（走下）

汪树元 （朝姚玉娟招招手）小姚，你去送送她。

姚玉娟 哎！（追下）

〔齐辉一下子无语了。

汪树元 我看这刘阿翠说的话不是没有一点道理。尽管现在工人们都怨气冲

|天，背后把毕国忠叫作"败家子"厂长。可只要那个杨副市长还在台上，他就倒不了！

齐　辉　我懂了。汪老，我们一定能等到他们倒台这一天的。

〔这时，汪维维欢快地跑上，手里挥动着一份入学通知书。

汪维维　爷爷！齐辉叔叔！刚才我收到了英国剑桥大学寄来的入学通知书。

齐　辉　（惊喜地）真的假的？

汪树元　别听她吹牛！（嘴上虽这么说，可手却忍不住伸过去，把入学通知书拿来看）噢！我孙囡真的被录取了，剑桥大学电子电气工程专业，还是全额奖学金。

齐　辉　维维，你太厉害了！这事连你爷爷都瞒着呀！

汪维维　我是一个人悄悄在网上报的名，笔试与面试也在网上进行。齐辉叔叔，你当初决定不去钱江厂，不也是先下火车再告诉我爷爷的吗？

齐　辉　（笑）嘻嘻！原来维维还是向我学习的。

汪维维　（唱）　如今世界这么大，
　　　　　　　　年轻人就要闯天下，
　　　　　　　　攀登知识新高峰，
　　　　　　　　出洋留学开眼界。
　　　　　　　　学成后归来不算迟，
　　　　　　　　胸怀大志报效国家！

〔汪维维蹦蹦跳跳奔了下去。

齐　辉　（深受感触地）今天我看到维维这么高兴，也想起了自己当年读大学时的情景。汪老，你是"文革"前东海大学最后一批毕业生，我是在"文革"后恢复高考时第一批考进东海大学的。我们两人年龄相差了十几年，却是前后两届紧挨着的老校友啊！

汪树元　对对对！你考进东海大学那一年，我作为一名老校友代表重返母校，与你们这些新学生碰面，心里真是好高兴哇！

齐　辉　我记得你带着我们一起走在校园里……

〔舞台上的景物逐次消失，包括那张病床。取而代之的是一条弯弯曲曲的校园小道与绿色树林。

〔汪树元与齐辉等新学生们一起走上。

学生甲　喂！你们快过来看呀！这里有两棵树，长得跟别处的不一样，真稀奇！

学生们　（围着树木，纷纷议论）是呀是呀！两棵树一大一小，可它们的枝丫与叶子全长在一起，好像一个人牵着另一个人的手，分都分不开啊！

学生乙　这究竟是一棵树还是两棵树呢？

学生丙　我看没人能说得清！

汪树元　（高声地）同学们，它叫牵手树。

齐　辉　牵手树？（轻声赞叹地）一个多么美丽的名字！

汪树元　是呀！这是老校长当年给它取的名字。以后每逢新学生跨入校门，他都要叫来一位老校友，把大家带到这里看牵手树。老校长说，你们毕业后走到社会上，无论在任何地方，做什么工作，都不要忘记你们是同一所大学的校友，要像这牵手树一样……

〔幕后传来合唱声：

　　你我是棵牵手树，
　　一大一小先后栽，
　　根根枝丫筋连筋，
　　片片叶儿轮着排。
　　任凭刮起恶风暴，
　　砍不断来锯不开！

〔灯光渐渐熄灭。

第四场　2004年盛夏　董事长办公室

〔响起叙述人画外音。

叙述人　又过了3年，海城变电科技有限公司在业界影响力越来越大，祠堂式小作坊也升格为高层科技大楼，齐辉担任董事长兼总经理一职，只是汪树元的身份未变，依旧当他可以敲敲边鼓的技术顾问。这天，一些年轻的大学毕业生前来该公司求职，进行面试……

〔灯亮，董事长办公室。齐辉坐在写字桌后，前面搁着一把空椅子。另外，一位科员手里拿着面试人员名册，正朝着门外高喊。

科　员　11号，毕鹏，请进来接受董事长面试！

〔随着科员喊声落地，毕鹏走上。

齐　辉　请坐！（手指那把空椅子）年轻人，我看过你简历，你是海城工学院电机系首届毕业生，对吗？

毕　鹏　是的，董事长。

齐　辉　今天面试，或许是你人生路上又一个起跑点，你同意我的说法吗？

毕　鹏　我同意。

齐　辉　咦，年轻人——（这才注意到对方身姿）你怎么一直站着呢？

毕　鹏　（自信满满地）董事长，今天我不想坐下，要站着回答你的提问！

齐　辉　好！（面露欣赏之色）第一个问题，你为什么选择来我们公司就职？

毕　鹏　一句话，因为贵公司具有自主创新精神。国内第一台采用树脂降温新技术的干式变压器就是贵公司研发成功的，它在业界引起很大反响！

齐　辉　可我作为董事长与主要研发人，今天十分直爽地告诉你，我们研发的干式变压器目前与世界顶级产品相比还有差距，技术瓶颈没有突破，需要大幅度提升功率容量。你认为，接下去我们应该如何做呢？这是第二个问题。

毕　鹏　还是这四个字，自主创新！董事长，如今是——

　　　　（唱）信息爆炸大时代，
　　　　　　　科技革命是常态，
　　　　　　　墨守成规不可取，
　　　　　　　一步落后追不回。
　　　　　　　自主创新，勇立潮头，
　　　　　　　企业才会有大作为！

齐　辉　回答得不错！如果我让你来从事研发工作，你又会怎样？

毕　鹏　董事长，请允许我先打一个比方。假如把油浸式变压器当作电子管，那你们研发的干式变压器就是半导体，跨上了一个台阶。现在要从半导体走向集成电路，甚至向芯片高科技进发，我们必须突破常规思维，实现颠覆性的技术革命！

　　　　（唱）创新产品——
　　　　　　　一代换一代，
　　　　　　　业界竞争——
　　　　　　　犹如打擂台，
　　　　　　　不疯不魔不成器，

　　　　　成败得失论地位。
　　　　　我们要抢占科技新高地，
　　　　　脑洞大开才能夺头魁！
齐　辉　说得好呀！
　　　（唱）不疯不魔不成器，
　　　　　亮出志向与胸怀，
　　　　　眼前这个年轻人，
　　　　　正是我想要的好人才！
　　　今天，第三个问题不需要再问你了。你被录用了！明天就来报到上班，专门搞研发。
毕　鹏　谢谢董事长！（下）
　　　〔汪树元与他擦肩走上。汪树元扭头，神情诧异地望着毕鹏远去。
齐　辉　老学长，你认识这位年轻人？
汪树元　（转回身子，点点头）他叫毕鹏。齐辉，你忘记了？当年海城工学院请你去当教授，被你拒绝了。后来他们又想叫你去电机系给学生们讲几堂课，我看你很忙，就代你去了。于是，就在课堂上认识了这个毕鹏。
齐　辉　原来如此。刚才他一番话，确实让我脑洞大开！我们要突破干式变压器的技术瓶颈，不能再在树脂降温上做文章，要另辟蹊径，才能弯道超车！
汪树元　好一个弯道超车，你这想法我也赞同。不过，关于毕鹏，有一件事你恐怕想不到——他是毕国忠抱养大的。
齐　辉　（惊讶地）啊！你说什么？毕国忠是他养父？
汪树元　是呀，齐辉！
　　　（唱）世间万物奇事多，
　　　　　毕国忠可以算一个，
　　　　　这小车司机当厂长，
　　　　　缘起还是一场车祸……
齐　辉　一场车祸？
汪树元　对！杨副市长经常叫毕国忠用公车接送他儿子上学校。有一天，这个小公子突然心血来潮，抢过方向盘说要自己来开车……一刹那，小车就横在马路上，眼看要与一辆大卡车相撞！这时，毕国忠奋力把杨副市长儿子推出车外,自己却受了重伤,而且伤在下体,终生不能生育。后来,杨副市长通过关系,托人从医院里给毕国忠抱养了一个婴儿——这个婴儿长大了,取名叫作毕鹏。

(接唱) 他有了杨副市长做靠山,

　　　　开车夫一步踏上青云路!

齐　辉　噢,明白了——(电话铃声)我去接一个电话。

〔齐辉接听电话。

齐　辉　什么?玉娟,你有一个惊人消息要告诉我?好好,你说……我听着哪!(脸色渐渐兴奋起来)这消息是真的?太叫人高兴了!现在汪老就在我身边,我马上转告他。

〔齐辉搁下了电话。

汪树元　小姚对你说了什么?

齐　辉　(兴奋地)杨副市长被"双规"了!

汪树元　咦,她这消息是怎么来的?

齐　辉　市纪委要查他的账,把玉娟他们会计师事务所的两个老会计请了过去,一核实,结果不得了呀!杨副市长居然贪污了一个亿,其中有三千万就是海城厂现任厂长毕国忠进贡的。

汪树元　三千万?这么多!那笔巨款是怎么来的?

齐　辉　这谁说得清呢?现在检察院已经拘押了他,正要往法院那边送,立案审判。(激动地)老学长,他们倒台的日子我们终于等到了!今天晚上你到我家里来喝酒,我叫玉娟炒几个菜,把那瓶窖藏多年的茅台酒也开了,好好地庆祝庆祝!

汪树元　(沉默了一阵,然后摇摇头)我……我不想来。

齐　辉　为什么?

汪树元　齐辉,这酒我没兴趣喝!(随后,长叹了一声)唉,它来得有点晚了。海城厂已经让毕国忠折腾得差不多了……我一想到这件事,就感到椎心之痛啊!(边摇着头边走下)

齐　辉　(喊)汪老!汪老,我的老学长!

〔汪树元还是头也不回地走了。

〔齐辉又返回到办公桌。这时,原来上过场的科员又匆匆跑上。

科　员　董事长!董事长!两位检察院同志押着一个人犯,要求见你一面。

齐　辉　噢，一个人犯？（好奇地）他是谁呢？

科　员　我看那人犯就是海城厂厂长毕国忠。检察院同志说，他们路过我们公司门口，毕国忠怎么都不肯走，非要进来一趟不可！

齐　辉　既然如此，你让他们进来吧。

科　员　哎！（跑下）

〔少顷，两位法警押着戴手铐的毕国忠走上。

毕国忠　（举起戴着手铐的双手）齐总工，我向你赔罪来了！

齐　辉　赔罪？（摇摇头）老毕，我自从离开了海城厂，就与你没有了关系。

毕国忠　不！那一年，要是我不空降下来，你齐总工就是海城厂的厂长，技改办公室也不会撤销，国内第一台干式变压器也一定是海城厂研发的。（长叹一声）唉！海城厂也不会搞成现在这样破、烂、差——老产品积压在仓库里卖不出去，新产品又研发不出来！

齐　辉　那你需要赔罪的是海城厂，是海城厂全体职工！

毕国忠　这我知道。但我没想到的是，我如今倒霉了，要去坐班房，你却宽宏大量地聘用了我养子毕鹏。因此，今天我应该来谢谢你！

　　　　（唱）　我无才无德无人品，
　　　　　　　这世界同样不干净，
　　　　　　　今日遇见你齐总工，
　　　　　　　原来人间还是有真情。
　　　　　　　你不计前嫌心胸宽，
　　　　　　　你以德报怨令人尊。
　　　　　　　毕鹏到你手下来就职，
　　　　　　　确实是他三生有幸！

齐　辉　老毕，你太夸奖我了。我留下毕鹏，并不是以德报怨，而是认为他很有才华！

　　　　（唱）　如今年轻人不一般，
　　　　　　　思想活跃头脑清。
　　　　　　　目光投向全世界，
　　　　　　　视野宽广知识新。
　　　　　　　毕鹏他志向很远大，
　　　　　　　搞研发需要这样的人！

毕国忠　照你这么说,我那养子很有前途?

齐　辉　只要他肯下功夫钻研下去,将来一定会出大成果的。

毕国忠　(激动地)太好了!太好了!齐总工,今天我说一句心里话,别人叫我"败家子"厂长,这一点都不冤枉——那次我为了给汉娜女士留下一个好印象,给油浸式变压器罩上了大铁匣,在业界变成了一个笑话!(真诚地)其实,我毕国忠心里,最钦佩的还是你们这些吃技术饭的人。我对你们是嫉妒、羡慕、恨……而我最鄙视的人,就是那个杨副市长!

齐　辉　什么?(怀疑自己听错了)老毕,你最看不起的是杨副市长?

毕国忠　正是他!当初他叫我来当海城厂厂长。我说自己一点都不懂变压器,怎么能搞好这个厂呢?还是开开小车吧……他就问我,你想做官吗?我回答说,做官谁不想呀!他又脸色得意地哼了几声——既然如此,你还怕什么?我不是叫你空降下去造变压器的,是叫你去做我的白手套,当一台提款机。

齐　辉　白手套?提款机?

毕国忠　对!我就这么去了,做的第一件事情就是撤销技改办公室,然后想方设法把每年上头拨放的研发经费变作私款,一趟趟地往杨副市长家里送,可他还嫌我送得不够快,不够多!可如今一被"双规",纪委的人都没怎么审问他,杨副市长就吓得尿了裤子,竹筒里倒豆子似的全交代了,还说是我主动贿赂他的。哼,真是个小人!

　　　　　(唱)　幸亏我还有一点小聪明,
　　　　　　　　赃款里截留下来一部分,
　　　　　　　　用它给养子付学杂费,
　　　　　　　　另外也赞助学校扬名声。
　　　　　　　　如今毕鹏已是长成材,
　　　　　　　　毕国忠坐穿牢底也甘心!

齐　辉　(震惊地)啊!你就是用这样的赃款,把养子毕鹏给培养出来的?

毕国忠　是呀,他是我这一生中最得意的投资!你说值得不值得?(未等对方回答,自己先吼叫起来)这王八蛋,太值得了!哈哈哈!哈哈哈!

　　　　〔毕国忠惨笑几声,走了下去,两位法警随下。

　　　　〔齐辉沉思的面容,灯光逐渐暗去。

第五场　2013年初秋　变电科技公司新厂房

〔灯亮，一间高大宽敞的高科技厂房车间。毕鹏正在指挥工人们悬挂"热烈祝贺 N 型变压器研发成功兼庆祝海城变电科技有限公司成立 15 周年"的大红横幅。

毕　鹏　高点！高点！再挂高一点……好！行了，你们下来吧。
　　　　〔挂横幅的工人们爬下梯子。
毕　鹏　(颇有指挥者风度)刚才，我为什么要叫你们挂得高一点？是让每一个进入厂区的人，第一眼就能看到这条横幅。
工人们　是呀是呀！毕工做事情，总是比别人考虑得多一点，怪不得齐辉董事长那么信任你——把你列为首席技术员。
毕　鹏　(脸色得意地)这叫作"士为知己者死"。
工人甲　死？今天是大喜日子，说这"死"字，不太合适吧！
工人乙　哎哟你懂什么？他们知识分子，说话都喜欢咬文嚼字的。我还听到他们说过另外一句话，叫作"置之死地而后生"。
毕　鹏　对对对！目前变压器行业竞争激烈，业界许多大厂都关门歇业，我们硬是从中杀出一条血路——(自豪地)现在我可以高调宣布，我们这次研发的 N 型变压器，攻克了多年来困惑我们的技术瓶颈，采用热控膜降温取代树脂降温，大幅度提高了功率容量，如今连德国西门子公司都想跟我们联手合作哪！
　　　　〔工人们一起欢呼雀跃。
工人丙　咦，今天怎么没有见到董事长呢？
毕　鹏　我再告诉大家一个好消息，董事长正在和汉娜女士进行商业谈判。
　　　　〔厂区门口响起了轿车喇叭声。
工人们　董事长回来了！董事长回来了！
　　　　〔工人们一窝蜂似的跑下。随后毕鹏也走了下去。
　　　　〔少顷，汉娜追着齐辉走上。
汉　娜　齐老板！齐老板！你别走呀——(齐辉停步)我已经把合同书写好了，就差你一个签名了！

齐　辉　这份合同我是不会签的。

汉　娜　为什么？我们都谈了三天了！齐老板，你们不是很想与我们西门子公司联手合作吗？今天究竟怎么啦？

齐　辉　（神态严肃地）汉娜女士，不是我不想合作，而是你坚持要把转让热控膜核心技术这一条写入合同里。我反对过几次，结果你还是这么搞！你说我们还能谈得下去吗？

汉　娜　别生气，你听我说呀！你们现在研发的Ｎ型变压器，热控膜降温新技术占据了变压器制造工艺制高点，创造了历史。领跑全球同行业，我们西门子公司很感兴趣啊！

齐　辉　你们想通过这一份合同书，来获取我们的核心技术！

汉　娜　也可以这样理解吧。

齐　辉　对不起，这项新技术我们拥有自主知识产权，现在还不想公布，更不能转让。（斩钉截铁地）汉娜女士，它是一条底线！

　　　　（唱）　一条底线心头挂，
　　　　　　　　牢牢坚守把根扎，
　　　　　　　　核心技术热控膜，
　　　　　　　　是自主创新一朵花！

汉　娜　（唱）　鲜花虽艳也可摘，
　　　　　　　　西门子愿意出高价。

齐　辉　（唱）　我们吃过遏制苦，
　　　　　　　　常被别人脖子卡。
　　　　　　　　如今弯道已超车，
　　　　　　　　中国人——
　　　　　　　　昂首挺胸大步跨！

汉　娜　我明白了。齐老板，这就是你刚才说的底线，不可逾越！

齐　辉　汉娜女士，如果你们西门子公司真有诚意与我们合作，还有一个平台十分合适。我愿意把"Made in China"（中国制造）的Ｎ型变压器，交给贵公司进行全球销售，售后利润可以二八分成。你认为如何？

汉　娜　这……不过，我们营销平台合作条件很苛刻，你们要先把产品运到德国柏林，前期经费均由贵方承担！

齐　辉　这个没有问题。汉娜女士，你跟你们总部通一下气，我们然后签订供销合同。

汉　娜　好！齐老板办事真是爽气，那我告辞了。（欲下）

齐　辉　过奖了，我来送送你。

汉　娜　（转身，谢绝）留步。今天是贵公司成立15周年纪念日，齐老板，你就忙你的吧！

〔汉娜走下。

齐　辉　（环视一下四周，尤其当目光接触到高高悬挂着的大红横幅时，禁不住感慨万千）时光过得真快啊！一晃眼工夫，我从海城厂辞职出来已有15个年头了，现在我可以自豪地说，自己当初的选择没有错，做对了！它实现了我的理想，我的梦！在研发变压器路上我们突破了一个又一技术瓶颈，在全球同行业中保持着领跑者位置——（兴奋地）就在刚才，我也扬眉吐气地跟世界500强德国西门子公司叫板，外国洋人卡我们脖子的时代已经过去了！中国人有了尊严与自信，在世界高科技领域有自己的话语权，这种感觉真是爽极了，十分痛快！（又情感真挚地）所有这一切，我都要感谢这个时代，没有改革开放的新时代，就不会有我齐辉这样的创业者，也不会有这自主创新的变电科技有限公司。我是一个幸运儿，改革开放新时代的幸运儿啊！（少顷，扭头又环视了一下周围）噢，对了！今天这个大喜日子里，我怎么没有见到我的老学长呢？

〔这时，齐辉的手机响了。

齐　辉　（接听电话）哪位？

〔舞台上又亮起一束追光，光圈里出现了汪树元。此刻，他站在已经变成一堆荒墟的海城变压器厂大门口，手里也拿着一只手机。

汪树元　是我，汪树元。

齐　辉　哎哟汪老，现在你在哪里？今天是公司成立15周年纪念日，我到处都找不到你——真把人给急死了！

汪树元　我现在就站在你15年前辞职离开的海城厂大门口。

齐　辉　噢——（脸色惊讶地）你怎么去了那地方？我听说他们海城厂多年来积重难返，目前濒临破产。

汪树元　不是濒临破产，是已经破产了！

齐　辉　那你还站在他们那里做什么？赶快回到我们自己这地方来呀！

汪树元　（语气有点不悦地）齐辉,你现在怎么把海城厂说成是他们的?这也是我们的呀!（饱含感情）我在那个厂里待了30年,你也待过10多年哇!

齐　辉　这……（声音低了下去）是的,我八三年从东海大学电机系毕业,进的就是这个厂。当时,许多人都羡慕我哪!

汪树元　是呀,这海城厂也有过辉煌的日子。（语气高昂地）那时候,我们生产的油浸式变压器根本不愁销路,那些从外省市来要货的人都住在厂门对面旅馆里,我们车间生产出一台他们就要一台,连仓库都不必进,直接就给拉走了!（神态自豪）我们那时候多神气呀!只要一走出厂门口,那些要货的人就把我们硬拖到饭店里去吃饭,躲都躲不开啊!后来,我们只好悄悄地从工厂后门进出了……

齐　辉　是呀!是呀!是呀!

汪树元　（追忆地）齐辉,我还记得,当年我是借用厂长坐的一辆轿车,到火车站来接你进厂的。

　　（唱）　轿车开到车站前,
　　　　　　接你这位小师弟,
　　　　　　引得路人多羡慕,
　　　　　　如此规格实少见!

齐　辉　（唱）　生平我第一次坐轿车,
　　　　　　居然是报到进厂时。

汪树元　（唱）　你惊喜交集很激动,
　　　　　　幸福的泪水挂腮边,
　　　　　　不妨让我问一句,
　　　　　　是否知道此用意?

齐　辉　你说,你这个年轻人太有福气了,大学一毕业就分配到我们厂里。海城厂是全国变压器行业的龙头企业,名声显赫!所以,今天我是特意用小轿车来接你进厂的。你记住,今后一定要努力做出点成绩。

汪树元　没过几年,你果然在产品研发上做出了成绩,评上先进标兵,被大家赞誉为年轻有为的科技人才。我退休后,你就接了我的班。再后来……
　　　　（话到这里忽地停止了）

齐　辉　你怎么不说下去了?

汪树元 再说下去,都是那些叫人痛心的事情……一个好好的海城厂如今竟然倒闭歇业,破产了!这是我汪树元做梦都没有想到的。(伸手朝前方一指)齐辉,刚才我到厂区里走了一圈,见不到一个人,只有凉飕飕的西北风在刮着,叫人不寒而栗啊!

(唱) 死沉沉,空荡荡,
身边只有脚步响。
我伸手推门进厂房,
车间里,一股霉气扑鼻梁!
到处堆放废钢片,
生锈的电线满地躺,
几只老鼠穿堂过,
还有污水在流淌。
目睹此景好凄凉,
我一屁股瘫坐在地上!
心似刀绞实难忍,
欲哭无泪痛断肠。
这哪像我过去的海城厂?
分明是一个垃圾场!

齐　辉 汪老,你快回来吧!

汪树元 我走不动了。这海城厂已经死了,它葬在了这里,供人吊唁。可来这里吊唁的人并不多,只有我汪树元一个人……(大声疾呼地)齐辉,我的小师弟,你能不能也到这里来看一看?哭几声,陪一陪你这位老学长!

齐　辉 (被汪树元呼喊拨动了心弦,声音颤抖地)好!老学长,我这就过来陪你!
〔齐辉走入汪树元身处的那个光圈中,追光逐渐消失。
〔片刻之后,一群老工人簇拥着刘阿翠走上。

老工人甲 工厂破产了。年纪轻的,还可以自谋出路,像我们这样年老体弱的老工人怎么办?刘阿翠,你是工会主席,关键时刻要替我们想一想办法啊!

老工人乙 是呀是呀!刘大姐,你跟齐总工关系不错,现在变电科技有限公司财大气粗,你就叫他帮帮我们忙吧!

老工人丙　干脆叫他们拿钱把老厂给收购了,替我们寻找一条生路!

刘阿翠　（安慰地,语气中透出一股无奈）各位老师傅们!大家的心情我都能理解,既然已经走到了这一步,那就死马当作活马医吧!不过,收购老厂可不是一件简单的事情,需要一笔巨款,这要看人家愿不愿意呢!

〔毕鹏走上。

毕　鹏　（高傲地）这么多人挤在一堆,叽里咕噜地说些什么?

〔老工人都扭过头来,看看毕鹏。

刘阿翠　（一眼认出对方）咦,你不是我们过去那个厂长毕国忠的养子毕鹏吗?

毕　鹏　是又怎么样?不是又怎么样?（神气十足地）厂房车间是工作重地,不是任何人都可以随便跑进来的!你们懂不懂?

老工人们　（异口同声地）我们是来找齐辉董事长的。

毕　鹏　找董事长做什么?

刘阿翠　想跟他商量商量,能不能出资把我们那个老厂给收购下来。

毕　鹏　收购老厂?（轻蔑地）哼!你们海城厂现在还能值几个钱?笑话!谁买它谁就是傻瓜!

刘阿翠　（被对方激怒了）毕鹏!你怎么这样说话呢?我们厂落到今天这个地步,还不是被你养父给掏空的!

毕　鹏　我养父他已经受到了惩罚,被判十年徒刑,现在还坐在牢房里。

老工人们　活该!

毕　鹏　出去!出去!（扯着嗓门）你们听到没有——全给我出去!

〔齐辉与汪树元走上。

齐　辉　这里发生了什么?

毕　鹏　（忙跑过来汇报）董事长,他们都是海城厂老工人,今天跑到这里来无理取闹!

老工人们　我们不是来无理取闹的。海城厂破产了,资不抵债,公开挂牌拍卖了三次,都无人接盘。我们这些老工人已有半年没有拿到工资,日子都过不下去了!

刘阿翠　盼望你齐总工能出资买下它进行管理。

齐　辉　噢,原来是这一回事情……

毕　鹏　哎哟董事长,你可别轻易答应他们呀!如今海城厂已是千疮百孔,剩下的只是一个烂摊子,谁接手谁倒霉。另外,还有许多外债——这是一个填不满的大黑洞啊!

齐　辉　你说的这些我都清楚。刚才我与汪老商量过了,一个字:买!

毕　鹏　(惊讶地张大了嘴巴)啊!

〔灯暗。

第六场　3年后寒冬　齐辉家客厅

〔叙述人又登场。

画外音　齐辉这个决定还是显得有点轻率了,除了收购老厂付了一笔钱外,谁知经营起来居然那么难!第一年亏损1000万;第二年是800万;第三年情况稍稍好了一点,结果还是亏损了500万。三年加起来的亏损,高达2000多万啊!为了填补这个大黑洞,海城变电科技有限公司一下子陷入了困境。

〔灯光亮了起来,齐辉家客厅。姚玉娟来回踱步,脸色十分焦虑。

姚玉娟　(叹气)唉,齐辉呀齐辉!

(唱)　严冬腊月北风吹,

　　　玉娟我,坐立不安皱双眉,

　　　自从收购海城厂,

　　　我跟着齐辉倒了霉。

　　　三年亏损两千万,

　　　只好天天跑借贷,

　　　老厂外债难还清,

　　　还有老年工人一大堆,

　　　每一项支出都要贴钞票,

　　　这日子过得真是累,

　　　齐辉他,天一亮出门奔银行,

　　　此刻已是傍晚人未归!

〔屋外传来敲门声。

姚玉娟　哎哟,他总算回来了!

〔姚玉娟跑过去开门,谁知站在门口的是毕鹏。

毕　鹏　嫂子,董事长在家吗?

姚玉娟　不在。他又去银行跑贷款了!

毕　鹏　噢,是不是老厂那边又等着我们送钱去?

姚玉娟　是呀!你们小小的一个变电科技有限公司,现在要养活800多个老工人的海城厂,再加上还不断有人来讨债,银行借贷来的款再多也解决不了问题啊!

毕　鹏　嫂子说得有道理。当初我就劝过董事长不要买,可他不听——现在恶果都出来了!

姚玉娟　恶果?

毕　鹏　对,从量变到了质变!不瞒嫂子说,董事长这样做不但救不了海城厂,也把我们变电科技有限公司都拖下了水。虽然我们生产的N型变压器在国际市场大受欢迎,订货不断,可真正获到手的利润并不多,而且这点利润全被老厂消耗光了!如今同事们都很有意见,只是嘴上不说而已……

姚玉娟　(吃惊地)事情发展到这么严重?

毕　鹏　当然了,虽说工资不减,每月发的奖金却比过去少多了!现在人人心里充满怨气,说不定到了某一个节点上,就会爆发一场大冲突的。

姚玉娟　毕鹏,你是齐辉小师弟,要多多帮助他做工作。

毕　鹏　哎哟嫂子,这忙我是无法帮呀!(决定说出自己的要求)我今天晚上来找董事长,是来请求辞职的。

姚玉娟　(神情一下子愣住,惊讶地)什么?你要离开变电科技有限公司?

毕　鹏　是的,嫂子!这三年——

　　　　(唱)　盈利没有亏损多,

　　　　　　　背上驮着大包袱,

　　　　　　　美好前程看不到,

　　　　　　　各自逃命寻生路!

姚玉娟　各自逃命寻生路?你怎么能说出这样的话来呢?(愤怒地)毕鹏,别人都可以辞职,就你不行!

　　　　(唱)　别忘记当初求职来面试,

　　　　　　　齐辉他,让你专心搞科研,

　　　　　　　每当研发出新产品,

```
              他就对你重奖励,
              倘若研发不成功,
              他把担子挑在肩。
              如今齐辉遇上了大麻烦,
              毕鹏你居然辞职要逃离?
毕　鹏　（唱）虽说董事长有情有义,
              我却不能为他牺牲自己。
              人生下来都是自私的,
              避害趋利无可非议!
```

我这份辞职书早就写好了。（双手捧出辞职书）今夜董事长不在,就请你转交给他吧!

姚玉娟　我不转交!（断然拒绝）我不是你们董事长,没有这个好心情。

毕　鹏　这……你和齐辉不就是一家人吗?（甩手把辞职书扔在地上）我走了,管你转交不转交的!

姚玉娟　（气极）你——你这个人太可恶了!

〔齐辉走上。他站在门口,已看了许久。

齐　辉　玉娟,让他走!你不要阻拦他——（语气平静地）寻找一个好前程是每个人的自由。

毕　鹏　（恬不知耻地一笑）嘿嘿!还是董事长这句话说得有水平!（欲下）

齐　辉　（大声地）回来!（毕鹏停步）你把扔在地上的辞职书捡起来,弄干净,再交到我手上——（神态严厉地）听见了没有?这是你辞职前我对你说的最后一句话!

毕　鹏　（犹豫了片刻）捡就捡吧!

〔毕鹏弯腰从地上捡起了辞职书,双手交给齐辉,然后扭头奔了下去。

姚玉娟　我真想扇他一个大耳光!

齐　辉　（安慰）我们用不着为他生气。玉娟,现在像毕鹏这样只顾自己利益的年轻人不少,大家特意给他们取了一个名字,叫作精致的利己主义者。

姚玉娟　这名字取得真好,太形象了!老公,今天你跑银行借贷到了没有?

齐　辉　（摇了摇头）没有,我又空跑了一趟。

姚玉娟　这是怎么一回事情?从前,银行都是追着你屁股要给你贷款,现在却完全颠倒过来了!

齐　辉　玉娟！

（唱）过去如今两个样，

其中原因也平常，

从前我们是纳税大客户，

银行业自然来捧场。

现在年年亏损欠外债，

他们怕钞票扔进烂泥塘！

姚玉娟　（十分不满）这银行也太势利眼了！

齐　辉　话不能这么讲——假如我在银行工作，也会这样做的。

姚玉娟　你这个人从来都是替别人找理由，我不想与你再争论了。（调换了一个话题）老公，听说现在你们那里人心浮动，怨气冲天，什么事情都做不下去……情况很不妙！

齐　辉　这是谁说的？

姚玉娟　刚才毕鹏就是这样告诉我的。（担忧地）另外，他会不会拿着你们研发的热控膜新技术，去投奔汉娜女士，获取高额报酬呢？

齐　辉　有这个可能，但我并不担心——毕鹏掌握的只是部分设计原理，他并不懂得热控膜核心技术的制造工艺。（激动起来）这不，目前我们又生产出最新一代 N 型变压器……只要把它们运到德国，交给西门子公司销售，我们变电科技有限公司就能走出困境！

姚玉娟　这太好了！那你为什么还要去跑银行？快把那批货运出去吧！

齐　辉　这我当然知道，可按照合同条款，这笔运输费要先由我们出，它最少需要 200 万。（痛心疾首地）玉娟，我是为了这 200 万才去跑银行的！

姚玉娟　结果你还是双手空空回到了家里。

齐　辉　是的，我跑了整整一天，却连一分钱都没有借到啊！（悲哀地，小声试探地）现在我们家里还有什么东西可以拿出去兑换现金呢？

姚玉娟　你最喜欢的那几张字画，还有你收藏的几件工艺品以及我戴过的金银首饰与玉器，早就被你拍卖掉了。如今剩下的都是一些不值钱的东西！

齐　辉　不！我们还有这套房子……

姚玉娟　你想卖掉这套房子去换钱吗？（长叹了一声）唉！老公呀老公，你真的是糊涂了！这套房子前不久已经被你拿到银行去作借贷抵押。现在，我们只有居住权，没有所有权！

齐　辉　啊！（猛地醒悟过来，双手捶击自己脑袋）这么说，今天我齐辉真的是走上绝路了！（声音颤抖，带着哭腔地）玉娟，我对不起你呀！

　　（唱）　喊一声——
　　　　　玉娟，我的好妻子，
　　　　　齐辉今生有愧于你！
　　　　　海城工学院我不去，
　　　　　偏偏恋上了变压器。
　　　　　这以后——
　　　　　你没过上一天好日子，
　　　　　悠悠岁月几十年，
　　　　　经历了风风雨雨……

姚玉娟　过去的事别再提了。老公，你有自己的爱好与理想，我怎么能阻拦得了你呢？

齐　辉　（唱）　再喊一声——
　　　　　玉娟，我的好妻子，
　　　　　齐辉今生拖累了你！
　　　　　我不顾一切买下海城厂，
　　　　　理想却被切割成碎片。
　　　　　现如今——
　　　　　我站在陡峭悬崖上，
　　　　　阵阵寒风不停吹，
　　　　　眼看要摔入谷底……

姚玉娟　老公，这件事你做了后，许多人都夸你有良心。只要坚持着——说不定它会有转机哪！

齐　辉　（唱）　三喊一声——
　　　　　玉娟，我的好妻子，
　　　　　虽说你常对我指指点点，
　　　　　可心里却充满柔情蜜意，
　　　　　关键时刻——
　　　　　更是与我站在一起。
　　　　　我们有缘结成终身伴侣，

这是齐辉最大的福气!

〔屋外又传来敲门声。

姚玉娟　天这么晚了,又有谁来了呢?

〔姚玉娟跑过去开门,走进客厅的是汪树元,他手里拎着只旅行袋。

姚玉娟　老公,是你老学长来了!(打量汪树元一番)汪老,你双手拎着旅行袋,是不是要出外旅游去?

汪树元　不是,我是给小师弟送点东西来的。(指了指旅行袋)你们猜猜,这里面装着的是什么?

齐　辉　(走了过来,随口说了一句)是什么,总不会装着的是钱吧?

汪树元　为什么不会呢?你们自己打开看看!

〔姚玉娟弯下腰去,双手拉开旅行袋。

姚玉娟　(惊讶地叫了起来)哎哟,真的是一捆捆崭新的人民币!

汪树元　对!总共是214万。

齐　辉　这么多……(一下子也愣住了神情)汪老,莫非你抢劫了银行?

汪树元　(脸色不悦地)胡说八道!告诉你们吧,这其中14万是海城厂那些老工人凑起来的,他们通过工会主席刘阿翠交到了我手里。

姚玉娟　那200万呢?

汪树元　我把自己的房子卖了。

齐　辉　原来如此。(激动地)我明白了,你们这是竭尽全力地在帮助我啊!

汪树元　不是帮助你,是要让我们变电科技有限公司走出困境。(真情实意地)齐辉,大家都知道了,你跑了好几天银行,结果还是一无所获……我们总不能让这200万的运输费给绊倒吧?只要最新一代N型变压器运到了德国,我们就有了希望,你说对不对?

齐　辉　对对!可是——(担忧地)你卖了房子今后住哪里呢?

汪树元　维维毕业后,留在了英国剑桥大学。她多次叫我这个爷爷去英国,我一直不想去,可现在我觉得到了走的时候了。我的小师弟,今后我这个老学长就不能陪在你身旁敲边鼓了!

齐　辉　老学长,不管你走得多远,我会觉得你一直在我身边……

汪树元　这句话说得好!我们是校友,是一棵牵手树啊!

〔此刻,幕后又响起了合唱声:

你我是棵牵手树,

一大一小先后栽，
　　根根枝丫筋连筋，
　　片片叶儿轮着排。
　　任凭刮起恶风暴，
　　砍不断来锯不开！

〔灯光渐渐熄灭。

第七场　2018年春天　"中欧班列"货运室

〔灯亮，货运室墙上挂着一块大型电子显示屏。齐辉与他的同事们围着显示屏站成了一圈，电子显示屏上跳动着倒计时式的一串串数字。

齐　辉　（激动地）同事们！再过5分钟，中欧班列就要启程了，它将满载着我们研发生产的最新一批N型变压器前往欧亚各国，走向国际市场……这是认真贯彻执行习近平总书记提出的"一带一路"伟大战略！现在，我宣布——倒计时，开始！

众　　　（大声地，整齐划一地叫喊）10、9、8……

〔姚玉娟跑上。

姚玉娟　（轻声招呼）老公，你看！（伸手朝身后一指）这是谁来了？

〔汪维维快步跑上。

汪维维　齐辉叔叔！

齐　辉　（惊讶地）咦，维维，你不是在英国剑桥大学吗？

汪维维　我回来了！爷爷叮嘱我学会了本领要回来报效祖国。齐辉叔叔，我在英国一直关注着你们公司变压器的研发进程——业界有句话，变压器是电力系统的心脏。如今你们已经领跑全球变压器行业了！现在我也办完了全部回国手续，要到北京国家电网工作。

齐　辉　这太好了！维维，展望当今世界，谁牵住了科技创新的牛鼻子，走好了这步先手棋，谁就能占领高地，赢得优势。一个企业如此，一个国家也是如此啊！（感叹之后，又忍不住询问）咦，维维，今天你爷爷怎么没跟你一起回来？他在英国过得好吗？生活习惯吗？

汪维维　（调皮地一笑）嘿嘿！齐辉叔叔，哎哟你上当了！

齐　辉　（好奇地）我上什么当呢？

汪维维　你上我爷爷的当了！他根本没有去过英国，一直住在我们乡下老屋里。爷爷说，他一生中只骗过你那么一次——当年我爷爷不那样做，你是不会收下那卖房子的 200 万的。

齐　辉　（明白后，神情十分震惊）这确实是我没想到的。维维，你爷爷现在怎么样？

汪维维　人老了不少，双脚已经不会走路，要坐轮椅了。

齐　辉　噢——（急速地）快带我去乡下见一见你爷爷！

汪维维　我爷爷他已经来了。

〔汪树元摇着轮椅上，齐辉快步奔过去——两个老校友泪眼相视，感慨万千，两双手紧紧地握在一起，久久不能松开。

〔幕后合唱：

　　　　手相握，心相连，

　　　　喜泪满脸流不歇，

　　　　枝繁叶茂牵手树，

　　　　创新立业谱诗篇。

〔这时，中欧班列的开车时刻到了！"呜"的一声汽笛长鸣，整列火车像一条巨龙在舞台上奔腾起来……众人欢呼、跳跃。

〔灯暗。

（剧　终）

五场现代戏曲

我们都是城里人

人　物

曹星儿　34岁,女,城里人。原先是下岗工人,后考上成人大学赴省城读书,继后又被报社聘为记者。

杜志强　星儿丈夫,后离婚。36岁,港务局保卫科科长。保卫科撤销后管门房。

婷　婷　13岁,曹星儿与杜志强的女儿。

夏小菊　四川妹子,小保姆,24岁。后与杜志强结婚,开办了一家"辣妹子菜馆"。

李建军　28岁,夏小菊同乡人。农民工,在城市里造楼房,后升为建筑队队长兼农民工歌手。

王雅晶　星儿的老同学,女,34岁。

时　间

当代。

地　点

海城,江南的一座沿海城市。

幕前曲

〔合唱（男女声二重奏）：
　　已经不觉得陌生，
　　已经不需要区分，
　　城里人，农民工，
　　同一片蓝天下求生存，
　　同一块大地上来打拼。
　　酸甜苦辣都尝遍，
　　喜怒哀乐难说清！
　　……

〔灯暗。

第一场　肚皮的秘密

〔一个秋日。
〔星儿家的客厅，墙上挂着杜志强与曹星儿的结婚照片。
〔幕启时已是黄昏，从窗口里射进来的阳光不多，客厅里显得半明半暗的，夏小菊神色呆滞地坐在一张钢丝床上，两眼直愣愣望着已经搁满了饭菜的餐桌。过了片刻，她弯腰从床底下拖出只大旅行袋……突然，夏小菊双手掩嘴，欲想呕吐，这时屋外响起了门铃声。

夏小菊　（强忍住，四川口音，朝着门口喊道）急啥子么，我马上来开门！
〔夏小菊忙把旅行袋又推回原处，跑了过去。少顷，她陪着一个很时尚的女人走进来。那女人叫王雅晶，染了一头金发。

夏小菊　王阿姨，你请坐！
王雅晶　（落座前，先环视了一下客厅）今天星儿她不在家里？
夏小菊　杜大哥陪她去报社报到了！
王雅晶　噢，我这位老同学真有福气呀！工厂下岗后，自费考上成人大学，成人大学一毕业又当上了报社记者。（这才坐了下去……目光集中到夏小菊身上）小四川，你脸色不太好……是不是病啦？

夏小菊　（掩饰地）莫得哟！（故作神气地走了几步）你看，我这不是挺好吗？（机灵地换了一个话题）王阿姨，今天你找我家女主人做啥子么？

王雅晶　这……不怕你笑话。我是来向她讨教爱情秘诀的呀！（站起身子，感叹地）唉，这世界——

（唱）　结婚好比进墓地，
　　　　爱情不值一文钱，
　　　　雅晶我，新娘才做三个月，
　　　　夫妻恩爱就化云烟。
　　　　昨天我过生日作纪念，
　　　　老公他，一朵鲜花都不肯献！

夏小菊　（唱）　少献一朵生日花，
　　　　王阿姨何必多挂牵，
　　　　常言道，小夫妻只要常相聚，
　　　　好日子定会过得比蜜甜。

王雅晶　咦，我真看不出来——（赞扬）你这个四川妹子还那么懂爱情，真是不简单呀！

（唱）　小四川短短一句话，
　　　　说出我心中大疙瘩，
　　　　新婚后，夫妻相聚日见少，
　　　　一言不合就打嘴仗。
　　　　现在我，回去快把老公找，
　　　　防止感情再往下滑！

〔王雅晶欲出屋。

夏小菊　王阿姨！（王雅晶停步）你能帮我一个忙吗？

王雅晶　（爽快地）没问题！你叫我——（也学了一句四川话）做啥子么？

夏小菊　……当你出门走过前面那座建筑工地时，替我找个人，他叫李建军，是我老乡。

王雅晶　噢，就是那个又会造楼房又会唱歌的小阿哥，对不对？

夏小菊　对头哇！（垂下头去，低声地）你叫他过来一趟……我有重要事情跟他讲，很重要的！

王雅晶　（似乎明白了一切）刚才我看你这脸色,就知道出了"事故"了。（颇有气势地训责）你们这些农民工呀！下班后除了会做那个,还会做啥子么？（加重了语气）他来了,你就狠狠地骂上几句吧！别心疼,男人都是偷吃鱼腥的馋猫！

〔王雅晶转身走下……夏小菊目送对方出屋后关上门,猛然感到又要呕吐,快步奔进了卫生间。静场片刻,杜志强与曹星儿上场,他俩按了一阵门铃后,就自己掏出钥匙开门走进了客厅。

〔夏小菊从卫生间里急急跑出。

夏小菊　杜大哥,星儿姐,你们回来啦！

杜志强　（脸一板）刚才我们按门铃你听到没有？躲进卫生间里去做什么——真是的！（星儿拽了拽杜志强的衣襟,叫他不要责备夏小菊）好了好了,别傻站着了,你快把门口东西搬进来吧！

夏小菊　哎哎！（走出门去,双手吃力地搬进一只大纸箱）晚菜我替你们烧好了。

杜志强　（一看到餐桌上饭菜,火气又大了）谁叫你替我们弄夜饭？今天出门前,我就对你说过——要和婷婷姆妈一块儿上饭店里吃的！

夏小菊　（神情尴尬地）我……我忘啦！

曹星儿　忘了就忘了吧！（为了安慰夏小菊,先用筷子攒菜尝了一口）咦,小菊炒的菜,比刚才大饭店里做出来的还要好吃哪！

夏小菊　（感动地）星儿姐,你莫得夸奖我啦！（欲去搬饭菜）

曹星儿　还是我来吧！你抹桌子,我有两年多没有进厨房了。

〔星儿搬起饭菜走进厨房去。夏小菊拿起一块抹布,来回擦着餐桌。

杜志强　（余火未熄）夏小菊你这几天,老像掉了魂似的……要想在我们家把保姆做下去,别这样！

夏小菊　我——（欲言又止,试探地）杜大哥,今天你有空吗？

杜志强　没空！夜里我们港务局还要开会……

夏小菊　这……那我现在跟你说一件事情,行吗？

杜志强　不行不行！现在你快去学校里接婷婷,她姆妈想死她了。（夏小菊双脚并未挪步,杜志强有点不耐烦）你还愣着干什么？快去呀！

夏小菊　（神情犹豫地）我有一件十分重要的事情……

〔星儿从厨房里复出。

曹星儿　小菊,什么事情这么重要？

夏小菊　噢……（见到星儿，忙又紧张地摇摇头）啥子都没有！没有！没有！（双手掩脸奔下）

曹星儿　今天小菊这是怎么啦？

杜志强　别管她——平日她就是这种魂不守舍的样子。星儿，两年前红星布厂停产转制，让你下岗在家待业，想不到现在你居然变成大记者了！

曹星儿　是呀！这真像做了一个梦……

（唱）　自从下岗离厂门，
　　　　我重补知识塑自身，
　　　　考上了成人大学赴省城，
　　　　家中事，全靠小菊来照应。

杜志强　噢，那倒是一句实话。

曹星儿　另外，我更要谢谢你这位好老公呀！成人大学要自费的，是你出钱来供我去读书。

杜志强　这是应该的，谁叫我在港务局挣的钞票比你多哪！

（唱）　原认为，让你读书散散心，
　　　　没想到，鲤鱼一跳跃龙门，
　　　　大报社今日来招聘，
　　　　你连闯三关夺头名！

曹星儿　（感动地）志强，这两年来——

（唱）　你一个人生活好冷清，
　　　　独守空屋身影多孤零，
　　　　虽无怨言从你口中出，
　　　　那寂寞的滋味我知情。
　　　　从今后，夫妻俩再也不分开，
　　　　共建一个和睦小家庭。

杜志强　对对对！你这句话我喜欢听。

曹星儿　来！（走到大纸箱跟前，招呼对方）我们一起打开——这是一台电脑。

杜志强　电脑？（吃惊地）你哪有这么多钱买它？

曹星儿　不是买的。这台电脑是学校颁发给我的毕业奖品。

杜志强　（兴奋地）哎哟，我老婆真了不起——（猛地，拉过对方，亲上了一口）原来你还是个大才女啊！

曹星儿　（娇态）现在你才知道——要不人家报社怎么会选我去当记者呢？
　　　　〔两人热吻，李建军头戴安全帽走上。
李建军　（急忙摘下安全帽，捂上眼睛）我……我莫得看见哟！
　　　　〔星儿与杜志强快速分开身子，三个人神情都有点尴尬。
杜志强　（电话铃响，转身去接电话）好好，我马上就到！（放下电话）星儿，你接待一下客人。今夜我这个保卫科科长要列席局部会议，我先走了。（出屋，走下）
曹星儿　小李，请坐！你到我们家又是来找夏小菊的，对吗？
李建军　是小菊托人来叫我的——这不，我还是直接从工地上跑来，连工作服都没换哪！（环顾四周）咦，她人呢？
曹星儿　出去接婷婷了。噢，听说你们现在造的那幢楼房，将来是海城"第一高楼"？
李建军　要得哇！一共有81层。
曹星儿　（赞扬地）你们真不简单。小李，城市发展离不开你们农民工哪！
李建军　话虽这么说，可农民工毕竟不是城里人呀！（痛苦追叙）有一次，我上了一辆公共汽车，一位城里胖大嫂就尖着嗓门喊起来："大家注意了！各自当心口袋里的钱包！"唉，啥子么，都把我们农民工当成小偷啦！
　　　　（唱）这一声叫喊响耳边，
　　　　　　　恰好似，万把钢刀刺心肺，
　　　　　　　农民工告别故乡走千里，
　　　　　　　进城打工个个不容易。
　　　　　　　脏活累活危险活，
　　　　　　　全都由我们挑在肩，
　　　　　　　农民工不怕多流汗，
　　　　　　　怕的是被城里人看不起！
曹星儿　（唱）城里人，农民工，
　　　　　　　人人都要讲尊严。
　　　　　　　星儿我进了报社当记者，
　　　　　　　一定会写文章支持你！
李建军　一言为定。星儿大姐，如今你当上了记者，一定要替我们这些农民工主持正义，说说公道话。我先谢谢你啦！
　　　　〔夏小菊带着杜婷婷走上。婷婷身上背着一只书包。

婷　婷　姆妈——（奔过去,扑到曹星儿怀里）你当上了记者。真伟大呀!
曹星儿　别伟大不伟大的,快帮姆妈把这台电脑抬进去。（婷婷伸手去抬纸箱）
夏小菊　这东西挺沉的! 我来抬吧。
曹星儿　不用了! 今天建军来找你了,有话快跟他去说吧!
　　　　〔曹星儿与婷婷一起把纸箱抬进了卧室。
李建军　你找我有啥子事情?
夏小菊　这……（低声地,但每一字都咬得十分清晰）建军哥,我……我要马上……回……回四川!
李建军　（一下子愣住了神儿）回老家?
　　　　〔曹星儿又从卧室复出。
曹星儿　小菊,是不是你父母来信叫你回去的?
夏小菊　（摇了摇头）莫得哟!
李建军　那你回去为啥子么? 你在这里做得好好的,突然要回去……真是莫名其妙! 星儿大姐,你说是吗?
曹星儿　（点头）对对对! 小菊,你为我们家做了许多事情,我们也离不开你。
夏小菊　你们都别劝我了! 今天我是走定啦!（背转身去）
曹星儿　（唱）　小菊决心要回家,
　　　　　　　　事出突然疑问大,
　　　　　　　　这其中一定有原因,
　　　　　　　　待我慢慢细探查!
李建军　（唱）　小菊决心要回家,
　　　　　　　　不知回去想干啥?
　　　　　　　　我好好劝说她不听,
　　　　　　　　心中真是乱成麻!
夏小菊　（唱）　夏小菊今天要回家,
　　　　　　　　两月前早把决心下,
　　　　　　　　左等右拖到现在,
　　　　　　　　再不离开问题大!
曹星儿、李建军　（同时地）小菊,你真的要走吗?
夏小菊　（接唱）　他俩都是糊涂人,
　　　　　　　　　怎知我心似刀绞赛苦瓜!

（又从床下拖出旅行袋，双腿"扑咚"一声朝李建军跪了下去）建军哥，我求求你！快点带我回老家吧。

李建军　哎哟小菊，你这是为啥子么？快起来！快起来！莫得跪着哪！

曹星儿　（双手扶起小菊）小菊，我们是不是哪块地方做得不好，使你不开心？

夏小菊　莫得莫得哟！星儿姐，你待我小菊像亲姐妹一样……（突然，放声大哭起来，双手捶打自己身子）我恨我呀！我恨！我恨！我恨死自己哇！

〔夏小菊又要呕吐，不顾一切地冲进卫生间……这时，从她身上飘落一张纸片。

李建军　夏小菊她到底出了啥子事情？

曹星儿　噢，别着急！（神态渐渐平静下来）李建军，你先回工地去吧！这小菊的事情，我们会处理好的。你放心，一切都遵照她的意愿！

李建军　好好！（摸出一张卡片）这是工地上新装的电话，有事你再叫我。

〔李建军走出客厅，下。

曹星儿　（走过去，弯腰捡起地上那张纸片，轻轻读出声音）妊娠化验单——阳性。（吃惊地）原来小菊她早已怀孕了！

〔少顷，夏小菊出了卫生间。

夏小菊　星儿姐，建军哥走啦？

曹星儿　是的。小菊，你请坐——（走过去，双手挽扶夏小菊）慢慢来，坐好了！这样坐你感到舒服吗？

夏小菊　这……（神情有点紧张地）星儿姐，我好好的，又不是病人！

曹星儿　（脸色渐渐严肃起来）夏小菊，你有一件事情瞒着我，是不是？

夏小菊　莫得！莫——莫得哟！

曹星儿　你还说谎——这是什么？（亮出医院化验单）那上面清清楚楚地写着你怀了身孕！这张化验单还是两个月前开出的……算一算，你肚子里的孩子都有五个月大啦！

夏小菊　不不不！化验单一定是弄错了！

曹星儿　别再狡辩了好不好？我的夏小菊同志！事情都已经这样了你就承认吧！（少顷，安慰地）其实，这也算不了什么——当初我在你这岁数上，早跟杜志强结婚生下了婷婷。小菊！

（唱）　年轻人谈情说爱是权利，

　　　　生儿育女属天性，

　　　　偶然一次出了轨，
　　　　也能宽容获同情。
　　　　何况这事不能全怪你，
　　　　李建军更加有责任。
　　　　两人担子岂能一人挑？
　　　　星儿我替你去把道理评！
　　（手拿卡片，拨打电话）喂喂！是城建1号工地吗？我找李建军……对！就是那个会唱歌的四川娃——快叫他过来听电话！

夏小菊　（猛地冲上去，按住电话机）错了错了！星儿姐，你莫得打电话……不是他！

曹星儿　不是他？（一下子愣住了神儿）那是谁？

夏小菊　（此时，已是不能不说）杜大哥。

曹星儿　啊！是他——（跌坐沙发上，神情恍惚）你说的是……是杜志强？

夏小菊　（点点头）星儿大姐，你莫得难过——这件事我本来就不想告诉你的，现在我把啥子都说了。我……我走了。（双手又拎起旅行袋，欲下）

曹星儿　别走！（愤怒地）你给我站住！夏小菊——你在这里等我回来！我马上去找杜志强……问个究竟！（脚步踉跄奔出了客厅）

　　〔蓦地，屋外传来汽车的刹车声。
　　〔婷婷从卧室里冲出。

婷　婷　哎哟不好！我姆妈被汽车给撞倒了！（边叫喊着边跑了下去）

　　〔夏小菊瘫坐地上。随后响起了急促的救护车声。灯灭。

第二场　危险的游戏

〔四个月后，舞台上依旧是杜家客厅。由于拉拢了窗帘，客厅里十分昏暗……场上无人。过了片刻，杜志强用钥匙拧开了门，然后他扭过头去，望着曹星儿艰难地移动着脚步。曹星儿打了一个趔趄，他忙过去搀扶，却被对方用力推开身子。

曹星儿　别碰我，别碰我！你走开——（进屋）这客厅里真暗，快去拉开窗帘！

杜志强　哎哎哎！（拉开了窗帘）

〔由于是上午,阳光照耀进来,顿时明亮了许多——映入曹星儿眼帘的,首先是那张钢丝床。

曹星儿　她怎么还住在我们家里?

杜志强　谁?(很快明白过来)你说的是夏小菊——哎哟,我早辞退她了。(伸手欲去搬钢丝床)

曹星儿　(阻止他,一字一句地)钢丝床别搬了,今夜我就睡在这客厅里!

杜志强　星儿,你现在还没有原谅我?(追悔地)唉!那一夜,我是喝醉酒呀!

(唱)　那一夜,我昏昏沉沉把家归,
　　　　欲火攻心有点醉,
　　　　错把小菊当作你,
　　　　抱着她一起并头睡……
　　　　星儿呀,假如你不到省城去读书,
　　　　志强我,岂能会移情别恋人变鬼?

曹星儿　好了好了,别再说下去了!

杜志强　(双腿跪在地上)星儿,我们这个家不能散啊!

(唱)　我知道自己身负罪,
　　　　我知道自己心有愧,
　　　　望你看在女儿面子上,
　　　　能否宽恕我这一回?

曹星儿　(心肠软了下来,唱)

　　　　枕边之人杜志强,
　　　　谁知内囊发了霉,
　　　　夫妻恩爱全忘却,
　　　　万千誓言都成灰。
　　　　到如今,只为可怜的小婷婷,
　　　　星儿我,忍辱蒙羞不流泪!

　　　　杜志强,我问你,今后你能跟夏小菊一刀两断——再也不去找她吗?

杜志强　哎哟!我怎么还会去找她呢?(这才从地上爬了起来)人家早去了四川……就是想找都找不到的!

曹星儿　那她肚皮里的孩子呢?

杜志强　我叫她到医院里打掉了!(边说边动手搬走了钢丝床)

〔门铃声。

曹星儿　请进！
　　　　〔王雅晶走上。

王雅晶　（快人快语地）哎哟星儿！出医院你还不给我老同学打一个电话，害得人家又白跑了一趟。咦，今天杜大科长也在家里？（羡慕地）老同学你真幸福，嫁了这么一个好老公。刚才我在医院听那些护士说你住院期间，志强他是一天二十四个小时都守着你，给你喂饭洗脚擦身子……把你同病房的人都眼馋死了！

曹星儿　是吗？（把脸转向杜志强，嘲讽地）雅晶夸你是个好老公呀！你认为自己够格吗？

杜志强　（自知理亏）不够格！不够格！

王雅晶　啥不够格？杜大科长，我看你也太谦虚了吧！

杜志强　这……嘿嘿！（神情很是尴尬，急于脱身）你们谈吧，我到局里去看看。最近我们港务局把远洋公司一个集装箱码头给吃了下来，保卫科任务很繁重……再见！
　　　　〔杜志强出门，快速走下。

曹星儿　雅晶，你与你老公处得还好吗？

王雅晶　（长叹了一声）唉，相处难啊！现在我找的这位老公是一个"海龟"，名声很好听，拥有美国绿卡——可他是拿四项基本原则来要求我的。

曹星儿　啥四项基本原则？你说给我听听！

王雅晶　（唱）　穿衣要穿布，
　　　　　　　　吃饭要吃素，
　　　　　　　　当代才俊娶老婆，
　　　　　　　　最好要找一正一副。
　　　　　　　　正职在家做家务，
　　　　　　　　副职陪他轧马路！

曹星儿　哎哟雅晶，那你还是他老婆吗？只能算是一个保姆了！

王雅晶　就是呀！我整天服侍他，除了烧饭洗衣外，还要替他擦皮鞋……可我老公说，他能找我这样一个乡下人做全职太太，已经很看得起我了。

曹星儿　（吃惊地）什么什么什么？乡下人——雅晶，你不是从小就在这座城市里长大的吗？读书时，你是我们学校里的校花，白雪公主啊！

王雅晶　这些早过去了。在我老公眼里,我就是一个乡下人,比那些到城里来打工的农民工好不了多少!(忽地想起一件事情)噢!星儿,今天我在公共汽车上见到的一幕,真是太触目惊心了!

曹星儿　是吗?你坐下来讲讲!快讲一讲!

王雅晶　哎!(坐了下来,语速从慢渐快地叙述)刚才,我坐上一辆公共汽车。车门前站着一个小保姆,她手里抱着婴儿,随着车子的颠簸前后晃动……突然间,一个坐在车门旁边的胖女人尖声叫喊起来:"谁把我的裤子给弄湿了?"那个小保姆一阵惊慌,忙掏出纸巾,欠下身去抱歉地说:"对不起!对不起!我给你擦擦!""哼!你擦得干净吗?这不是水,是尿!"接着,只听见啪的一声响,这个胖女人举手就打了小保姆一个耳光!

　　　　(唱)　这一记耳光响声大,
　　　　　　　小保姆脸上开了花,
　　　　　　　五指血印似火烙,
　　　　　　　婴儿大声哭哇哇!
　　　　　　　全车人把目光对准胖女人,
　　　　　　　她脸上的表情这才起变化,
　　　　　　　刚才是,凶神恶煞似虎狼,
　　　　　　　如今却,低头不敢看大家。
　　　　　　　此刻汽车到了站,
　　　　　　　悄悄转身偷偷下!

曹星儿　那挨打的小保姆呢?

王雅晶　也在这一站下了车。我在她下车一瞬间,忽然发现那个小保姆,好像是你们家里待过的四川女娃子?

曹星儿　这……不可能吧!夏小菊早回四川去了,何况她又没生过孩子。
　　　　〔电话铃响。

曹星儿　(接电话)哪位?噢,你是《海城日报》张总编……好好,我已经出院了,身体没问题,立即来报到!(放下电话,兴奋地)报社叫我马上去上班。张总编把我安排到了都市新闻版面上,叫我主管农民工栏目。

王雅晶　这太好了!星儿,你这位大记者终于要走马上任了。走,我陪你一起去!
　　　　〔两人牵手走下。

〔静场片刻之后,客厅的门把子慢慢地转动起来……推门进来的居然是夏小菊,她手里抱着一个婴儿。

夏小菊　（小声叫唤）志强！志强——（无人回答）噢,他莫得在家……出去了！（婴儿啼哭,坐下来喂奶）别哭别哭！乖娃子,吃奶呀！刚才公共汽车上那一巴掌,别说吓死了你,连我都害怕得忘记疼啦！

〔杜志强复上。

杜志强　（推门走进客厅）谁？

夏小菊　志强,是我。（站起身子,神情由惊喜转为不安）咦,你脸色这样难看！出了啥子事情？

杜志强　问你自己——（脸色一沉）你怎么会到这里来？胆子也太大了！

夏小菊　（委屈地）我……

杜志强　（用力摆摆手）别说了！我已经对星儿讲你回了四川。假如叫她看见你依旧待在海城——那是要出大事情的！

夏小菊　志强,你害怕啥子呢？事情已经走到这一步,就莫得再害怕……

杜志强　唉！你——（也说了句四川话）啥子都不懂！

夏小菊　我记得你原来不是胆小的人。（天真地追忆）那一天早晨醒过来时,你还这样安慰我说,别害怕！这种事情连美国总统克林顿都做过——那是天下男人都会犯的错误！

杜志强　好了好了！你别再提起了——我不是克林顿,星儿她也不是希拉里！

夏小菊　（听不明白）希拉里又是谁呢？

杜志强　克林顿老婆！（有点不耐烦了）现在我在城郊已经替你租了房子,你好好住着,别到处乱跑！（责备地）唉,你怎么这样不听话呢？（从衣兜里摸出一沓钱来）是不是钱又不够用了？拿去！

夏小菊　（用力推开钱）不！不！我不是来找你要钱的。

杜志强　那你过来做什么？

夏小菊　志强,你莫得生气呀！我只是想让你多看他一眼！
　　　　（唱）　娃子出生不容易,
　　　　　　　　养大全靠我与你。
　　　　　　　　你与他见过几次面？
　　　　　　　　来去匆匆总说少时间！

杜志强　（唱）　这怀中的婴儿非婚生,

　　　　　　　　惹来麻烦你我躲不及！
夏小菊　（唱）虽说娃子非婚生，
　　　　　　　　犯错的该是我与你！
　　　　　　　　到如今，这一切后悔已是迟，
　　　　　　　　满腹苦水独自咽！
　　　　〔夏小菊只能无奈地怀抱婴儿，欲下。这时，婷婷背着书包突然跑进了客厅。
婷　婷　小菊阿姨回来了！
　　　　〔杜志强与夏小菊都一下子愣在了原地。
婷　婷　咦，还带来了一个小弟弟，快让我看看！（伸手去逗婴儿）
杜志强　（这才醒过神来，训斥地）别动手动脚的！婷婷，小菊阿姨马上就要走，你快进去做作业。
婷　婷　看一眼都不行吗？（不服气地一昂头，转身发现曹星儿像一座雕像似的站立在客厅门口，忙又奔过去）姆妈你看！这小弟弟的嘴巴鼻子眼睛，长得跟我爸爸一模一样哪！
杜志强　（尴尬地摇头）胡说八道！胡说八道！
曹星儿　（极力控制感情，轻声劝慰地）婷婷，你是姆妈乖女儿。明年你就要上中学了，快听姆妈话——进去做作业吧！
　　　　〔婷婷这才神色迟疑地走进了卧室。静场。
夏小菊　星儿大姐，我对不起你！今天不是故意来气你的……
曹星儿　（猛地推开对方，大声地）你给我走开！滚！
杜志强　星儿，你冷静点！
曹星儿　（嘶喊道）我冷静不了！（怒斥对方）姓杜的，你就是一个骗子！你对我说夏小菊已经回到了四川——她为什么现在还站在这客厅里？
杜志强　这……你听我说！
曹星儿　别再骗我了，不听！
夏小菊　星儿姐，杜大哥是叫我回去，火车票都替我买好了。可我回不去了呀！（哭诉地）现在我抱着娃儿回到四川——老家已经把我名下的土地都给分光了。（悲哀地摇摇头）没有土地，叫人莫得活啊！出外打工的都是这样……我们农民工只能"漂"在异乡城市里求生存、来拼打……
曹星儿　（怒火未熄地）这我管不住——请你别在我眼前"漂"着，快快消失！

夏小菊　我真的不是故意的……那我这就走了。(走了几步,又回转身子,摸出一把钥匙)这把房门钥匙是你们家的,今后我再也不会踏进这间客厅了。(把房门钥匙轻轻放在餐桌上,哭喊地)我们这些农民工干啥子要来城市打工呢?

〔夏小菊怀抱婴儿走出客厅,下。

曹星儿　杜志强——你好无耻!(鄙视地)说什么夏小菊肚皮里的孩子早给打掉了,那刚才她怀里抱着的是什么?(愤怒地)说!快说!你给我说清楚!

杜志强　星儿,我原本不想骗你的。可我怕你受不了,所以只能说谎……我之前确实陪着小菊去过医院,医生说这么大的胎儿已经不好做人流了,假如一定要打掉,就要冒很大风险——(开始激动起来)你知道医生说的这很大风险是什么?是母子俩都有可能死在手术台上……(双手抱头,神情痛苦地长叹一声)唉!小菊她虽说是个外乡人,农民工,可她遇到我之前还是个处女——我已经毁了这个四川妹的青春,再也不能害她性命了!最后,我没有在那张手术单上签字。(少顷,脸上露出一丝苦笑)嘿嘿!是呀,我又不是傻子,谁都知道这孩子生下后会是一个麻烦,你也不会原谅我这样做——可我最后还是认了这笔孽账!

曹星儿　别说了,我们现在只有一条路——离婚!

〔灯光速灭。

第三场　女人不是弱者

〔半年之后。

〔一个傍晚,曹星儿与她女儿婷婷租用的顶楼里,人字形房顶上有一扇很大的天窗,推开天窗出去,是一个阳台,可以看见满天星星。室内布置简陋,只有一桌两椅,最醒目的是搁在桌子上的那台电脑。灯亮时,曹星儿坐在电脑前,击打着新闻报道稿,杜婷婷趴在桌子另一边,埋头做着作业。

婷　婷　(伸了一下懒腰)姆妈,我作业做好了。你呢?

曹星儿　还有几篇报道没写完……婷婷,看来你姆妈又要开夜工了!
婷　婷　那我进去睡了。(拿起作业簿,欲走进内室)
　　　〔屋外响起轻轻的敲门声。
曹星儿　咦,有人敲门!(喊)婷婷,你快过去看看——来的是哪一位客人?
　　　〔婷婷又跑过去开门……屋外静悄悄的。
婷　婷　什么都没有!(脸色不悦地)姆妈,你一定是听错了!
曹星儿　是我耳朵出了毛病?
婷　婷　就是呀!你一天到晚不是采访,就是在写文章。工作太紧张,脑子里会产生幻觉的!(她噘起嘴走进内室)
曹星儿　现在她倒教育起我来了呢!(又开始击打键盘)
　　(唱)　这记者生涯确实紧张,
　　　　　每一天都是冲锋打仗!
　　　　　都市新闻更新快,
　　　　　每时每刻不一样,
　　　　　抓住重点来采访,
　　　　　报道文章须跟上。
　　　　　实践中炼成"铁笔杆",
　　　　　我要为农民工争短长!
　　　〔王雅晶走上。
王雅晶　(又是快人快语)哎哟大记者!我看到顶楼亮着灯光,知道你还没有休息,就走上来了。(朝电脑瞥了一眼)又在为那些农民工呕心沥血,是不是?
曹星儿　谈不上呕心沥血,只是写几篇报道而已。
王雅晶　谦虚了!谦虚了!你的文章一上版面,报纸销路就会增加三成。
曹星儿　哎哟!我哪有这么大的本事呢!
王雅晶　别的不说,就拿你进报社后写的第一篇文章《这个耳光该打谁》来说吧,一登出来就马上引起轰动!不但农民工拍手叫好,就连城里人看了也很受教育。星儿,你真厉害啊!
曹星儿　要说厉害,那还是你——这新闻就是你给我提供的。(稍停,伸手指向屋外)刚才有人敲门,雅晶,是你吗?
王雅晶　(摇摇头)不是我,我进来时这门就敞开着的。

〔此刻,一个人影从门外闪了过去。

曹星儿　雅晶,今夜你来找我,是不是又想来给我提供新闻?

王雅晶　这新闻就在你自己身上!

曹星儿　我身上有什么新闻呢?

王雅晶　哎哟我的老同学!现在你老公被别人偷走了不说,身边还带着一个女儿,日子过得非常凄惨。这不,一个大记者住在这样一间简陋的顶楼里,那不是新闻是什么?

曹星儿　这顶楼有啥不好?我挺喜欢这里的。(走到天窗前,指点地)你看,这里比我原来住过的屋子亮堂多了!房顶上有一扇天窗,从天窗里钻出去,是一个阳台。(脸上充满稚气)每天夜里,我特别喜欢站在阳台上看星星……

王雅晶　唉!(叹气,摇了摇头)你离了婚,单身生活还这么浪漫?

曹星儿　每个人都有自己的一片星空啊!噢,对了!雅晶,还是谈谈你和你的海龟老公吧,现在你们离了吗?

王雅晶　离婚容易,可再找一个说不定比他更坏!我那位海龟老公,虽说在外面彩旗飘飘……不过,只要他回到家里,我依旧是红旗不倒!

曹星儿　你这是自己在骗自己!

王雅晶　自己骗自己的人——是你!(颇为同情地喊了一声)星儿!

(唱)　当下社会多新潮,
　　　　纯洁爱情哪儿找?
　　　　你与老杜离了婚,
　　　　幸福指数往下掉!
　　　　告别了安乐窝,
　　　　踏上了苦难道。
　　　　最可恨那个小保姆,
　　　　乌鸦占了凤凰巢!

〔李建军突然奔上了楼梯,一个大步闯入顶楼房间。

李建军　你们看到夏小菊没有?她到这里来过吗?

曹星儿　什么夏小菊?(态度冷淡地)现在她早已不是保姆,还来我这里做什么?

王雅晶　(嘲弄地)是呀!人家如今是杜大科长老婆,乘上了直升机。你要找她,就到那边去找吧!

李建军　唉,你们还不知道呀——夏小菊失踪了!

曹星儿、王雅晶　不见了?

李建军　对!(怒气冲冲地)姓杜的那个龟孙子动手打人了。小菊被打得遍体鳞伤,手臂上伤疤一条一条的。我们这些农民工,正准备要与姓杜的打官司……可小菊人却找不到了!

王雅晶　(突然,一阵冲天大笑)哈哈哈!

李建军　你笑啥子么?

王雅晶　嘻嘻!小保姆一走,星儿姐你又可以带着女儿搬回去住了!

曹星儿　别胡说八道的,雅晶!

李建军　(转脸朝向王雅晶,气愤地)你怎么还能说出这种话呢?

王雅晶　我说的是大实话。谁愿意听就听,不愿意听就别听!

李建军　这是幸灾乐祸!

曹星儿　好了好了,你们两人别吵了!(挥了挥手)都回去吧!今夜我也有点吃力了,想进去睡觉。(欲进内室)

王雅晶　回去回去!(伸手去拉李建军)咦,你怎么还不走呢?

李建军　我找星儿大姐还要说一件事情……

曹星儿　(停步,扭转头来)什么事情?你说!

李建军　她在这里——我不想说。(伸手指王雅晶)

曹星儿　雅晶,你先回去吧!

王雅晶　好吧!(走了几步,又返身奔到曹星儿身边,叮咛地)我的老同学,你心肠要硬点呀!前车之辙,后车之鉴——你可要记住了!(说完就跑了下去)

李建军　(望着王雅晶远去的背影)这是啥子人哟!

〔静场片刻。

曹星儿　李建军,现在你可以说了吗?

李建军　星儿大姐,我要说了这件事情你可不要笑话我——算了,我不说了。(转身欲走)

曹星儿　站住!(对方停下脚步)李建军,你还像个男人吗?面对星儿大姐有什么话不能说的。(大声命令地)别扭扭捏捏,快说!

李建军　这……好吧。星儿大姐,我文化程度不高,只上过小学,可我喜欢唱歌。平日歇工的时候也喜欢拿支笔在纸上写歌词——最近,我写了一首,是专门为我们农民工写的。写好后,我也唱给我们农民工听……大家听了都觉得很好,一致认为这首歌唱出了我们农民工的心声!他们叫我到你这里来,求你帮忙,把这首歌登到报纸上去!

曹星儿　噢,原来你要叫我们报纸给宣传宣传?

李建军　对!想让更多的城里人了解我们农民工,知道我们农民工心里想着的是啥子么!

曹星儿　这确是一件好事,可我做不了主呀!(少顷,挥挥手)嗨,这样吧!今夜你能否先唱给我听听?

李建军　好!星儿大姐,我唱了——这首歌就叫作《农民工之歌》。

(唱)　身上沾泥花,
　　　脸上挂汗花,
　　　为了一个梦,
　　　进城闯天下!
　　　昨日我们脚踏山坡田野,
　　　今天我们建造高楼大厦。
　　　兄弟姐妹们,把胸膛挺起来,
　　　为了自己父母自己的娃;
　　　兄弟姐妹们,把歌儿唱起来,
　　　用点点汗水擦亮城市彩霞。
　　　相信力量,相信未来,
　　　我们的人生一样好年华!

〔李建军唱完后,把歌词交到曹星儿手上,转身走下。

曹星儿　是一首好歌!一首好歌!(一字一句地发出誓言)我一定要想办法说服张总编,把这首歌词登到报纸上,让所有人都知道这一首《农民工之歌》!

(唱)　一首歌曲吐心声,
　　　每个音符都抒情,
　　　有了你们农民工,
　　　城市面貌日日新。
　　　有了你们农民工,
　　　城里人日子过得更舒心。

农民工呀农民工,
你们的贡献我们看得清,
今天我要大声来呼喊——
我们都是城里人!

〔静场片刻,门外那个人影又闪了出来,弄出"咣当"一记声响。

曹星儿 (扭过头去,警觉地)谁?

〔杜志强快步走上。

杜志强 是我。今天又轮到我探望婷婷的日子——虽说晚了点,可我还是要来一趟的。(环视四周)她睡觉了?让我进去看一下!(轻手轻脚地走入内室。少顷,又复出)嘿嘿!睡得真香。我买了一只外语复读机,放在她床头上……明年婷婷就要上中学了。(出门欲走下)

曹星儿 (厉声地)你等一下走——刚才李建军到我这里也来过一趟!

杜志强 噢!(停住脚步,回过头来,脸色镇静地)我知道他一定是找你来告状的。说我动手打老婆,要和我打官司,是不是?

曹星儿 没想到杜大科长连老婆都敢打……

杜志强 胡说!我没有碰过夏小菊一个手指头。这官司打到哪儿——我都不怕!(大声地)她身上那些伤疤,都是自己拿菜刀砍的!

曹星儿 (大吃一惊)啊!自残?夏小菊为什么要这样做?

杜志强 这你问她自己去!

曹星儿 莫非你们那个儿子病逝后……

杜志强 儿子不夭亡——(大声高喊地)我和她也是过不下去的!
(唱) 自从我,娶了小菊建新家,
才发现,两人之间差距大!
我带她去听音乐会,
呼噜声赛过大喇叭,
我陪她去看美术展,
毕加索当作儿童画。
最难容,生活习性不一样,
我爱吃甜她吃辣,
晚上睡觉不洗脚,
被窝里边臭味大!

曹星儿　杜志强,你还好意思说这个——当初你钻夏小菊被窝时,怎么不嫌她脚丫子臭?

杜志强　这……(一下子语塞)

曹星儿　(唱)　莫道城里人都风雅,
　　　　　　　　外地人注定素质差,
　　　　　　　　淳厚朴素的夏小菊,
　　　　　　　　说不定,你有朝一日还不如她!

杜志强　假如将来真有这么一天——(颇为自信)哼,让我老杜跳楼去给你们看!(头一昂,走下)

〔"星儿姐!"门外一声大喊,那个人影终于冲进来——原来就是夏小菊。

曹星儿　(惊讶地)咦,小菊,你一直躲在我家门口?

夏小菊　(点点头)刚才你们谈话我都听到了。(带有哭腔地)星儿姐,你是天下第一大好人啊!我把你们好好一个家庭都给破坏了,可你还是这样护着我说话……让我羞死了!(停顿片刻,双手掩脸哭泣起来)呜呜呜!

曹星儿　别哭别哭!有话慢慢说吧。

夏小菊　(抹去了眼泪)自从娃儿走后,杜志强回到家里脸上就没有笑容,一整天他不跟我说半句话,夜里也不许我上床,叫我一个人到客厅里去睡钢丝床……(悲哀地)星儿姐,这样的日子谁过得下去呢?

曹星儿　你说什么——(十分震惊地)现在你依旧在那张钢丝床上睡过夜?(愤怒地)这是家庭冷暴力!你也可以起诉他——叫他道歉!

夏小菊　星儿姐,我不懂啥子叫冷暴力热暴力。可我知道他是嫌我没文化,不懂风雅——我恨我自己,只能拿起菜刀往自己手臂上砍……谁知这伤疤今天让建军哥他们给看到了,还说要帮我打官司。哎哟,打啥子官司呢?麻雀是变不成凤凰的!(突然,双腿跪在地上,哀求地)星儿大姐!我求求你,你快回去和老杜复婚吧。杜大科长真正喜欢的人是你,不是我……你们才是天造地设的一对好夫妻啊!

曹星儿　(有点儿火了)夏小菊,你胡说些什么呀?再胡说下去,我就叫你出去!

夏小菊　出去就出去。(站起身子,走到门口,又回头补充一句)怪不得他说你不是希拉里!

曹星儿　什么希拉里？（思索一阵后，立刻明白过来）我当然不是希拉里，我是——曹星儿！（又高声地朝夏小菊喊）你给我回来！四川出来的都是辣妹子，你怎么一点都不辣呢？
　　　　（唱）　这世界的一半是女人，
　　　　　　　　生为女人你要挺起身，
　　　　　　　　自尊自强与自立，
　　　　　　　　弱者不属于咱女人，
　　　　　　　　夏小菊呀夏小菊，
　　　　　　　　你要勇敢走出小家庭。
　　　　　　　　伸出双手去竞争，
　　　　　　　　用自己汗水去创造这一生！
夏小菊　这……可我除了当保姆外，还能做啥子么？
曹星儿　你不是炒得一手好小菜吗？（追忆地）记得我还夸奖过你一句——你炒的小菜，比大饭店里做出来的还要好吃。（决然地）对，你可以去开一家饭馆，店名就叫"辣妹子菜馆"！
夏小菊　这开店，可要一大笔钱……
曹星儿　资金我来替你解决。现在我手头上也存有一些钱，原来是想买一套两居室住房的，如今全拿出来支持你开店！
　　　〔夏小菊热泪涌出……幕后合唱：
　　　　　　　　已经不觉得陌生，
　　　　　　　　已经不需要区分，
　　　　　　　　城里人，农民工，
　　　　　　　　同一片蓝天下求生存，
　　　　　　　　同一块大地上来打拼！
　　　　　　　　……
　　　〔灯光渐渐熄灭。

第四场　城市的星空

〔两年后，仍是那间小顶楼。

〔场上无人,少顷,夏小菊与李建军说说笑笑走上楼梯。

李建军　小菊,不不不——(又马上改口)现在我应该叫你老板娘了!

夏小菊　(撒娇地)啥子么?讨厌!(神态认真起来)自从星儿姐帮我开起了"辣妹子菜馆",我觉得自己腰也直了,头也昂了,连走路脚步声都变得咚咚咚地响!

李建军　那你在家里还睡钢丝床吗?

夏小菊　早让我给劈了!(停顿片刻,关切地)建军哥,你也老大不小了,该成个家了,不是吗?

李建军　(低声地)其实我心里早就有了一个人……

夏小菊　噢!我明白了——(调皮地)莫非你爱上了……

李建军　(神情一下子紧张起来)你莫得瞎说呀!

夏小菊　我瞎说啥子么?(鼓励地)建军哥,你心里有了,就应该勇敢地往前冲!

〔曹星儿走上。

曹星儿　冲什么呀?(李建军与夏小菊都尴尬地笑笑)你们别笑了。进去进去,今天我有一个特大好消息告诉你们!(三人进入房间)最近,市政府下达了文件,所有在海城的农民工,跟城里人一样,在医疗教育、劳保福利、住房政策上都享受"同城待遇"。另外,还把每年十二月第一个星期日,定名为农民工节日!

李建军、夏小菊　(喜悦地互相对视了一眼)我们农民工也有自己的节日了?

曹星儿　对!今后你们可以挺起胸脯在大街上走路。另外,坐公共汽车,再也没有人冲着你们喊:"各位请注意,看好自己的钱包!"

李建军　感谢政府让我们农民工与城里人变成了一家人!

夏小菊　这太好了!太好了!

曹星儿　我们是应该感到高兴啊!

　　　　(唱)　农民工已不是过路客,
　　　　　　　大城市也是你们的家,
　　　　　　　五湖四海齐汇集,
　　　　　　　各显身手贡献大。

李建军、夏小菊　(跟着曹星儿一起合唱)
　　　　　　　我们都是城里人,
　　　　　　　携起手来创造好年华!

夏小菊　星儿姐,我今天也要告诉你一个好消息!建军哥如今已不是一个普通的农民工,他人缘好,做事又敢于担当,总经理任命他为建筑工程队队长。

曹星儿　好好!我们的李建军同志可要当领导了!

李建军　啥子领导不领导的?星儿大姐,现在政府这么看重我们,我们农民工也要不断地改造自身!(十分认真地)这几天,我为全体农民工又写了一首歌,是按照解放军《三大纪律八项注意》曲谱新编的,歌名叫作"农民工兄弟个个要牢记"——(清了清嗓音)我唱了,你们听听!

（唱）　农民工兄弟个个要牢记,
　　　　三大纪律八项注意!
　　　　第一,小农意识一定要去掉,
　　　　心胸开阔才能素质高;
　　　　第二,老乡见面不能泪汪汪,
　　　　回家过年早买火车票;
　　　　第三,不许随地大小便,
　　　　刮胡子剃头天天要洗脚……

〔曹星儿听到这里,忍不住笑弯了腰。

李建军　(停止了歌唱,失望地)这词我写得不好?

曹星儿　不是不好,是挺好!十分接地气,尤其是第三项,天天要洗脚……(把头转向了夏小菊)我记得小菊晚上睡觉前是从来不喜欢洗脚的。

夏小菊　莫得哟!那早是老皇历了!现在我不但天天洗脚,每天出门到饭馆去还要往身上喷香水——建军哥,这一点你要替我作证哪!

李建军　要得要得!这第三项还是小菊她提出来叫我加上去的。

曹星儿　(赞扬地)你们两个太有才了!

夏小菊　有才的不是我,是建军哥。(充满敬佩地)这些年来,建军哥一边盖高楼一边写歌词,如今出版社都给他出书了!

曹星儿　这是真的吗?

李建军　(脸色憨厚地)我没想到自己这个进城打工的四川娃还能出书。写这些歌词,一是我喜欢唱歌,二是那些大文化人也没有工夫替我们农民工来写……于是我就自己拿起笔试试,写完了就张开喉咙唱唱,居然就成功了!(激动地)当然,我最该感谢的人是你星儿姐,是你把我那首《农民工之歌》登上了《海城日报》,我才出了名的。(双手捧出一本书）这是我刚出版的歌词集,请你这位大记者指教指教!

曹星儿　（双手接过书）我一定认真拜读。

〔李建军与夏小菊走下。

〔曹星儿欣喜地望着他俩远去的身影,然后走到桌子前,坐下来,准备翻阅李建军的歌词集。此时,杜志强畏畏缩缩地走了进来……站到曹星儿身后。

杜志强　你在看什么……是婷婷做的作业?

曹星儿　不是。（扭过头去）原来是你呀!（半开玩笑地）今天可不是你探望婷婷的日子……不过,杜大科长,你既然来了,那就请坐!

杜志强　是的是的!（坐在椅子上,又一下子惊恐地站起身子）刚才你……你喊我什么?

曹星儿　杜大科长呀!

杜志强　不不不!（双手乱摇）我早不是什么科长了。半个月前港务局撤销了,改成了海城远洋运输有限公司。现在保卫科也不设了,公司经理安排我去管门房。（叹气地）唉!没想到只过去两年时光,那句话倒让你给说准了——有朝一日,我杜志强果然不如她夏小菊!

曹星儿　（有点吃惊地）这形势发展真快呀!老杜,我看你管门房也不合适,干脆打报告提前退职算了,回来帮小菊的忙——她那家"辣妹子菜馆"不是办得很兴旺吗?

杜志强　兴旺倒是不假。（自嘲地一笑）嘿嘿!可人家怎么会要我呢?她有建筑工程队大老板李建军帮忙哪!

　　（唱）　自从小菊开了店,

　　　　　　我被当作一个屁!

　　　　　　只要李建军走进门,

　　　　　　小菊脸上就笑嘻嘻,

　　　　　　亲自下厨把菜炒,

　　　　　　我怀疑这里面有问题!

曹星儿　哎哟老杜,那你也想得太多了吧!

　　（唱）　建军小菊两老乡,

　　　　　　特殊照顾不稀奇,

　　　　　　更何况,建筑队是个大客户,

	背靠大树多赚人民币!
杜志强	这我不否认。(掏出一沓照片,狠狠扔到桌子上)看看这些照片吧!答案都在上面……我杜志强什么时候冤枉过人呢?你看你看,这张照片里,小菊她还用筷子搛菜,硬要往李建军嘴里塞哪!
曹星儿	咦!这些照片你都是从哪里弄来的?
杜志强	当然是偷拍下来的。我做了大半辈子保卫科科长——(自嘲地一笑)嘿嘿,如今剩下的就只有这点本领了!
	(唱) 姓李的至今仍是单身汉,
	为什么他一直未娶妻?
	星儿呀,你我都是过来人,
	寻找出答案很容易!
曹星儿	老杜,一切你都要往好处想……
杜志强	往好处想?(突然,爆发出一阵冷笑声)哈哈哈!我应该跳楼去!哈哈哈!我早该去跳楼了!哈哈哈!跳楼!(跌跌撞撞地奔出屋子)
曹星儿	(喊)老杜!老杜!(屋外无回音。沉默片刻后,伸手拿起歌词集再看——翻开扉页,吃惊地读出声音)"献给我心中的爱神——曹星儿。"(神情愣了一阵)爱神?他,他……他怎么能用这个词呢?(又慌乱地合上了书)莫非李建军真的爱上我了!
	〔王雅晶突然衣冠不整地奔上。
王雅晶	星儿!星儿!(扑到对方身上大哭)我日子过不下去了!
曹星儿	(吃惊地)你喝醉了酒,嘴里全是酒气……雅晶,这是怎么啦?
王雅晶	今天,我那位海龟老公,居然把他小三带回到家里——(一边抽泣一边叙述)他们两个人当着我面,又抱又亲嘴的,就差脱了衣服上床了!(伸手抹去眼泪,大声地)星儿,我要跟他离婚!
曹星儿	那婚你早就该离了!雅晶,别难过,勇敢些!你要向夏小菊学习,有自己的一份事业。
王雅晶	办完离婚手续后,我就开一家网店。
曹星儿	好!我相信,将来一定会有一个真心疼你的男人来爱你。(响起了手机铃声)对不起,我接一下电话——(接听手机)你说什么?讲清楚点……啊?杜志强爬上了高楼,要往下跳?
王雅晶	跳楼!这杜大科长的神经怎么这样脆弱?

曹星儿　他一直过得很顺利,自认为高人一等,沾沾自喜,可如今生活发生这么大的变化,他有点扛不住了!

〔婷婷也从外面猛奔进来。

婷　婷　(扑向曹星儿)姆妈,听说我爸爸要跳楼,这可怎么办呢?

曹星儿　别慌别慌!我们去看看。走!

〔灯光骤暗,舞台上响起众人狂奔的脚步声。少顷,一束追光射向了站在高楼顶上的杜志强。

杜志强　(大声地)你们谁也别过来劝我——听到了吗?都退回去!现在我只要曹星儿一个人上来和我说话。曹星儿来了吗?

〔响起一片喧哗声。

杜志强　现在我再等她一分钟——都听到了吗?一分钟!我开始计时了。

〔所有声响都蓦地消失……舞台上只有扩大了的时钟走动声。

杜志强　(悲哀、失望地)看来她不会来见我了!

〔杜志强欲跳楼,曹星儿爬上了屋顶。

曹星儿　老杜,你别跳!

杜志强　(停止跳楼动作)噢!你终于赶来了,谢谢你。

曹星儿　你要对我说什么?

杜志强　过去我有一些话没有勇气在你面前说,现在都可以讲了。反正我就要离开这个世界……没什么牵挂了。(语调悲哀地)星儿,我这一生犯的最大一个错误是跟你离婚。我对不起你,娶了一个不该娶的女人。我自作自受,搬起石头压自己的脚!(捶胸顿足地)我瞎了眼睛,错把乌鸦当作了喜鹊。这一切怨不得别人,只怨我自己!

曹星儿　不!老杜,你说错了!你这一生最对不起的人不是我,是夏小菊。(一字一句,铿锵有力地)你心里从来没有把她当成是喜鹊,一直认为自己很了不起,有文化有地位,高人一等……如今麻雀终于变成了凤凰,你却从顶峰上摔下来,心理失去平衡,怀疑她在你背后做了些什么。(稍停片刻)今天我要明明白白告诉你,李建军喜欢的人不是夏小菊,是我。

杜志强　(大为吃惊)什么什么什么?你再说一遍!

曹星儿　(高声地,响亮地)李建军心中的爱神就是我曹星儿!

〔夏小菊也爬上了屋顶。

夏小菊　原来你是为了这个才要跳楼的？（也有点气愤了）杜志强，你好好听着——我确实也喜欢建军哥。他比你强一千倍、一万倍……可我却没有这份福气啊！（十分真诚地）我夏小菊唯一的愿望就是你能看得起我！让我与你平起平坐，对我一视同仁，过上好日子。

杜志强　唉！（一屁股跌坐在高楼上）

曹星儿　（催促地）小菊，你快过去拖着他！别让你老公滑下去呀！

夏小菊　要得！要得！

〔夏小菊爬过去，双手搀扶起了杜志强。追光隐去。

〔舞台大亮，依然是那间小顶楼。少顷，曹星儿又拉着婷婷走进屋子。

婷　婷　姆妈，你真要嫁给建军叔叔——（故意反问地）那我将来要喊他什么呢？

曹星儿　别想这么多！婷婷，我只承认李建军喜欢的人是你姆妈，没有再说其他的……另外，这也是为了救你爸爸。

婷　婷　对对对！我爸爸这下子会和小菊阿姨和好了。

曹星儿　你高兴吗？

婷　婷　高兴是高兴……可我觉得，姆妈你太吃亏了！

曹星儿　你姆妈不吃亏，我有你在身边就觉得很幸福。（伸手拉起对方）走，今夜跟姆妈一起到阳台上去看星星！

婷　婷　看星星？

曹星儿　对，看一看城市的星空。

〔曹星儿牵着婷婷的手穿过天窗，来到阳台上。

〔此刻，天上已是一片星海。

曹星儿　婷婷，你数一数，天上一共有多少颗星星？

婷　婷　哎！（伸手数星星）一颗星、两颗星、五颗、六颗……七颗星。（朝着曹星儿扭转头来，噘着嘴）哎哟！星星太多了，这怎么能数得清呢？

曹星儿　是呀！星星多，是因为天空广阔……我们的城市应该像这天空一样，容得下所有的星星！

（唱）　我站在阳台望星空，
　　　　微风拂脸夜色浓，
　　　　城市的天空多辽阔，
　　　　无边无际大无穷！

星星再多都容得下，

　　各自轨道来回运行中。

　　这星星不分大与小，

　　这星星不分轻与重，

　　它们是可爱的黑眼睛，

　　它们是美丽的红灯笼。

　　一颗星星一个梦，

　　每一颗星星都把光明送，

　　无数颗星星一起闪耀，

　　才会形成城市的星空——

　　这壮美苍穹！

〔曹星儿脱下外衣，轻轻盖在婷婷身上。此刻，天幕上星海灿烂。

〔灯光徐徐熄灭。

第五场　爱情宣言

〔海城又一个夜晚，81层"第一高楼"结顶时刻。

〔曹星儿被婷婷推着走上，前后簇拥着杜志强、夏小菊与王雅晶。

曹星儿　你们这是要带我到哪里去呢？

婷　婷　建军叔叔造的海城"第一高楼"就要结顶了，我们叫你去看看呀！

杜志强、夏小菊　（一起说四川话）要得！要得！

曹星儿　咦，为什么非要今夜去看？

王雅晶　哎哟老同学！今夜的结顶仪式，还有一个精彩节目——（故弄玄虚地）非要你参加不可哪！

曹星儿　这节目我一定要参加？

婷　婷　对！（调皮地）姆妈，你把眼睛闭上！

曹星儿　还要闭上眼睛？

杜志强、夏小菊　要得！要得！

　　　　〔曹星儿闭上了眼睛。已经结顶的"第一高楼"上突然亮起了无数只LED灯泡。它们神奇地组成一幅巨大的心形图案。然后亮起一行耀眼的字:"曹星儿,嫁给我吧!"
婷　婷　姆妈!姆妈!你快看呀!
曹星儿　(慢慢睁开眼睛,惊喜万状地)这是怎么一回事情?
王雅晶　(学说四川话)这是做啥子么?(开心地笑)嘻嘻!老同学,李建军向你求婚了!
　　　　〔一只升降机从心形图案中降了下来,走出了李建军。
李建军　(单腿跪在曹星儿面前,把一只婚戒戴到她手指上)星儿,你是我心中的爱神,请嫁给我吧!嫁给我吧!
杜志强、夏小菊　(大声呼喊地)要得!要得!
　　　　〔幕后合唱:
　　　　　　已经不觉得陌生,
　　　　　　已经不需要区分,
　　　　　　城里人,农民工,
　　　　　　同一片蓝天下求生存,
　　　　　　同一块大地上来打拼。
　　　　　　历经坎坷苦变甜,
　　　　　　走过秋冬又逢春!
　　　　　　……
　　　　〔无数朵美丽的花瓣从夜空上飞舞下来,飘落在这一对新人身上。

(剧　终)

广播剧与电影

广播剧

辫子坟

人　物

巴　桑　藏兵,男。21岁。
阿布里　藏兵远征军首领。38岁,官衔守备,原为土司。
海　姑　渔家姑娘。16岁。
水根伯　海姑父亲,船老大。40岁。
陆兰心　官居参军,实为英夷内奸。32岁。

此外,还有当代青年**刘刚**与他**外婆**。

时　间

清道光二十二年(1842)三月。

地　点

宁波旧城、慈城大宝山。

上集

（1）

〔天际外,传来藏民的诵经声与手中摇动转经筒的声响。这转经声越来越大,越来越响……渐渐地,化作大海的浪涛声。

〔海浪声又逐渐隐去,淡入城市的车水马龙声。

外　婆　（轻轻地吟唱着）

　　　　哎拉嗦——

　　　　在那太阳升起的地方,

　　　　有一群雄鹰在飞翔……

刘　刚　外婆,你哼的好像是一首藏歌?

外　婆　是呀!阿刚,明天你要到遭遇百年大地震的阿坝州去了。你报名参加志愿者活动,为藏区兄弟姐妹重建家园。外婆知道后心里很高兴,今天唱这支歌给你送行!

刘　刚　（疑惑地）这藏歌你是怎么学来的?外婆!

外　婆　噢!说起这件事呀,话就长了。那藏歌是从你太祖外婆那儿一代一代传下来的,传到你外婆这里,也就只会哼这两句了。

刘　刚　我的太祖外婆?

外　婆　对!那会儿呀,你太祖外婆才16岁,村里人都叫她海姑。她跟着父亲水根伯在海上撒网捕鱼。一天傍晚,父女俩出海归来,船刚靠拢白渡码头,就看到从宁波城里涌出了一大堆逃难的人……这当年,还是道光皇帝坐龙庭,离开林则徐大人在虎门烧鸦片都不到三年啊!

（2）

〔淡入火枪火炮声。

水根伯　海姑!你下船去问一问,出了什么事情。

海　姑　哎!知道了!

〔下船过跳板的声音。片刻,海姑又急促地跑了回来。

海　姑　阿爸,阿爸,不好了！宁波城已被英国佬给占领了。

水根伯　唉！（一屁股坐在船头上）你姆妈回娘家探亲,也被困在城里了,这怎么办呢？

海　姑　别着急,阿爸！外边人都在说,朝廷马上要派兵来,收复宁波城。

水根伯　哼,狗屁朝廷！这祸殃就是他们给种下的。要是朝廷争气,还能让洋人耀武扬威地来我们中国欺侮老百姓吗？

〔传来一串高亢的号角声,然后又响起一片奔腾不息的马蹄声。

海　姑　哎哟！朝廷大军真的来了！

水根伯　是吗？（站起身子）走,我们过去看看！

〔跳下船去的声音,父女俩赤脚奔过一片沙滩,发出"扑哧扑哧"的声响。这时,沿着海边,已经扎起了一座座营帐。

〔军马嘶叫声中夹杂着刀枪的撞击声。

水根伯　没想到,兵将来得还不少哇！这是哪一支大军？既不像八旗营的,又不像"曾剃头"手下的湘兵……

海　姑　阿爸,你看,他们头上戴的是什么帽子呢？真好看！

水根伯　噢,那叫虎头帽。海姑,我看今天朝廷派来的这些兵,多半是来自遥远的藏民地区！听人说,只有那边的人才会戴这种帽子。

海　姑　阿爸！阿爸！你再看,有些人手里还牵着战马,威武雄壮！

水根伯　好哇！有了这些勇士,收复宁波城就有希望了！

海　姑　我姆妈也能获救了！

〔带有一串吓人声响的脚步声由远至近,停住了。

陆兰心　喂喂喂！你们是什么人？东瞅西望的——这里是朝廷大军驻地！是不是吃了豹子胆不想活了？

水根伯　嘿嘿！长官,我们都是附近渔村里的老百姓,打鱼的。

海　姑　（顶上了一句）人家看一眼还不行吗？

陆兰心　咦,你这小屁孩子还挺嘴硬？（厉声地）来人,替我绑了她！

〔营帐里传出一句喊声："且慢！"然后响起掀起帐帘的声音,阿布里从营帐里走出。

阿布里　陆参军,发生了什么事情？

陆兰心　回禀大人！刚才小人在这里巡防,查获一对奸细……

水根伯　不不不！大人,我们不是奸细。听说朝廷派你们从千里之外,赶来帮

　　　　我们打英国佬,就忍不住跑过来看看!
阿布里　我在营帐里都听到了。你们是打鱼的,去过宁波城里吗?
水根伯　去过!去过!
海　姑　我阿爸经常到宁波城里卖鱼,去过不知多少趟了!
阿布里　那就随我一起到营帐里说话。

（3）

〔走进营帐的脚步声。

阿布里　请坐!我叫阿布里,在藏区身为土司,现在是这支远征军的首领。不知大伯叫何姓名?
海　姑　(抢着回答)我阿爸叫水根伯,是远近闻名的船老大。
水根伯　海姑,你别乱插嘴!阿布里大人,我这女儿不懂道理,说话没轻没重的,万望大人谅解!
阿布里　你女儿说话直爽,很对我脾气,水根大伯不必拘礼。这次,朝廷派我们藏兵来收复失地,击退英蛮夷人,此事离不开你们当地乡民协助呀!来来来!这是一张宁波府地形图。请问大伯,从什么地方进入最便于攻城?

〔地图摊在案桌上的声音。

水根伯　这是西门口望京门,离鼓楼最近。我到城里卖鱼,常从望京门走。从这里攻进去,能够直捣英国佬大本营!
阿布里　这条攻城路径倒是不错 —— 不过,这中间只有一条主街,最怕英夷兵两厢伏击……

〔营帐外,突然响起一片嘈杂的喊叫声:"哎哟!我的肚皮受不了,疼死我啦!"

陆兰心　大人,大人,不好了!全体将士都拉起了肚子!

〔"砰"的一声响,一个双手捂肚的藏兵撞进了营帐。他叫巴桑。

巴　桑　土司老爷!土司老爷!
阿布里　巴桑,这里不是阿坝州!朝廷已经册封我为大清国守备。
巴　桑　对对对!守备大人……哎哟!

〔一阵呕吐声。

阿布里　你这是怎么啦？到底怎么啦？快说！

巴　桑　守……守备大人！刚才，弟兄们吃了附近渔村百姓送来的海鲜，谁知没过半个时辰，这肚皮就……就不行了！翻江倒海地疼！疼……疼得都受不了，上吐下泻，气力一点儿没有。

陆兰心　大人！依小人之见，这一定是那些刁民在海鲜里下了毒药！

阿布里　一派胡言！宁波城外乡民，天天盼着我们去收复失地，不可能做出这种事情。要下毒药也只能是那些英夷兵！

水根伯　对对对！阿布里大人，你这话说得太对了！

陆兰心　大人说得正是！嘿嘿，小人告退了。

〔陆兰心走出去的脚步声，巴桑仍旧躺在地上"咦咦呀呀"地叫个不停。

水根伯　小兄弟，你能告诉我，刚才吃的都是些啥海鲜吗？

巴　桑　大螃蟹，大虾，还有许多叫不出名字来的大海螺。

水根伯　这些东西你们在老家常吃吗？

巴　桑　别说吃了，见都没有见到过——我们在阿坝州吃的都是牛羊肉。

水根伯　那就对了！阿布里大人，你尽管放心，将士们出不了事情的。他们在老家吃惯了牛羊肉，到了我们这海边，大口大口地吃海鲜，肠胃怎么能适应呢？海姑，你快到船上去跑一趟，把阿爸藏的那坛杨梅烧酒拿到这里来！

海　姑　哎哎！

〔海姑跑出营帐的脚步声。

阿布里　你叫你女儿去拿什么——杨梅烧酒？

水根伯　只要喝上一口，保管你的将士们一个个又都活蹦乱跳的。哈哈哈！

〔爽朗的笑声直插云霄。片刻之后，又化作海边的浪涛声。

（4）

〔一匹马踩着浪花奔过来的声响。

巴　桑　海姑！海姑！

海　姑　咦？巴桑哥，你有事找我？

〔巴桑从马背上跳下来的声音。

巴　桑　没事就不能来找你吗？海姑，那天你阿爸叫你捧来坛杨梅烧酒，你又一颗一颗喂给我吃……嘻嘻！这杨梅烧酒真神！一沾到嘴唇上，肚皮就不疼了。浑身上下又有了力气！

海　姑　那当然了，杨梅烧酒是一个宝。我阿爸每年都要泡上几大坛的……不过，今年全让你们这些藏兵哥哥给喝光了！

巴　桑　你阿爸心里挺舍不得的吧？

海　姑　不！喝光这几坛杨梅烧酒算什么？现在他盼着你们早日收复宁波城啊！巴桑哥，你们已经在城外驻了七天了，怎么还不攻城呢？

巴　桑　是呀，都七天了，连一点儿动静也没有！

海　姑　听我阿爸说，朝廷最近又派下来一位钦差大人……

巴　桑　叫奕经，他还是大清皇帝的亲侄儿哪！这不，今天一大早，阿布里大人就骑马直奔杭州城，见钦差大人去了。我估计攻城也就在这一两天吧！

海　姑　那敢情好！

〔海面上，传来海鸥的鸣叫声。

巴　桑　大海真美！

海　姑　巴桑哥，你是第一次见到大海吧？

〔海浪扑打礁石的轰鸣声。

巴　桑　对！我没想到大海这样雄壮，这样有力量！在这里长大的人真幸福！

海　姑　那你攻城后就别走了吧！

巴　桑　不！我们阿坝州虽然没有大海，却有雪山高原。站在高原顶上一望，那感觉就像见到了大海一样……（说着，突然张开嘴巴唱了起来）

　　　　　哎拉嗦——
　　　　　在那太阳升起的地方，
　　　　　有一群雄鹰在飞翔！
　　　　　哦，层层叠叠的雪原。
　　　　　哦，生生死死的故乡。
　　　　　……

海　姑　巴桑哥，你唱的歌真好听！能教一教我吗？

巴　桑　行！上马，我们一边骑马一边唱歌！

〔巴桑伸手把海姑扶到了马背上,然后自己也飞身上马。一串马蹄声奔腾而去……歌声飞扬。

海　姑　停下!停下!巴桑哥,你要把我带到哪儿去?

巴　桑　我要让你学会骑马。在我们阿坝州,人人都离不开马,就像你们在海边离不开船一样!知道吗?

海　姑　知道!可我要学会骑马,也要一步一步来呀!
〔歌声停息,两人翻身下马。

巴　桑　咦,这是什么地方?

海　姑　是大宝山啊!哎哟巴桑哥,这一路我们骑马跑出了十几里地呀!

巴　桑　我这匹青骒马,一天跑上八百里都不带喘气的。海姑,这大宝山地势凶险,三面环山,一个进口……只要有人把英夷兵引到这里,围攻堵杀,准能打一个大胜仗!你说呢?

海　姑　那当然了!

巴　桑　是呀!(追忆地)记得我们藏兵离开阿坝州那天,大喇嘛来为我们壮行。他说:"勇士们,你们是藏区的雄鹰!到了海边一定要奋勇杀敌,建立奇功!如果不能荣归故乡,死了也要剪下辫子带回到阿坝州来,我大喇嘛亲自为你们的亡灵做祈祷啊!"

海　姑　呸!呸!呸!(吐唾沫)

巴　桑　海姑,你怎么拿眼珠子瞪我?

海　姑　我不想听你说死了死了的。现在我姆妈还困在宁波城里,正等着你们去救哪!

巴　桑　你放心,我保证你姆妈会逃出这场劫难,平平安安回来和你们团圆。

海　姑　这正是我所企盼的。巴桑哥,可你凭什么这么有信心?

巴　桑　海姑,你看!我有转经筒……

海　姑　转经筒?
〔又渐渐淡入转经筒摇动的声响。

巴　桑　我这只转经筒是从雪山顶上一座喇嘛庙里请来的。只要转动一圈,就如同我念了一遍大藏经……

海　姑　噢,如果转动十圈呢?

巴　桑　可祛病消灾,保佑平安。

海　姑　转动一百圈?

巴　桑　可一生一世太太平平。

〔转经筒摇动声越来越大,越来越响。

海　姑　(激动地)我要转动一千圈!一万圈……一辈子转动不停!

〔仿佛有千万只转经筒在一起摇动,形成了一股撼天动地的力量。

(5)

外　婆　后来呀,巴桑哥就把这只转经筒赠送给了你太祖外婆,它从你太祖外婆手里一直传到了现在……如今,这只转经筒就放在老樟木箱里,成了我们家的传家宝。

刘　刚　外婆,你能让我看一眼吗?

外　婆　我这就给你拿去!(离去的脚步声。片刻之后又很快走回来)你看,它四周镶满了青铜,中间轴上刻着六字真言:唵嘛呢叭咪吽。

刘　刚　(也学着念了一遍六字真言)唵、嘛、呢、叭、咪、吽……

外　婆　对!这都过去170年了,转经筒还像新的一样。可当初它给你太祖外婆带来的却不是太平,而是一连串的劫难哪!

〔淡入雨声雷声。继而,又响起海姑在雷雨中奔跑的脚步声。

海　姑　(边跑边叫喊)巴桑哥!巴桑哥!

〔巴桑在雨中走出营帐的脚步声。

巴　桑　咦?海姑,这么大的雨,你跑到营帐里来做什么?

海　姑　我阿爸一下子不见了!(十分着急地)唉,巴桑哥,你说他会去哪里呢?

巴　桑　海姑,你别着急!先静下心来想一想,你阿爸这几天都跟谁见过面?

海　姑　(追忆)他最后一个碰见的是参军大人陆兰心。那天,陆大人上门来找我阿爸要鱼吃,我阿爸顶了他一句,你们光知道吃鱼,就不知道把宁波城里的英国佬赶下海去!谁知陆大人听了哈哈大笑,说是这事杭州城里的钦差大人都不着急,天天摆宴,夜夜笙歌,你一个打鱼的着急又有什么用呢?我阿爸一听这话就冒火了,抬起一脚,把陆大人给踢出屋外去!

巴　桑　如此看来,你阿爸说不定一个人闯进宁波城里去救你姆妈了!

海　姑　哎哟对呀！我阿爸心里早急死了——他天天催着你们攻城,可你们却一直按兵不动。巴桑哥,这可怎么办呢?

巴　桑　我找阿布里大人去!

〔这时,一阵马蹄声急驰而来,回响着传令兵的声音:"各位藏兵将士听令!赶快到大营帐里列队,守备大人要升帐点兵了!"

巴　桑　太好了! 海姑,你阿爸姆妈有救了!

〔众将士走入大营帐的脚步声。

外　婆　这是你太祖外婆拿到转经筒后听到的唯一一个好消息。原来那个名叫奕经的钦差大人,在杭州西湖关帝庙里抽到了一个上上签,签语是"不遇虎头人一唤,全家谁敢保太平?"这使他忽地想起几天前戴着虎头帽前来请求攻打宁波城的阿布里大人……咦,那不正应了这句签语吗?钦差大人认为那是天意,立刻传令阿布里大人要在寅年寅月寅日寅时攻城,赶走英夷兵,还别出心裁地把这叫作"五虎扑羊"……

〔大营帐里,三通鼓响,长号鸣叫。阿布里大人端坐正座。

阿布里　朝廷钦差奕经大人有令,吉时不可错过,攻城定在凌晨三时。众将士不得有误!巴桑你做先锋,率四百精壮弟兄,从望京门攻入,直捣英夷兵大本营——鼓楼!

巴　桑　遵令! 巴桑誓死杀敌,不违使命!

阿布里　好! 其余将士由我统领,一旦西门得手,全力发起总攻!

众将士　是!

〔雷雨声中,藏兵奔走的脚步声以及战马的嘶叫声响成了一片。

〔上集完。

下　集

（6）

〔雷雨越下越大,没有半点停息的迹象。

外　婆　你太祖外婆说,那一天夜里她没有合上过眼睛,一直竖着耳朵,倾听屋外的雷雨声,心里有一种不祥的感觉。(稍停,深深地叹了一口气)唉!

她把那只转经筒摇个不停——这时,只能靠它来保佑攻城的藏兵们旗开得胜,马到成功!

〔淡入转经筒摇动的声响以及低沉的诵经声。

外　婆　(念六字真言)唵、嘛、呢、叭、咪、吽……

刘　刚　那后来呢?外婆,"五虎扑羊"到底进展如何?

外　婆　啥"五虎扑羊"呀,这简直是胡闹!

刘　刚　这么说,宁波城没有被收复?

外　婆　非但没有收复,攻城的藏兵弟兄,全中了英国佬埋伏……

〔一串骇人惊魂的落地雷声。紧接着,雨夜里传来急促的敲门声。

巴　桑　开门!开门!海姑,快开门!

〔门在慌乱中"吱呀"一声开了。

海　姑　(吃惊地)巴桑哥,你怎么回来了?身上全是血!

巴　桑　先别问这个——快!快!你把我背着的人扶到床上去。

海　姑　哎!(伸手去扶伏在巴桑背上的人,惊讶地)咦,这人是我阿爸?

巴　桑　对!是你阿爸。他晕过去了!

海　姑　(失声叫喊)阿爸!阿爸!

巴　桑　别喊了!海姑,让你阿爸静静躺一会儿吧。

〔两人把水根伯扶到床上躺着的声音。

海　姑　巴桑哥,你们在城里救出了我阿爸?

巴　桑　不!是你阿爸救了我们。(叹气)唉,这仗打得……

〔屋外传来马叫声。

巴　桑　青骒马在叫。海姑,我出去一趟!

〔巴桑出门的声音。片刻之后,他拖进一只大麻袋,脚步十分沉重。

海　姑　又有谁晕过去了?巴桑哥,我来帮忙!

巴　桑　不用!不用!

〔巴桑推开海姑的声音。

海　姑　(惊讶的声音)一麻袋辫子?!

巴　桑　四百多位兄弟全死在宁波城里了!

海　姑　什么?(大声哭喊地)巴桑哥,这是怎么一回事情?怎么一回事情啊?

巴　桑　今天凌晨寅时一到,我们就攻进了望京门。开始,一切都十分顺利,大街上未遇到任何抵抗,谁知快到鼓楼时,城墙头突然冒出英夷兵,他们架起洋枪洋炮,枪炮齐发,一下子就把我们逼退到那条大街上……原来英夷兵早已接到内奸密报,他们预先在鼓楼前设下埋伏。后来幸亏遇到你阿爸,他带领我和几个弟兄从小巷里突围出来,才算捡回了几条性命。

海　姑　啊!这个可恶的内奸是谁?

巴　桑　现在查清楚了,就是狗参军陆兰心。如今姓陆的已跑进城里去领赏了。否则,非剥他的皮食他的肉不可!

海　姑　巴桑哥,这一麻袋辫子,都是死去的藏兵哥哥留下来的?

巴　桑　是呀!我们藏兵战死沙场后要把辫子剪下,尸首不能还乡,就托付活着的人带回去辫子,埋葬。(沉痛地追忆)乾隆年间,我们先人就替朝廷打过侵犯新疆的洋胡子军队。虽说当年是六战六捷,大获全胜,凯旋前清点人数,还是发现有一半弟兄死在沙场上。他们没闭上眼睛,头都朝着阿坝州的方向躺着……大家就剪下他们的辫子,带回来,埋在雪原高山上!

海　姑　我明白了!巴桑哥,这辫子里有每一个藏兵哥哥的灵魂。

巴　桑　海姑,假如有一天我——

海　姑　别别别,你别胡说!(又摇起转经筒)这只转经筒会保佑我们的。

巴　桑　(感动地)你就是我的转经筒啊!

〔水根伯在床上扭动的声响。

水根伯　海……海姑!

巴　桑　你阿爸醒过来了!

海　姑　我在这里!阿爸——(奔过去)你好些了吗?

水根伯　我死不了,可你姆妈她……

海　姑　阿爸!阿爸!我姆妈怎么啦?(着急地)哎哟,都急死了,你快说呀!

水根伯　你姆妈困在城里头一天,就被……被那些英国佬给糟蹋死了。

海　姑　啊!天哪——(大哭)

〔雷声轰隆。

巴　桑　这仇非报不可!海姑、水根伯,我们藏兵奔走千里,却没有打败英夷兵,救出宁波城里老百姓,实是愧对你们乡民呀!巴桑我——在此一跪!

〔"砰"的一声,巴桑双腿跪在了地上。

〔一切又归于寂穆宁静。

〔然后,渐渐响起外婆与刘刚的叙述声。

外　婆　这一跪呀,你太祖外婆临死时都还在说——跪下的应该是我们啊!当年,他们藏兵一下子就在我们宁波城里留下了四百多具尸首……这大恩大德如何回报?可现在你们去阿坝州帮助他们重建家园,有些人一开口就说是献爱心,无偿的支援……口气大得吓人,这话听了真叫人脸红哪!

刘　刚　是的是的!外婆,如今我们宁波发展很快,富裕了,就更加不应该忘记过去——尤其是那些帮助过我们的人。这叫报恩!

外　婆　光是报恩两字,那意思还没有完全说清楚……汉藏本是一家人。兄弟姐妹有难,你能只看着不伸手去扶一把吗?我们国家这么大,全靠互相支援才撑得起这一个大家庭啊!

刘　刚　外婆,你这话挺有水平哇!后来巴桑哥要报的仇到底报了没有?

外　婆　仇是报了,可我们付出的本钱真是太大了。

刘　刚　那是为什么?

外　婆　宁波城里这一场血战,把猫在杭州西湖的钦差大人给吓破了胆子!他急忙以朝廷名义下诏书令,叫阿布里大人率领余下的藏兵往杭州靠拢,以保全自己性命。(长叹一口气)唉!这藏兵前脚一走,英国佬后脚就出了宁波城,把你太祖外婆住的那个小渔村给围上了……领头的就是那个内奸陆兰心。

（7）

〔门"砰"的一声被撞开了,陆兰心带着几个英夷兵闯进了屋子。

陆兰心　嘿嘿!打鱼的,我们又碰面了。

水根伯　哼!(背转身去)

陆兰心　(恶狠狠地)你这个打鱼的不简单呀!在宁波城里救了十几个藏兵的性命,现在怎么不跟着他们一起走,去向朝廷讨一份赏银?

水根伯　你这条没骨头的癞皮狗——管不着这许多!

陆兰心　今天我非要管一管你不可!(欲拖水根伯)

海　姑　住手!(厉声地)你这是要做什么?我阿爸受伤了,他不能动!

陆兰心 （淫邪地一笑）嘻嘻！怪不得没跟藏兵一起走——原来家里还有一个如花似玉的小闺女哪！（傲慢地）来人，快把这个与大英帝国做对头的船老大拖出去示众！

〔几个英国佬把水根伯拖了出去。

〔村口。乡亲们都被赶到了这里，人声鼎沸。

陆兰心 安静！安静！父老乡亲们别害怕！大英帝国是来保护我们的，谁向查理司令说出藏兵的去向，谁就会获得大英帝国的骑士勋章。现在请查理司令训话！

〔一串英语。

陆兰心 查理司令说，迷途的羔羊们，请告诉主，藏兵都躲在哪里？

水根伯 （轻微的声音）叫他……过来！

陆兰心 查理司令，这个船老大知道藏兵去向。嘿嘿，他要亲口告诉你！

〔查理的脚步声。

水根伯 再近一些，近一些——把你的耳朵伸长点！

〔水根伯一口咬断了查理的耳朵。

查　理 （杀猪似的痛叫）我的上帝哇！

〔枪响，水根伯倒在了血泊中。乡亲们一下子乱了起来，嘈杂的脚步声。

海　姑 阿——爸！（扑到水根伯遗体上，大哭）

〔陆兰心朝天鸣放数枪。

陆兰心 （威胁海姑）你再哭一声，我叫你跟你阿爸一起去见阎王！

查　理 NO！

〔查理又是一通叽里咕噜的英语。

陆兰心 刚才查理司令说了，除了这个小美女外，其余的人统统打死，一个不留！小钢炮开火，预备——把这渔村炸为平地！

〔巴桑突然跑上，出现在查理司令面前。

巴　桑 等一下！你要的不就是藏兵的去向吗？我来带路！

〔顿时，四周又变得十分寂静。

〔一串英语。

陆兰心 查理司令问你是什么人！

巴　桑 陆参军，你的记性让狗给吃了！怎么连我都认不出来？（自豪地）我是阿布里大人帐下的巴桑，攻打宁波城就是我带的兵！

陆兰心　啊！（大吃一惊之后，又跑到查理跟前）这个人就是藏兵头目。
　　　　〔查理走向巴桑。
查　理　(终于，挤出一句半生不熟的中国话)你为什么肯替大英帝国军队带路？
巴　桑　我怕这功劳全被陆大人一人给抢走了！
查　理　你说什么？(听不明白意思，把脸转向了陆兰心)陆，你翻译给我听！
陆兰心　这……
查　理　快翻译！
陆兰心　(吞吞吐吐地)他说的意思是，担心我一个人……获得大英帝国的勋章。
查　理　哈哈哈！(一阵大笑，傲慢地朝巴桑叫喊)带路！
　　　　〔纷乱的军靴声渐渐消失之后，又响起外婆的叙述声。
外　婆　唉！当年你太祖外婆根本没有想到她的巴桑哥会突然出现在村口，还要为英国佬带路！这是怎么一回事情呢？
　　　　〔海姑从水根伯的遗体上一跃而起，奔了过去。
海　姑　巴桑哥，你——
巴　桑　放心吧，海姑！我会带他们去一个好地方……（一语双关地）送他们上天堂！

（8）

　　　　〔又响起沉重的军靴声。
外　婆　巴桑哥回答了你太祖外婆的话后，又塞给她一个纸团。你太祖外婆把纸团徐徐打开——那上面描着一座大宝山和无数顶虎头帽……你太祖外婆一看，心里立刻明白了！
刘　刚　我也明白了！这巴桑哥是要把那些英国佬带进大宝山里的藏兵埋伏圈。外婆，我猜得对不对？
外　婆　你说得不错。可你太祖外婆必须把这情报及时送到藏兵那里。她与英国佬展开竞赛，抄近路往杭州方向跑！终于，她提前找到了阿布里大人。

〔急促的奔跑声与喘气声。

海　姑　阿布里大人！阿布里大人！
〔阿布里与行进中的藏兵停住了脚步。

阿布里　咦？海姑，你跑来做什么？

海　姑　停下！停下！你们都别走！

阿布里　不走怎么办？朝廷下令叫我们撤退。

海　姑　千万不能撤退呀！阿布里大人，巴桑哥已经带着英夷兵往大宝山方向去，他叫我们在那边设下埋伏，以牙还牙，打一场胜仗。（双手递上纸团）这是巴桑哥画的伏击图。

阿布里　（展开纸团看完后，十分感叹地）巴桑是阿坝州真正的勇士！他不惜牺牲自己性命，要用大宝山这一场胜仗，来洗刷我们在宁波城里"五虎扑羊"的耻辱！

海　姑　阿布里大人，你快调兵遣将吧！

阿布里　这……可擅自恋战，却违背了朝廷旨意！
〔众藏兵议论纷纷。

藏兵甲　什么狗屁旨意？一会儿叫我们攻城，一会儿又叫我们撤退……

藏兵乙　对对对！我们藏兵不打一场胜仗回去，既对不起宁波城百姓，又对不起大喇嘛的嘱咐！

藏兵丙　阿布里大人，这确实是一次全歼英夷兵的好机会，你就让我们痛痛快快地打一仗吧！
〔"砰""砰""砰"，众藏兵一起跪在了地上。

阿布里　好！暂停往杭州方向撤退。（下定了决心）从现在开始，我阿布里再也不是什么大清朝册封的守备，是阿坝州藏区的土司老爷！（高声呼喊）愿意跟我土司老爷在这大宝山下伏击英夷兵的请留下，怕死的走开！

众藏兵　我们愿意！我们不怕死！我们誓死跟着土司老爷血战到底！
〔欢呼声响彻了整个山谷。

（9）

外　婆　这一幕动人场面应该永垂史册！阿布里大人快速在大宝山下布置好

了埋伏。片刻之后,巴桑哥带着那些英国佬进入了藏兵包围圈……

〔军靴声有点儿乱了。

陆兰心　喂!停下!停下!你这个藏兵,要把我们带到哪里去?

巴　桑　让你们去下地狱吧!

〔巴桑转身夺过英国佬手里一支火枪,朝着陆兰心胸口,叭叭叭地开了数枪。

陆兰心　查……查理司令,我们中计了!

〔藏兵们喊杀声四起:"冲呀!杀呀!替死难兄弟们报仇!"英国佬东躲西藏,像一群没头苍蝇。

外　婆　这一场血战,一直从中午打到了傍晚。英国佬死伤惨重!据当时官方公示,英夷兵装尸五船,运往定海,一个月后又不得不撤兵退出了宁波城。可伏击大宝山的藏兵也多数阵亡!

刘　刚　噢,这是怎么一回事情?外婆!

外　婆　正当阿布里大人与藏兵们在大宝山欢庆胜利时,狡猾的英国佬又逆着姚江水流开过来几艘铁甲船,把数十门大炮偷运到指定炮位上,猛烈炮轰大宝山……

〔连续不断的炮轰声后是一片沉寂。

巴　桑　(轻微的呼喊声)海……海姑。

海　姑　巴桑哥,你在哪里?

巴　桑　我,我……我在这边。

〔一串连滚带爬的脚步声。

海　姑　巴桑哥,你没事吧?这一下子怎么就死了那么多人……(哭)血把大宝山都染红了!

巴　桑　别哭别哭!海姑,打仗总是要死人的。我们藏兵从离开故乡那一天起,就没想过活着回去……

海　姑　我不许你说这种话!(带着哭腔)巴桑哥,你不是说过这只转经筒会保佑我们的吗?(又手举转经筒,摇动起来)转动十圈,消病去灾,转动一百圈,太太平平……

巴　桑　嘿嘿!你转错方向了。这转经筒不能从右往左转,应该从左往右转的。

海　姑　都怪我!都怪我!是我带来了厄运……

巴　桑　这不怪你。唉,是那大清朝无用,英夷兵有枪有炮又有铁甲船,太强大了！海姑，我相信总会有那么一天，我们能彻底打败他们的！

海　姑　是的！巴桑哥，那阿布里大人呢？

巴　桑　他在这里 ——（伸手举起一根辫子）这是他的辫子。

海　姑　（吃惊地）啊！阿布里大人也不在了！

巴　桑　这一仗，我们一共死了一千六百位兄弟啊！阿布里大人临死之时，手指着他脑后这根辫子，叫我剪下。他说，把我的灵魂带回到阿坝州去吧！

海　姑　巴桑哥，你们都是阿坝州的勇士，叫我如何感谢才好呢？

巴　桑　别说感谢这两字。海姑，你不是一直喊我哥吗？我们本来就是一家人，用不着太客气的。

海　姑　是的！是的！巴桑哥 —— 哥哥！

巴　桑　哥哥快不行了。海姑，你快帮帮我！替哥哥剪 …… 剪下这根辫子。

海　姑　不不不！哥哥，你要挺着呀！海姑一定要陪你一道回阿坝州去！

巴　桑　别说这傻话，哥哥回不去了。海姑，我不求你什么，只求你把阿布里大人的辫子和哥哥的辫子带回到故乡去！另外，还有躺在大宝山下一千六百位兄弟和死在宁波城里四百位兄弟的辫子，一共是两千多条 …… 海姑，你在听我说话吗？

海　姑　我 …… 我听着哪！

巴　桑　听着就好呀！海姑，你还记得哥哥带你骑过的那匹青骡马吗？用它驮着辫子，你牵着它走，它认得回家的路 …… 拜托了！

〔巴桑停止了呼吸。

海　姑　哥哥！哥哥！

〔海姑的呼喊声直冲云天。藏歌声又蓦地响起：

　　　　哎拉嗦 ——
　　　　在那太阳升起的地方，
　　　　有一群雄鹰在飞翔 ……

（10）

刘　刚　我听完外婆讲述的那些感人肺腑的往事后，第二天就跟随志愿者队伍，坐上了西去的列车。是呀，在170多年前的那一个早晨，我的太祖外婆也告别了家乡,踏上了去阿坝州的路程……

〔一阵马啸声,青骒马朝着海姑奔了过来。

海　姑　乖乖！青骒马,驮上这两千多根辫子。我们上路吧！

〔藏歌声又继续:

哦,层层叠叠的雪原！

哦,生生死死的故乡！

……

刘　刚　从宁波到阿坝州,我坐火车只花了一天时间,晨发夕达。可当年我太祖外婆牵着青骒马,跋山涉水,走了整整三个月才到达那里。

〔青骒马的喘气声。

海　姑　到了。啊！阿坝州,你真像巴桑哥说的那样——和我们的大海一样美！

〔忽地,一阵转经筒的摇动声,仿佛又从天际处时隐时现地传来……这响声蜿蜒千里,久久不息。

刘　刚　大喇嘛获悉我太祖外婆把勇士们的辫子带回到了阿坝州,立刻举行隆重的接迎仪式,并在雪山高原上筑起了一座辫子坟。

〔转经筒摇动的声响越来越大,伴随着藏民们的歌唱声:

啊！雄鹰——

你在天地之间展开了翅膀,

你把我的思念带向远方！

……

刘　刚　今天,我也见到了这座辫子坟。它并不高大,只是静静地躺在一窝草丛中,如果你不仔细寻找,都发现不了它。虽然岁月的流逝改变了一切,但却改变不了辫子坟在我心中的地位！我举起太祖外婆留下来的这只转经筒,从左到右,绕着它一圈又一圈地进行祈祷——希望这祈祷的声音,能够传到巴桑哥、阿布里大人和所有牺牲在宁波城内外的勇士们耳朵里……永远！永远！

〔摇动转经筒的声响中,又叠入藏歌声与大海的浪涛声。

(剧　终)

广播剧

包玉刚的婚床

人　物

包玉刚　男，67岁。从宁波走出去的"世界船王"。
卢绪章　男，73岁。国家原外贸部副部长，时任宁波市政府顾问。
阿　英　女，46岁。卢绪章的小堂妹。
葛书记　男，54岁。宁波市委书记。
小　刘　男，28岁。侨办干部。
古玩王　男，70岁。个体商贩。
周阿婆　女，60岁。海岛老阿婆。
海　生　男，13岁。周阿婆孙子。

剧中人物"闪回"中，还出现青年包玉刚与青年卢绪章以及做婚床的周木匠。

时　间

1984年秋天（9月初至10月28日）。

地　点

宁波与舟山群岛。

上集

序

〔一群顽童蹦蹦跳跳，唱起了欢乐的童谣：

众孩子 （唱） 金漆地板崭新房，
　　　　　　　骨玉嵌镶红木床。
　　　　　　　花生红枣床头撒，
　　　　　　　明年生个状元郎，
　　　　　　　——状元郎！

〔童谣声渐渐隐去，叠现出包玉刚先生带有宁波口音的叙述声。

包玉刚 从前有一项老规矩。我们宁波人办喜事，娶新娘子，男方人家先要请木匠师傅定做一张婚床。（笑）嘻嘻！我们包家也不例外……（追忆地）那时候，我还在上海金融保险行里做生意，定做婚床这件事，就交给了我的三阿哥去办。噢，我三阿哥名叫卢绪章，他是一个能人，天下之事没有他办不成的……可我当时不知道他已经在替共产党做事情了。全国解放后，三阿哥在新中国政府里，先后担任外贸部副部长与国家旅游总局局长等要职。再后来，改革开放了，他又在邓小平亲自委派下，担任浙江省和宁波市政府顾问。（电话铃响）喂！你是……（惊喜地）哎哟，你就是三阿哥啊！什么？你明天就要坐火车去宁波了？

〔响起手握电话的卢绪章的对答声。

卢绪章 是呀！是呀！玉刚，你现在是世界船王了，名誉全球啊！我知道你这几年北京、上海都去过了，甚至还到了杭州。宁波离杭州这么近，为什么你不过去看一看呢？宁波毕竟是你的故乡啊！咦，玉刚，你怎么不回答我呢？

〔一切都静寂下来。

包玉刚 （沉重的语气）三阿哥，我对你说实话，现在宁波还能找到我们包家的祖坟与故居吗？什么都没有了！据说连一张瓦片都找不到了，我去还能做什么？还不是叫人心里更难过与憋屈吗？

卢绪章 噢！我知道了。玉刚，你就等我的消息吧！（声音铿锵地）这次我到了宁波后，一定会给你一个满意答复的！

1. 火车站

〔渐出火车奔驰声。

卢绪章　（独白）1984年入秋的一天,我坐上了一列从北京开往宁波的火车,到达时已是傍晚——

〔火车鸣叫着进入站台,旅客走出车厢。

阿　英　（喊）绪章哥！绪章哥！绪章大哥——！

卢绪章　（惊喜地）阿英,你怎么知道我今天要回来的？

葛书记　是我告诉你这个小堂妹的。

〔葛书记走过来的脚步声。

阿　英　大哥,这位是我们宁波市委葛书记,他用小车带我来接你。

葛书记　卢老,一路辛苦了！欢迎您回家！

卢绪章　葛书记,你好！

阿　英　刚才葛书记还在车上说,你在宁波现在只剩下我这么一个亲戚了。叫我从今天起,在生活上要好好地照顾你。

卢绪章　葛书记,你考虑得这样细,谢谢了！

葛书记　卢老,我们是盼星星盼月亮,就盼你回来啊！前不久,中央宣布进一步改革开放,特别是包括宁波在内的14个沿海城市。这不,小平同志还亲自点了你的将,把你派到我们宁波来工作,共同落实小平同志"把全世界的宁波帮都动员起来建设宁波"的指示！

卢绪章　这我是一点都不敢懈怠呀！葛书记,我少小离家老大回,14岁就离开宁波,后来虽说回来过几趟,但待的日子都不长,没想到今年我73岁又回来了。（感叹不已）这说明我跟家乡有缘哪！从现在开始,我呀,要给家乡父老当一个跑腿的。

葛书记　哎哟！哪有部长级跑腿？卢老,你是我们宁波市政府的特邀顾问！

小　刘　书记,接卢老的车子在那边等着。

葛书记　噢！这是我们侨办的小刘,他具体协助你工作。小刘,你先送卢老到华侨饭店住下,让卢老好好休息！

小　刘　好！请卢老上车。

2. 小轿车上

〔汽车的行驶声。

阿　英　绪章大哥,听葛书记讲,改革开放这些年,包先生至少回到国内十多次,为什么不来宁波看一看呢? 这里毕竟是他的老家呀!

卢绪章　你问得对呀! 宁波是包先生的故乡……(沉吟片刻)我想,问题应该不出在包先生身上,是我们的工作还没有做到家啊!

小　刘　卢老,听说你和世界船王包玉刚先生也是亲戚,对不对?

卢绪章　包先生是我姨表兄弟。(追忆地)当年,他和夫人结婚时,用的那张婚床,还是我找了一个木匠师傅做的哪!

小　刘　嘻嘻! 这层关系还挺近的。

阿　英　绪章哥,后来你跟包先生还有来往吗?

卢绪章　抗战时期,我是上海广大华行老板,包先生他在洋行做事,交往一度很密切。不过,那时候我是中共地下党员,受周总理直接领导,包先生不知道我的真实身份,等到新中国成立后,他才知道我是共产党员,着实吃了一惊! 可是,后来的"文化大革命"又使我们失去了联系……噢! 这样吧,小刘,明天一早,我们就去看看包家祖坟的所在地——神钟山。

小　刘　好! 好! 我开车到华侨饭店来接你。

卢绪章　那我们就这样说定了!

3. 神钟山

〔音乐起……鸟鸣声不绝于耳。

〔由远至近的脚步声。

小　刘　(喘气)到了到了! 这里就是神钟山。

卢绪章　这神钟山风景不错,青山绿水,鸟语花香……

小　刘　老百姓说,它是龙脉之地。

卢绪章　不错不错! 这话我也听包先生的父亲说过……可包家的祖坟呢? (着急地)小刘,我们找了这么久,怎么也没有找到?

小　刘	卢老,这山很大,听说"文革"期间有些墓碑都被人砸了。我想——(犹豫地)包家的祖坟会不会……
卢绪章	别说了!(严肃地)小刘啊,这事你们侨办要想想办法,发动当地老百姓,一定要替包先生找到祖坟。如果祖坟都找不到了,那叫人家怎么回来呢? 就是回来了包先生也会伤心的……我们宁波人,最看重的是祭祖敬宗!
小　刘	是的!是的!卢老,除了祖坟外,我们侨办已经在做一些工作了。上个月,刚把居住在包氏故居里的几户人家搬迁出去,现在正在抓紧修缮,争取早日恢复原貌。
卢绪章	好!我们一起先去看看包氏故居。

4. 包氏故居

〔脚步声。

小　刘	卢老,这是包氏故居的中堂客厅。
卢绪章	(停步)我记得原先中堂上有一块匾,写着"履安堂"。噢!包先生父亲是从鞋帽生意发迹的,古代人把"鞋"称作"履",这块匾的意思就是步履平安……(感叹地)说来也是巧合呀!现在包先生成了世界船王,更是航海万里如履平地哪!
小　刘	有意思!有意思!卢老,那块匾我们已经找到了,正准备要挂上去的。
卢绪章	好哇!小刘,你们修复包氏故居,一定要尽力保持原状,让世界船王一回到宁波就感到满意,你说是不是?
小　刘	对对!卢老,楼上是当年包先生和他夫人结婚时用过的房间,要不要去看看?
卢绪章	要看!要看!上去看一看!
刘主任	卢老,登楼梯小心。

〔登楼梯声。

卢绪章	好哇!这房里的家具都摆起来了!
小　刘	双门大立橱、梳妆台、房前桌,都是红木的。我们费了好大力气,才把它们一件件给找回来呀!
卢绪章	(情绪显得很兴奋)小刘,过去我们宁波人结婚是很讲究排场的!新娘

子坐花轿从娘家抬到婆家,一路上杠箱开道,大至桌椅箱柜,小至盆、盘、线盒、子孙桶,样样都齐全,这习俗就叫作"十里红妆"……(突然,兴奋的情绪一下子消失)咦,卧房里怎么还有一张西洋铜床?

小　刘　西洋铜床?(愣了片刻,又急忙分辨)噢噢,是这样的!卢老,"文革"期间,包先生这故居让造反派给查抄了,旧家具都堆放在一间空屋子里,后来被人占用的占用,变卖的变卖……那张结婚喜床怎么都找不回来了。我们想,包先生长期生活在海外,心里一定喜欢西洋式家具,就用这张西洋铜床代替……

卢绪章　别说了!快把它给搬出去——

小　刘　(神情不解地)什么?

卢绪章　(大声地)你把这张西洋铜床给撤了!

小　刘　撤了它,不就空出来一块地方吗?

卢绪章　空着就空着!我们一定要想办法找到那张结婚喜床!

5. 卢绪章的"闪回"

〔从卢绪章的记忆深处,又渐渐响起那首童谣声:

　　金漆地板崭新房,
　　骨玉嵌镶红木床。
　　……

〔童谣声中,叠现出青年包玉刚奔过来的脚步声。

青年包玉刚　三阿哥!三阿哥!我正在到处找你哪!

青年卢绪章　咦,玉刚,你找我做什么?再过几天,你就要做新郎官人了!

青年包玉刚　今天——(害羞地)就是为了这个我才来找你的——按照宁波人习俗,结婚之前,男方人家先要做好一张婚床。三阿哥,在老家你人头熟,联络也多,这做婚床的木匠师傅想托你来请……

青年卢绪章　哎哟玉刚!现在你已经在上海洋行里做事,从上海弄一张西洋铜床来不是很方便吗?

青年包玉刚　我不想睡在西洋铜床上结婚。

青年卢绪章　噢!这为什么?

青年包玉刚　我喜欢的还是家乡的红木床呀!它结实、耐用……再说,结婚时睡在这样的床上——今后我不管走得多远,都不会忘记生我养我的老家了!我这辈子么,也有了自己的念想啊!

青年卢绪章 好好!说得好!就凭你这一句话,三阿哥我一定叫手艺最精巧的木匠师傅,给你做一张最漂亮的结婚时睡的红木床!

6. 华侨饭店

〔推门声,阿英走进房间。

阿 英 绪章哥,你在想什么?

卢绪章 (思绪从"闪回"中返回)噢,我没想什么……阿英,你请坐!

阿 英 哎!(坐下)听说这几天,你在市侨办小刘陪同下,替世界船王包先生寻根!包家的祖坟与故居都去看了,情况还好吗?

卢绪章 "文革"期间被破坏得太厉害了,现在一点点地恢复过来……工作量很大哇!

阿 英 是呀,什么都没有了,包先生回来看什么呢?怪不得他不想回来哪!(少顷)咦,绪章哥,你桌子上堆了这么厚的一沓资料做什么——是不是要去作报告?

卢绪章 市政府明天要开工作会议,我列席参加,准备准备。

阿 英 别太用功了,绪章哥!你毕竟是上了年纪的人,要注意休息。(拿出一只饭盒)来!先尝一尝我给你送来的一碗家乡菜……

卢绪章 家乡菜?这味道真香!(话语幽默地)哎,等等!你别打开盖子,让我先猜一猜——你送的是葱煸河鲫鱼,对吗?

阿 英 你一猜就准呀!可街坊邻居都笑话我,人家华侨饭店里什么大菜没有,还送这个?

卢绪章 嘿嘿,这是他们不知道的。阿英!你烧的这碗葱煸河鲫鱼里有一股亲气……(音乐声起)我14岁那年,离开宁波去上海学生意。临走那天,你姆妈特意烧了一碗葱煸河鲫鱼替我送行——噢,你姆妈烧的葱煸河鲫鱼可跟人家不一样哇!葱煸得喷喷香,河鲫鱼烧得都吃不出骨头来……这是你绪章哥小时候最喜欢吃的家乡菜。(追忆地)后来我在上海与人合开了一家广大华行,不久你姆妈就过世了。我想,自己这辈子,恐怕再也吃不到烧得那么好的葱煸河鲫鱼了!谁知这一门手艺却被你给继承下来。阿英,我真高兴哇!

阿　英　是呀,我姆妈过世前几天,一定要叫我学会烧葱燠河鲫鱼这碗家乡菜。她说,日后只要你绪章哥回来,就烧葱燠河鲫鱼让他吃!只要他吃一口,就会想起我……

卢绪章　阿英!你姆妈这句话真是说得太好了!(兴奋地)今天你送来的这碗家乡菜,胜过我桌子上厚厚的一沓资料,明天的会议上我知道自己该如何发言了!

7. 市委某工作会议

葛书记　……刚才,大家围绕着进一步促进海外宁波帮返乡探亲寻根这个议题,各自发表了很多好意见。接下去,请我们市政府顾问卢绪章同志作指示,大家欢迎!

　　　　〔一阵掌声。

卢绪章　别别,别鼓掌!指示不敢当,我只是想谈一点自己的看法——这次我受小平同志的重托,回到老家后心中一直惶恐不安,深感责任重大!加快宁波的改革开放步伐,促进繁荣,是我余生最大愿望……(音乐声起)昨天,我那个小堂妹给我送来一碗葱燠河鲫鱼,我还未动筷就感到有一股亲气。是呀,这股亲气就是浓浓的乡情!现在,我们要叫天下的宁波帮都回到老家看一看,帮宁波,也要多做几碗这样的"家乡菜"啊!

　　　　〔音乐声十分抒情,充满爱意。

8. 阿英家

　　　　〔音乐声转为秋虫鸣叫声、阿英炒菜声……然后响起敲门声。

阿　英　进来呀!门没关上。

　　　　〔卢绪章走进阿英家。

阿　英　(惊讶地)哎哟是绪章哥!你有事情叫我一声,我会到你住的地方去的,何必让你亲自来呢?

卢绪章　这么说只许你来找我,不许我来寻你吗?再说,这里也是我的出生之

	地呀！阿英,聚奎坊这老房子你一直住到现在?
阿　英	住在这里我感到有一股亲气……哎哟！光顾着说话了,还一直让你站着。(搬凳子)绪章哥请坐！天这么晚了,你来找我一定是有事情的。
卢绪章	阿英,我想找你打听一个人……
阿　英	谁? 你说吧！
卢绪章	就是当年给包先生做婚床的那位老周师傅。
阿　英	周木匠呀！人家都叫他"赛鲁班"……
卢绪章	对对对！是他。他手艺高强,尤其是做红木床——老周师傅做的是既好看又耐用,上有顶梁,四根立柱,床前大挂面上还并排雕刻出三幅吉祥如意图……(追忆地)当年,我就是冲着这名气才去找他的。他一听是为包家做结婚喜床,二话不说,一口就应承下来了！(话锋一转)阿英,如果我们现在能找到老周师傅,包先生睡过的那张红木床不也就有眉目了吗?
阿　英	唉！话是这么讲——可那位"赛鲁班"你是再也见不到了。
卢绪章	为什么? 算起来,他的年龄好像还没有我大……
阿　英	绪章哥,你不知道呀！"文革"期间,周木匠就死在那些造反派手里。他的死……说到底,也是为了包先生的那张红木床啊！

9. 阿英的"闪回"

〔造反派歇斯底里的叫喊声:

"革命不是请客吃饭,不是做文章……革命是暴动！"

"资产阶级不投降,我们就叫他灭亡！"

"彻底砸烂封、资、修旧家具！"

〔包氏故居里一阵"打砸抢"的喧哗声。

周木匠	别动这张红木床！你们都给我住手！它是我周木匠当年花尽了气力,耗尽了心血才做好的——这张红木床好比是我儿子,只是不会说话……今天,我不能眼睁睁地看着你们把它毁掉！(声音压过了一切)谁敢动手砸这张婚床,我周木匠就死在谁的面前！

〔"咚"的一声巨响后,是一片沉默。

10. 周木匠墓地

〔寒风凛冽,风声中夹着阿英与卢绪章的脚步声。

阿　英　周木匠就这样死了,他的死也把那些造反派给吓着了……以后,谁也不敢再去动那张红木床。

卢绪章　这么说,包先生家的婚床,在"文革"中躲过了一劫?

阿　英　是呀!这一劫是躲过去了。可后来包先生家里的那些老家具,被人占用的占用,变卖的变卖,散落到四处……(停步)噢!到了,这就是周木匠的墓地。

卢绪章　老周师傅,我卢绪章看你来了!(拿出三只酒杯)阿英,你给我斟酒。

阿　英　哎!

〔斟酒声。

卢绪章　薄酒三杯,前来祭奠你老周师傅!这第一杯酒,是替包先生倒的,你给他做了那张结婚喜床后,他心里一直惦记着你,说你手艺高、本领强,不愧为"赛鲁班";这第二杯酒,是替我这个小堂妹倒的,她夸你是一条硬汉子,敢作敢为,有血性,在暴力面前不低头;最后这第三杯酒,是我卢绪章来祭奠你的。唉,我的好兄弟哇!当年要不是我来找你做包先生家里的那张红木床,或许你也能活到今天……真对不起你了!卢绪章欠你一笔债,心中有愧,向你……(欲要下跪)

阿　英　(突然,一声叫喊)绪章哥!你快过来看——好像有人赶在我们前头来过了!周木匠坟头上还留着一堆烧过的纸钱。

卢绪章　噢,真的是有人来祭奠过了。这个人会是谁呢?

〔上集完。

下　集

11. 旧货市场

〔各种音响效果声。

古玩王	（大声吆喝）走过路过，千万不要错过。古钱、彩陶、旧家具……都是稀罕之物啊！
	〔卢绪章与阿英停住了脚步。
阿　英	（小声地）绪章大哥，他就是有名的古玩王。"文革"一结束，就在旧货市场上开店铺了。
卢绪章	好，进去看看！
	〔进入店堂。
古玩王	二位，想淘点什么？
卢绪章	古玩王，我怕我要的宝贝你这里没有呀！
古玩王	老先生，这里没有，别处你也不用找了。秦汉玉挂件、唐宋古字画、明清青花瓷——我这里应有尽有，就怕你不识货哇！
阿　英	我们要找的是一张老底子的红木床，你这里有吗？
古玩王	哎哟，你们这算是找对主啦！古话说得好哇！"一生做人，半世眠床。"（侃侃而谈地）从前，大户人家办喜事有规矩，大小嫁妆都是女方家里抬过去的，唯独那张婚床，必须是男方家里预先定做好——最高档的自然就是三开面的红木床了。怎么样？到我的库房里去看看，保管有你们中意的宝贝！
卢绪章	好！那就麻烦古玩王了。
古玩王	走呀！
	〔脚步声，掏钥匙声，开库门声。
古玩王	（夸耀地）看看看！这里面搁着的全是大件家具。这叫七弯架子床，那叫罗汉床，还有美人靠……
卢绪章	古玩王，我今天要找的正是三开面的红木床。这张红木床呀，前头大挂面上，有三幅嵌镶骨玉的吉祥画：中间一幅是龙凤图，左边是梅花吐蕊，右边是松柏常青……四柱八梁，都是用上好的红木做的。
古玩王	噢！老先生，你说的这张红木床我倒有点儿印象。
卢绪章	你见过？
古玩王	见过见过！不瞒你老先生说，16年前，我从钟包村里进过这样一张床，品相不错，没有一点儿损伤。听人说，它还是"文革"中被查抄的"四旧"物品！
阿　英	对对对！它现在在哪里？

古玩王　现在在哪里？噢,我想起来了……(追忆地)我收进这张红木床后不久,有一位从海岛来的老阿婆一眼相中了它,说是她儿子要娶媳妇,问我多少价肯脱手。当时我出价500元,把这位老阿婆吓了一大跳!要知道那时候新鲜大黄鱼只卖两毛钱一斤,要两千多斤大黄鱼才能换它。老先生你想想,现在两千多斤新鲜大黄鱼,没有几万块钱怕是买不来啊!

卢绪章　后来呢?

古玩王　这个老阿婆也真肯下决心,一咬牙,就把它给买了回去。(称赞地)要我说啊!老阿婆确实有眼光,现在日子好了,盛世买古董,这满世界的古董商要是再瞅见那张红木床,出十几倍的价钱也会收的。

阿　英　古玩王,你还能记起这位老阿婆的地址吗?

古玩王　我们做旧货生意的人,从来不问人家地址……不过,我倒记住了她的姓!当时买完了床,她带来几个人一起帮着搬上船,我听到有人叫她"周阿婆"。

卢绪章　(思索地)周阿婆……

12. 华侨饭店

阿　英　(打电话)喂!请问,你们岛上有个周阿婆吗?年龄大约60岁……噢,没有。谢谢!(放下话筒,接着又拨打)喂喂喂……是花鸟岛吗?请问你们那儿有个周阿婆吗? 16年前她买过一张红木床……没有。(挂话筒,叹气)唉!这电话快打爆了,连周阿婆的影子都没有找到!
〔推门进屋声。

卢绪章　阿英,电话你别打了,侨办的小刘已经发动各个渠道寻找周阿婆。他说,只要有周阿婆这个人,就一定能找到的!

阿　英　真的吗?这小刘不错,有一股韧劲。

卢绪章　是啊!那次在包氏故居,我为了一张西洋铜床发了火,没想到这年轻人转变很快,会动脑筋肯做事!这没几天吧,他把包家的祖坟给找到了,又重新修缮了一遍,墓前坟后都栽上了松柏,可以让包先生回到老家来寻根,祭奠祖先了……
〔电话铃声。

阿　英　　绪章大哥！电话。
卢绪章　　噢！（接听电话）我是卢绪章。好好！葛书记，你有事情找我……我马上就到！
〔汽车奔驰声。

13. 葛书记办公室

葛书记　　（沏茶声）卢老，别急！别急！你先歇口气，喝杯龙井茶。等会儿，我们再出去喝点酒！
卢绪章　　噢！葛书记，看来今天是有什么高兴的事情了。
葛书记　　是特大喜事哇！刚才从北京来了一个长途电话，说昨天晚上小平同志亲自设家宴，请包玉刚夫妇吃饭……
卢绪章　　（兴奋地）哎哟！小平同志设家宴招待海外客人，这恐怕还是第一次哪！
葛书记　　在这家宴上，小平同志还专门提到宁波市政府已经修复了包家祖坟与故居，问包先生什么时候回去看看。包先生当即答复说，他这次去了英国后就和夫人一道回老家探亲……
卢绪章　　这真是太好了！世界船王马上就要来宁波了！
葛书记　　是的是的！卢老，这些日子里有你给我们当顾问，我们在落实侨务政策上做了不少前瞻性工作，暖了许多海外宁波帮的心啊！比如说包氏故居我也去过，那张西洋铜床我就没看出什么毛病来，认为摆在那里挺好的，可你一看，就马上觉得不对了——（赞叹地）唉！卢老，你的眼光确实比我们高明哪！
卢绪章　　眼光高明谈不上，只是我比你们更要熟悉包先生。将心比心哇！一个人远在千里，最大的牵挂是家乡的亲情，一座祖坟，一幢老屋，甚至是一张睡过的红木床……用我们宁波人的话说，那上面都有一股浓浓的亲气啊！
葛书记　　对对对！卢老，你说得太对了！
卢绪章　　嗨！（感触万千地）再过几天，包先生夫妇就要一道回家了！要是他们能看到当年结婚的新房里，家具一样不少，那该有多好哇！

14. 华侨饭店

〔一串急速的脚步声。

小　刘　　卢老！卢老！周阿婆找到了！
卢绪章　　好哇！（激动地）小刘，你们侨办真有办法啊！
小　刘　　这位周阿婆住在渔山岛上，家里除了儿子媳妇外，还有一个小学快毕业的孙子，名叫海生……
卢绪章　　小刘，走！你快带我去见见她。
小　刘　　（吃惊地）什么！现在要去找周阿婆，到海岛去？
卢绪章　　对，现在就走！
小　刘　　哎哟！这渔山岛远着哪！坐船出海，风浪很大，起码要七八个小时才能到达。卢老，别说你吃不消，就是我，也有点儿害怕呢！
卢绪章　　那我们就比比看！（开怀大笑）哈哈！看谁先打退堂鼓。

15. 大海，一艘航行着的机帆船

〔机帆船行驶声，风声，海浪声。

小　刘　　哎哟！这风浪越来越大了！卢老……（难受）我想吐。
卢绪章　　别害怕！挺过了这阵子就好了。
小　刘　　卢老，你自己不难受吗？
卢绪章　　（追忆地）我像你这么大时，经常在海上跑。那时候，我们广大华行明着是跟敌伪政府和富豪们做生意，暗里却是用赚来的钱，替新四军买药品、买武器，从海上偷运到解放区……所以呀，大风大浪我经得多了，不怕！
小　刘　　我听说过去有部电影叫《与魔鬼打交道的人》。这电影里地下党负责人张公甫写的就是卢老你，对不对？
卢绪章　　写的不全是我，那是许多地下共产党员的缩影。那时候啊！我们的主要任务是解放全中国……没想到全国解放后搞建设，这任务更艰巨！我们犯了不少错误，尤其是"文革"期间，把一些朋友都当作阶级敌人斗，斗倒了还要踩上一只脚！结果呢？使海外有些人误会我们共产党是青面獠牙,不讲人性 —— 其实,真正的共产党是最讲感情的!小刘,你说是不是?

小　刘　对对对!(调皮地)别的不说,就说卢老你吧,离家这么多年,还不忘记那碗葱㸆河鲫鱼的味道!

卢绪章　乡情难忘呀!

小　刘　(感情真挚地)现在我终于明白了,你为什么非要替世界船王找回结婚时睡过的那张红木床不可 —— 因为它上面有一股亲气……

卢绪章　这就对了么!(海浪声渐渐消失)噢,现在风浪停了。小刘,我们到船头上去看看大海!

〔出船舱,海上传来渔歌声。

小　刘　卢老,你听,有人在唱渔歌……

〔渔歌声越来越响:

　　一网金,

　　一网银,

　　十网捞得鱼满舱。

　　喂哟哎 ——

　　出海阿哥要做新郎!

　　做新郎,

　　抬新妇,

　　先买婚床后拜堂。

　　喂哟哎 ——

　　要买就买红木床!

　　……

卢绪章　(感叹地)渔山岛快到了!渔歌里也在唱"要买就买红木床"……是呀!我真希望周阿婆手里的那张床,就是我们要找的。

16. 渔山岛,周阿婆家

海　生　奶奶!外面来了两个宁波客人,要看我们家的红木床。

周阿婆　(厌烦地)海生,你说奶奶不在家,叫他们回去!别想打这主意!

海　生　奶奶,说假话不好!你就让他们看一眼吧!

周阿婆　这……好吧,看一眼就看一眼。

〔卢绪章与小刘走了进来。

卢绪章　老人家,你不让我们看一眼,我们会一直守在你家门口的。

周阿婆　(无奈地)进来看吧!这床就在里屋。

〔脚步声过后是激动人心的音乐声。

卢绪章　哎哟!昔日表弟托我定做的红木床,我终于找到你了!上有顶梁,四根立柱,整张床有八十八个榫头,没用一枚钉子,全是红木做的——这真是一张好床唯!

周阿婆　可不是吗?都16年了,你们看!我年年用上好的桐油擦它,这床架上连一个虫蛀的印子都没有,依旧像从前一样鲜亮。(兴奋的语调)说句自夸的话吧!我周阿婆活了60年,最开心的事,就是每天能守着这一张床。

小　刘　周阿婆,这张床你现在肯转让吗?

周阿婆　(一愣)转让?

小　刘　就是我们拿钱来买它。

周阿婆　不行不行!这些年里,不知有多少人来看过它,都想从我老太婆手里买走这张床——可我说,你们就是搬座金山银山来换也换不走!

卢绪章　老人家,那是为什么?这床……

周阿婆　这床不简单呀!它是一张福床——(自豪地)岛上的人全知道,自从我家买回来这张红木床后,岛上所有结婚人家,生的都是囡,就我周阿婆家里添了个大胖孙子……另外,我今年活到这把年纪,身子硬朗,喷嚏都不打一个,前些日子还突然长出颗新牙来。(笑)嘿嘿!你们说,它是不是福床?

小　刘　哎哟周阿婆,你说的那是迷信!

周阿婆　我就信这迷信!

卢绪章　老人家,你知道这张红木床的原主人是谁?

周阿婆　不想知道!(警觉地)你们打听那么多做什么——出去!出去!(双手推对方)你们可以走了!

〔"砰"的一记重重的关门声。

海　生　奶奶,你怎么这样对待客人呢?你不是常说,我们渔家人最好客了!

周阿婆　那要看对什么人——哼!都是一些文物贩子!

海　生　他们不是的！

周阿婆　不是的？

海　生　奶奶,我刚才在外面听他们说,人家是替世界船王,在寻一张结婚时睡过的红木床！这个世界船王么,他就是从阿拉宁波出去的,名叫包玉刚。

周阿婆　噢！包先生……（一下子陷入了沉思）

17. 返程的机帆船上

〔船舱外,响着海浪声。

小　刘　唉！卢老,我们总不能空手而归吧！

卢绪章　别急别急！小刘,这事得慢慢来……我们回去再想一想办法。

小　刘　这办法我有了！（心中忽地有了主意）我现在立即打电话给他们乡政府领导,叫当地采取一些特殊措施——就是抢,也要从周阿婆手上抢回那张红木床！

卢绪章　（吃惊地）咦,你怎么会想出这个主意？

小　刘　嘿嘿！这不是给逼出来的吗？

卢绪章　硬要拿回那张床自然不难。（严肃地、一字一句地）但是,小刘,你可别忘记我们共产党是最讲人性的！像你刚才说的这样做……我们跟"文化大革命"中的造反派又有什么两样呢？

小　刘　这……（叹气）唉！那是真的没有一点办法了！

18. 华侨饭店

〔阿英兴奋地奔了进来。

阿　英　绪章大哥！绪章大哥！周阿婆亲自把红木床给送来了！

卢绪章　噢！（惊喜地）在哪里？在哪里？

阿　英　他们直接把床抬到了包先生的故居里。

19. 包氏故居

〔众人抬着红木床进屋的号子声:

嗨唷！嗨唷！
——稳着身哟！
嗨唷！嗨唷！
——迈步走哟！
世界船王回故乡，
中华儿女是一家！
……

周阿婆　上香！

众　人　（呼应地）上——香——啦！

周阿婆　包先生，你睡过的这张结婚喜床，今天我周阿婆给还回来了！我们渔家人讲的就是"情义"二字……你回宁波那天看到它，亲手摸一摸，坐一坐，我们渔家人就知足啦！

〔汽车刹车声、脚步声。

卢绪章　老人家，你把这张床给送来了？

周阿婆　不是送，是还！这张三开面的红木床原本就是包家的，它是包先生的心爱之物啊！现在物归原主，是应该的。再说，我这老太婆今天也算是又回了一趟娘家……

卢绪章　（神情有点不解地）回娘家？

周阿婆　是呀，这包家老屋，我熟啊！（音乐声渐入）小时候我和我阿哥常到钟包村里来玩。包先生娶亲那天，我还在这张结婚喜床上撒过花生红枣哪！我记得当时包夫人下花轿进新房，偷看了它一眼，脸上那个笑，比吃了蜜糖还甜……后来我嫁到渔山岛上，不久后我阿哥也在"文革"中死在那些造反派手里，我就很少回来了——（音乐声趋向热烈）可有一年，我在宁波的一家旧货店里，突然又见到了这张红木床，开始我还以为是做梦，再仔细看看——果然是包先生家里的东西！（深情地）那时候，我就怕包先生家里的东西全散落光了，就用两千多斤的大黄鱼换了这张床。我把它运到了渔山岛上，放在那里守着它！（音乐声欢快起来）是呀，这两年日子好过了。许多来淘旧货的人都看中了这张床，出什么价的都有……可我清楚，这张红木床啊，是包家的。我对外面讲它是张福床，金山银山也不换，心里想我可得把它守好了，总有一天，我要把它交还给包先生。这次你们走了之后，我孙子海生告诉我这老太婆——你们就是替世界船王来找床的!还听人说包先生就要回宁波探亲了!谢天谢地!我这老太婆的心愿也可以了啦!(兴奋地)这不,我叫儿子开船,八个后生抬着它,我周阿婆盯着——这一路上啊,一点儿磕碰都没有,今天我把这张包先生夫妇睡过的结婚喜床,完完整整地送还到包家老屋了!

〔音乐声变得十分激昂。

卢绪章　(非常感动地)老人家,你为了替包家守着这张红木床,费了这么大心思,太叫人感动了!我代表包先生夫妇谢谢你啊!

小　刘　阿婆!你为这床花的钱,政府会赔偿你的。

周阿婆　啥赔偿不赔偿的?这是我跟包先生有缘哪!就算是我们周家替世界船王义务保管了16年。

卢绪章　周阿婆,我想再问你一句,你死去的那位阿哥,是不是就是做这张红木床、人称"赛鲁班"的周木匠?

周阿婆　对对对!我阿哥没赶上好日子……死在"文革"中。他死得惨哇!每年他的祭日,我都要到他坟头上去烧一堆纸钱。

卢绪章　周阿婆,这纸钱你也替我卢绪章,为你阿哥周师傅多烧上几沓啊!

〔音乐声十分抒情,充满怀念。

尾　声

阿　英　1984年10月28日,包玉刚先生和他夫人终于踏上了阔别多年的故乡。当他们祭拜完祖坟,走进故居,看到当年结婚时睡过的红木床还在时,都惊喜地睁大了眼睛!绪章大哥就把这张床的故事讲了一遍,自然,他特别提到了海岛上的周阿婆和死去的老周师傅……

包玉刚　(热泪盈眶地)乡情重似山啊!玉刚我有生之年,一定要全力报答家乡父老的厚爱!

阿　英　这以后,邵逸夫、应昌期、陈廷骅、曹光彪、赵安中……一个个名闻天下的宁波帮巨子相继还乡探亲!宁波帮,帮宁波——宁波的改革开放走上了快车道。

〔那一首熟悉的童谣又远远地飘了过来:

金漆地板崭新房,
骨玉嵌镶红木床。
花生红枣床头撒,
明年生个状元郎,
——状元郎!

(剧　终)

儿童电影

亲亲海豚

人　物

珍　珍　女，16 岁。初中一年级学生。
莉　莉　女，16 岁。珍珍的同学。
谭小宁　男，8 岁。自闭症患者。
阿　海　男，18 岁。海洋世界公园海豚驯养员。
卓文娟　女，36 岁。珍珍的母亲，海洋世界公园董事长。
艾美丽　女，30 岁。谭小宁的母亲。
谭　远　男，42 岁。民营企业家。
李　洋　男，30 岁。海洋生物研究所博士。
过磅师傅　男，54 岁。小浦镇冷库工人。
海豚波波　剧中一条能够喃喃自语的海洋小动物。

时　间

当代。

地　点

澳大利亚、海城的海洋世界公园、小浦镇。

澳大利亚。

阳光海滩上撑满了红红绿绿的太阳伞,游人似织。一艘乳白色的游艇慢慢地驶近了码头。

两个肤色黝黑的土著人肩扛着一条大海豚走下了游艇。

一个中国小女孩(珍珍,6岁)拉着她的父亲(谭远)飞快地奔了过来,海滩上留下了几道深深的脚印。

小女孩:爸爸!你快过来呀!这条鱼真大!

父亲:它不是鱼,叫海豚。

海豚痛苦地挣扎着,不时地甩动着尾巴。又有一个白胖胖的洋人走过来,交给两个土著人几张澳元,然后挥手指向了不远处的一家海鲜餐馆。

小女孩大叫了起来:你们别杀死它!

父亲挤了上去,从腰间钱包里掏出一大沓美元,递到土著人手里,示意他要买下这一条海豚。

胖洋人急了,又摸出了许多张澳元。

父亲把挂在脖子上的一条黄金项链摘了下来,加在了美元上面。

胖洋人无奈地耸了耸肩膀,灰溜溜地走开了。

土著人把海豚扛到了父亲跟前。

父亲转过身子,双手朝着大海一指:把它放回大海去!

土著人十分惊异,一时不明白对方意思。

父亲又厉声地高喊了一声:让这条海豚回家!听懂了吗?回家!

这两个土著人终于明白过来了,脸上露出赞许的笑容。他们很快把大海豚带到了海滩边上,放回到大海。

小女孩也跟着跑到了海边。

海豚重获自由。它在大海中追逐着浪花,蹿上蹿下,游姿十分美丽。

小女孩脸色欣喜地望着渐渐远去的海豚。

叠印出片名《亲亲海豚》与字幕:10年之后

1. 海洋世界公园海豚馆

水池里,游动着一条海豚。它与片头里的海豚看上去很像,但年轻了不少,说不定正是那条海豚的后代。

海豚觉得有点儿疲倦了,仰躺在水面上,小小的眼睛凝视着大屋顶,嘴里喃喃自语(模拟人言):我叫波波,今年2岁。噢!这当然不是我生来就有的名字,是驯养我的阿海哥哥取的。你看,他来了,现在正替我准备一顿美味的晚餐呢!

阿海(18岁)拎着一只小木桶走了过来。木桶里盛着一些活蹦乱跳的鱼虾。

海豚波波(模拟人言):自然,我吃完这顿晚餐后,还要加演一个新节目——这个节目,是专为一个小男孩表演的。

海豚波波猛地翻转了身子,快速游向了阿海。

2. 海豚馆走廊上

谭小宁(8岁)凸着肚皮,仰着脸,动作十分滑稽地走了过来。突然,他停住了脚步,双手像鸭子划水一样地翻动着,在原地转开了圈儿,嘴里还不断重复着叫喊一个词:波波……波波……波波……

珍珍(16岁)与莉莉(16岁)一前一后地追上来。莉莉想要拉住谭小宁,可她刚一伸手,就被对方用力甩到了一边,跌坐在地上。

莉莉神情无奈:唉,他又犯病了!

珍珍点点头:我有办法!

她没有去拉谭小宁,反而学着对方的动作,也在原地转了起来,说也奇怪,谭小宁竟然渐渐恢复了安静,目光柔和地望着珍珍。

莉莉称赞:珍珍,你真行!

珍珍不好意思地一笑:我们进去吧!

这时她才一手拉起了谭小宁,另一手拉着莉莉,走向海豚馆。谁知没走上几步,莉莉又忽地停了下来,脸上露出惊恐的神色。

莉莉:不好了!你妈妈在找阿海哥哥谈话。

3. 海豚馆

卓文娟(36岁)表情严肃地站在水池边上,她是珍珍母亲,又是这座海洋世界公园的董事长。此刻,阿海就蹲在卓文娟对面,接受着她的训话。

卓文娟:这几天游客们都走了,海豚馆里还一直亮着灯。你怎么不下班?

阿海有点紧张:我我……我想多陪会儿波波。另外,还想再教它一个新节目……

卓文娟语气十分严厉:什么新节目?海豚波波是我们海洋世界公园的明星演员。别让它太吃力了,出了事情我是要找你算账的!

阿海:这我知道。董事长,你放心好了!

卓文娟:阿海,你必须记着——任何事情都瞒不过我卓文娟眼睛的。

阿海不停地点头:是的!是的!

卓文娟转身走出了海豚馆。

4. 走廊上

珍珍与莉莉松出了一口气,急忙拉着谭小宁躲到了一边。卓文娟擦身走过之后,她俩又拉出了谭小宁,一起走进了海豚馆。

5. 海豚馆

阿海走过去,他跟珍珍与莉莉打了一个招呼后,就把谭小宁拉到了水池前。谭小宁见到水池里游动着的海豚,又兴奋地手舞足蹈起来:波波!波波!

珍珍与莉莉对视了一眼,马上转身去关上了馆门。

海豚波波很快游到了谭小宁跟前。阿海在水池边上拍了三下巴掌,波波在水中扬起了粗脖子,与谭小宁进行亲密接触。

谭小宁伸出双手,贴在海豚波波的头顶上,轻轻地抚摸着……与此同时,海豚波波发出高频率的鸣叫声,像是在唱一支欢乐的歌曲。

谭小宁脸上荡漾起灿烂的笑容。

6. 走廊的另一头

卓文娟猛地停下脚步,侧转头倾听——是的,她也听到了一种奇异的动静!而这动静正是从海豚馆那边传过来的。

卓文娟脸上的神情由疑惑逐渐转为愤怒。

7. 海豚馆

珍珍与莉莉看到谭小宁与海豚波波一起快乐戏耍的情景,都欣喜地笑了。

阿海从水桶里捞起一条小鱼,往空中一扔,小鱼划出一道漂亮的弧线,准确地落到了波波的嘴里。

谭小宁比画着双手,示意阿海也给他一条小鱼试试。

阿海把一条小鱼递给了谭小宁。

谭小宁高举起小鱼,也往空中一扔,海豚波波又从水池中跃出身子,把小鱼一口吞了下去。然后,海豚波波不断地向谭小宁弯身鞠躬,表示感谢。

谭小宁露出兴奋的表情。

阿海又递给了谭小宁一条小鱼。

8. 走廊上

卓文娟急促奔走的双脚。

9. 海豚馆

"砰"的一声响,海豚馆的门被重重撞开了!卓文娟一脸怒气地站在众人面前。珍珍首先反应过来,奔了上去。

珍珍:妈妈——!

卓文娟甩手推开了珍珍:闪开!哼,你们干的好事!

阿海与莉莉神情有些惊慌:董……董事长。

卓文娟没有理睬他们,径直走向了谭小宁。

谭小宁突然又像鸭子划水一样在原地转了起来,转着,转着,他一不小心落到了水池里,手中的小鱼往空中抛去,竟然不偏不倚地扔到了卓文娟脸上。

卓文娟恼羞成怒,神情尴尬。

10. 海豚波波的拟人化独白

画外音:卓大董事长终于发现了海豚馆的秘密,她首要惩罚的人,就是我的驯养师阿海哥哥……

11. 董事长办公室

卓文娟脸色阴沉地坐在皮转椅上,隔着一张大办公桌,站着的就是阿海。他低垂着头,神态显得紧张不安。

卓文娟:这就是你想要做的新节目?

阿海点头：是的。

卓文娟：为什么要瞒着我？

阿海声音轻微：这……你已经全看到了——因为它只为一个人表演。

卓文娟：是那个掉进水池里的小男孩吗？

阿海又点点头。

卓文娟：他叫什么名字？

阿海的脑袋垂得更低了：他叫谭小宁，从小患有自闭症……

卓文娟一愣：什么自闭症？

此刻，阿海却突然勇敢地抬起了头，正视卓文娟：董事长，你女儿珍珍说，目前这种病很难用药物治疗，不过——我们有办法治好谭小宁的病。海豚波波会发出一种超人的高频率声波，这种声波可以刺激他脑细胞，唤醒与恢复认知功能——国外已有许多成功范例。

卓文娟不耐烦地打断了阿海的叙述：别说了！别说了！我们海豚馆不是医院。

阿海顿时语塞了。

卓文娟猛地从皮转椅上站起身子。少顷，又竭力使自己平静下来：再说，这么大的事情你们还不预先跟我商量？真是胡闹！

阿海又低垂下了头：这是我们的错……

卓文娟：你回去写一份检讨来——检讨不深刻，今后别到海豚馆上班了。

卓文娟边说边从办公桌上"哗啦"一声撕下了几页公文纸，交给了阿海。

12. 海城中学

阶梯教室里，王校长带着李洋（30岁）走了进来。

王校长：这位就是我们海城海洋生物研究所所长李洋博士。今天，他来给同学们作一次讲座，讲一讲关于海豚的故事。请大家鼓掌欢迎！

一阵掌声响起，鼓掌最热烈的就是坐在最后一排听讲座的珍珍。

李洋走上大讲台：同学们，地球上最聪明的动物，第一是大猩猩，第二就是海豚。而且，海豚是除了我们人类外，大脑容量最大的哺乳类动物，它的大脑容量超过大猩猩。

讲座中，投影机映出人、大猩猩与海豚的一些图像。

李洋：对于我们人类来说，海豚比大猩猩更为友好。从古希腊年代开始，国外就流传着许多海豚救人的故事。1949年,美国佛罗里达州一位妇女在《自然史》杂志上,就曾经披露过她在大西洋上被海豚救援的奇特经历……

珍珍听到李洋博士赞扬海豚时,脸上露出迷人的笑容。忽地,坐在她身旁的同学拽了一下她的袖子,又指了指阶梯教室的窗口。珍珍扭过头去,看到莉莉正在窗外焦急地向她招手。

珍珍摇了摇头,表示她现在正在认真听讲座。

窗外的莉莉显得更加焦急了,她招手不止。

珍珍只好悄悄地起身离座,走了出去。

13. 阶梯教室外的走廊上

珍珍:叫我做什么?莉莉,人家李博士讲得多精彩,你也应该进去听听的。

莉莉摆摆手:哎哟!你还听什么讲座?出了大事了!

珍珍脸色不解:什么大事?

莉莉有点儿急了:你妈妈要辞退阿海哥哥!

珍珍不太相信,反问了一句:是吗?那他走了,谁来驯养海豚波波呢?

莉莉:这我也不知道。反正现在你妈妈——不!是卓大董事长正逼着阿海哥哥写检讨书。这一次你妈妈是下定决心了。她说,假如找不到满意的驯养师,就停办海豚馆!

两人的神情都显得十分焦急。

李洋开完讲座,走出教室,来到珍珍与莉莉身边:你们两人在说些什么?

珍珍与莉莉一时都不知如何回答。

李洋笑了:别紧张呀!刚才我在教室里只是举办一堂讲座而已,可王校长告诉我说,你们这两个女学生已经在进行实验了。好好干!什么时候需要我这个编外人员帮忙,我什么时候参加!

他说完就从她俩身边走了过去。

珍珍与莉莉松了一口气,脸上露出惊喜的神色。

14. 海豚馆边上的一间小屋里

阿海一头趴在桌子上,在写那份检讨书。但公文纸上除了"检讨书"三个大字外,什么都没写,一片空白。

15. 阶梯教室外的走廊上

莉莉:我们快去帮帮阿海哥哥吧!

莉莉拉起了珍珍的手。

珍珍摇摇头:我知道我妈妈脾气——阿海哥这份检讨书写得再好也是没有用的。莉莉,我有办法改变我妈妈的主意!

莉莉用奇异的目光望着对方:你有什么办法?哎哟珍珍,快说话呀!

珍珍:你带了纸和笔没有?

莉莉忙把纸和笔递给了珍珍。珍珍用笔在纸上写了几行字后,又马上把纸交还给莉莉:把它拿去给我妈妈——不,给卓大董事长看!

16. 董事长办公室

"笃笃笃!"

一阵敲门声。卓文娟从办公桌前抬起头来:请进!

走进来的是莉莉,她手里拿着一页纸。

莉莉:董事长,我有一件东西要交给你。

卓文娟神情冷淡,甚至有点儿生气:是阿海写的检讨书吧?他为什么自己不来?怕我吃了他呀!

莉莉摇摇头:不!这是珍珍写的。

卓文娟很是惊讶:写的是什么?非要你转交给我!

莉莉又摆了摆手:我不知道。

卓文娟接过了这一页纸,摊开来一看——脸上表情顿时凝固住了!

"妈妈,假如你辞退阿海哥,停办海豚馆,我就立刻离开海洋世界公园——回到爸爸那边去!"

写在纸上的就是这么一句话。

卓文娟情绪有点儿失控:这个死丫头!原来她是来威逼我的。这几年我白养她了!莉莉,珍珍现在在哪里?

莉莉伸手朝海豚馆一指:她她……她好像是在海豚馆里跟海豚波波告别。

卓文娟的神情更加紧张了:告别?快快!莉莉你快过去告诉珍珍,她妈妈一切都答应她!

莉莉高兴地"哎"了一声,转身要走。

卓文娟再一次喊住她：你也同时对阿海说，他那个新节目可以继续搞下去！

17. 海豚波波的拟人化独白

海豚波波仰躺在水面上，小小的眼睛凝视着大屋顶。

画外音：经历了这场小风波之后，谭小宁和我的亲密接触也开始从地下走到了台上……每逢这时候，海豚馆里就会响起一首节奏明快的运动员进场曲。

18. 海豚馆

运动员进场曲响了起来——珍珍为了营造气氛，特意和莉莉一起搬来了一台录音机，捧在手上。

谭小宁在音乐伴奏下，凸肚挺胸地走向水池，他朝着蹲在水池边上的阿海狡黠地一笑，模仿着海豚波波的动作，"扑通"一声，跳进了水池里。

珍珍与莉莉大吃了一惊，两人忙放下录音机，跑过去救援，却被阿海给劝阻住了。

这当然只是一场虚惊！

谭小宁在水中的动作显得十分舒展、自由，他与海豚波波一起快活地戏水，仿佛这时候谭小宁也变成了一条海豚。

珍珍目光专注地凝视着这一个场面。

19. 珍珍的幻觉

水池渐渐地幻化成大海。

片头里出现过的那条大海豚在波涛中上下起伏，一会儿沉入海底，一会儿又跃上浪尖。当年的小珍珍圆睁着一双大眼睛，一眨也不眨地盯着大海豚。

父亲走到了她身后，欠下身子，和小珍珍一起蹲在同一块礁石上。

父亲：珍珍，你喜欢这条大海豚吗？

小珍珍扭过了头，脸上闪烁着期盼的神色："喜欢！喜欢！爸爸，要是让我一直看到它那有多好啊！"

父亲大笑起来：哈哈哈！放心，爸爸会帮你实现这一个愿望的。

20. 海豚馆

莉莉问了一句:珍珍,你在想什么?

珍珍一下子从幻觉中醒了过来,忙摆了摆双手:不不不!我什么都没想。

莉莉挤了挤眼睛:噢!现在我倒有一个问题想问一问你,行吗?

珍珍:问吧!

莉莉伸手拉起了珍珍。

21. 海洋世界公园的海底隧道

这里又是另一个景区。头顶上是一条玻璃长廊,里面游动着各种平日难以一见的海洋动物,它们中间有小鲨鱼、大龙虾以及老海龟。

珍珍与莉莉就从这条玻璃长廊下走了过来,停在了一个拐弯处。

珍珍:现在你可以说了吧,究竟要问我什么?

莉莉终于说出了心中疑团:你妈妈为什么这样害怕你去找爸爸?

珍珍的神情迟疑了一阵,然后轻声回答:因为我爸爸早就和她分手了。我去找爸爸——我妈妈害怕会失去我……

莉莉"噢"了一声,又问:你爸爸现在在哪里呢?

珍珍摇了摇头。

莉莉更加惊讶了:那你怎么去找他?

珍珍自豪地一笑:嘿嘿!所以我妈妈才感到特别害怕呀!莉莉,你觉得我这个办法厉害吗?

莉莉伸出了大拇指:太厉害了!你妈妈看到你写的那张纸条时脸色都白了,立即就改变了态度。

珍珍:莉莉,你还想问什么吗?

莉莉又小声地询问道:听说你爸爸从前是一位民营企业家,大老板!创办过渔业经营公司,很有钱?

珍珍点点头:是的!可分手前他把全部财产都留给了我妈妈,包括这一座海洋世界公园。

莉莉赞叹:你爸爸他真是个男子汉!

22. 海洋世界公园

一位身体纤细而又瘦弱的中年妇女（艾美丽，30岁）脚步匆匆地走进了大门。

23. 海豚馆

艾美丽轻轻地走进来，坐在一边，默默观看着谭小宁与海豚波波进行亲密接触，脸上不时露出幸福的微笑。

阿海眼尖，他一抬头发现了艾美丽，想与她打招呼，艾美丽急促地摆了摆手。

这时，珍珍与莉莉又走回到了海豚馆。

谭小宁爬出了水池，艾美丽急忙拿起一条毛巾走过去，替她儿子擦身子，谭小宁并没有拒绝。

艾美丽：我儿子变得听话多了！

阿海也显得十分高兴：是呀！这是一个好的开始。

艾美丽说出她这次来的目的：我要好好谢谢那两位女学生……

阿海把艾美丽带到珍珍与莉莉跟前：这位阿姨非要前来谢谢你们不可，特别是珍珍！

珍珍感到很惊讶：特别要谢谢我？

艾美丽自我介绍道：我是谭小宁妈妈，叫艾美丽……

珍珍：艾美丽？咦，这名字我好像在什么地方听到过——多好听呀！

艾美丽见珍珍颇为吃惊的模样，又忙解释：许多人听到我这名字时都像你一样……可我早就不美丽了。

珍珍认真地摇摇头：不！阿姨，你还是十分美丽的。

艾美丽长叹了一声：唉！好日子早过去了。阿海已把一切都告诉了我——珍珍，如果没有你给你妈妈做工作，小宁现在也就无法再见到海豚波波了。

珍珍神情坚定：阿姨，你放心吧！我一定会让海豚波波一直陪伴他的。

艾美丽有点激动，伸手从衣兜里摸出一枚海豚胸针：这枚胸针造型很别致，像一只从大海里跳起来的海豚！我想把它作为礼物送给你，不知你喜不喜欢。

珍珍眼睛一亮，连声叫了起来：喜欢！喜欢！我太喜欢了！

艾美丽笑了：过几天，我再来谢谢你妈妈！

24. 珍珍的房间

珍珍把这枚海豚胸针捧在手上,然后,渐渐地举过头顶。她仰望着海豚胸针,脸上充满了喜悦。

卓文娟推门进来:珍珍,你在看什么?

珍珍一惊:没什么!没什么!

珍珍急忙把海豚胸针放进了床头柜里。

卓文娟笑了:嘿嘿!什么东西这么神秘?连妈妈都不能看!

珍珍故意噘起了嘴:这是我的一个小秘密。

卓文娟换了一个话题:珍珍,听说海洋生物研究所的李洋博士最近到你们学校开过讲座?

珍珍点点头:是呀!李博士讲得太好了!他的讲座讲的就是海豚——咦,妈妈,你也认识李博士?

卓文娟:我们是老熟人了。

珍珍兴奋地跳了起来:真的?这太好了!

卓文娟嗔了珍珍一眼:一提到李博士,你比我都兴奋。

25. 海城一辆公交车上

海城的早晨。

艾美丽手里拎着一箱加工好的黄鱼干坐上公交车。这只纸盒箱上除了画着一条大黄鱼外,还标写着"小浦镇海味食品加工厂"的字样。

26. 海豚馆

阿海:谭小宁妈妈又来了!

珍珍与莉莉都跑了过来,把艾美丽围在了中间。

艾美丽:珍珍!你妈妈在吗?

莉莉把脸转向了珍珍。

珍珍点了一下头:在的,我妈妈现在在办公室里。阿姨,东西你就别送了!

艾美丽有点为难:那是我们单位发的——算不上什么好东西!我们海边人拿得出手的,也就是鱼干虾干这一类海产品。

莉莉补充了一句:珍珍!这又不是送给你的,是送给董事长的。

阿海点头:莉莉说得对!

珍珍:阿姨,那我们走吧!

27. 通往董事长办公室的一条过道

艾美丽跟在珍珍后面走了过来。

过道两边的墙上,张贴着一些宣传画和几张大照片。

艾美丽:珍珍,你妈妈真了不起,创办了这么大的一座海洋世界公园!

珍珍摆摆手,立即纠正:海洋世界公园是我爸爸造起来的!不过,现在的当家人是我妈妈。

艾美丽若有所思:噢,原来是这样……

珍珍点点头:我6岁那年,见过一条大海豚,后来就一直忘不了——爸爸就用他赚来的钱,替我造了这一座海洋世界公园。

艾美丽听到这里,深有同感地感叹了一句:是呀,可怜天下父母心哪!

珍珍把艾美丽拉到了一张大照片跟前,伸手指点:阿姨你看!她就是我妈妈。这次我妈妈表现得不错,是她同意让海豚波波继续替谭小宁治病,大开绿灯的!

大照片上是卓文娟微笑着的脸。

艾美丽一下子变了脸色:你妈妈……你妈妈是不是叫卓文娟?

珍珍欣喜地叫喊起来:是呀!阿姨,你认识我妈妈?

艾美丽急速地摇了摇头:不不,不认识!

珍珍有点吃惊:阿姨,你脸色怎么一下子这样难看?

艾美丽双手捧住了脑袋:这头……头有点儿晕。

珍珍急忙把艾美丽搀扶到一条长椅子上,让她坐了下去:阿姨,你就坐在这里歇一会儿,我去叫我妈妈出来见你。好吗?

艾美丽点了点头。

28. 董事长办公室

珍珍推门奔了进去:妈,谭小宁妈妈来看你了!

卓文娟从那张大办公桌后面站起了身子:噢!这人也真的来了——她在哪里?

珍珍伸手朝室外一指:人家在走道上坐着等你哪!

卓文娟决然地一挥手:走,看看去!

29. 过道上

长椅子上已是空无一人,只留下了那只装满了大黄鱼干的纸盒箱。

卓文娟把疑惑的目光投向了珍珍:你说的人呢?

珍珍脸上更是一片茫然:奇怪,刚才她还好好地坐在这里……怎么一下子就不见了呢?不过,谭小宁妈妈带来的东西还留在这里。

卓文娟弯下腰去,双手拿起了那只纸盒箱,仔细地看了一阵,脸上若有所思:这个谭小宁的妈妈叫什么名字?

珍珍语调十分神气:她有一个好听的名字——艾美丽。

卓文娟捧着纸盒箱的手颤抖起来:艾美丽?

纸盒箱滑落到地上。

30. 海豚波波的拟人化独白

海豚波波在水池里东撞西碰,急促地游水。

画外音:谭小宁妈妈突然失踪了,紧接着谭小宁也不到海洋世界公园来了——这可把我的驯养师阿海哥哥急坏了。当然,更加着急的还有珍珍与莉莉!

31. 海豚馆

珍珍、莉莉与阿海三个人又聚在了一起,每个人心情都十分沉重。

阿海:都快有半个月了,谭小宁还是没有来——按理说,一个礼拜他至少要来两次的。否则,病情又要加重了!

莉莉非常焦急:该找的地方我和珍珍都去找了,就是不见谭小宁的踪影。这可怎么办呢?

珍珍思考了一阵:我看问题一定是出在他妈妈身上!

莉莉点点头:阿海哥哥!谭小宁是你先带到这里来的,你应该知道他住在什么地方吧?

阿海长叹了一声:我要是知道他家地址……唉,早上门去找了!

珍珍:阿海哥哥,你再好好想想。

阿海渐渐地陷入了追忆:那一天下班后,我记得自己是在海洋世界公园门口,碰见他们母子两人……

32. 阿海的闪回 —— 海洋世界公园大门口

夕阳残霞,街灯亮了起来。

一辆公交车从大街上驶了过来,停在了海洋世界公园门前的候车亭边。

阿海从大门口走出,正要骑上他的电动车……突然,从候车亭那边奔过来一位中年妇女,她身边拖着一个抬头朝着天空傻笑的小男孩。

这就是艾美丽与她儿子谭小宁。

艾美丽边跑边喊:同志!同志!你是海洋世界公园里养海豚的阿海吗?

阿海转过头去:是的,我是阿海。找我有什么事吗?

艾美丽忙把谭小宁拉到了阿海的跟前:有!有!这是我儿子。

谭小宁又用力挣脱开艾美丽,跑回到街灯下仰脸去看天空,双手像鸭子划水一样地翻动着,围着街灯转起了圈儿。

艾美丽无奈地摇了摇头:你看!从4岁起他就得了一种怪病,叫……叫自闭症。

阿海觉得很是诧异:自闭症?这我能帮你什么忙呢?你要去医院呀!

艾美丽长叹了一声:唉!全国的医院我几乎快跑遍了,都说没有办法治好他的病。

阿海双手一摊:那我有什么办法呢?

艾美丽语气一转,眼睛里射出充满希望的目光:可前几天,我在报纸上看到一篇文章。那篇文章说,医治自闭症的最好医生就是海豚!

阿海更加惊讶了:你说什么 —— 海豚能治好你儿子的病?

艾美丽:对对对!你看 —— 就是这张报纸。

她边说边把一张《海城晚报》递给了阿海。

33. 海豚馆

阿海伸手从工具箱里取出那张《海城晚报》,珍珍与莉莉立即凑过头去看 —— 报纸上一行醒目的标题:《海豚是治疗自闭症的最好医生》。

珍珍眼睛一亮:咦?写这篇文章的人就是李洋博士!

莉莉指向了文章的署名处:不错!不错!是他。

阿海点点头:当时我看到是李洋博士写的文章,这才答应了她的要求。

34. 阿海的闪回 —— 海洋世界公园大门口

阿海表明了自己的态度：我们就照着这报纸上写的办法先试一试……不过，现在这件事情还不能让我们董事长知道——她才是海豚的主人，我只是一名驯养师。记住，每天下午4点闭馆后，你就悄悄地带你儿子来找我，一个星期两次，行吗？

艾美丽忙把谭小宁硬拖到阿海跟前：行！行！快对阿海师傅说声谢谢！

谭小宁又把脖子仰了起来。

阿海急忙摆摆手：别别……等到治好了病再说谢谢吧！

35. 海豚馆

莉莉的神情十分焦急：你有没有问他们住在哪里？

阿海摇摇头：当时做这决定已是十分匆忙，我也没有再问他们什么。

莉莉长叹了一声，脸色非常失望：唉！阿海哥哥，你说了这一大堆话不是白说吗？

珍珍突然眼睛一亮，兴奋地叫了起来：我有线索了！

莉莉：什么线索？

珍珍把那一张《海城晚报》递到了阿海与莉莉的鼻子底下：你们先闻一闻这张报纸上有什么气味。

阿海先闻了一下：噢，有一股鱼腥气。

莉莉又加上了一句：对对对！有鱼腥气，还有一股海风味。

36. 珍珍、莉莉与阿海三人同时闪回 —— 一只装黄鱼干的纸盒箱

纸盒箱上画着一条大黄鱼，而那一行"小浦镇海味食品加工厂"的字样显得格外醒目！

37. 海豚馆

珍珍用力挥了一下手：走！谭小宁妈妈肯定就在小浦镇那家海味加工厂上班。我们只要到了那里，就一定能打听到她的住处！

阿海点了点头：珍珍说得不错，这确实是一条重要的线索。

珍珍眼神充满恳求：明天是星期天。阿海哥哥，你能跟我一起去小浦镇吗？

阿海有点儿犹豫:星期天你们不上课,可海豚馆照样开放……这里不能没有我呀!

莉莉立即自告奋勇:阿海哥哥,你与珍珍放心去吧!我来替你值一天班。

阿海:万一董事长来查看怎么办?

莉莉脸上充满了自信:我自有办法对付她!

38. 通往小浦镇的公路上

晨曦中,阿海骑上他的电动车驶上了公路,车子后座上坐着的是珍珍。

这条通往小浦镇的公路风景十分漂亮。一边是青青的山峦,另一边是浩瀚的大海。

珍珍:阿海哥,我们的家乡真美!

阿海边骑车边自豪地回答:那当然了!倚山靠海是我们海城的特色。珍珍,到了小浦镇那边,风景更加美丽!

39. 海洋世界公园的走廊上

莉莉快步跑过来,今天她穿上了海豚驯养师的橡皮衣裤,还特意戴上了一顶绒绳帽,乍一看,竟跟阿海还挺像的。

40. 小浦镇海味食品加工厂

阿海在厂门口停下了电动车,与珍珍一起走进去……工厂里,处处飘着浓烈的鱼腥味儿,一箱箱加工好的海产品,正源源不断地从车间里送出来,装到一辆停着的大卡车上。

阿海拦住了一个搬箱子的工人师傅,问道:师傅,打扰你了!请问艾美丽是在哪一个车间上班的?

工人师傅想了一阵子后,回答:这个名字很熟悉呀!她从前是在冷库里做的,可现在好长时间没看到她了。

珍珍心急地插上了一言:冷库在哪儿?

工人师傅伸手朝里一指:向前一直走,就在海边码头。

41. 海豚馆

海豚波波对到来的莉莉,一点儿都不感到陌生。它游到对方跟前,昂起粗脖子向莉莉致意。

莉莉亲切地拍了一下海豚波波的脑袋。

42. 海味食品加工厂冷库

高大的冷库坐落在海边码头上,浪涛声不绝于耳。珍珍与阿海走到这里,顿时被眼前这场景吸引住了!冷库工人一个个都穿着大棉袄、大皮靴,头上还戴着棉帽子,只露出两只眼睛。他们从渔船上搬下来一筐筐新鲜鱼虾,过完磅后就往冷库里送,周而复始,连续不断。

阿海:请问,这里哪一位是叫艾美丽的?

过磅师傅转过头来:你们找艾美丽?

珍珍马上接口:对对对!

过磅师傅:你们来晚了。她三年前辞掉了冷库工作,带着她的傻儿子去全国各地看病……最近,才又回到了小浦镇。

珍珍与阿海一下子愣住神情:这……师傅,那你知道她回来后住在哪儿吗?

过磅师傅笑了笑回答:这我知道。带鱼巷10号——就是在老街后面。

珍珍与阿海又一下子笑逐颜开:谢谢!谢谢!

过磅师傅:别客气!

43. 海豚馆

星期天,前来海洋世界公园参观的小朋友特别多。莉莉引导着海豚波波做出一个又一个高难度的表演动作。

海豚波波顶皮球,钻铁花环。

小朋友们都看得十分高兴,响起了一阵又一阵的鼓掌声。

44. 小浦镇老街

这是一条古色古香的街巷,两边都是木结构的老式楼房,大多属于清末和民国时期的建筑。一些游客走到这里,都举着相机拍照,其中还有不少是高鼻子蓝眼睛的外国人。

阿海与珍珍穿行在这些中外游客里边——他俩可没有这份心情去欣赏老街的风景,而是焦急地寻找着艾美丽的住处。

珍珍的眼睛猛地一亮:这不是带鱼巷吗?

阿海也十分兴奋:对！是它是它！

老街的后面,果然藏着一条用青石板垒成石阶的小巷,石阶由低向高伸展而去,就像一条银白色的带鱼。

45.海洋世界公园大门口

卓文娟脚步匆匆地走了进来,她原是到董事长办公室去的……谁知走了几步后突然改变了主意,转身去了海豚馆。

46.带鱼巷

珍珍与阿海登上了石阶路。他俩一直走到小巷尽头——高高的台阶上就是带鱼巷10号。

这是一幢同样用石头垒成门墙的老房子。

老房子关闭着大门。

47.海豚馆

卓文娟走了进来。此刻节目表演早已结束,小朋友们也都陆续散去,只留下莉莉正在给海豚波波喂食。

卓文娟高喊了一声:阿海！今天你那个节目不表演了？

莉莉没有吱声,依旧低着头给海豚波波喂食,但还是被卓文娟看出了破绽。

卓文娟伸手一把抓掉了戴在莉莉头上的绒绳帽:你是莉莉！阿海呢？

莉莉机灵地举起了一只空木桶:海豚波波没有吃的了,阿海哥哥出去替它买小鱼,叫我暂时照顾一下！

卓文娟换了一个话题:听说这几天,那个谭小宁没有来过？

莉莉立即点了点头:是呀是呀！已有半个月没来了,我们都很焦急。

卓文娟又追问了一句:你知道他为什么不来吗？

莉莉又摇了摇头:我们不知道。董事长,那你知道他为什么不来吗？

卓文娟有点儿火了:我知道什么！

莉莉:对对对！谁也不知道。

卓文娟:谭小宁一来,你们马上告诉我！

莉莉:是,知道了。

48. 带鱼巷 10 号门口

珍珍走上去推门,门反锁着,推不开。珍珍有点失望:屋子里没人。阿海哥,我们扑了一个空!

阿海摆了摆手:不!我好像听到里面有什么声音……

珍珍把耳朵贴在门缝上:对对对!屋里有动静。

屋内传出一阵窸窣作响的声音。

珍珍用力地敲门:开门!开门!

大门依旧没有被敲开。珍珍无奈地回转了头:阿海哥,这可怎么办呢?

阿海脸色坚定:我们就在这里等着——屋里有动静,这说明艾美丽一定会回来的!

49. 带鱼巷的石阶路上

艾美丽手里拿着一件古装电视剧里女主角的戏服,行色匆匆地赶着路程。她走得飞快,双脚在石阶路上扬起了一阵阵尘埃。

50. 带鱼巷 10 号门口

阿海朝着石阶路上望去:你看!珍珍,这不是谭小宁的妈妈吗?

珍珍也高兴地跳了起来,边喊边朝着艾美丽奔了过去:艾美丽阿姨,我们终于找到你了!

艾美丽停住了脚步,神态十分冷漠:你们跑到这里来找我做什么?

阿海与珍珍齐声回答:做什么?不就是为了让海豚波波给谭小宁治病吗?

艾美丽:我儿子与海豚波波这件事情已经结束了。

珍珍感到有点儿奇怪:结束了?阿姨,你这话是什么意思?

阿海补充上一句:到底出了什么事情?

艾美丽仰天长叹了一声:唉!这件事我无法跟你们讲清楚的。今后你们别来找我了,找我也没有用!

艾美丽说完,掏出钥匙去开门。

珍珍跟了上去,脸色不解:阿姨,是不是我们做错了什么?

阿海的神情也有点担忧:就算我们错了,也应该知道错在什么地方!

艾美丽扭转头来,她的态度有了一些变化:这……你们没错,别这样想呀！我真的十分感谢你们。我儿子经过这些日子跟海豚波波的亲密接触，病情已大有改观。现在，他他……他看到我都会叫妈妈了！

珍珍与阿海相视一眼，脸上露出胜利的微笑。

51. 海豚馆

卓文娟走出了海豚馆。

52. 带鱼巷10号门口

珍珍：阿姨，那你为什么不让我们继续医治下去呢？

阿海又补充上一句：一旦停下来，谭小宁的病情又会恶化的。到那时候，我们以前的努力全部白费，再想重新治疗都没有办法了！

艾美丽口气坚定：别说了，你们都别说了！我主意已定——现在我已经叫人送走了他，我儿子再也不会跟你们碰面了。

珍珍伸手指向了大门：刚才我还听到这屋子里……

阿海：对！谭小宁没有走——他人就在里面。

艾美丽沉默不言。

珍珍朝着艾美丽大声高喊：阿姨，你骗人！是你不相信我们！

这时，阿海突然把头仰了起来，双手往身后伸去，嘴里模仿着海豚的叫声：瞿！瞿！瞿！

珍珍也一起叫了起来：瞿！瞿！瞿！

石屋子里传出了谭小宁的声音：波波！波波！波……波！

艾美丽顿时热泪流满脸颊，拿起钥匙打开了大门。

53. 石屋子

珍珍与阿海一起奔了进去，呈现在他们面前的是这样一幅令人心酸的画面——谭小宁被捆绑在石屋子里的一把木椅子上，只有脑袋可以自由挪动。尽管如此，他的脸上却没有任何痛苦表情，反而洋溢着一片憨厚的笑容。

珍珍飞快地解开了捆在谭小宁身上的绳子。

阿海从椅子上抱下了谭小宁。

谭小宁傻笑着，又像鸭子划水一样在地上转起了圈儿。

54.海洋世界公园董事长办公室

卓文娟走进了办公室,坐在皮转椅上。她似乎感到有些不安,但又说不出是因为什么,渐渐地陷入了沉思。

55.带鱼巷10号

艾美丽陪着阿海与珍珍走出了石屋子。

艾美丽用抱歉的口气说道:刚才你们都看到了,我儿子一个人在家里时只能用绳子捆着……谁也没有办法。不过,见到你们时他倒是反应不错!

珍珍:那他的病还没有好呀!

阿海接口说道:阿姨,你让他多来我们海豚馆再跟波波接触接触。

艾美丽指了指手里的戏服,停顿了片刻:好吧,可这几天恐怕不行,我在小浦镇里还有一件事情要做——这样吧,等做完了这件事情后,我就带我儿子干脆搬到海城来住,让他天天跟海豚波波进行亲密接触。

珍珍神情兴奋:这才对了哇!阿姨,一言为定。

艾美丽点点头。

56.海豚波波的拟人化独白

画外音:谁知这只是一个美好的愿望。那天,阿海哥与珍珍一起模仿我的叫声,在石屋子里见到了谭小宁——可此后的事情,却朝着另一个方向发展……

57.卓文娟住的公寓楼房

一阵急促的电话铃声。

卓文娟拿起了电话:哪位?是李洋博士……你说什么?你要亲自来我们海洋世界公园一趟,了解一下海豚波波如何与自闭症儿童进行亲密接触?不过,那个谭小宁已经有一段日子没来了……噢!这没有关系,你想先见一见我女儿珍珍与阿海他们——好好好!现在学校里已经放暑假了,我女儿和她那个同学莉莉整天都泡在海豚馆里……咦,你什么时候来?明天……明天就明天吧!

她放下了电话。

58. 珍珍的房间

卓文娟边喊边走了进去：珍珍！珍珍！

珍珍房间的四周墙壁上都贴满了海豚照片。除此之外，一切都按照女孩子的特点进行布置，比如粉红色的被褥床单，还有一只小巧玲珑的床头柜。

此刻，珍珍不在房间里。

卓文娟：这死丫头！海豚馆里找不到她，房间里也没有人……不知又疯到什么地方去了。

卓文娟转身欲出房间，忽地被床头柜上放着的一件东西给吸引住了。

映入卓文娟眼帘的是那枚银质的海豚胸针。

59. 卓文娟的闪回——澳大利亚阳光海滩

身穿泳装的谭远与卓文娟远远地走了过来。他们穿过一排排出售各种工艺纪念品的商摊时，谭远突然在一家古董店前停下了脚步。

谭远：文娟！你快过来看呀！这里有一对海豚胸针，是纯银打铸的。

卓文娟不屑一顾：什么纯银？都是假货！

谭远还是坚持叫店老板把这一对海豚胸针给拿出来——他越看越是喜欢，比画着手势：老板，出个价吧！

店老板伸出两只手掌，比画了一下：一百澳元。

谭远没有还价：我买下了。

谭远转身叫卓文娟快点掏出钱来给他。

卓文娟十分不悦：你疯了！刚才你买了一条海豚放生，现在又要买这个？

谭远的神情十分坚定：珍珍喜欢海豚，我也喜欢！

卓文娟无奈地掏出了一百块澳元。

谭远从店老板手里接过了银质的海豚胸针，然后把其中一枚交给了卓文娟：一人一枚，我们留着它作个纪念吧！

卓文娟赌气地推开了海豚胸针：我不要！不要！都归你！

60. 珍珍的房间

珍珍走了进来，发现卓文娟正在看她的海豚胸针。

珍珍不悦：妈妈！你怎么能乱翻我的东西呢？

卓文娟进行反击:谁乱翻了？它本来就放在床头柜上的。噢！珍珍,这就是你的小秘密?

珍珍夺过了海豚胸针:是不是小秘密,只有我知道!

卓文娟追问:珍珍,这枚海豚胸针你是如何弄来的?

珍珍理直气壮:谭小宁妈妈送给我的。

卓文娟脸色一沉:又是那个谭小宁妈妈!

珍珍反问道:怎么啦?

卓文娟并不示弱:不怎么啦！妈妈现在要见一见她。珍珍,你快告诉妈妈——她家在哪里?

珍珍警觉:我不告诉你！

卓文娟愣了一阵,她想发脾气,但很快冷静下来,心中有了主意:今天妈妈要告诉你一个好消息,不知你愿意不愿意听。

珍珍装出不在乎的样子:什么好消息？要看我有没有好心情！

卓文娟:刚才李洋博士给我打了一个电话……

珍珍顿时有了兴趣:他说什么啦?

卓文娟故意卖关子:我把这个告诉你,你也要把谭小宁妈妈家的地址告诉我,好吗?

珍珍这才点了点头。

卓文娟:李洋博士对海豚波波与自闭症儿童进行亲密接触很感兴趣——明天他就要来我们海洋世界公园。

珍珍兴奋得跳了起来:哎哟太好了！

卓文娟脸色严肃:那我想知道的事情呢?

珍珍吞吞吐吐:谭小宁妈妈的家是在小浦镇老街……带鱼巷10号。

61. 海洋生物研究所门前

又一个早晨,旭日东升,整座海城沐浴在晨光里。

李洋从海洋生物研究所出来,走向停在门口的轿车。这时,他手机响了！

李洋:卓总,你今天要外出办事？不不不,没关系的,我直接找你女儿就行了,珍珍和阿海我都很熟悉,还有莉莉——噢,你已经和他们打过招呼,那就谢谢了！

李洋收起手机,抬头朝着初升的太阳一笑,然后钻进了车子。

62. 海豚馆

珍珍与莉莉早已跟阿海聚在了一起,这三个人正为迎接李洋博士的到来,齐心协力地打扫着海豚馆。

水池里每一块瓷砖都被擦得锃光瓦亮。

阿海:卫生搞得差不多了。珍珍、莉莉,你们两人到门口去看看!李洋博士一到,就直接把他带到海豚馆。

珍珍与莉莉一起大声回答:哎,知道了!

阿海:现在我去叫波波出来演习演习。

阿海说完走进去。片刻之后,他手里举着一根指挥棍,引导着海豚波波登台上场。海豚波波一见眼前这焕然一新的环境,兴奋地支撑起尾巴,用一对胸鳍鼓掌,然后"砰"的一声跳入了水池。

海豚波波这动作逗得三个人都哈哈大笑。

63. 通往小浦镇的公路上

卓文娟板着脸,一个人神情严峻地开着辆轿车。

驾驶座旁边空座位上,搁着一大堆散开了的照片。其中一张照片,是当年的谭远与一位年轻美貌的女子的合影。

仔细一看,这位女子竟然就是艾美丽。

64. 卓文娟的闪回 —— 她与谭远当年的住宅

客厅的沙发上散落着同样一堆照片。卓文娟双手把它们划拉到了一起,捧在手上,想要把这些照片撕个粉碎。

这时,谭远推门进来:文娟,你在做什么?

卓文娟转过身来,猛地把手中的照片全摔在了谭远脸上:你还有脸皮问我?

谭远弯腰去捡照片,卓文娟又快速地走过来,一脚踩住了谭远与艾美丽合影的那张照片。

卓文娟厉声问道:你老实招供,这个像狐狸精一样的女人是谁?

谭远把手伸了回来:哎哟,你话不要说得那么难听呀!人家是文艺工作者,专业剧团演员,她叫艾美丽……现在剧团解散了,我把她招聘到公司里来做营销部主任。

卓文娟脸上露出鄙视的神情：哼！还文艺工作者，不就是一个戏子吗？谭远呀谭远！我明明白白告诉你——别让一个戏子搅黄了我们这个家庭！

谭远很是着急，话都说得不太连贯：你……你想到哪里去了？营销部这份工作对……对她十分合适，我是量才而用的。艾美丽做得不错，进来后就……就签订了好几份营销合同。

卓文娟并不退让，紧咬着追问：那你跟她一起合影做什么？

谭远脸色有点儿尴尬：这……这是工作需要嘛。

卓文娟一字一句：以后再有这种工作需要，我就对你不客气！

她说完就"砰"的一声甩门走出了客厅。

65. 海洋世界公园大门口

李洋跳下了车子。珍珍与莉莉也正好从大门里走出，她俩眼睛一亮，边喊边奔了过来：李洋博士，你来得真快啊！

李洋笑着摇了摇头：还快吗？我早应该来看你们了！

莉莉调皮地一笑：现在还不晚呀！

珍珍：是的！是的！

李洋把手一挥：走，陪我一起去见一见海豚波波。

66. 小浦镇

卓文娟在停车场上停好了车子，直奔老街。老街的入口处有一家出售碟片的小音像店，不时地飘出一阵阵摇滚歌曲。

卓文娟情不自禁地放慢了脚步。

摇滚歌曲的播放声变得更响了！

67. 卓文娟的闪回——装饰豪华的大咖啡厅

美妙的歌声是从站在吧台一侧的专业歌手嘴里流淌出来的，弥漫了整个空间。

卓文娟从一扇旋转门里闪出了身子，她边走边挤开手里托着盘子的服务生，沿着一张张忽明忽暗的咖啡桌巡视过去……最后，猛地停住了脚步。

靠近最里面的一张咖啡桌上，中间点燃着一支红蜡烛，坐在两边座位上的竟然是谭远与艾美丽。

谭远：这是空运过来的法国葡萄酒。小艾，你先喝一口尝尝。

谭远站起身子，替艾美丽斟了一杯酒。

艾美丽用手阻拦：我不会喝酒！谭总，真的不会！

谭远坚持劝酒：你喝了就会了！

艾美丽神情无奈：那我只喝一杯。

卓文娟站在暗处，她看得脸都发白了。

谭远又在艾美丽的杯子里斟满了法国葡萄酒。

卓文娟突然冲过去，伸手抓起酒杯，"哗啦"一声，把酒全都狠狠地泼在了艾美丽的脸上。

这一举动，使整座咖啡厅里的人都站立起来。

卓文娟大声痛斥：你这个戏子！喝个够吧！

艾美丽双手掩着脸哭泣。

谭远转身责备卓文娟：文娟，你怎么能这样做呢？

卓文娟很快把矛头转向了谭远：我怎样做才对，这事要问你自己！

谭远一下子被噎住了：你……你……

卓文娟猛地拿起酒瓶，往自己嘴里大口大口地灌酒，然后又甩掉酒瓶，冲向了艾美丽，双手去抓对方的头发。

艾美丽惊恐地大喊起来：救命啊救命！

谭远奔上去，伸手给了卓文娟一个狠狠的耳光。

68. 海豚馆

珍珍与莉莉陪着李洋走了过来。

阿海快步迎了上去：李洋博士，听说你对波波与自闭症孩童进行亲密接触很感兴趣？

李洋微笑着：对！我确实很感兴趣，你们的海豚波波是个大明星呀！今天就让我跟它进行一次亲密接触。

李洋边说边走向了水池。

69. 带鱼巷

卓文娟踏上了青石板铺成的石阶路，她走得有点儿吃力，走走停停，石阶路尽头的那幢石屋就是艾美丽的家。

她的脚步终于走到了带鱼巷10号石屋门前,可今天大门依旧是紧闭着的。卓文娟举手敲了一阵门,里面没有任何动静。

此刻,阳光十分刺眼。

70.卓文娟的闪回 —— 民政局婚姻登记处

婚姻登记处的一位戴眼镜的老同志抬起头来,凝视着卓文娟与谭远:你们两人都想好了吗?离婚可不是一件小事,况且你们还有一个女儿。

谭远声音低沉:想好了!我同意把一切财产与女儿都留给她,净身出户。

卓文娟补充了一句:他只向我提了一个条件,要给女儿买一条活着的海豚。

戴眼镜的老同志愣住了神情:买一条活着的海豚做什么?

谭远摆了摆手:老同志,这你就别问了,是我们之间的一个私密性约定。

戴眼镜的老同志:好好,不该问的就别问。现在离婚夫妻分手时提什么样条件的都有,可我还没有听到过要买一条活海豚送给女儿的!

他边嘀咕着边在两份离婚证上盖上了大红公章。

71.海豚馆

海豚波波快速地游来,它似乎很有灵性,目标直朝李洋。

这使珍珍与莉莉交换了一个惊喜的眼神。

珍珍:李洋博士,它好像对你特别亲啊!

李洋微微一笑:是吗?这说明我们有缘。

李洋伸手摸了摸海豚波波的额头,又亲上一口,接着从挎包里取出一台录音刻碟机:今天我要把它的叫声给录下来,刻成光碟。

珍珍:录波波的叫声,还要刻成光碟?

莉莉好奇地问道:这有什么用呢?

李洋认真地解释:海豚会发出一种高频率的鸣叫声。经科学测定,声波频率大概在2000赫兹至10万赫兹之间,它能促使处于休眠期的大脑细胞重新活跃起来……这也就是用海豚来医疗自闭症患儿的奥妙所在!

他边说边按下了录音刻碟机的键盘。

72.带鱼巷10号

卓文娟用力地敲门。

那位在冷库工作的过磅师傅从卓文娟身后走过来:同志!里面没人。你就是把门敲破了,都没有用!

卓文娟神情有点失望:他们都不在?

过磅师傅:请问你这位同志,是找艾美丽还是她儿子谭小宁?

卓文娟一时没有反应过来:这有什么不一样呢?

过磅师傅解释:要找她儿子,容易,我替她看管着……唉,要找艾美丽呀,你还要跟我走一大段路。

卓文娟猛地醒悟过来,大声喊道:对对对!我要找的就是艾美丽。现在她在哪里?在哪里?

过磅师傅:别急!别急!她正在影视城里拍戏……

卓文娟有点儿吃惊:拍戏?

过磅师傅点点头:是的,人家还是个角儿。

卓文娟脸露嘲讽之色:哼!想不到她又重操旧业,当起了戏子。

过磅师傅纠正:戏子那是过去的叫法。嘻嘻,现在最小的角儿都叫作影视明星!同志,你说是不是?

卓文娟不想与对方争论:我开车来的。老师傅,我们一起上车吧!

73.海洋世界公园大门口

珍珍与莉莉又陪着李洋博士一起走了出来。

李洋边走边说:你们知道吗?现在我们海城就有1500多个自闭症患儿,全国有200万人,而且这数字还在不断上升!据不完全统计,每150名孩子中间就有一个患上自闭症的……

珍珍:噢!原来有这么多人患上了自闭症。

莉莉神情担忧:那怎么治得过来呢?

李洋:我们一起想办法吧!

珍珍眼睛一亮:我明白了!李博士,怪不得你要来录我们海豚波波的叫声,刻制成光碟后可以救更多的人。

李洋赞扬:珍珍说得对!这正是我想做的事情……刚才我也留了一张光碟给阿海,那是专门救谭小宁的。

李洋说完转身钻进了车子。

74.通往影视城的公路上

卓文娟开着轿车,过磅师傅边指点着方向边说:这几年我们小浦镇人真有福气,经常看到许多大明星来影视城里拍戏,比如葛优、张丰毅……如今小浦镇人又多了一条生财之道——谁想赚钱,谁就去当海漂。

卓文娟一愣:海漂?

过磅师傅大笑:哈哈哈!北京有北漂,横店有横漂,我们这里靠近海,那就叫作海漂吧!

75.影视城大远景

春秋战国城,这座仿古建筑非但没有随着热门剧拍摄完成而消失,反而变得更加热闹了。随处都可以看到身穿古代服装的人进进出出,络绎不绝。自然,又有许多新的剧组进驻了影视城。

76.影视城

卓文娟把车停在了大门口,和过磅师傅一起朝着影视城走去……走了一段路后,过磅师傅扭过头来:同志,你这么着急来找艾美丽,是不是她欠下你不少钱?

卓文娟摇摇头:不是!不是!我不是来讨债的!

过磅师傅:那是为什么?

卓文娟停顿了片刻,随口答道:这……我们是老熟人。

过磅师傅忽地来了兴趣:你们是朋友——那我倒有一件事情想问问你!你认识她老公吗?据说她老公原来很有钱,开过渔业经营公司……

卓文娟搪塞:也许是吧。

过磅师傅摇了摇头:我看不像!她老公是一个骗子。结婚后全靠艾美丽养着他,儿子四岁时他又突然不见了,说是一下子跑到了国外……

卓文娟突然失态地叫喊起来:你别说她老公行不行?

这神情使过磅师傅觉得有些害怕:好好好!我不说了,不说了!是呀,我跟你这个外人说这些做什么呢?

77.春秋战国城里的一个拍摄点

身穿戏服的艾美丽拍完了最后一个镜头,她卸下发套,转过脸来一看,目光正好与卓文娟焊接在了一起。

两个女人就这样默默地对视了几分钟。

78. 海豚波波的拟人化独白

画外音:这两个女人终于碰在了一起……看来,一场火星撞地球的冲突马上就要爆发了!

79. 海　边

海水涨潮了,在沙滩上激起了一层层浪花。

艾美丽踏着海浪:你终于来找我了!

卓文娟紧跟在她身后:不!是你先来找我的。

两人在海滩上停住了脚步。

卓文娟脸色严峻:我并不希望再次见到你!

艾美丽低下头去:我也没有想到我们又会碰面。要是我知道你是海洋世界公园董事长,我就不会带着我儿子来找阿海与珍珍他们。

卓文娟厉声:可你毕竟出现了!你和你儿子已经牵动了珍珍的心,使她难以忘却——难道你夺走我老公还不够,现在又想在我和我女儿中间……

艾美丽打断了对方叙述:别往下说了!今夜我安顿好儿子,就要离开小浦镇了,今后就不会再见到你们。

卓文娟感到有点意外:今天夜里?

艾美丽脸色显得十分平静:对!是今夜——刚才我在影视城里已经拍完了最后一个镜头,可以离开这块地方了。

艾美丽说完转身朝着海堤方向走去……卓文娟愣了一阵,接着快步追上去:等等!等等!

艾美丽停住了脚步:你还有什么话要问我?

卓文娟声音轻了许多:是关于珍珍她父亲——对对,也是你儿子的爸爸。谭远现在怎么样?

艾美丽神情稍稍停顿了片刻,这才转过头来,低声回答:四年前他突然从家里出走……一个人去了澳大利亚。

卓文娟很是惊讶:他跑那么远去做什么?

艾美丽从嘴里吐出了四个字:投海自尽!

她说完满脸泪迹,在海堤上狂奔起来……只剩下卓文娟一个人呆呆地站在海边。

80.带鱼巷10号石屋内

夜色苍茫,月光从窗台上投射进来,洒在熟睡的谭小宁脸上,他嘴里似乎还在轻轻地叫唤着一个熟悉的词儿:波波……波波……

艾美丽站在床边,她把日常用品塞进一只旅行袋里后,伸手推了儿子一把。谭小宁翻了一个身,又睡了过去。

81.艾美丽的闪回——当年她与谭远的住所

艾美丽拉着刚满4周岁的谭小宁走了进来。谭小宁那稚嫩的脸上表情呆板,只会一个动作——就是咧开嘴巴傻笑。

谭远一直埋头抽着香烟:医生怎么说?怎么说?

艾美丽脸色不悦:那你为什么不跟着我们一起去医院?

谭远猛地掐灭了烟头,双手紧抱着头:我害怕呀!我担心自己听到坏消息,整个神经都会崩溃!

艾美丽用无助的目光看着谭远。

谭远长叹了一口气:唉!自从我们组成这个新家后,做什么都不顺利!开公司亏了本,炒股票又赔进去不少钱……那些过去见到我一口一声谭老板的朋友们,如今却像躲瘟疫一样地躲开我,生怕一沾上我和你,他们都会倒霉!

艾美丽嗓音有些颤抖:这么说,我是一颗扫帚星?

谭远激烈地摆动着双手:不不不!扫帚星是我!是我!

艾美丽哀求对方:孩子爸,我们不要这样,好吗?

谭远点点头:美丽,我要把钱赚回来——钱是什么东西?钱是王八蛋!只要我们儿子没出什么事情……

艾美丽手里举起病历本:别说了,我已经很累了。这本病历本你还是自己拿去看看吧!

谭远接过了病历本,念出了声音:自闭症?这自闭症是什么病呢?

艾美丽一字一句:不治之症!

谭远大声地吼叫了一声:啊!这是报应呀报应!

谭远脸色顿时显得十分可怕,然后他猛地转身奔出了屋子。隔了一会儿,艾美丽才清醒过来,她朝着门外高喊:谭远!谭远!你出去做什么?

屋外传来谭远的声音:让老天爷惩罚我一个人吧!

艾美丽觉得情况不妙,也跟着冲出了屋子。

空荡荡的屋子里只剩下了谭小宁,他依旧傻兮兮地笑着,双手伸向了身后,像鸭子划水一样不断翻动着,转起了圈儿。

82. 带鱼巷的石阶路上

已是深夜。

艾美丽手里拎着旅行袋,走出了石屋。过磅师傅快步迎了上来。

过磅师傅:你儿子睡了?

艾美丽点点头:师傅,我走后,谭小宁又要交给你看管,真对不起呀!

过磅师傅急忙摆了摆双手:没什么!没什么!谁叫你做过我徒弟呢?老话说,一日为师,终身为父。

艾美丽眼眶里噙满了泪水:这次我要去一个很远的地方,时间也比较长,小宁……

过磅师傅打断对方叙述:去吧!去吧! 你放心走吧!

艾美丽一步三回头地踏上了石阶路。

83. 卓文娟住的公寓楼房

卓文娟拿起一把小剪刀,沿着那张艾美丽与谭远的合影照片的中间线剪了下去,要把这一对人分离成两半……珍珍突然怒气冲冲地奔了进来:姆妈!艾美丽阿姨是让你给赶走的,是不是?

卓文娟放下了小剪刀,抬起头,脸色平静:我没有赶她走。

珍珍:那她怎么带着谭小宁突然搬了家?

卓文娟双手一摊:他们搬家与你姆妈有什么关系?

珍珍继续追问:我告诉过你艾美丽阿姨家的地址——你一定去小浦镇找过她,对吗?

卓文娟有点生气了:找过了又怎么样?

珍珍依旧不依不饶:一定是你强逼他们离开的!

卓文娟:这几年,我是一直不想见到她,可她偏偏出现在我眼前——而且,居然还走进了海洋世界公园!

珍珍神色气愤:姆妈,你为什么这样恨艾美丽阿姨?

卓文娟把那张剪了一半的合影照片又合了起来,递过去:珍珍,现在你已经长大了,你看看这张照片吧!

珍珍看了一眼合影照片:这一女一男是谁?

卓文娟:姆妈也用不着瞒着你,要把一切真相都告诉你——这照片上那个男人你应该认识,他是你爸爸谭远。那个女人就是从你姆妈手上把你爸爸给夺走的女人,她叫艾美丽!

珍珍神情痛苦地抱住了脑袋:不不不!这不可能!

84. 海洋世界公园

又是一个阳光明媚的早晨。

李洋走进了大门——他在走廊上见到了珍珍。

珍珍倚靠在墙上,眼睛里充满血丝。

李洋:珍珍,你怎么了?

珍珍无力地回答:昨夜我一夜未睡……

李洋"噢"了一声:你姆妈已给我打过电话,她说她把一切都告诉了你。珍珍,这都是真的,你妈妈没有骗你!

珍珍望着李洋抽泣:李洋博士,这到底是怎么一回事情?

李洋安慰珍珍:等你慢慢长大了,就会明白的——生活并不是那么简单。

珍珍抹去了泪水,渐渐扬起了脸。

李洋:你妈妈在办公室吗?

珍珍伸手一指:在!

85. 董事长办公室

卓文娟从皮转椅上站起了身子:你来了!

李洋点点头:我能不来吗?当年是我把艾美丽介绍到谭远那家公司的,让她去搞经营。艾美丽很能干,谭远很快喜欢上了她……是我给你带来了痛苦,导致最后你与谭远分手。其实那段日子,我也十分痛苦——因为我始终暗恋着艾美丽啊!

卓文娟脸上露出惊讶的神色:这是真的吗?

李洋又点点头:我和艾美丽是中学同学,两人很早就有了感情。要不是卓总你当时硬逼着珍珍她爸爸跟你离婚,后来的事情也不会发展到那一步的。

卓文娟声音颤抖:这么说,还是我的错?

李洋再次点点头:对!

卓文娟听到这里再也无法支撑,双手掩面奔了出去。

86. 海洋世界公园的海底隧道

李洋追了上去,伸手拉住了卓文娟:卓总! 卓总! 这一切都已经过去了! 再说,那件事错的不是你一个人,我也如此 —— 当初我听说艾美丽和谭远有暧昧关系,我也主动停止了和她交往。

卓文娟渐渐恢复了平静:我们两个人同时把对方推到了一起,是吗?

李洋表示赞同:是的。现在我们的胸怀要开阔些 —— 要在下一代身上弥补我们的过错!

卓文娟:你的意思是要把海豚波波与谭小宁进行亲密接触这件事情做到底?

李洋的情绪显得十分激动:对! 不但要做到底,而且还要扩大影响 —— 我建议你们海洋世界公园在全市搞一个"亲亲海豚"公益性康复活动!

他用期待的目光望着卓文娟。

卓文娟迅速下定了决心:好,我同意。这方面我确实应该向我女儿学习!

87. 海洋世界公园大门口

海洋世界公园大门口挂起了一条大红横幅:我有一个与海豚波波亲密接触的约会。

海城公益性康复活动"亲亲海豚"正式拉开了序幕,许多家长带上患有自闭症的孩童纷纷涌入了海洋世界公园。

一名记者手执话筒,采访卓文娟:卓总,你是怎样想到要在海城开展"亲亲海豚"这项公益性康复活动的?

卓文娟微笑着推辞:记者同志,我觉得回答这个问题的最好人选是我女儿,你还是去采访她吧!

记者:好,你女儿叫什么名字? 人在哪里?

卓文娟:她叫珍珍,现在一定在海豚馆里。

88. 海豚馆

这里的气氛比大门口更加热闹。

水池前挤满了前来跟海豚波波进行亲密接触的自闭症患儿,他们各自伸长了手臂,去触摸海豚波波的粗脖子。

海豚波波被这一场面吓住了。它不敢游向水池前方,反而频频朝后边退缩……尽管如此,海豚波波的每一个动作,都激起了一阵阵震耳欲聋的鼓掌声。

水池的另一边,记者正在对珍珍进行采访。

珍珍:好了好了!我该说的都说了。你们别再采访我了,快去采访阿海哥哥吧!他是海豚波波的驯养师,"亲亲海豚"的最大功臣!

记者们又一窝蜂似的围向阿海。

珍珍趁机跑掉了。

89. 海洋世界公园的走廊上

李洋边走边赞扬:珍珍真是一个有善心的好姑娘,而且她又那么谦虚!

卓文娟点点头:是呀,说到珍珍我又想到了她爸爸——唉!我没想到谭远与艾美丽的日子会过得么艰难,除了天天要为钱操心外,生下的儿子谭小宁又患上自闭症,以致谭远对生活失去了希望,英年早逝……

李洋打断了对方叙述:不!谭远没有死,他还活着。

卓文娟脸色很是惊讶:那可是艾美丽亲口对我说的。

李洋:所有人都认为谭远在澳大利亚投海自尽……谁知在他身上却发生了奇迹。事情经过是这样的……

90. 李洋的闪回——澳大利亚海滩

巨浪拍打着海滩。从远处走过来两个土著人,他们忽地停住了脚步,发现海滩上躺着一个被潮水冲上来的中国人。

这个中国人就是谭远。

两个土著人奔过去。

谭远慢慢地睁开了眼睛,这使两个土著人大吃一惊,吃惊之后更是欣喜——想不到这是一条活着的生命。

一个土著人背起了谭远,另一个土著人扭头朝着大海望去……在不远处的海水中,游动着一条大海豚。

91. 海洋世界公园的走廊上

卓文娟被李洋讲的这个神奇故事打动了:这么说,是海豚救了谭远一命?

李洋没有正面回答,他沉思了一会儿:海豚救人的故事在国外有许多报道,并不罕见,可那件事究竟是怎么样的——这只有谭远自己才能说得清楚。

卓文娟紧接着追问:现在他人在哪里?

李洋回答:这四年,谭远一直待在澳大利亚一个修道院里。

卓文娟神情有点吃惊:修道院里?

李洋点点头,他停顿了片刻:最近,我的一个同事出国后曾经去见过他,可谭远什么都记不起来……他患上了失忆症。

卓文娟十分焦虑:那赶快想办法把他弄到国内来呀!

李洋安慰对方:这事艾美丽已经在办了。谭远回来时,我打算叫珍珍一起去接他,你认为如何?

卓文娟:好的! 好的!

92. 通往海洋世界公园的一辆公共汽车上

过磅师傅带着谭小宁坐在车窗旁边,两侧的街景一闪而过,尽管车子开得很快,过磅师傅的神情也显得有点焦急。

谭小宁的嘴里依旧不停地吐着一个词:波波……波波……

93. 海洋世界公园大门口

莉莉走到了门口,惊喜地叫了起来:谭——小——宁!

谭小宁挣脱过磅师傅的手,奔向了莉莉。

过磅师傅松出了一口气。

94. 一辆飞驰的轿车上

李洋手握方向盘,开着车,一边坐着的是珍珍。

车子驶上了高速公路。

95. 海豚馆

莉莉拉着谭小宁走了进来。今天的海豚馆里显得格外冷清,周围空荡荡的,只有阿海一个人来回踱着脚步。

莉莉走过去,小声问道:阿海哥哥,出了什么事情?

阿海脸色沉重:波波病了。

莉莉一下子愣住了神情:啊!这可怎么办?谭小宁都来了!

阿海摊了摊双手:我也没有办法。

96. 海城客运大码头

停泊着一艘挂着澳大利亚国旗的洋客轮。

珍珍与李洋跳下了轿车,一起走过了引桥……不远处,艾美丽推着坐在轮椅上的谭远,正从那艘洋客轮的船舱里出来。珍珍与李洋立刻迎了上去。

李洋:一切顺利吗?

艾美丽点了点头:顺利。

此刻,谭远木然地抬着头,仰望着天空,似乎对四周都没有什么感觉。

珍珍猛地扑到轮椅上大声叫喊:爸爸!爸爸!

谭远依旧是毫无反应。

97. 海豚馆

阿海双手抱起海豚波波,把它轻轻地放在水池边上,又拿起一只水壶往它身上浇水。

海豚波波抬起了粗脖子,不断地喘气。

谭小宁拎起一条小鱼,去喂海豚波波。

海豚波波把小鱼甩到了一边,嘴里吐出了白沫。

莉莉神情十分紧张:它是不是病得很厉害?

阿海点点头:是胃里出了毛病。

98. 海洋世界公园大门口

李洋把车停了下来,从后备厢取出了轮椅。与此同时,艾美丽与珍珍把谭远从轿车里搀扶出来。

谭远又坐上了轮椅,任凭别人摆布自己的身体。

艾美丽与珍珍对视了一眼,神情十分痛苦而又无奈。

珍珍又一次叫唤:爸爸,你还记得那条大海豚吗?你把它买下来,让它回家。

谭远的嘴巴微微地嚅动了一下:让……让大海豚……回家?

珍珍惊喜地点头:对对!回家!

谭远脸上忽地掠过了一丝笑容,但又很快消失了。

99. 海豚馆

阿海:这几天来的人太多,波波吃下了不该吃的东西,把胃给撑坏了!

海豚波波痛苦而又无奈地晃动着它的粗脖子,圆睁着一双小小的眼睛,眼角处竟然流淌出两行泪珠。

谭小宁伸手一指,口齿不清地喊道:波波……波波……波波哭了!

莉莉扭过头去哀求:阿海哥哥,你一定要想办法救活它啊!

卓文娟走了进来,神情黯淡。

卓文娟:阿海已经尽力了,他用一把长镊子,从海豚波波胃里取出了不少脏东西,可毛病还没有好。

100. 通往海豚馆的走廊上

珍珍推着谭远坐着的轮椅向前走去……后面,跟着艾美丽与李洋。

101. 海豚馆

海豚波波依旧蜷缩着身躯,没有一点精神。

莉莉着急万分:那就没有一点办法了?

阿海点点头:海豚天生有三个胃。我用长镊子只取出它前面两个胃里的脏东西,最后一个胃就无能为力了!

莉莉只得"唉"地长叹了一声。

然而,也就在这时,一个奇迹出现了!

谭小宁突然奔上去,把整条手臂伸进了海豚波波的嘴里。阿海立刻明白过来,也用力掰开了海豚波波的上下颌……最后经过一番努力,谭小宁从最后一个胃里掏出了一只沾满胃液的玻璃瓶。

海豚波波顿时感到浑身一阵轻松,它滑下了水池,欢快地游了起来,然后又回转身躯,游过来,抬起粗脖子,亲了亲谭小宁的嘴唇。

谭小宁笑了,他"砰"的一声也跳入水池里。

102. 海豚馆,海豚波波的拟人化独白

珍珍推着轮椅进来了。谭远坐在轮椅上,他的眼睛牢牢地盯着在水池里游动的海豚波波与谭小宁。

谭远的脑海里出现了一系列闪回。

他从一艘洋客轮的船舱里走出,跳向了大海。

他的身体迅速地沉向了海底。

一条大海豚朝着他飞快地游了过来,用背部顶起了他的身体。

大海豚载着他游向海滩……渐渐地,这个画面与海豚波波和谭小宁戏耍的画面重叠在一起,与此同时,又响起海豚波波那熟悉的拟人化独白声。

画外音:我的祖先在这地球上,很早就和人类和谐相处,结下了友谊……如今波波我,又和人类进行了一次亲密接触。

海豚波波猛地从水池里跃了出来,朝着谭小宁亲吻了一口。

定格。

(剧　终)

电影

我的老公是卧底

人　物

童小英　24岁,锁山村村民,孕妇。

刘子明　40岁,缉毒大队队长,老警察。

林阿勇　26岁,童小英丈夫。缉毒警察,执行卧底任务。

大老李　42岁,缉毒警察。

陈　姐　38岁,缉毒警察。

小　王　22岁,缉毒警察。

周大夫　40岁,医院女医生。

老顽童　70岁,戒毒专家,即杨老教授。

白之胜　42岁,大毒枭。

娟　子　30岁,红灯笼酒店女老板,毒娃的妈妈。

李　铁　36岁,娟子的丈夫。

李铁妈　58岁。

瘦猴、大金牙　毒犯。

时　间

当代。

地　点

海城。

1. 锁山村稻田　日　外

风吹稻穗,传来哗哗的声响,这是一个金色的收获季节。

锁山村田野上,丰收在望,在一块稻田的南北两侧,挺着大肚子的童小英与林阿勇背身站立着,两人手里拿着手机,隔着滚滚稻浪,在呼叫着对方。

童小英:老公,你在哪里?

林阿勇:我在这里!

童小英(焦急的神情):我怎么看不到你?

林阿勇:别着急! 老婆,我也在找你!

这两个新婚一年后即将要有孩子的年轻人,就这样各自拿着手机,边呼叫着边朝稻田中间走去,渐渐地,两人的距离越来越近,最后背部碰在了一起。童小英一个急转身,竟然发现林阿勇就站在自己跟前,激动得热泪盈眶。

童小英:我还以为你不辞而别了呢。

林阿勇(摇头):这怎么会呢?虽说我马上要去接受新任务,只要你不肯让我走,我可以不去。

童小英:谁说我非要留你呢? 看看,人家刘叔都从城里来接人了!

童小英朝着田埂上一指,双手撒娇似的捶打着对方胸脯。

童小英:你真坏! 你真坏!

2. 田埂上　日　外

身穿警服的刘子明站在一条田埂上,他微笑着注视这一对幸福的小夫妻,然后,一个指头伸进嘴里,吹了一声悠长的口哨。

3. 稻田　日　外

林阿勇:刘队在叫我了,老婆,我要走了。

林阿勇边说边朝田埂上跑去。

童小英(突然又叫了一声):你等一等,老公!

林阿勇停住了脚步。

童小英(挺起大肚子):我肚子里有动静了! 你快来听一听!

林阿勇(返身奔到童小英跟前,贴着她肚皮倾听,脸色惊喜万状):咦,我们的儿子,还在你肚子里就舞刀弄枪了!

童小英：为什么一定是儿子呢？

林阿勇：长大了可以当警察呀！

童小英（噘起了嘴）：当警察有什么好？像你一样，回家也待不了几天！

林阿勇：刘队长说了，完成了这次任务，他就放我两个月假。我们一起到国外旅游去！

童小英：算了！算了！你早点儿回来看我就行了！

童小英掏出一块亮灿灿的长命锁，挂在了林阿勇脖子上。

林阿勇：你外婆留下的长命锁，不是传给我们孩子做出生礼物的吗？

童小英（脸色十分认真）：等孩子出生那天，我要你亲手给他挂上，保佑我们的孩子一生健康平安，长命百岁。

林阿勇：好！我一定做到！

童小英（又伸手举起长命锁，锁心上镶着一只小盒子，取出一张微型照片）：我们的结婚照片放在里面。老公，你戴上这块长命锁，就能时时刻刻看到我，不会忘记我！

林阿勇（十分激动）：你想得真周到！老婆！

林阿勇张开双手，把童小英抱在了怀里。

4. 迅速推出片名《长命锁》（影片公映时易名《我的老公是卧底》）

5. 字幕：三个月后

6. 海城公安局缉毒大队办公室　日　内

一架幻灯机连续不断地往大银幕上映出各种贩毒、吸毒的照片画面。少顷，灯光亮起，刘子明正在向队员们叙述一件涉毒大案。

刘子明：经过卧底暗查，我们已经摸清了发生在海城最大的涉毒案！为首的大毒枭名叫白之胜，绰号老爹，主要犯罪场所是红灯笼酒店。目前，红灯笼酒店女老板娟子正在逃窜，估计现在她还没有离开海城。这一涉毒团伙实行制毒、贩毒与吸毒一条龙服务，我们之所以没有立即收网抓捕，关键是至今还没有查明制毒工场的藏匿地，这次我们不能一锅子端掉他们的制毒窝点，就不能斩断贩毒吸毒的源头！

刘子明有力地挥了一下手。

大老李与陈姐、小王等警察交换了一下眼神,都表示赞同。

电话铃声响了。

刘子明(拿起电话):哪位?对对对,这里是缉毒大队,我是刘子明,噢,你是——童小英。

刘子明(猛地用手捂住了话筒,扭过头来,轻声地):林阿勇的老婆到城里来了!

大家"啊"了一声,所有人的表情都十分复杂。

刘子明(继续通话):小英,你现在在哪里?

7. 海城天一广场　　日　外

童小英(挺着大肚子,靠在一根门柱上,脚边放着两只旅行袋,手里拿着手机):刘叔,我已经走到天一广场了,这里是6号门……什么?你叫我别到处乱走,你开车来接我?这里斜对面有一家星巴克咖啡馆。好好,我就在星巴克咖啡馆里等你。

8. 缉毒大队办公室　　日　内

刘子明(搁下了电话):今天会议就开到这里吧,散了散了!

刘子明神情有些不佳,原因就是刚才的那通电话。

大老李(起身走了几步,又回过头来):头儿,我还是……

刘子明(低垂着脑袋):对,你还是继续追踪娟子的去向,不到万不得已时不要采取行动。

大老李:是!

大老李和队员们陆续离开,只有陈姐没有走。她反而靠近了刘子明。

陈姐:刘队,你想开点,把这事直接跟童小英说了吧。

刘子明(激烈地摇摇头):不行不行!你不知道那个童小英为什么来,她是挺着大肚子来找林阿勇的,他们的孩子快要生了!

陈姐(一下子沉默了):这……

刘子明(追悔不已):我怎么会同意林阿勇去做那个?现在叫我怎么向童小英交代?我怎么说啊!

刘子明一口气说了三个"怎么",几乎崩溃。

陈姐(安慰刘子明):既然这样,那就不妨再拖一拖,或许事情会有新的转机。

9.公安局大门口　日　外

刘子明骑上一辆摩托车,风驰电掣地开走了。

10.星巴克咖啡馆　日　外

童小英局促不安地坐在一个靠窗座位上,她一看到刘子明走进咖啡馆,就马上站起身来,迎了上去。

童小英:刘叔,直接去你们局里多好,为啥要叫我在这地方跟你碰面?

刘子明点了一间包厢。

刘子明:这……这里有情调,坐坐!

刘子明(回头朝服务生喊):来两杯最好的咖啡,要现磨的!

11.包厢里　日　外

两杯现磨咖啡摆在桌子上,热气腾腾。

童小英并没有伸手去拿,而是挺着大肚子坐在椅子上,闪亮的眼睛望着刘子明。

童小英:刘叔,我这次到海城来没有其他事情,就是想找我老公……

刘子明(打断童小英):别急!别急!喝完咖啡再说。

刘子明说着把一杯咖啡端到了童小英跟前,塞到她的手里。

刘子明:你喝上一口,这里的咖啡不错,挺提神的。

童小英(无奈地抿嘴嚯上了一口,立刻皱眉):真苦,比我们乡下用来做豆腐的卤水还要难喝!

刘子明:那是你还没有喝惯的缘故,这咖啡比卤水贵多了。

童小英嘻嘻地笑了起来,气氛一下子宽松了许多。刘子明在童小英的杯子里又多加了几块方糖,用勺子搅了搅。

刘子明:刚喝进去是苦的,可慢慢地你就会觉得这苦中特别有滋味。

童小英喝了几口咖啡,又放下了杯子。

童小英:刘叔,现在你可以说一说我老公了吧!听说这一次任务很特别,刘叔,我老公表现得还好吗?

刘子明(赞不绝口):好好!林阿勇是块当警察的材料。

童小英(生气地噘起了嘴)：可他都三个月没给我写信了，连我打去的电话也不接。

刘子明：噢，对对对，小英，这错的不是他，是你刘叔！

童小英：我不信！刘叔你还会办错事情？

刘子明(用手指敲了敲自己脑袋)：我没有及时告诉你，这些日子里，林阿勇是去当卧底的。

童小英(惊讶的神色)：当卧底？这是一项什么任务？

刘子明：除了我，他不能再跟任何人联系。

刘子明的脸色又渐渐凝重起来。

刘子明：小英，非常抱歉！更多的细节我不能全告诉你，因为我们是警察。

童小英：好吧，刘叔，那我就不问了。(极为懂事地挥挥手，又补充上一句)请你见到我老公时转告他，我到城里来过了！

刘子明(点了点头)：行！我一定转告他。小英，今天你既然来了，就到我们缉毒大队去住上几天吧。

童小英：不住了，我马上坐车回锁山村去。

童小英边说边站起身子，拎起了旅行袋。

12. 天一广场大街上　日　外

刘子明与童小英走出了星巴克咖啡馆。

刘子明：来，我送送你。

童小英(摇摇头，边走边说)：别送了，刘叔。你忙你的去吧！这里就有公交车，我去客运中心很方便的。

刘子明目送童小英远去的背影，脸上露出复杂的表情。

13. 海城客运中心　日　外

童小英把两只旅行袋扛在了肩头上，穿过拥挤不堪的站前广场，走向了售票大厅。

14. 售票大厅　日　外

每个售票窗前，都排着长长的队伍，人声鼎沸。一个保安模样的人，手里举着高音喇叭在大声叫喊。

保安：排队买票，不要插队！各位保管好身上钱物，谨防小偷行窃！

童小英挤了进来，她选了一个售票窗排在了队尾，这支队伍虽然长些，但插队的人不多，反而快些……快排到售票窗了，童小英伸手从贴身衣兜里摸出几张钞票，谁知同时也捎带出来一封信笺。

童小英神情顿时凝重起来，这是她收到的林阿勇的最后一封信！三个月里，童小英不知看过了多少遍，几乎把信上每一个字都牢牢地印在脑海里，此时此刻，童小英忍不住重新展开信笺，又读了一遍。

15. 林阿勇画外音

随着画面上渐渐展开的信笺，响起林阿勇的声音。

画外音：老婆，我挂上你外婆传下来的长命锁后，任务完成得非常顺利！用不着多长日子，我就能见到你，那时候，我们的孩子已经生出来了！，我要亲手把这块长命锁再挂到孩子的脖子上……林阿勇，写于老庙街10号。

16. 售票大厅　日　外

童小英（把信尾最后一行字又重复了一遍）：写于老庙街10号。

童小英突然改变了主意，把信笺与钞票又塞回到贴身衣兜里，走出购买车票的队伍。

周围的人都以奇异的眼神望着她。

17. 客运中心广场的一角　日　外

童小英走出售票大厅，她抬头望了一眼天上的太阳，神情比刚才急匆匆赶来时平静多了，甚至，脸颊上挂着一丝舒心的微笑。

客运广场的一角，有一位白须银发的老年志愿者，手里举着一面小红旗维持交通秩序。

童小英眼睛一亮，她快步走到了对方跟前。

童小英：老大爷，请问，您知道老庙街在什么地方吗？

老年志愿者：姑娘，这你可问对人了！（挥了挥手里的小红旗）在东边，一直往前走，穿过两条个街口就到了，嘿嘿，我是那边的老土地了！噢，你去老庙街做什么？

童小英：找一个人。

老年志愿者：找人？哎,那边早已列入旧城改造,变成废墟,人都搬迁出去了！

老年志愿者长叹了一声,挠了挠头。

童小英（态度坚决）：可我还是想去看一看的。

18. 正在拆迁中的老庙街　日　外

果然就像那位老年志愿者所说的那样,到处都是断垣残壁,几幢还未拆迁的楼房孤零零地伫立在空地上,四周墙壁都用白漆喷写着大大的"拆"字。

童小英顾不上这许多,她双脚在废墟间不停地移动着位置,寻找老庙街10号。蓦地,一幢具有清末民国初期建筑风格的两层楼房映入她的眼帘,门口挂着"老庙街十号"的门牌。

童小英高兴得几乎要跳起来。

19. 老庙街10号　日　外

老庙街10号虽说如今已是破败不堪,但整体结构依旧还是十分坚挺。

童小英走上了门前台阶,伸手去推大铁门,只听得"吱咕儿"一声响,那扇大铁门竟然自动地打开了。

原来门是虚掩着的。

童小英走进了客厅,屋子里一片狼藉,几乎看不到几件像样的家具,到处积满了灰尘……眼前情景使童小英感到有点失望,显然,这里已有很长时间没有人居住,自己又空跑了一趟！

她从客厅里退了出来,慢慢地转过身去,忽地,就在这个时候,楼上响起几声婴儿的哭声。

"哇……哇哇！"

这使童小英立刻停住了脚步。

20. 通往楼上卧室的楼梯　日　外

童小英循着婴儿的哭声,双脚踏上了楼梯,一级一级地朝上走去……她的神情既紧张,又有点惊讶。

21. 楼上卧室　日　外

这婴儿的哭声,是从一张大床上传过来的,时轻时重,断断续续,它就像一根无形的绳索,把童小英很快从卧室门口拉到了大床跟前。

躺在床上哭泣着的婴儿只有三个月大小,胖乎乎的脸蛋上,两片圆嘟嘟的小嘴唇一张一合,模样十分可爱。

童小英双手伸过去,忍不住抱起了婴儿。

童小英:噢,你的爸爸妈妈呢?他们也太狠心了,把你一个人扔在这里不管?乖乖,别哭别哭!

说也稀奇,这婴儿真的不哭了,睁着一双大眼睛望着童小英。刹那间,童小英的眼神一下子愣住了,她发现这婴儿的脖子上,也挂着一块长命锁。

童小英(惊讶):咦,这块长命锁我好眼熟啊!

童小英又把婴儿放回到了大床上,伸手摘下长命锁,对着从高处射进来的一丝阳光,前前后后地观看起来。

童小英(惊讶地自言自语):它怎么会在这里?它怎么会在这里?

22. 童小英的闪回

稻田里,童小英把这块长命锁挂到林阿勇的脖子上。

童小英:这是外婆传给我的。我们的孩子戴上这块长命锁,一生就能健康平安,长命百岁。老公,这锁心上还镶着一只小盒子,我把我们的结婚照片放在里面。

微型照片上,是身穿警服的林阿勇与穿着婚纱的童小英的新婚合影。

23. 楼上卧室　日　外

童小英双手翻过锁心,打开上面那只小盒子——小照片已经不见了,放在里面的却是一块微型芯片。这时,她扭过头去,才发现原来卧室地板上还躺着一个女人,凌乱的头发遮着半张脸,整个身子一动也不动。

童小英忙把长命锁塞入自己衣兜里,走过去看那女人。

童小英:大姐!大姐!大姐!

童小英连续不停地呼喊了几声,可躺在地板上的女人没有半点反应,一点儿动静都没有。

童小英鼓起勇气,伸手去推对方。那女人直挺挺地翻了个身子,掉出来一只手机。

手机还是开着的,闪动着亮光。

童小英盯着手机看了一阵子,她神情迟疑了片刻,终于弯腰把它捡了起来……不知触碰到了一个什么按键,手机的屏幕上,猛地跳出了一张林阿勇与躺在地板上的那个女人在一起的合影照片。

童小英的脑袋"轰"地炸了一声。

她疯狂地按动着手机,屏幕上不断映出林阿勇朝着那个女人微笑的脸,两人一起喝茶以及烧菜吃饭的一系列亲密镜头。

童小英看着这些照片,愣住了。

24. 老庙街的拆迁现场　日　外

一辆警车停了下来,大老李带着小王等缉毒警察跳下了警车,快速地朝着10号楼房围了过去。

25. 楼上卧室　日　外

这时,童小英依旧双手捧着手机在看照片,泪水盈满了她的眼眶,然后顺着脸颊,一滴一滴地滚落下去。

大老李和小王他们走上了楼梯,迅速地占据了整间卧室。

大老李首先看了童小英一眼,然后注意到躺在地板上的那个女人。他走了过去,伸手拨开遮着对方脸部的头发,一看。

大老李:她已经死了,拍照!

几个警察拿出相机,啪啪啪地一通快拍。

童小英:死了?

童小英浑身一震,拿着的手机掉到地板上,她伸手想去捡。

大老李(挥手一挡):别动!

大老李抢先用镊子夹起了手机,放进一只塑料袋里。

童小英愣了一阵,转身朝着房门走去。

大老李:站住!你要跟我们走一趟。

童小英(大叫起来):我为什么要跟你们走?为什么?

大老李(严厉的声音):这还要说吗?没有看到有人死在这里?你是最大的犯罪嫌疑人!

几个警察扭起童小英的胳膊。

童小英(拼命挣扎):这人不是我杀的!我没有杀人!我只是路过这里找一

个人!

　　大老李：别大喊大叫了,到了那边就都知道了。(狠狠一挥手)带走!

　　警察们把童小英推出了卧室。

　　躺在床上的婴儿又哇哇大哭起来。小王走到大床边一看,忙回头对大老李招了招手。

　　小王：这里还有一个婴儿,哭得脸色铁青,口吐白沫,好像不行了。

　　大老李(决断)：你快把他送到医院,进行抢救。

　　小王：是!

26. 奔驰的警车上　日　外

　　童小英已被戴上了手铐。今天那一系列的离奇遭遇使她神经有些麻木,自己进城来找老公,竟然落得如今这样一个下场! 此时此刻,她并不怨恨那些和自己同坐一车的警察,甚至对死去的那个女人还抱着一丝同情,所有的恨几乎都集中到了林阿勇身上……老公啊老公,你为什么要这样做?

　　童小英(咬牙切齿地喊出)：我的老公是个骗子!

　　坐在警车上的警察都扭转头来,吃惊地朝她看了一眼。

27. 公安局大门口　日　外

　　警车快速地开了进去。

28. 海城街景　傍晚　外

　　红日西坠,晚霞满天,海城的高楼大厦洒上了一抹金辉。片刻之后,街灯一盏盏亮了起来,大街上车流不息,人潮汹涌,这座靠近东海的城市犹如一个童话世界。

29. 海城人民医院　夜　内

　　门诊大楼人头攒动。

　　小王双手抱着婴儿,急匆匆奔进大楼,来到挂号窗前：给……给我挂最好的医生。

　　窗内的护士(脸一板)：我们这里医生都是最好的。喂,你要挂哪一科? 快说!

　　小王(一阵发愣,抬起下颚,指了指手里婴儿)：小儿科。

刘子明从小王的背后走了过来（叫喊）：小王！

小王（转过头）：哎哟刘队，你怎么也在这里？

刘子明（笑着解释）：我来看一位战友。咦，这婴儿是你的？

小王的脸一下子转绯红了：刘队，你别开玩笑了！我还没有结婚哪！

刘子明：那这婴儿……怎么一回事情？

小王：是大老李在老庙街10号发现的。刘队，我们一直跟踪的红灯笼酒店的老板娘死了，这婴儿恐怕就是她生下的。现在还嘴唇发紫，吐着白沫，浑身颤抖不已，怕是不行了。

刘子明（把手一挥）：快跟我走，这里最好的医生我认识！

30. 急诊室　夜　内

周大夫在看一张胸片，护士过来，跟他咬了一下耳朵。他转过身去，看到走进急诊室的是刘子明和手里抱着婴儿的小王。

周大夫：刘队长，又来看你那位战友了！

刘子明（点点头，伸手指向小王手里的婴儿）：周大夫，这婴儿的病情，麻烦你先给看一看。

周大夫（答应得十分爽快）：好，好，没问题！

小王：那就谢谢你了，周大夫。

周大夫示意护士伸手接过婴儿。

刘子明（朝着小王吩咐了一句）：我还有点事要办，你就在这里等候周大夫给婴儿做诊断吧。

刘子明转身走出急诊室。

周大夫（望了一眼刘子明远去的背影，把脸转向小王）：这婴儿怕是刘队长什么亲戚吧？

小王（叫喊）：哪儿呀！是一个犯罪嫌疑人生的孩子。

周大夫（顿时肃然起敬）：你们刘队长真是一个好人啊！

31. 通往住院部的一条室外走廊　夜　外

夜色苍茫，刘子明快步穿过走廊，走向一幢住院部大楼。

32. 缉毒大队办公室　夜　内

大老李已回到缉毒大队（探头朝外张望）：头儿怎么还没有回来？

陈姐（安慰大老李）：别急别急。刘队到医院看他战友去了，马上就会回来的。

大老李（心里还是有点不乐意）：这几天我们一直跟踪犯罪嫌疑人，可头儿净往医院跑。他那战友说不准是哪一位大首长呢！

刘子明（从外面走了进来）：非要是大首长，我才去探望吗？

大老李（尴尬）：头儿，我不是这意思。

刘子明：有什么事情吗？

大老李（把一沓材料递到刘子明手上）：娟子的尸检报告出来了。另外，还有现场拍摄的一组照片。

刘子明（看了一遍尸检报告）：噢！报告上写的是吸毒过量，全身器官衰竭至死，而且死了已有一段时间了。

大老李：对对对，她手臂上净是针孔，找不到一块好皮肤，全烂掉了！

陈姐（遗憾地摇了摇头）：啧啧啧，一个响当当的红灯笼酒店女老板，最后竟会落到这种下场。

刘子明（手机响）：喂，哪位？是周大夫……你说什么？这婴儿病情特征十分古怪。周大夫，我现在给你提供一个新情况，供你在诊断时参考——他母亲生前吸食过大量毒品。

33. 急诊室　夜　内

周大夫（接听电话）：这就对头了呀！那婴儿很可能在娘胎里就染上了毒瘾，是一个毒娃。好好，刘队长，你放心，我们马上采取措施，挽救他的性命。

周大夫扭头朝着病床上看了一眼。

婴儿的嘴里，仍在不断地吐着白沫。

34. 缉毒大队办公室　夜　内

刘子明：小王送去的婴儿是个毒娃，现在周大夫他们正在尽力抢救。

大老李（怒色）：毒娃？妈的！这毒品实在太可恶了，连三个月大的孩子都不放过。

室外突然传来一阵女人的叫喊声。

女人的画外音：你们让我出去，快让我出去，我要回家。

刘子明（扭过头问大老李）：这是谁在叫喊？

大老李：头儿，今天你去医院后，我们就跟踪红灯笼老板娘，赶到了老庙街10号，却发现一个女人比我们先到一步。这个女人恐怕和娟子的死有关系，就把她带到这里来了。

刘子明（决然）：走，一起去看看。

35. 缉毒大队拘留室　夜　内

被押了一下午的童小英，情绪即将崩溃。她隔着门窗大声叫喊了一阵之后，整个身子就渐渐地瘫在椅子上。

门外响起了脚步声，童小英又本能地站立起来，怒目而视。

童小英很快愣住了。走进来的除了大老李与陈姐外，还有一个人，就是刘子明。

刘子明（脸上露出惊讶神情）：怎么是你？小英，你还没有回锁山村去？

童小英转过脸去，泪如泉涌。

大老李（吃惊）：头儿，你们认识？

刘子明（点头）：我来介绍一下，这位就是林阿勇老婆，她叫童小英。

大老李与陈姐面面相觑，惊讶不已。

童小英（控制不住大哭，扑到刘子明身上）：刘叔……

刘子明（脸朝童小英）：情况我都知道了。小英，刘叔首先代表缉毒大队向你道歉，请你原谅。可你怎么会在老庙街10号呢？

童小英（把那封林阿勇写的信交到刘子明手上，大声叫喊）：刘叔，我老公到底怎么了？我要见到他！好好地问一问他！我不能白来城里一趟……

刘子明（脸色严肃）：我不是对你说过了吗？他在执行一项特殊任务。

童小英（倔强地摇头）：不！那个死去的女人肯定跟我老公有关系。

刘子明：你要相信林阿勇，他是一个好警察。

童小英（声嘶力竭地大喊，脸颊挂满泪水）：你们别再骗我了好不好？他和那个女人一起喝茶下厨，我都在手机上看到了。

刘子明十分吃惊，把脸转向了大老李。

大老李（点头，轻声）：我们进去时，她正在看娟子留下来的那个手机。

刘子明（沉思）：原来如此。

童小英（哭得更加惨烈）：我不相信他会是这样的人，我不相信。

刘子明（一字一句）：好吧，小英。今天太晚了，你就在我们缉毒大队值班室里睡一夜，明天一早，我就带你去见你老公。

36. 缉毒大队值班室　夜　内

值班室里有一张钢丝床。

大老李（把童小英带了进来，态度转变）：真对不起，大水冲了龙王庙，自家人不认得自家人了。小英同志，你想要解解气，也把我大老李铐上一回吧。

大老李拿出了一副手铐。

童小英（摇头）：我不恨你。现在我只想快点见到我老公，见到他我什么都知道了。

大老李（转身欲要离去）：是的是的，那我走了，你好好休息。

童小英（喊叫）：等一下，你告诉我，那个死在老庙街10号的女人究竟是谁？

大老李：噢！她叫娟子，是海城最大的民营旅社——红灯笼酒店的女老板，后来迷上了吸毒，毒瘾很大，不但把整座酒店给败光了，还留下一个三个月大的孩子，是个毒娃。

童小英：毒娃？

大老李：哎！就是你见到过躺在床上口吐白沫的那个婴儿。

大老李长叹一声，走了出去。

37. 公安局大门口　夜　外

陈姐（追上刘子明）：刘队，明天你带她去见林阿勇，合适吗？

刘子明（反问）：我不带她去见，怎么办？纸是包不住火的。这事还是早些向她挑明了好，否则，误会会越来越大！陈姐，你说呢？

陈姐（神情有些担忧）：她这么年轻能承受得住那打击吗？

刘子明（点头，神情坚定）：是啊，生活就是这样残酷。尤其是我们当警察的人。可我们总是要往前走，不能停步。

陈姐（表示赞同）：好吧，明天我陪你们一道去。

38. 缉毒大队值班室　夜　内

童小英把两只旅行袋摆上了床头，双手铺开被褥，躺在了钢丝床上。她的一双眼睛直愣愣地瞅着房顶。

39. 刘子明家　夜　内

已是深夜,刘子明却没有一丝睡意。他打开电脑,上网查阅有关医治毒娃的讯息。这类帖子不多,他双手敲击着键盘,发出了一条求助帖子。谁知片刻之后就有了反馈,回帖的是一个网名叫"老顽童"的网友。

老顽童的回帖:欣闻贵地设擂医治毒娃,天下英雄云集。老朽虽已退出江湖,却雄心不灭,愿携带《葵花宝典》相助,与众英雄华山论剑。

刘子明读完这一条回帖,微微一笑,迅速与"老顽童"建立了网络联系。

40. 童小英的噩梦

这天夜里,童小英做了一个梦。

她在梦中见到自己躺在锁山村的稻田上,孩子就在稻田上出生了。她老公林阿勇手里挥动着那块长命锁,从稻田上奔了过来。她双手抱起了孩子,让老公把长命锁挂在孩子的脖子上。此刻,突然从稻田里蹿出来一个浑身带血的女人,她用力夺过了长命锁,拉着林阿勇一块儿奔跑。

这个女人就是躺在老庙街10号地板上死去的娟子。

童小英大惊失色,她在稻田上拼命追赶,拼命叫喊。可就是怎么都迈不快脚步,张不开喉咙。

41. 缉毒大队值班室　早晨　内

童小英从噩梦中醒来,已是早晨。她大汗淋漓,目光恐惧不安,心理阴影仍旧没有完全退去。此时,窗外传来刘子明的叫喊声。

刘子明:小英,起来了吗?我们准备走了。

童小英(镇定了一下情绪):哎,知道了。

42. 海城大街　日　外

早晨是上班族通勤的时间,车水马龙,路上比较拥堵。

刘子明开着一辆警车,随着车流慢慢前行。坐在后排座位上的是陈姐和童小英。

陈姐:昨夜睡得还好吗?今天刘队带你去见林阿勇,是一个特例。

童小英(诧异)：特例? 这么说，许多人都还没有见过我老公?

陈姐(点头)：对，包括我。

童小英：为什么?

刘子明(扭头)：你马上就会知道的。

43. 海城人民医院停车场 日 外

警车开了进来，找了一个停车位。

刘子明和陈姐带着童小英一起跳下警车。

童小英(紧张)：这里是医院?

刘子明(点头)：是的。

小王(在背后叫喊)：哎呀，刘队、陈姐，你们在这里。我正要找你们呐。

刘子明(扭过脸)：什么事? 小王!

小王(兴奋)：毒娃的病情已经控制住了，周大夫说今天就可以出院。

刘子明(高兴)：那你快去办出院手续吧!

小王(犹豫)：可出了院，我们该把他交给谁呢?

刘子明也被难住了。

陈姐(解围，挥手)：这事等我们回去再商量吧。

44. 住院部的室外走廊 日 外

一幢高大的白色大楼映入眼帘。

童小英(每往前走一步，心里就感到害怕)：我老公是不是生病了? 刘叔，他病得重不重?

刘子明(停住脚步，故意刺激对方)：那我们就回去，不去见他了。

童小英(大声叫喊)：不不不，我要见他。我有许多话要问一问我老公。

刘子明：那你一定要表现得坚强，等会儿见到你老公不许哭。

童小英(咬紧嘴唇)：我不哭。

45. 单间病房 日 内

林阿勇终于在银幕上露脸了。他静静躺在病床上，目光呆滞，脸上没有任何表情。护士正在替他挂瓶打点滴。

童小英跟着刘子明和陈姐的脚步走了进去。

这个场景是童小英没有想到过的,在她印象中,林阿勇是一个浑身充满着活力的人。

童小英的脑海里又闪回她和老公分手时的那个画面:两人各自拿着手机,从稻田的两侧边呼叫着边朝中间靠拢,最后背靠背撞在了一起。

现在,躺在病床上的林阿勇就像是个木头人,没有任何反应,甚至连眼皮都不动一下,他竟然连童小英都不认识了。

护士退到了旁边。

原来这个林阿勇就是刘子明口中的战友,也是他经常到海城医院的原因。

童小英(声音颤抖):刘叔,我老公究竟得了什么病?

刘子明(轻声):脑神经损伤症,他成了植物人。

童小英(压低着声音惊叫):植物人?不不,我不相信!

刘子明与陈姐难过得背转身去。

童小英(走近病床,俯下身子朝着林阿勇):老公,我来看你了。今天我要问你许多问题,你能不能回答我?假如你不能开口说话,就用点头或摇头来对答。是的话,你就点一下头;不是,你就摇一下头。好吗?

林阿勇面无表情地望着童小英。

童小英:我开始问了。这三个月里你一直记着我吗?你给我写完最后一封信后,有没有把我忘记?

林阿勇毫无反应。

童小英(低头,把脸贴近林阿勇):这以后你为什么不再跟我联系了呢?是不是嫌弃我是个乡下媳妇,太土,没有城市姑娘长得漂亮?老公,你回答我一句啊!

童小英的嘴唇贴到林阿勇的脸上。

童小英:你还记得曾经答应过我,要亲手把长命锁挂在我们孩子的脖子上吗?

林阿勇依旧是一脸茫然。

童小英完全失望了。她双手掩脸,猛地奔出了病房。

刘子明(急忙追去):小英!小英!

46. 海城大街　日　外

天下起了大雨,童小英在大街上不停狂奔。已经分不清从她脸上流淌下来的是泪水还是雨水。

47. 三江口的一段江堤上　日　外

童小英气喘吁吁地跑到了江边,身上力气几乎都耗尽了。她背对着江水,歇了一会儿。

童小英(转头朝着奔腾的江水大声呼喊):老天爷,你为什么要这样折磨我?为什么?为什么啊!

刘子明拿着一把雨伞追到了这里。

刘子明(替童小英遮雨):小英,你要坚强些。

童小英:我坚强不了。刘叔,我老公怎么会变成这个模样?

刘子明:走吧,我们找个地方,我慢慢告诉你。

48. 江堤公园一座亭子　日　外

刘子明把童小英带到亭子里,选了一条长凳坐下。此刻,已是雨过天晴,城市的上空出现了一道彩虹。

刘子明:那还是林阿勇从警察学校毕业前夕。一天下午,我去了警察学校,在校园的操场上碰到了他……

49. 刘子明的追忆(警察学校大操场)

随着刘子明的叙述声,银幕上映出了一片绿茵茵的草坪。刘子明迈步走了过来,忽地,他听到身后有人在喊自己。

林阿勇(跑了过来,穿运动衫,充满青春气息):刘叔!刘叔!

刘子明:林阿勇,我听教官们说,你在警察学校学习很努力,各项成绩名列前茅,不简单啊!

林阿勇(摆摆双手,目光投向刘子明):哎呀,这算什么啊!刘叔,我们马上就要毕业实习了,你能不能带着我去参加一次真正的战斗?

刘子明(双手一挥):真正的战斗确实有的。目前我们缉毒大队正在侦查一起涉毒大案,需要派人深入毒巢去当卧底。

林阿勇(兴奋地跳起,伸手拍胸脯):这太刺激了,你就派我去吧!

刘子明(摇头):不行,不行。卧底这工作太危险了,你缺乏经验,并不合适。

林阿勇:怎么不合适呢?经验可以从实践中获取的。刘叔,我是被你选中后才来到警校学习的,你是我的领路人。你就答应我吧,我保证完成任务。

林阿勇有股不达目的决不罢休的劲头。

50. 江堤公园　日　外

刘子明(结束回忆):我回去后把这件事向局领导做了汇报。当时考虑到我们缉毒大队绝大多数人,在涉毒犯眼里都是熟面孔,而林阿勇却是一个新人,具有天然优势,就同意了。

童小英:后来呢?

刘子明:林阿勇果然十分出色。他潜伏到毒巢后,很快帮我们锁定了红灯笼酒店其实是个毒品交易场所。酒店女老板娟子只是一个普通的吸毒犯,背后却被一个名叫白之胜的大毒枭所掌控,大毒枭绰号老爹。我们叫林阿勇尽快查清老爹的上线是谁,以及毒品来源。可就在这个时候,林阿勇突然被人打成了植物人。

童小英:是那个绰号老爹的大毒枭打他的吗?

刘子明:不是,是女老板娟子的老公,名叫李铁。

童小英(想起了自己在娟子手机上看到过的那些照片,不想继续询问下去):别再说下去了,我全明白了。

刘子明无奈地摇了摇头。

刘子明(转换话题):小英,我们一定会请最好的医生治好你老公的病,使他早日恢复健康。你回到锁山村去,等着我们的消息。

童小英突然扬起了脸,改变了态度。

童小英(坚决):不,我不回去了。我要在城里租一间房子,等着我老公醒来!

刘子明(发愣):这……好好,我陪你一起去租房子。

这时,陈姐也跑了过来。

陈姐(提出一个建议):房子不用租了,我表妹刚好去美国读书,空出了一间房,就让小英去住吧!

51. 一幢公寓楼的402房间　日　内

一架电梯升到了4楼。

陈姐把童小英带进一间屋子,这里虽说面积不大,但布置得十分温馨干净。墙壁上贴着赵薇、孙俪以及章子怡等明星的海报。陈姐去替童小英拿旅行袋,却被童小英给拦着了。童小英自己把旅行袋拎到了身边,陈姐帮她在床上展开了被褥。

陈姐:我表妹去美国前叫我半个月打扫一次。现在你住了,我省心多了!

童小英:陈姐,你们对我真好!

陈姐(诚恳):不,是我们对不起你啊!刘队他一见到你就觉得心里很愧疚,几番想把实情告诉你,又怕你承受不了。本来他想等林阿勇的病好了之后才说的。到那时候,刘队再向你道歉。

童小英一下子陷入了沉默。

屋外传来一片喧哗声。

童小英:外边在吵什么?

陈姐:我们到阳台上去看看!

陈姐(把童小英领到了阳台,伸手一指):这里离我们缉毒大队很近,只有几步路。楼下就是缉毒大队的院子。

童小英(低声):是不是有人把毒娃给抱回来了?

陈姐(点头):一定是的,我们已经跟民政局联系了几次,可他们无法接收这么小的婴儿。走,我们下楼去看看。

52. 缉毒大队的院子里　日　外

小王果然被一群人围着,手里抱着刚出院不久的婴儿(大声喊叫):喂喂喂!你们都看够了吧?我把他再送回到医院去,闪开闪开!

众缉毒警察(纹丝不动):我们还没有看够呐!

小王(着急):这是怎么了?缉毒大队又不是托儿所,能养得了婴儿吗?

缉毒警察们这才慢慢让开一条道。

童小英下了公寓楼,来到小王跟前,伸手抱过婴儿。

童小英(坚定):别去医院了,把他交给我吧,我来养这个婴儿。

小王开始一愣,随后把婴儿交给了童小英。缉毒警察们爆发出热烈的掌声。

陈姐脸上露出赞许的神色。

53. 公寓楼 402 房间　日　内

童小英轻手轻脚地把婴儿抱进了 402 房间。片刻之后,缉毒警察又纷纷上楼,涌进屋内。他们手里有的举着奶粉罐头,有的拿着尿不湿,各自献上了一份爱心。顷刻间,礼品堆满了一桌子。

童小英(替手里抱着的婴儿表示感谢):谢谢,谢谢。

大老李(扛着一张婴儿摇床进屋,高喊):要说谢谢,我们应该要谢谢小英妹子,是她把这个小乖乖给留下来的,大家说是不是?

缉毒警察(呼应):对对对!

童小英小心翼翼地把婴儿放到大老李送来的摇床上。

陈姐(眼睛一亮):这个婴儿现在还没有一个名字呐。我们不妨替他起一个,怎么样?

小王(抢先开口):叫沫沫,他常常口吐白沫。

大老李(摇头):不好不好,这名字不吉利。我看叫警花,是我们缉毒警察养的一朵花。

陈姐(反对):叫警花也不合适。他是男的,又不是一个女孩。

童小英(小声):让我也来取一个名字吧,他是不是可以叫康康?一生健健康康,平平安安,长命百岁。

54. 公寓楼 402 房间　夜　内

天色渐渐暗了下来,四周显得格外安静,现在屋子里只剩下了童小英和那个叫作康康的婴儿。

童小英双手轻轻地推动着摇床。

康康在摇床里睡熟了,嫩嫩的小脸蛋上露出一丝微笑。

童小英:康康,康康,好好睡吧!

55. 红灯笼酒店门前大街上　日　外

又一个喧嚣热闹的白天。

大街上走过来一个衣衫褴褛、头发脏乱的瘸腿老头。

他手里拄着一根拐杖,弓背缩肩地走进了红灯笼酒店的旋转玻璃门。

56. 酒店大堂　日　内

保安(见到穷困落魄的瘸腿老头,伸手阻拦):出去,出去!

老头不示弱,抬起头狠狠地盯了保安一眼。

绰号瘦猴的大堂经理(跑过来,用力一把推开保安,笑脸盈盈):老先生,我陪您上楼去!

瘸腿老头这才消除了怒气,跟着瘦猴一起坐上电梯。

57. 总经理室　日　内

瘦猴直接把瘸腿老头带到总经理室。

老头双脚一迈进房间,甩手扔掉拐杖,脱去身上的破衣烂衫,摘去头套,顿时换了另一个模样,变成个光头、身体壮实的中年汉子。他就是涉毒团伙头子白之胜,绰号老爹。

白之胜(鼻子"哼"一声):真是狗眼看人低!

瘦猴(奉承):老爹,我马上下去把他给辞退了。

白之胜(摆摆手):不要,凡事都要忍耐,我们现在要低调。

瘦猴(困惑):低……低调?

白之胜:对!虽说这红灯笼酒店目前掌控在我们手里,可那个"条子"(黑话,即警察)还活着,他潜伏我们内部多日,一旦醒来,后果不堪设想啊!

瘦猴:嘿嘿。那条子早成了植物人,不会醒的。

白之胜:我们要做最坏打算。从现在开始,停止一切与毒品买卖有关的业务。

瘦猴:是,老爹!

白之胜(调转话题):另外,那个李铁还在大金牙手里吗?

瘦猴:在,在。我马上打电话给大金牙。

瘦猴拿起电话,拨了个号码,然后把话筒递给了白之胜。

白之胜:我是老爹。李铁听话吗?

58. 一间靠近水库的石屋子里　日　内

大金牙(手拿电话,龇牙,一脸得意):你放心吧!老爹,这货就搁在我大金牙眼皮底下。嘿嘿,我叫他撒尿他就不敢放屁。

李铁坐在石凳子上,双手被一根绳索反绑着。但这时,他已悄悄地用一块尖石片磨断了绳索。

大金牙（毫无察觉，继续和白之胜通电话）：老爹，你不能把我们的买卖全给停下来呀！停下来我们吃什么？再说，现在那些下线都在眼巴巴地瞅着我们。咦，等等！那……那货怎么一下子不见了呢？

石凳子上已空无一人。

59. 红灯笼酒店总经理室　日　内

白之胜（握电话的手颤抖）：你说什么？李铁跑了！哎，你们这群饭桶，快给我追！

白之胜狠狠地把电话摔在桌上，吓了瘦猴一跳。

60. 石屋子前　日　外

李铁从天窗里钻出身子，爬到屋顶。

大金牙带着一群手下马仔追出屋子，四下寻找目标。

李铁在屋顶上轻轻挪动脚步，朝无人的方向跳下，却弄出了一点声响。

马仔（急速转身回头）：人在那边。

大金牙（声嘶力竭）：抓住他，抓住他，别让他跑了！

一个马仔蹿了过去，让李铁一拳打翻在地上。李铁朝着后山一条小道甩腿奔跑。

大金牙：追！

61. 山道上　日　外

这是一个追逐的紧张场景。李铁奋力奔跑，不敢停下脚步。大金牙带着手下马仔紧追不放。跨过深沟，越过巨石。但两者始终隔着一段短短的距离。

62. 悬崖顶上　日　外

李铁跑着跑着，突然觉得前面无路了。原来自己跑到了悬崖顶上，脚下就是那片波光粼粼的大水库。

李铁扭头就跑，但显然已经来不及，大金牙带着手下马仔正朝着自己一步步逼了过来，越逼越近。

大金牙（得意）：跑，跑啊你，看你还能往哪儿跑？乖乖束手就擒吧！

李铁：你做梦！

李铁猛地跑到悬崖边，纵身跳入大水库。

大金牙（吃惊）：他妈的，今天碰到个不怕死的！

大金牙走到悬崖边，脚下的水库漾起一圈圈水纹。

马仔（跑到大金牙身边，低声）：老爹来了！

大金牙回头，见到瘦猴陪伴下来到这里的白之胜。

白之胜：货追回来了吗？

大金牙（伸手指向悬崖，嬉笑）：老……老爹，他不要命，跳下去了。嘿嘿，八成是死了。

白之胜（板起脸）：我要的是百分之一百。李铁还活着，会坏了我们大事的。

大金牙（挺身，大声）：是，老爹！我大金牙一定穷追不舍，活要见人，死要见尸。

白之胜（点头）：我们这些人，每天都在刀尖上走路，千万要小心。

瘦猴（得意地）：老爹，你就放心吧！就算李铁不死，他也不敢到政府那边去告我们。嘿嘿，那个条子不就是他给打成植物人的吗？

大金牙：是啊是啊，他就是活着也没地方去！

63. 大水库堤坝　傍晚　外

李铁艰难地从水库里游到了浅滩，爬上了堤坝。

此时，已是落日西斜，晚霞满天。

李铁在水泥堤坝上伸展四肢，静静地躺了一会儿，养足了精神。他重新站起来，朝着渐渐黑下来的夜幕走去。

64. 李铁妈家　夜　内

这是一幢坐落在城乡接合部的老平房，砖瓦结构，只有前后两间屋子。前间是客厅兼厨房，后间就是卧室。

李铁妈坐在前间里，正在看电视里播放的电视连续剧《玉观音》，青年演员孙俪扮演的女主角的坎坷命运深深地打动了她，使她看得热泪盈眶。

忽地，屋外响起了一阵敲门声。

李铁妈：谁啊？

李铁（声音低微）：是我。

李铁妈(调低电视声响):我听不清!你大声点,是谁?

李铁(低声):妈,我是铁儿。

李铁妈(有点心慌,起身开门,一把将李铁拉进屋子):铁儿,妈想死你了!

母子两人紧紧拥抱。

65. 客厅兼厨房 夜 内

桌上摆着几碟炒菜和一碗白米饭。

李铁和李铁妈分别坐在桌子两侧。

李铁妈看着李铁风卷残云地把饭菜吃下肚子。

李铁妈:妈听说你把一个警察打成了植物人,有这回事儿吗?

李铁(点头):是的。

李铁妈(脸露惊愕之色):哎哟!铁儿,你为什么要去打警察?

李铁:我开始不知道他是警察啊!(狠狠一拳砸在桌上)妈,我是被人给骗了!

66. 李铁的追忆(海城一家高档饭店)

李铁被瘦猴拖进一间包厢。

餐桌中间搁着一只火锅,冒着热气。在座的除了大金牙外,还有白之胜。

瘦猴:来来来,李铁兄弟。今天老爹请客,设宴重庆火锅替你压惊。

李铁(一脸怒气):还压什么惊!我老婆把整座红灯笼酒店都给折腾光了,我要找她算账去!

李铁说完转身就要离开。大金牙伸手拉住李铁,李铁被牢牢地按坐在椅子上。

大金牙:嫂子也是让人给骗的!

李铁:谁?谁?那个人是谁?

瘦猴(给李铁斟酒):兄弟,你先把这杯酒给喝了。君子报仇,十年不晚。

李铁(一口闷下了肚):我是一天都等不了!

大金牙:喝,喝,酒能壮胆!

李铁(连喝几杯酒,脸涨得通红,眼冒血丝):今天不必用酒壮胆,不是鱼死就是网破!

白之胜(缓缓起身):既然李铁兄弟有这个胆量,老爹我就不必隐瞒了。你看,(拿起遥控器,包厢内电视屏幕亮起)这几张照片,都是从你老婆手机里翻录下来的。

电视屏幕上映出一组娟子和林阿勇微笑着一起喝茶下厨的亲密照片。

李铁（青筋暴起）：是这个小白脸勾引我老婆？

白之胜（故作痛心）：哎，怪我怪我。小白脸是我引进门来的，原以为他是个老实人，谁知道却是个摘花高手。

瘦猴（点头）：当然，当然。要不红灯笼酒店怎么能一下子败光呢？

大金牙（又添上一句）：你老婆肚子里的孩子恐怕也是他的。

李铁（暴跳如雷）：快告诉我，他人在哪里？

大金牙（和瘦猴对望一眼，两人一起指向包厢门口）：你看，他已经走过来了。

李铁：我要他拿命来换！

李铁双手搭起餐桌上的火锅，朝着包厢的门口走去。片刻之后，就听到从那边传来一阵撕心裂肺的惨叫声。

白之胜脸上露出了得意的笑容。

67. 客厅兼厨房　夜　内

李铁（追悔莫及，举手掌掴自己）：事后，我才知道大金牙他们口中的那个小白脸，原来是个卧底警察。他认识娟子仅仅三个月，而红灯笼酒店半年前已经转卖掉了，新主人就是绰号老爹的白之胜。至于娟子肚子里的孩子，更是与卧底警察无关，娟子那时已经怀孕六个月了。哎，是李家的血脉啊！

李铁妈一声不响地瞅着李铁，长时间保持沉默。

李铁（害怕）：妈，你怎么光看我不说话？

李铁妈（慢慢张嘴）：铁儿，你快去公安局自首吧！

李铁（摇头）：不行，不行。妈，我打的是警察，去了不就是自投罗网吗？再说，我已经把人家打成了植物人，那是要坐牢的。

李铁妈：可你只有这么一条路。

李铁：妈，让我再考虑考虑吧！

68. 卧室　夜　内

李铁躺在床上怎么都睡不着。

睡到半夜，李铁看到他妈悄悄地从另一张床上爬起来，披着衣服走过来，到了床前，望着自己。

李铁紧闭双眼,嘴里故意发出阵阵呼噜声。

李铁妈看了李铁好一会儿,才慢慢转身离开。

69.海城公安局大门口　夜　外

李铁妈脚步匆匆地走进公安局大门,与门卫警察交谈了几句。门卫警察引导李铁妈走入了办公大楼。

70.李铁妈家门前的大街　夜　外

房门咯吱一声儿被推开了,李铁从家里走出。

李铁穿着皮夹克,头上还戴了顶鸭舌帽。

李铁走到大街上,忽然看到有辆警车朝着自己家飞驰过来。

李铁急忙拐进了旁边的一条小巷。

警车停在李家门口。

李铁妈领着刘子明、大老李等几个缉毒警察快速地走进了屋子。

李铁从小巷里闪了出来。他奔走了几步,整个身影很快消失在夜幕里。

71.客厅兼厨房　夜　内

李铁妈(无奈又气愤):唉!让这逆子给跑掉了!

刘子明(安慰):你别着急。这次我们虽然没找到李铁,但见到你这样一位大义灭亲的母亲,心里也是感到很欣慰的。

大老李:是啊是啊,刘队说得对。有你这样的好母亲帮助我们破案,再狡猾的罪犯也是逃不掉的。

李铁妈听到"罪犯"两字,脸上表情顿时变得十分僵硬。

刘子明(忙作解释):我们现在掌握的证据表明,李铁仅仅是个受骗上当者,在他背后出谋划策的人才是真正的罪犯。

刘子明的手机响了。

刘子明(通话):什么?噢,好好。我马上就来。

大老李(小声询问):头儿,是不是又出事啦?

刘子明(神情有点焦急):康康的病复发,比上次更加严重!

72.通往海城人民医院的大街 夜 外

一辆救护车疾驰而过,不停地鸣叫着警铃。

73.医院急诊室前的走廊 夜 内

康康已经被送进了急诊室,正在进行抢救。护士把童小英、陈姐和小王等人挡在了走廊上。每个人脸上都阴云密布,焦急万分。

童小英(不停地叙述):昨天刚入睡时,康康还挺好的,脸上带着笑容。可睡到半夜,他就突然全身抽筋,口吐白沫。我喊他捏他抱他,他都没反应。这可真把我给吓坏了!我不知道自己该怎么做,哎,我真是没用!

陈姐:小英,你不是做得很好吗?马上来叫我们,送康康来医院。

童小英(激烈地摇头):不不不!我应该提前给周大夫打个电话。

陈姐:别自责了。哎,刘队来了!

陈姐伸手朝走廊一指。刘子明快步走到了护士跟前。

刘子明:康康的病情怎么样?

护士:病情很不乐观,周主任正在抢救。现在已经过去一个半小时了。

周大夫(从急诊室出来,摘下戴着的口罩):刘队长,你过来一趟!

刘子明急速地走过去。

周大夫(严肃):虽然康康病情已经控制住了,但随时会恶化。现在我要尽快联系一位从事戒毒工作的专家,一起诊断医治。

刘子明(眼睛一亮):我想借你们电脑用用。

74.周大夫办公室 夜 内

周大夫把刘子明带到自己办公室,打开了电脑。刘子明上网搜索,迅速跟在广州的网友"老顽童"取得了联系。

屏幕上映出"老顽童"。

周大夫(惊喜):咦,这不是国内著名的戒毒专家杨老教授吗?

刘子明:周大夫,你也认识他?

周大夫(点头):认识,认识。我还听过他的学术讲座。杨老教授的名气大得很呐!

刘子明(笑):现在他还有个网名,叫老顽童。

周大夫：对对对，杨老教授最喜欢看金庸小说，他常常自比是《射雕英雄传》里的老顽童。刘队长，你真有办法，竟然跟他联系上了。

刘子明（起身，让位给周大夫）：现在请你跟老顽童杨老教授华山论剑吧！

75. 电脑网络上的远程医疗会诊　夜　内

电波在空中来回穿梭，快速传播。

杨老教授与周大夫远程探讨治疗康康的一个个方案，把康康从死亡边缘又给拉了回来。

76. 海城人民医院门口　日　外

头戴鸭舌帽、穿着皮夹克的中年男人从大街上走来，他就是李铁。

李铁悄然无声地拐进了医院大门。

77. 急诊室走廊上　日　内

李铁在走廊上走走停停，似乎在寻找什么。忽地，童小英抱着康康从一间病房里出来，旁边跟着刘子明。

李铁急忙转过身去，假装在看贴在墙上的一幅幅医生简介。

刘子明与童小英一边说着，一边从李铁身后走了过去。

刘子明：周大夫建议我们把康康送到广州去，让杨老教授面对面地进行治疗，使康康早点康复。小英，你与陈姐一起去怎么样？

童小英（信心满满）：刘叔，不让我去，我还有意见呐！

刘子明：好，今天下午你们就坐高铁去吧。小王已经买好火车票了。

李铁偷听到这里，立刻掉头离开。

刘子明（拿出一册封皮上画着红灯笼的日记本）：小英，这本日记是我们在娟子身上发现的，上面记录着她与林阿勇接触相处的几个片段。你带到车上看看，看完后就会正确理解娟子手机里的那几张照片了。一句话，你老公比我们想象中更出色，更优秀！

童小英（双手接过日记本，脸色有点茫然）：刘叔，我听不懂你这话的意思。

刘子明（笑）：那你还记得我在咖啡馆里跟你说过的那一句话吗？这咖啡刚喝进去是苦的，可慢慢地你就会觉得这苦中特别有滋味。

刘子明说完就要离开。

童小英（喊）：刘叔！刘叔！你等一等！

童小英（奔了上去，从身上拿出那只长命锁，打开小盒子，取出里面的微型芯片）：刘叔，我也不知道这是什么东西，我老公把它放在长命锁里，它一定很重要，你拿回去看看！

刘子明（停住了脚步，兴奋的眼神）：好！好！小英，你做得太对了，我代我们缉毒警察谢谢你。

78. 海城火车站　日　外

高速列车发出呜的一声长鸣，开出了海城火车站。

79. 缉毒大队办公室　日　内

大老李、小王等缉毒警察陆陆续续走了进来，每个人都显得疲惫不堪，脸色沉重，各自寻找一张椅子坐下。

大老李（长叹一声）：唉，这事真怪了，那些涉毒分子好像一夜之间全都改邪归正，变成了好人？

小王（点头）：如今红灯笼酒店天天正规营业，谁都挑不出一点毛病。

刘子明（走进来）：别急！狗改不了吃屎的。说不定一场硬仗即将要打响了！

80. 卧铺车厢　日　内

童小英与陈姐怀抱康康寻找着铺位。她们走到4号包厢前，伸手拉开门，发现包厢下铺上坐着个头戴鸭舌帽、身穿皮夹克的旅客。

这名旅客自然就是李铁。

童小英：你是这铺位的吗？

李铁（伸手朝上一指）：不不，我是在上铺。

李铁边说边爬上了对面的上铺。

童小英把康康放在下铺，然后拿出刘子明交给自己的日记本，坐在车窗那边，回过头看看康康。

陈姐对她微微一笑。

康康睡着了。童小英开始翻看娟子的日记。

81. 缉毒大队办公室　日　内

电话铃响。

刘子明（拿起话筒）：喂，哪位？你请讲。太好了，太好了。我们马上过来！

刘子明放下电话，满脸都是笑容。

小王（好奇）：刘队，什么事让你这么高兴？

刘子明：林阿勇有了知觉，他醒了！

大老李（与小王对望一眼，惊喜）：真的？他恢复了记忆，不是植物人了？

刘子明（挥手）：大老李，小王，你们跟我去一趟医院。走！

82. 卧铺车厢　日　内

童小英的注意力都集中在日记上，她边看边读出了声音。

童小英：四月八日，天气晴。今天真是一个奇妙的好日子，我没想到在这群恶魔中间，会突然飞进来一位天使，这位天使的名字叫作林阿勇……

童小英不敢再看下去，神情有点紧张，双手合拢了日记本。

83. 海城人民医院停车场　日　外

一辆警车开进了停车场。先从车里跳下的是刘子明和大老李，后面下来的是小王。显然，小王是开车的。

刘子明抬头望了一眼蔚蓝色的天空，心情不错。

他带着大老李和小王一起走向了住院部。

84. 卧铺车厢　日　内

童小英拿起一条毛毯，轻轻地盖在熟睡的康康身上。与此同时，躺在上铺的李铁也伸出头来，目光望了童小英和康康一眼。

李铁：你是他妈妈？

童小英（摇头）：不是。这个孩子太可怜了，妈妈死了，爸爸又不知去了哪里。

李铁：是吗？他爸一定很想他的。

童小英（长叹）：哎，但愿如此！

童小英坐回到靠窗那边，重新翻看那本日记。与此同时，陈姐朝李铁警觉地看了一眼。

85. 娟子的画外音与闪回镜头

娟子(画外音)：那时我已经怀孕六个月了，肚子也明显凸出来。尽管我知道自己不能再去碰毒品，可依然摆脱不了毒品这恶魔对我的诱惑。

娟子斜躺在一张沙发上，伸过手去拿针筒，但针筒又被另一只手给拿了过去。娟子抬头一看，原来是林阿勇。

娟子：快把它给我，给我！

林阿勇(声音不大但很有力)：我可以把它给你，但你肚子里的孩子不答应。

娟子(有点发火)：我肚子里的孩子关你什么事？快给我，我受不了啦！

娟子脸上沁出了汗水，嘴里开始冒出了白沫。

林阿勇：你要挺住，一定要挺住。想想自己马上要当妈妈了，当妈妈的人怎么能去害自己的孩子呢？

这句话似乎起到了效果，娟子垂下头去，不再大喊大叫。

林阿勇把针筒扔到一边，沏了杯茶递了过去。

林阿勇(真挚)：喝上一杯浓茶，你会感到舒服一点的。

娟子双手夺过茶杯，大口大口地喝了起来。喝完了，娟子用感激的目光望着林阿勇。

86. 住院部室外走廊　日　外

刘子明、大老李和小王快步穿了过来。护士忙迎上来，把他们三人带到了靠近走廊尽头的一间病房。

87. 娟子的画外音与一系列的闪回镜头

娟子(画外音)：这以后，他经常来看我。每次来的时候，还陪我一起下厨，那是我人生中最快乐的一段时光。

林阿勇走了过来，手里提着一只土鸡。他把鸡藏在了身后，走到娟子跟前，脸上露出调皮的笑容。

林阿勇：你猜猜，今天我给你送什么好吃的东西来了？

娟子(故意噘嘴)：又是一杯浓茶吧？

林阿勇把土鸡拎到娟子眼前。

娟子(惊喜)：土鸡？

林阿勇(点头)：这土鸡是吃虫子长大的。为了买到它,我特意到山上农庄去跑了一趟。听老人们说,怀孕的人喝土鸡汤最补身体。来,今天我要煲一锅土鸡汤给你喝。

林阿勇边说边杀鸡、褪毛,煮起了鸡汤。

娟子幸福地望着林阿勇忙碌的身影,悄悄用手机拍下了一张又一张的照片。

这时,白之胜走了进来,身后跟着瘦猴和大金牙。

白之胜：咦？好香啊！

瘦猴(和大金牙对望一眼)：他们在煮鸡汤。

白之胜(凶狠狠)：我早就闻出来了！

白之胜扫视一圈后,把目光落在林阿勇身上。

白之胜：你不是溜子(黑话,即吸毒者),是条子吧？

林阿勇(镇定,起身离开)：老爹要是这么看,那我就告辞了。

白之胜(厉声)：站住。你是我请来的客人,专门帮我做白货(黑话,即毒品)生意,怎么对煲鸡汤产生了兴趣？

娟子(奔上前去)：这土鸡汤是为我肚子里的孩子煲的。

白之胜把手一甩,大金牙和瘦猴用力拖下了娟子。

白之胜(目光凶残,扔下一副注满毒液的针筒)：假如你真是溜子,那就扎一针让我看看。

林阿勇捡起针筒,挽起衣袖,勇敢地朝着自己的手臂扎了一针。

88. 林阿勇的病房　日　内

病床上是空的,林阿勇背身站在窗台前,双手握成拳头。

刘子明、大老李和小王在护士的引领下走了进来。

大老李：刘队来看你了。

林阿勇(声音冷漠)：别来看我,我不想见任何人,我是一个废人。

大老李(有点火气)：你,林阿勇。

刘子明(伸手劝阻了大老李,语气充满真挚的感情)：不！你不是废人,是我们缉毒大队的英雄！

林阿勇的眼眶里噙满了泪水,但他始终没有把脸给扭过来。

89.又映出闪回镜头与娟子的画外音

林阿勇急匆匆地跑来找娟子。

林阿勇：老爹设了个饭局，说是来了一个大买家，一起谈生意。我怕这会是鸿门宴！如果我回不来，请你把这块长命锁保管好，以后找机会交给……（犹豫了一阵）我的老婆。

娟子：你老婆叫什么名字？

林阿勇：童小英，她会到老庙街 10 号来找我的。

林阿勇把长命锁递到娟子手里，然后转身离开。

娟子（手拿长命锁，脸色茫然）：他这一走真的就没有回来，我保管着这块长命锁，却不知道他那个名叫童小英的老婆究竟在哪里？会不会来？最后，我只好把长命锁挂在自己生下来的婴儿身上。

90.林阿勇的病房　日　内

刘子明（望着林阿勇背影，犹豫了片刻，终于大声喊出了一句）：林阿勇！现在最想见你一面的人不是我们，是从锁山村来的童小英。

刘子明说完后，拉过大老李和小王一起走出了病房。

林阿勇渐渐回转身子，晶莹的泪水噙满了眼眶。他一只握拳的手，慢慢地松了开来，手心里是一张他与童小英新婚合影的微型照片。

毫无疑问，这张小照片就是原来藏在长命锁小盒子里的那张。

91.卧铺车厢　日　内

高速列车发出咣当一阵声响，车速慢了下来。显然，又抵达了一个停靠站台。

童小英已经翻看完了这册封皮上画着红灯笼的日记，她欠了欠身子，舒展一下胳膊，目光惊讶。

下铺只剩下那块毛毯，康康不见了踪影。

上铺的李铁不见了。

陈姐也不见了。

这下子把童小英吓得不轻。童小英猛地奔过去，上铺下铺找了个遍，甚至连车厢地板上都不放过。可是，就是找不到康康。

童小英（大声呼喊）：谁抱走了他？快把康康还给我。还给我！

童小英冲出包厢,在狭窄的过道上边跑边叫,许多乘客都用奇异的目光望着她。

92.缉毒大队办公室 日 内

刘子明(拳头敲打桌子):我们不能消极等待,要改变战术,引蛇出洞。

缉毒警察顿时兴奋起来,开始窃窃私语。

刘子明(双手示意安静):先别讨论,听我把话说完,这个引蛇出洞的办法就是,马上向外界传播个假消息,林阿勇抢救无效,不治身亡。

缉毒警察们交换眼色,有的赞成,有的摇头,甚至还有先摇头后赞成的。

小王进来,和刘子明咬了一阵耳朵。

刘子明:现在大家讨论吧,我出去处理一件事情。

93.缉毒大队值班室 日 内

刘子明走进值班室,意外见到了半途返车归来的童小英。

童小英(泪流满面,带着哭腔):刘队长,我把康康弄丢了。怎么办呢?

刘子明(保持镇定):别哭别哭!小英,你再好好回忆一下,康康是怎么弄丢的?那陈姐呢?

童小英:她也不见了。

刘子明:那你在旅途中还碰到过什么人?

童小英(抹泪,抽泣):没……没什么人。只是包厢里有位头戴鸭舌帽、身穿皮夹克的男人。他坐在上铺,比我们还早到了一步。

刘子明(伸手从袋里掏出张照片,递给了童小英):是他吗?

童小英(吃惊):对!是这个人。

刘子明:他就是康康的父亲,叫李铁。

94.一个小火车站 日 外

李铁双手抱着康康,换坐一列普通客车。陈姐紧跟上去,也坐上了这趟普通客车。

普通客车咣当咣当开了一阵后,又停在一个小车站上。

李铁跟随着到站下车的人流挤到了车厢门口。他一抬头,发现大金牙正带着几个手下马仔游走在月台上。与此同时,大金牙也看到了李铁。

大金牙(狰狞):嘿嘿,真是冤家路窄。

李铁急忙又缩身退回车厢里。

95.车厢里　日　内

李铁抱着康康在空荡荡的车厢里奔跑。

马仔(在李铁的身后叫喊):站住,站住。你跑不了啦!

李铁跑进一节餐车,顺手关上了过道门。

康康又口吐白沫。

此刻,李铁觉得自己再也无法带走康康,只得把他放在一张餐桌上。弯下身去,亲吻了对方一口,然后双手扒开车窗,跳下了餐车。

陈姐跑进了餐车,见到放在餐桌上的康康,伸手抱了起来。

96.铁轨线上　日　外

大金牙正守候在铁轨线上,手里提着根大木棒。

大金牙看到李铁从车厢里跳了出来,就朝对方腰上狠狠地给了一下子。

李铁咕咚一声趴在了铁轨线上。

97.餐车厢里　日　内

康康躺在陈姐的手臂上,哇哇大哭。

陈姐从身上掏出一只奶瓶,给康康吃奶。

康康不哭了。

98.缉毒大队值班室　傍晚　内

小王(兴奋地跑进来,大声喊道):刘队,刘队,康康找到了!

刘子明:快说说具体情况。快说说!

小王:陈姐刚从火车站打来电话。说在一列普通客车的餐车上发现了康康,可李铁不见了。

99.海城火车站　夜　外

刘子明带领着大老李、小王赶到了火车站。

陈姐抱着(康康跑了过来,焦急地):刘队,我们去不了广州了,怎么办?

刘子明：别急！别急！我已联系上了杨老教授，他坐上飞机正从广州赶过来了。其余的人跟我一起沿着铁路轨道寻找李铁！

大老李、小王：是！

100. 云南边境线上　夜　内

手机响了。

白之胜（拿起话筒）：嘿嘿！李铁又控制在我们手里了。我一定重赏你们！大金牙，你放心，老爹我铁齿铜牙，绝不食言。

白之胜放下话筒，有点儿喜不自禁。

瘦猴走了进来。

瘦猴：老爹，还有一个更大的好消息呐！

白之胜（挥手）：快说！

瘦猴（挤眉弄眼）：那个条子不治身亡，死了。

白之胜（惊喜）：太好了。这么说，今天我们是双喜临门啊！

101. 海城的上空　日　外

一架大型客机掠过城市的上空，飞落到机场。

102. 缉毒大队办公室　日　内

银幕上，幻灯机不断映出涉毒团伙的制毒工场的照片：大量的罂粟果等原料，一台台搅料机和一袋袋的毒品颗粒。

刘子明：以白之胜为首的涉毒团伙的制毒工场，位于云南省与缅甸的边境线上，那里就是臭名远扬的金三角地区。林阿勇同志潜伏毒巢做卧底期间，掌握了这份情报并制成微型芯片，塞到了后来戴在康康脖子上的那块长命锁里。现在毒品的上线源头已经侦查清楚，我们可以收网了。

缉毒警察们兴奋异常，纷纷摩拳擦掌，准备投入战斗。

刘子明：陈姐，你去红灯笼酒店，抓捕瘦猴归案。

陈姐（起身，大声）：是！

刘子明：大老李，你带几个人去包围水库边的石屋子，别让大金牙跑了。另外，也要注意别伤害李铁。

大老李（起身，大声）：一定完成任务！

刘子明（目光落在小王身上）：我和小王马上飞往云南，和当地缉毒警察配合，销毁制毒工场，抓捕白之胜。

103.红灯笼酒店和石屋子（左右分隔镜头）

画面分隔成左右两半，同时开展剧情。

左边是陈姐以客人身份，不露声色地走进红灯笼酒店，乘上电梯，来到总经理室，十分顺利地将瘦猴抓捕归案。

右边是大老李一脚踢开石屋子大门，几个缉毒警察蜂拥而入。大金牙见势不妙，举棒抵抗，却被大老李一枪击中了手腕，只好乖乖就擒。

警察们又在石屋子里发现奄奄一息的李铁，用担架把他抬上了警车。

104.海城机场候机大厅　日　内

刘子明和小王走进了候机大厅。身后跟着童小英。

童小英（疑惑）：刘叔，你和小王兄弟一起坐飞机去云南，为什么还要带着我呀？

刘子明（微笑）：今天你要替我在机场接一位从广州飞来的客人。

童小英：从广州飞来的客人？

刘子明（点头）：对，国内最著名的戒毒专家杨老教授，网名老顽童。（眼睛一亮，伸手指向出机口）你看，客人到了！

童小英（惊喜）：是吗？这太好了！

走过来的果然是杨老教授。他银须白发，精神饱满，手里推着一只大旅行箱。

刘子明和杨老教授热情握手，又把他介绍给童小英。

童小英（兴奋）：康康有救了！

105.一辆奔驰的出租车里　日　内

后排坐着的是童小英和杨老教授。

童小英（抱歉）：杨老教授，本来应该是我带着康康去你们广州的，可现在却是你这么大年纪飞到我们海城来，真是不好意思。

杨老教授：一样，一样的。再说，你们刘队长又交给我一项特殊任务啊！

童小英：什么特殊任务？杨老教授，你快说给我听听！

杨老教授（笑，摆手）：这个我现在还不能说，到时候你一定会知道的。噢，对了,今后你别再喊我杨老教授,叫我老顽童。你们刘队长就是通过老顽童这网名才认识我的。

童小英:老……老……(开不了口)那我喊你杨老爷爷吧!

106.云南省昆明机场　日　外

刘子明和小王下了飞机,与云南省缉毒大队的警察们会面、握手,然后又一起坐上了警车,风驰电掣地开出了机场。

107.海城人民医院急诊室　日　内

杨老教授和周大夫会面,两人共同商讨使康康彻底恢复健康的治疗方案。

108.云南与缅甸接壤的边境线上　日　外

高大的芭蕉树下是涉毒团伙的制毒工场。破旧的人造塑料板围成了一圈儿,从外观上根本看不出什么,里面却是每时每刻都在生产毒品。

这些白色的颗粒(K粉、冰毒和摇头丸)为涉毒团伙创造了巨大的利润。

白之胜躺在一张吊床上,摇来晃去,神色十分得意。

刘子明、小王和云南省缉毒警察突然从天而降。

经过一场激烈的枪战,白之胜中弹身亡。

109.海城公安局缉毒大队办公室　日　内

童小英抱着康康走进来。此刻,康康已是满脸红光,十分神气。

康康在一个接一个的缉毒警察手里被传递。最后,落到了陈姐的手里。

陈姐:你们看,你们看,康康笑了!

李铁妈(搀扶着身上缠满绷带的李铁走了进来):听说我家大孙子恢复健康了?

陈姐把康康交给了李铁妈。

李铁妈(老泪纵横):我们李家有后了!

李铁猛地屈膝下跪,朝着每位缉毒警察砰砰地磕头。

童小英(背过身子,举手擦去眼眶里流出的泪水。这时,突然感到自己肚皮一下子疼了起来):哎哟!我肚子痛了!恐怕要生了!

110. 医院产科病房　日　内

一声清脆的婴儿啼哭声响彻了病房。

童小英顺利地生下了一个白白胖胖的婴儿。现在，婴儿安静地躺在她的身边。

刘子明、大老李、小王以及陈姐都涌了进来，围住了病床。

小王：男的？女的？

陈姐：小英生下来的是一个男孩。

大老李（兴奋）：哎哟，太好了！又给我们缉毒警察添了一个新生力量！

刘子明（扭头吩咐小王）：你快去告诉林阿勇一声！

小王：是！

童小英（猛地从病床上跃起身子）：等等！你把这块长命锁交给我老公。

111. 林阿勇的病房　日　内

杨老教授正在示意护士用一台治疗仪，给林阿勇检查身体康复情况。

小王（推门进来）：刘队叫你过去！

林阿勇（扭转头，眼睛一亮）：又有什么新任务？

小王：没有。你还不知道呀！林阿勇，你已经有儿子了！

林阿勇（欣喜若狂）：真的？

小王（拿出了那块长命锁）：这是嫂子特意叫我带给你的。

林阿勇接过了长命锁，拉着小王一起走出了病房。

护士：这……（欲想阻拦）

杨老教授（笑了）：让他去吧。我已经用这台治疗仪使他完全消除了毒瘾，恢复了健康。这台治疗仪是我多年研究的成果，目前在世界戒毒领域中也是领先的。这次华山论剑，我老顽童的《葵花宝典》就是它！

护士在杨老教授的感染下，脸上也露出了笑容。

112. 医院产科病房　日　内

林阿勇走了进来，他在刘子明、大老李、陈姐以及小王等缉毒警察的簇拥下，坐在了童小英的病床旁边。

童小英：老公，你的愿望实现了！生下来的是儿子，以后可以接你的班，满意了吧？

　　林阿勇（热泪盈眶）：这……老婆，你辛苦了！

　　童小英（急切地盼望着）：老公，知道你现在最应该做的是什么吗？快把外婆传下来的礼物送给我们儿子啊！

　　林阿勇双手举起那一块金灿灿的长命锁，挂在了婴儿的脖子上。

　　婴儿甜甜地笑了。

　　定格。

（剧　终）

附 录

实验越剧

梁山伯与朱丽叶

> 一边是"化蝶"的《梁山伯与祝英台》,一边是"殉情"的《罗密欧与朱丽叶》,东西方文化史上的两部爱情绝唱,命中注定要被联系在一起。
>
> ——题记

人　物

梁山伯　女,名叫罗兰,饰演"梁山伯"的越剧小生演员。
四　九　一个饰演书童的龙套演员,因此,她的真名实姓就不显重要了。
王少娟　越剧花旦演员,戏中饰演"祝英台"。
冯亚男　"梁祝"剧团的女导演兼团长。
朱丽叶　意大利少女,中国梁祝文化爱好者。
安东尼奥　朱丽叶的爷爷。

时　间

当代(演出中,时光会不断返回到古代某个年月)。

地　点

中国江南名城与意大利维罗纳市。

1

〔一束追光打在舞台上。光圈中,映出一位对镜化妆、穿戴戏服的越剧小生演员,她名叫罗兰。

梁山伯 (充满诗意地朗诵)……脚灯渐渐亮起来了,它就像一双巨大的手,把我一下子推上舞台。噢,从这一刻开始,原来的我已经不复存在——那个名叫罗兰的女孩在你们眼前消失了,她化作戏文中的一个角儿……对,今夜这角儿赫赫有名,是千古传唱的"梁山伯"!

  (唱) 描眉勒头巾,
     束胸换衣襟,
     抬起厚底靴,
     圆场走一程……
     须臾间,倒转时空数百年,
     我与角儿分不清!

〔罗兰穿戴好梁山伯的戏装,在灯光追逐下,走了一圈圆场。

梁山伯 (停步,朝幕侧喊叫)四九——

〔"噢,来了!来了——"四九从幕侧奔上。

梁山伯 哎哟!四九,你怎么到现在还没有穿上戏服?快下去,我们马上就要排练"草桥结拜"这一段戏……

四 九 好好!

〔四九跑下。少顷,她身穿戏服、肩挑行李复上。

四 九 请问公子,此行去何方?

梁山伯 杭州城内万松书院。

  (唱) 离故乡,别双亲,
     求学上杭城,
     见前面一座古凉亭,
     叫声四九停一停!

四 九 (唱) 刚刚起步又要停,
     不知出了啥事情?

梁山伯 (唱) 弯弯山道十八坡,

　　　　　　　　双腿走得酸沉沉……

四　九　（唱）我肩挑行李不觉累，
　　　　　　　　他空手走路喊不行，
　　　　　　　　这真是书童身子是铁打，
　　　　　　　　公子双腿纸糊成！

梁山伯　胡说什么？（脸色不悦）你乱加唱词，这戏还能往下演吗？唉，我找冯导去，另外换一个"四九"来——（欲下）

四　九　（忙拦住对方）不用不用，四九再也不乱加唱词了！（伸手一指）公子，你看，前面就是草桥，我们到亭子里去稍坐片刻，如何？

梁山伯　这话才说得有理！

　　　　〔舞台上映出了一座古凉亭。罗兰往前走了几步，突然又站住不动。

四　九　这凉亭里有人？（眼睛忽地一亮，打趣地）相公，那一定是英台小姐在亭子里等你哪！

梁山伯　（神情有点慌张）不不！不是她呀！

四　九　这倒有意思，不是祝英台又会是谁呢？嘿嘿！（笑着退下）

　　　　〔少顷，朱丽叶走出了古凉亭。

朱丽叶　请问这位先生是否叫梁山伯？

梁山伯　我不姓梁，我叫罗兰，舞台上演的角儿才叫梁山伯。咦，你是谁呀？蓝眼睛，红头发！

朱丽叶　罗兰？不不，我还是叫你梁先生吧！
　　　　（唱）我来自美丽的意大利，
　　　　　　　维罗纳是我的出生地，
　　　　　　　伟大的莎士比亚，
　　　　　　　在那里写下了一出名剧。
　　　　　　　啊！《罗密欧与朱丽叶》，
　　　　　　　它与贵国的"梁祝"比翼齐飞！

梁山伯　噢，这么说，你就是莎士比亚先生笔下的朱丽叶小姐？

朱丽叶　莎翁笔下的朱丽叶已经死去了400年……我只是她的一个崇拜者，因此，我爷爷也替我取了一个相同的名字，叫朱丽叶。可现在我崇拜的人又多了一个——那就是你梁先生！（少顷，话锋一转）我曾经给你写过许多信……

梁山伯　每个信封上,都写着中国的"梁祝"剧团梁山伯先生收,是不是?
朱丽叶　Si。(意大利语:是的)
梁山伯　这些信笺我都收到了。朱丽叶小姐!
　　(唱)　你千里传书寄鸿雁,
　　　　　每一封来信我都看仔细,
　　　　　一个碧眼红发的西洋人,
　　　　　却与中国戏曲心相连。
　　　　　只是你提出想演祝英台,
　　　　　这件事恐怕有点不容易……
朱丽叶　哎哟,你怕什么呀!
　　(唱)　祝英台女扮男妆求真爱,
　　　　　这性情命运就像朱丽叶,
　　　　　一样的举止,
　　　　　一样的脾气。
　　　　　心心相印灵犀通,
　　　　　古今中外无二致,
　　　　　神似胜过形相同,
　　　　　我来演她肯定没问题!
梁山伯　那……那就试一试吧!(少顷,脸色为难地)可你这身打扮?
朱丽叶　戏服我都带来了!(在舞台上穿戴起祝英台的戏服)你看,怎么样?
梁山伯　(惊喜地)咦,倒是蛮像的。
朱丽叶　那还不赶快与我配戏!
　　〔舞台上重新转入"梁祝"的一段演出。
梁山伯　英台兄,山伯有言,只是难以启齿!
朱丽叶　有何见教?小弟无不从命。
梁山伯　恕我直言了!
　　(唱)　想山伯无兄又无弟,
　　　　　亦无妹来亦无姐,
　　　　　有缘千里来相会,
　　　　　得遇仁兄心欢喜。
　　　　　意欲与你两结拜,

未知仁兄可愿意？

朱丽叶 （唱） 多承仁兄不见弃，

金兰结拜为兄弟，

从此读书有良伴，

小弟哪有不愿意？

梁先生，是这段唱词吗？

梁山伯 不错！不错！接下去，我们就要演草桥结拜……

朱丽叶 Sono d'accordo。

梁山伯 等等！这"Sono d'accordo"是什么意思？

朱丽叶 它是意大利语，意思就是"对"或者"我同意"。

梁山伯 原来如此，（故作严肃地）可现在你已经是祝英台，嘴里应该讲中国话，知道吗？

朱丽叶 同意！同意！（又投入演出中）旅途之中未带香烛，这便如何是好？

梁山伯 不妨撮土为香——（边说边跪了下去）你我对天一拜！

朱丽叶 对天一拜？（也学着对方模样下跪，一不留神，趴坐在地上）哎哟！（然后很快消失了身影）

梁山伯 贤弟！贤弟！（朝着空旷的舞台，大叫一声）朱丽叶——

〔冯亚男与王少娟走上了舞台。

冯亚男 罗兰！你在喊什么？

梁山伯 （神情迷惘地）我，我……冯导，刚才我喊过吗？

冯亚男 问你自己吧，别总是神色恍惚的，要打起精神来！（少顷，严肃地）再过几天，我们"梁祝"剧团马上就要出访意大利了。这次出访，是意大利维罗纳市议会厅点名邀请的，机会来之不易呀！大家一定要把戏给排练好，争取到具有2000多年历史的露天古剧场上，去演出我们的《梁山伯与祝英台》！

梁山伯 噢，这是真的？

冯亚男 当然是真的。罗兰，你首先要演好梁山伯！（转过脸去）王少娟，你扮演祝英台。今天我冯亚男要在这里，看着你们两个角儿排练"草桥结拜"这场戏！

王少娟 罗兰，我们开始吧！

梁山伯 （突然，从嘴里蹦出了这么一句意大利语）Sono d'accordo。

〔众人都惊愕不已……灯暗。

2

〔黑暗中,响起了急促的电话铃声。灯光转亮,冯亚男接听电话。

冯亚男 出国护照已经办下来了?这太好了!谢谢,谢谢!(又接听另一个电话)什么?行李大大超重?哎哟,我们这些都是演戏的道具、布景,少一件都不行呀!帮帮忙,想想办法!好好,我这就打电话联系——(放下这个电话,又拿起了另一只话筒)喂喂!是市外事办吗?我找王主任……他不在?什么时候回来?不知道!

〔在冯导打电话的过程中,身穿戏装但没有戴上冠帽的罗兰脚步轻轻地走了上来。

冯亚男 (想再拨一个电话,抬头一看,停下了动作)咦,罗兰,你怎么不去排戏?站在这里做什么?

梁山伯 冯导,我想与你说一件事情……

冯亚男 哎哟,现在正忙着哪!快讲快讲!

梁山伯 (双手捧出一盘录像带)意大利的朱丽叶小姐不但给我寄来了许多信,最近她还特意寄来了一盘录像带。

冯亚男 一盘录像带?

梁山伯 对,都是她学唱祝英台的。我看了以后,觉得朱丽叶小姐演得还蛮是像模像样呢!

冯亚男 唉!罗兰呀罗兰,你这脑子里怎么到现在还想着她?要多想一想梁山伯!

梁山伯 冯导!

(唱) 朱丽叶虽说远在意大利,
对"梁祝"却是着了迷,
她千里寻师作指点,
我们能否帮她实现这心愿?

冯亚男 (唱) 胡闹胡闹真胡闹,
你这想法太幼稚,
朱丽叶是个西洋人,

　　　　　岂会演我中国戏？

梁山伯　这也不是没有先例的。你看,电视里播出的那个名叫大山的加拿大人,人家和姜昆同台演出,说相声说得比我们中国人还要溜呢!

冯亚男　大山是大山,她是她,两者是不一样的。

梁山伯　为什么不一样？

　　　　（唱）　常言道,功到自然成,
　　　　　　　　铁棒磨针不稀奇,
　　　　　　　　更何况,世界是一个地球村,
　　　　　　　　你中有我,我中也有你。
　　　　　　　　演一出"梁山伯与朱丽叶",
　　　　　　　　说不定是一个绝妙创意!

冯亚男　梁山伯与朱丽叶？你这想法也太离谱了！朱丽叶演得再好,还能超过王少娟？好了好了！我不跟你多说了,现在我还要去找外事办王主任解决行李问题哪！（转身急下）

梁山伯　冯导！冯导——

　　　　〔四九走上。

四　九　公子,英台小姐来了!

梁山伯　噢!（神情恍惚地）来的是哪一个祝英台？

四　九　你这话可问得奇怪,不就是和你配戏的王少娟吗？我们剧团里除了她外,谁还能演得了英台小姐呢？（伸手朝幕侧一指）你看你看,她来了!

　　　　〔四九退下,王少娟手里拎着两只戏剧面具走上。

王少娟　罗兰,今天我想演的角儿不是祝英台,是朱丽叶!

梁山伯　（吃惊地）什么？你要演朱丽叶？

王少娟　对！莎翁笔下的朱丽叶小姐。

梁山伯　你这想法是怎么来的？

王少娟　嘻嘻！不就是从你这里偷偷学过来的吗？（一字一句地）罗兰,我倒认为你的想法,是一个不错的创意。一个意大利少女要演祝英台,难道我就不能去反串朱丽叶吗？（戴上一只面具）更何况我们这次要出访的那座城市维罗纳,正是莎翁当年写出名剧《罗密欧与朱丽叶》的地方。

梁山伯　这话倒还说在理上……
王少娟　（充满憧憬地）假如我们梁祝剧团也能演出莎士比亚名剧,那一定会引起轰动的!

　　（唱）艺术创新不能含糊,
　　　　　陈旧的框框需要突破!
　　　　　今天我带来了戏剧面具,
　　　　　定叫你梁山伯变成罗密欧……

梁山伯　我戴上面具,就成了罗密欧?（也试着把面具戴上,顿时有了一种奇妙的感觉）嘻嘻!说变也真变了呢!

　　（唱）这一对面具真奇妙,
　　　　　戴上它就像着了魔,
　　　　　咿咿呀呀说洋话,
　　　　　灵魂飞出旧躯壳。

王少娟（唱）它引导你我两个人,
　　　　　走进了莎士比亚的戏剧王国!

梁山伯　接下去,我该怎么演呢?
王少娟　咦,你没读过莎士比亚的名剧《罗密欧与朱丽叶》吗?
梁山伯　读是读过了,可一时记不牢台词。
王少娟　让我来告诉你吧!（进入表演）罗密欧在假面舞会上看到朱丽叶,就惊喜地叫起来:

　　（朗诵）啊!火炬远远不及她的明亮,
　　　　　她好比美洲黑人耳唇上的钻石,
　　　　　那种美丽真是天下少有!
　　　　　她站在女伴们中间,
　　　　　就像是乌鸦群中的一只雪白的鸽子,
　　　　　我要牢牢地跟在她的身边,
　　　　　想办法去握一握她的纤纤素手。
　　　　　啊!在今天之前,我爱过吗?
　　　　　没有,
　　　　　因为只有在今晚我才见到了真正的美丽!

梁山伯　这真是一段美丽的台词!

王少娟　你记住了没有?
梁山伯　记住了。
王少娟　那就开始吧!
梁山伯　啊!火炬远远不及她的明亮……
〔音乐声起,罗兰一边朗诵着台词,一边和王少娟跳起了华尔兹舞。灯光渐渐变得十分迷离、神秘。最后,王少娟隐去,一束灯光只照在罗兰身上,她举手慢慢地摘下了面具……与此同时,舞台上又出现了身穿戏装的朱丽叶。

朱丽叶　梁先生,你怎么演起了莎士比亚戏剧?
梁山伯　这……就像你喜欢演"梁祝"一样!噢,对了!朱丽叶小姐,你寄来的录像带我收到了,可以看出你的模仿能力挺强的,祝英台那几段唱词你都唱对了,就是缺少一点韵味……
朱丽叶　韵味!韵味是什么意思?
梁山伯　这是我们中国戏曲特有的一种艺术品质,尤其是越剧,她的表演细腻温柔,唱腔婉转美妙。
朱丽叶　那你快教教我吧!
梁山伯　可我们剧团的冯导却说——我跟你是在胡闹!
朱丽叶　哎哟!她才胡闹哪!思想这么保守,还做什么导演呢?
梁山伯　噢!(话锋一转)朱丽叶小姐,我想问问你,为什么你对演祝英台这样感兴趣?
朱丽叶　因为我爷爷就是一个梁祝迷!
梁山伯　你爷爷?
朱丽叶　对!我爷爷名叫安东尼奥,今年已有70高龄了,他是我们维罗纳市议会厅的前议长。噢,这么说吧,这次你们来意大利维罗纳市,是我爷爷向市议会厅提的建议!我爷爷说——
　　　　(唱)　东西方两出爱情戏,
　　　　　　　本是同根生来并蒂莲。
　　　　　　　他从小对贵国文化很喜欢,
　　　　　　　"梁祝"使他着了迷。
　　　　　　　潜心研究几十年,
　　　　　　　人老发白志不变,

从此后我也学中文，

西洋女 ——

定要把英台小姐来扮演！

梁山伯 （被对方的一片诚心所感动，决然地）好！原来是这样。朱丽叶小姐，现在就是冯导再来说我是胡闹，我也愿意继续跟你胡闹下去！今天，我们一起来演"十八相送"，怎么样？

朱丽叶 没问题！"梁祝"的剧本我不知读过了多少遍，每一段唱词我都能倒背如流的。

梁山伯 那就开始吧！

〔两人又一道转入"梁祝"的演出。

梁山伯、朱丽叶 （合唱）

三载同窗情如海，

山伯难舍祝英台，

相依相伴送下山，

又向钱塘道上来……

朱丽叶 梁兄请！

梁山伯 贤弟请！

朱丽叶 （唱） 出了城，过了关，

但只见山上樵夫把柴担。

梁山伯 （唱） 赶早落夜多辛苦，

打柴度日也艰难。

朱丽叶 梁兄呀！

（唱） 他为何人把柴打？

你为哪个送下山？

梁山伯 （唱） 他为妻儿把柴打，

我为你贤弟送下山。

朱丽叶 唉！这句话我白问他了！

（唱） 过了一山又一山，

梁山伯 （唱） 前面到了凤凰山。

朱丽叶 （唱） 凤凰山上百花开，

梁山伯 （唱） 缺少芍药与牡丹。

朱丽叶　（唱）　梁兄若是爱牡丹，
　　　　　　　　与我一同把家还，
　　　　　　　　我家有枝好牡丹，
　　　　　　　　梁兄要摘也不难！

梁山伯　（唱）　你家牡丹虽然好，
　　　　　　　　可惜是路远迢迢怎来攀？

朱丽叶　我这句话又白说了！
　　　　（唱）　青青荷叶清水塘，
　　　　　　　　鸳鸯成对又成双，
　　　　　　　　梁兄啊！英台若是女红妆，
　　　　　　　　梁兄你愿不愿配鸳鸯？

梁山伯　（唱）　配鸳鸯，配鸳鸯，
　　　　　　　　可惜你英台不是女红妆！

朱丽叶　谁说我不是？
梁山伯　咦，你就是不是呀！
朱丽叶　我就是！我就是！
　　　　（唱）　英台就是女红妆，
　　　　　　　　十十足足娇姑娘，
　　　　　　　　杭城求学整三年，
　　　　　　　　只是身上多了件男儿装。
　　　　　　　　可叹你梁兄眼力差，
　　　　　　　　不辨雄雌做同窗；
　　　　　　　　可叹你梁兄性情傻，
　　　　　　　　从来不作非分想；
　　　　　　　　可叹你梁兄心愚笨，
　　　　　　　　十八里相送白走了一场。
　　　　　　　　我左启发来右比喻，
　　　　　　　　费尽心机也难以使你明真相！

梁山伯　停止！停止！"十八相送"里哪有这样的唱词？
朱丽叶　这段唱词是我自己加上去的。
梁山伯　噢，怪不得我一听就觉得你不像祝英台！

朱丽叶　我不像祝英台,你说像谁呢?
梁山伯　刚才你那么一唱——(长叹一口气)唉!你就变成莎士比亚笔下的那个朱丽叶了!
朱丽叶　(笑)嘻嘻!我不就是朱丽叶吗?(少顷,脸色庄重地)……不过,刚才我跟你演了这一段"十八相送",心里更加喜欢英台小姐。
梁山伯　噢,你喜欢她什么?
朱丽叶　英台小姐不但相貌俊秀,更是聪明过人,她见梁山伯愚笨得像一只呆头鹅,就假托九妹,自己给自己做起媒来了呢!
　　(唱)　我临别想问你一句话,
　　　　　问梁兄你家中可有妻房配?
梁山伯　(唱)　你早知愚兄未婚配,
　　　　　今日相问为何来?
朱丽叶　(唱)　要是你梁兄亲未定,
　　　　　小弟替你来做大媒。
梁山伯　(唱)　贤弟替我来做媒,
　　　　　但未知千金哪一位?
朱丽叶　(唱)　就是我家小九妹,
　　　　　不知你梁兄可喜爱?
梁山伯　(唱)　九妹今年有几岁?
朱丽叶　(唱)　她与我同年乃是双胞胎。
梁山伯　(唱)　九妹与你可相像?
朱丽叶　(唱)　她品貌就像我英台。
　　(摸出玉扇坠)这是我家九妹交给小弟的一件聘物,请梁兄好好收藏。
梁山伯　真好看!一对美丽的玉蝴蝶。
朱丽叶　梁兄你千万别误了佳期!
　〔幕后合唱:
　　　　临别依依难分开,
　　　　七巧之前我家来,
　　　　聘物就是玉扇坠,
　　　　万望你梁兄花轿早来抬!
　〔灯光徐徐熄灭。

3

〔灯光转亮,四九捧着一本书跑上了舞台。

四　九　（叫喊）罗兰,罗兰——(四周没有回答,最后使劲喊道)梁——山——伯!

〔罗兰走上。

梁山伯　四九,你这么大声叫喊干什么?

四　九　哎哟!我喉咙不大一点,公子,你能跑出来吗?（把书重重地扔在对方手上)给!

梁山伯　一部莎士比亚剧本选。(情不自禁地读出了声音)《罗密欧与朱丽叶》!(惊讶地)四九,你是从哪里弄来这本书的?

四　九　图书馆里借来的。唉,为了弄到这本莎士比亚剧本,还真的不容易哪!
（唱）　跑断了腿,
　　　　磨破了嘴,
　　　　挺大一座图书馆,
　　　　只剩下这最后一册藏在大书柜。
　　　　四九我,苦苦哀求老馆长,
　　　　这才把《罗密欧与朱丽叶》借出来!

梁山伯　（唱）　我又没有叫你去借书,
　　　　你如此这般白受罪!

四　九　（唱）　白受罪,罪白受,
　　　　这任务是冯导来分配,
　　　　她说道出访日期已临近,
　　　　演出剧目还需调整再准备!

梁山伯　还要再调整演出剧目?

四　九　千真万确,一点不假!

梁山伯　我找冯导去问一问,她这到底是什么意思。(欲下)

〔冯导走上。

冯亚男　我来给你做解释!

〔四九悄悄退下。

梁山伯　（停步）冯导！这本《罗密欧与朱丽叶》……
冯亚男　是我叫四九专门替你借来的。罗兰！
　　　　（唱）那一天，你大胆对我提创意，
　　　　　　　我心急火燎朝你发脾气，
　　　　　　　谁知事后想一想，
　　　　　　　你这创意有道理。
　　　　　　　梁山伯反串罗密欧，
　　　　　　　文化交流定能增添新友谊！
梁山伯　（吃惊地）你说什么——叫我去演罗密欧？不行！不行！完全不行！
冯亚男　罗兰同志，这是你的不对了。
梁山伯　我的不对？
冯亚男　人家王少娟还没等我开口说话，就主动要演朱丽叶。那你这个梁山伯就不能去演罗密欧吗？（语气严肃地）更何况我已把你这个创意，向上级有关部门作了汇报，领导们听了都眼睛一亮——没有一个不支持的！
梁山伯　这……可我还需要准备准备哪！
冯亚男　那就从现在起开始准备，反正演的只是小小一段戏，用不着特别紧张。（拍了拍罗兰肩膀）请读一读剧本中的第二幕。对，就演第二幕！
〔冯亚男转身走下，静场。
梁山伯　（苦笑）嘿嘿，这冯导来了个一百八十度大转弯，真的要叫我去演罗密欧？
〔舞台上又射下一束灯光。光圈里，映出了朱丽叶。
朱丽叶　梁先生，你怕什么呀！现在让我来教你演罗密欧。
梁山伯　你教我演戏？
朱丽叶　是呀，梁先生！
　　　　（唱）曾记得我鸿雁传书作试探，
　　　　　　　远隔千里要演祝英台，
　　　　　　　你半点嘲讽都没有，
　　　　　　　认真与我把戏配。
　　　　　　　一招一式来指点，

每段唱腔教几回，
今日你反串罗密欧，
我岂能袖手旁观不理睬？

梁山伯　（唱）　有情有义的朱丽叶，
你心中好意我钦佩，
今日演这罗密欧，
那梁山伯这角儿留给谁？

朱丽叶　（唱）　梁山伯与罗密欧，
两个角儿你一肩担！

梁山伯　我一个人去演两个角色？

朱丽叶　对！

　　　　（唱）　叫你去演梁山伯，
你把梁兄从头扮，
叫你去演罗密欧，
面具一戴也不难。
他俩本是人间多情种，
一树两花分不开！

梁山伯　噢，我明白了！朱丽叶小姐，你真是不简单呀！

朱丽叶　明白就好了，我们把戏给排起来吧！刚才你们冯导要你看剧本中的第二幕戏——那幕戏名叫"阳台会"！

梁山伯　（脱口而出）你说什么——"楼台会"？

朱丽叶　错了错了！不是"梁祝"里的楼台会，现在要演的是《罗密欧与朱丽叶》中的"阳台会"。罗密欧与朱丽叶在假面舞会上一见钟情，当天夜里，罗密欧就偷偷地潜入了朱丽叶家的花园……

梁山伯　唉，那还不如干脆叫作花园会吧！

朱丽叶　罗密欧翻过高墙。这时，朱丽叶正站在那座高高的阳台上，自叹自语！
（进入了表演，朗诵）
啊！罗密欧，罗密欧！
为什么你偏偏要叫罗密欧这个名字呢？
（见对方没有反应，催促地）梁先生，你快接下去演呀！

梁山伯　我演什么呢？

朱丽叶　快看剧本,剧本上不是写着你要说的台词吗?

梁山伯　噢!（忙看剧本进行朗诵）

　　　　　　我自己都痛恨这个名字!
　　　　　　因为它是你的仇人,
　　　　　　今夜起,我就永远不叫罗密欧了,
　　　　　　我有了一个新的名字,
　　　　　　那个名字就叫 —— 爱!

　　　　（情不自禁地赞叹起来）啊!这一段台词写得多么漂亮哇!

朱丽叶　当然!这是莎士比亚名剧,台词还能不漂亮吗?（突然神情紧张地）哎哟!他们来了,我不能再留在这里 —— 再见!（迅速隐去）

　　　　〔罗兰双手捧着剧本,愣在了原地。少顷,冯亚男与王少娟走上,尾随着四九。

冯亚男　罗兰,《罗密欧与朱丽叶》第二幕你看得怎么样啦?

梁山伯　我正在读呢!

冯亚男　现在时间紧迫,只能边看剧本边进入排练。（转身）四九,你去把那道阳台景片给搬上来!

四　九　哎!

　　　　〔舞台上很快立起了朱丽叶家的阳台。

冯亚男　这就是朱丽叶家的花园。王少娟,你站在那阳台上,来演朱丽叶。（王少娟登上了阳台）罗兰,你饰演罗密欧。开始吧!

王少娟　（朗诵起台词）

　　　　　　啊!罗密欧,罗密欧!
　　　　　　为什么你偏偏要叫罗密欧这个名字呢?

梁山伯　（随后,也开始朗诵）

　　　　　　我自己都痛恨这个名字!
　　　　　　因为它是你的仇人,
　　　　　　今夜起,我就永远不叫罗密欧了,
　　　　　　我有了一个新的名字,
　　　　　　那个名字就叫 —— 爱!

冯亚男　（兴奋地）好好!表演得十分出色,继续演下去……继续!

王少娟　（感叹万分地）啊!这是一个多么令人销魂的夜晚!

|（唱）|我的耳朵，
听到了美妙的声响，
我的眼睛，
见到了玫瑰的芬芳。
告诉我吧，熟悉的陌生人，
你是怎么越过这高高的围墙？

梁山伯　（唱）是爱情织成了我的翅膀，
再高的围墙也无法把我阻挡，
阳台上站着美丽的姑娘，
她的目光早已把我胸口灼伤！

王少娟　（唱）假如让我的家人发现你，
这里就会变成你丧生的地方！

梁山伯　（唱）他们的仇恨，
早就失去了方向，
手中的利剑，
也没有了力量！
夜色紧紧把我裹藏，
像是穿上一件铁甲的衣裳，
我已觉得自己活了很久很久，
不知道什么叫作死亡！

王少娟　今夜是谁引导你来到了这里？

梁山伯　这……哎哟，我忘记了台词。（四处寻找）剧本呢？我要看一看剧本！

冯亚男　别找了！（伸手指向阳台上的王少娟）是她是她！是她把你引导到这里来的！

梁山伯　（突然，脱口而出）贤弟！

王少娟　（也一下子愣住了神情）你说什么？梁兄！

梁山伯　贤弟啊！

　　　　（唱）那一日钱塘道上送你归，
你说家有小九妹。
长亭上面做的媒，
愚兄是特地登门求亲来……

冯亚男　哎哟,全乱套哇!(哭笑不得)嘿嘿!这"阳台会"一转眼变成了"楼台会"!
〔灯灭。

4

〔舞台上响起了小提琴协奏曲"梁祝"。灯光渐渐转亮,意大利维罗纳市。银须白发的安东尼奥先生坐在一把轮椅上,他静静地听音乐。少顷,朱丽叶匆匆地跑上。

朱丽叶　爷爷!爷爷!
安东尼奥　别大声叫嚷!(招了招手)你过来一块听,收音机里又在播放小提琴协奏曲"梁祝"。这支乐曲如今风靡全世界,还被送到卫星上去播放!你知道吗?
朱丽叶　知道知道!爷爷,这话你不知讲过多少遍了!(走上去,关掉收音机)
安东尼奥　咦,你怎么把它关掉了呢?
朱丽叶　现在又到你吃药的时候了。(拿起一瓶药水)爷爷你把这瓶药水给喝下去!
安东尼奥　又要喝这苦东西!(叹气)唉,我又没生什么大病,只是这腿脚有点儿不方便。
朱丽叶　医生说你每天都要喝一瓶的!
安东尼奥　好好好,我喝!(喝完药水)你还有什么事情吗?
朱丽叶　爷爷,听说中国的梁祝剧团已经来到我们这座城市了!
安东尼奥　这我早知道了!今天上午,刚刚下的飞机。(拿起一份节目单)这是中国的梁祝剧团准备演出的一些剧目,他们还要演出《罗密欧与朱丽叶》。
朱丽叶　(接过节目单,吃惊地)什么,演出《罗密欧与朱丽叶》?
安东尼奥　是呀!这有什么值得惊讶的呢? 400年前,伟大的莎士比亚来到我们维罗纳市,他就坐在城里的一家咖啡馆,写出了这部世界名剧。从那以后,所有来这里演戏的剧团都要演出《罗密欧与朱丽叶》,哪怕只演出一两个片段……
朱丽叶　那他们还演不演《梁山伯与祝英台》呢?

安东尼奥　这是中国"梁祝"剧团的看家戏,当然要演出的。人家已经选定要在400年前上演过《罗密欧与朱丽叶》的那座露天古剧场里,演出来自东方的"梁祝"!

朱丽叶　(兴奋地跳了起来)哎哟!这太有意义了!

安东尼奥　看把你高兴的!

朱丽叶　爷爷!

　　(唱)　从冬季祈盼到春季,
　　　　　不知经过多少场风雨,
　　　　　终于等来了东方的客人,
　　　　　朱丽叶要和他们一起演戏。
　　　　　爷爷呀,你是维罗纳市议会厅前议长,
　　　　　邀请他们是你提出的建议,
　　　　　现在快替我去找中国的梁祝剧团,
　　　　　祝英台这角儿一定要留给你的孙女!

安东尼奥　这……

　　(唱)　中国来的梁祝剧团,
　　　　　班底与角色一定都很齐全,
　　　　　假如让你去演祝英台,
　　　　　他们演员岂不是成了一个问题?

朱丽叶　(唱)　这问题已超出考虑的界线,
　　　　　　　　用不着我们去费尽脑汁。
　　　　　　　　开弓的箭早已射向远方,
　　　　　　　　朱丽叶的决心永远不会改变!

安东尼奥　噢,我记得你给中国的梁山伯先生寄过信与录像带,人家是怎么回答你的?

朱丽叶　(唱)　他说我这想法十分新奇,
　　　　　　　　构思大胆又具有创意,
　　　　　　　　朱丽叶来演祝英台,
　　　　　　　　赞扬我有非凡的勇气!
　　　　　　　　火热的字句把人心温暖,
　　　　　　　　每一封回信都是美妙的鼓励,

　　　　　"梁祝"已成为地球人的遗产,
　　　　他期待着与我在维罗纳碰面!

安东尼奥　这是真的?

朱丽叶　爷爷!（拿出一大沓信笺）这些都是梁先生写给我的回信。

安东尼奥　既然人家答应了你,你就赶快去找他吧!

朱丽叶　对对对,我直接去找梁先生!（走了几步,又扭过头来,询问）爷爷,你帮我想一想,现在他们的人会在哪里呢?

安东尼奥　其他地方你都不用去,就去露天古剧场。我想他们一定会在那里的!

朱丽叶　（猛地跑过来,亲吻了一下爷爷）爷爷,你真聪明!（又转身奔下）

安东尼奥　这个入了迷的疯姑娘!

　　〔灯光徐徐熄灭。

5

　　〔灯光转亮,露天古剧场一角。场上无人。少顷,四九脚步轻快地跑了上来。

四　九　哎哟,真壮观啊!高高的廊柱围成一个大大的弧形,弧形的石台阶上,能坐下几千名观众……（朝幕侧扭过头去）冯导,冯导,你快过来呀!

　　〔冯亚男走上。

冯亚男　喊什么喊!四九,现在我们脚下踩着的是什么地方,知道吗?

四　九　知道,知道,不就是维罗纳的露天古剧场?

冯亚男　还不就是哪!瞧你话说得这么轻巧——（一字一句地）好好听着吧,它作为演出场所,至今已有2000多年历史啦!

四　九　噢,和我们的万里长城一样古老?

冯亚男　（点了点头）你站在这里喊一声,四周就会产生巨大共鸣,那音响效果比装上麦克风的现代剧场还要好!四九!

　　（唱）露天古剧场是一个奇迹,
　　　　犹如一位历史老人默默屹立,
　　　　从古罗马到现代的意大利,

　　　　　　　这里演出过多少场精彩戏剧！
　　　　　　　最难忘的是400年前的一天，
　　　　　　　维罗纳成了人们关注的焦点，
　　　　　　　莎士比亚带领他的戏班，
　　　　　　　首演一部《罗密欧与朱丽叶》……
四　九　（唱）如今我们也来到这里，
　　　　　　　激情满怀，兴奋无比，
　　　　　　　我们要让全世界的戏迷，
　　　　　　　共同欣赏"梁祝"的魅力！
冯亚男（唱）这确是又一次伟大演出，
　　　　　　　使人激动可有点儿胆怯，
　　　　　　　东西方两部著名的爱情戏剧，
　　　　　　　如今相会在同一个场地。
　　　　　　　啊！露天古剧场——
　　　　　　　你又翻开了新的一页诗篇！
四　九　（突然，伸手一指）咦，石台阶上，好像有人坐着轮椅在看我们！
冯亚男　是吗？他是个什么人？
四　九　我再看看——奇怪，一会儿啥都不见了。
冯亚男　那一定是你自己看花了眼睛。平日，露天古剧场上不演戏，是很少有人会来的。因此今天我想利用这个机会，叫罗兰和王少娟现场再来排练一遍《楼台会》……
　　　　〔幕侧，蓦地传来罗兰与王少娟的声音：
　　　　　　　梁兄请！
　　　　　　　贤妹请！
四　九　嘿嘿，她们真的来了！
冯亚男　四九，你今天就好好地做一名观众，看到她们什么地方演得不对，要当场指出来，免得正式演出那天出纰漏！
四　九　哎哎！
　　　　〔身穿戏服的罗兰与王少娟边表演边走上。
王少娟　梁兄，你我长亭分手，近来可好？
梁山伯　不知贤妹可好？

王少娟　这……梁兄此次登门,是路过还是特地前来拜访?
梁山伯　愚兄是特地拜访来的。
　　　　（唱）那一日钱塘道上送你归,
　　　　　　　你说家有小九妹。
　　　　　　　长亭上面做的媒,
　　　　　　　愚兄是特地登门求亲来!
王少娟　（唱）我道梁兄为何来?
　　　　　　　却原来到此访九妹,
　　　　　　　梁兄呀,你道九妹是哪一个?
　　　　　　　就是小妹祝英台……
梁山伯　（放声开怀地大笑）哈哈哈!愚兄早知道就是贤妹啊!
　　　　〔四九用力鼓掌。
四　九　梁山伯这笑——笑得好哇!
　　　　〔罗兰与王少娟立即停住了表演。
梁山伯　（训斥地）四九,你别大喊大叫的!我和王少娟排练"楼台会",这场戏里没有你的台词。
四　九　公子有所不知,刚才冯导已叫四九做了观众。（神气十足地）观众看戏,看到开心时,自然要喝彩的!
梁山伯　什么?现在你倒成了一名观众?
四　九　是呀!等到正式演出那一天,这座露天古剧场上,一定会坐满成千上万名观众。大家一起喝彩,一起叫好,那声音就像打雷一样,说有多响亮就有多响亮……噢,对了,这中间也会有朱丽叶小姐的声音!
梁山伯　……朱丽叶小姐?（渐渐地陷入沉思）
　　　　〔响起朱丽叶的声音:"莎翁笔下的朱丽叶已经死去了400年……我只是她的一个崇拜者……可现在我崇拜的人又多了一个——那就是你梁先生!"
梁山伯　（唱）我仿佛又听到朱丽叶的声音,
　　　　　　　看到她那一双会说话的眼睛,
　　　　　　　为了和我一起演出梁祝,
　　　　　　　她远隔千里鸿雁传讯。
　　　　　　　如今我来到这座维罗纳城市,

十分遗憾没有见到她的身影！
不知朱丽叶今在何方？
我在哪里才能把她找寻？
只有我这心中的呼喊声，
在露天古剧场的上空回旋轰鸣！

王少娟　罗兰，你又在想什么？

梁山伯　（掩饰地）不不，我什么都没有想！

王少娟　可你目光总是飘忽不定，面容总是愁云翻卷，它们早暴露出你心中的秘密……（摇摇头，长叹了一声）唉！我不说了我不说了，快把戏给排练下去吧！

梁山伯　噢，刚才我们演到了哪里？（把求援的目光投向了冯亚男）冯导，你再来给我们说一说戏。

冯亚男　好吧！梁山伯兴冲冲登门来找祝英台求亲，谁知他从对方嘴里，听到的却是英台小姐已由父母做主，许配给了马家。这消息对梁山伯来说，犹如五雷轰顶，天塌地陷！他严词责备祝英台……

梁山伯　（又转入表演）英台贤妹，你……你……你做得好哇！
　　　　（唱）你在长亭自做媒，
　　　　　　　说道家有小九妹。
　　　　　　　既然九妹就是你，
　　　　　　　你为何又嫁马文才？

王少娟　（唱）梁兄啊，难道小妹心意你不知，
　　　　　　　我岂愿嫁与马文才？

梁山伯　（唱）贤妹啊！我与你山盟海誓情义在，
　　　　　　　我心中只有你祝英台，
　　　　　　　你父亲做主许马家，
　　　　　　　就该快把亲事退！

王少娟　（唱）我也曾千方百计把亲退，
　　　　　　　我也曾拒绝马家聘和媒，
　　　　　　　怎奈是爹爹绝了父女情，
　　　　　　　不肯把马家亲来退！

梁山伯　（唱）你父不肯把亲退，

　　　　　　　　我梁家花轿先来抬，
　　　　　　　　杭城请来老师母，
　　　　　　　　祝家厅上坐起来，
　　　　　　　　聘物就是玉扇坠，
　　　　　　　　我紧紧藏在袖管内。
　　　　　　　　玉蝴蝶，玉扇坠，
　　　　　　　　难道不能夫妻配？

王少娟　（唱）　玉蝴蝶，玉扇坠，
　　　　　　　　蝴蝶本应成双对，
　　　　　　　　岂知你我自做主，
　　　　　　　　无人当它是聘媒！

梁山伯　（唱）　纵然是无人当它是聘媒，
　　　　　　　　我也要与你生死两相随，
　　　　　　　　我要写成冤状当堂告，
　　　　　　　　头顶状纸进衙内。
　　　　　　　　先告你父祝员外，
　　　　　　　　他不该欺贫爱富图赖婚姻犯大罪！
　　　　　　　　再告那仗势欺人的马文才，
　　　　　　　　他活夺我爱妻该有罪！
　　　　　　　　……

冯亚男　停停，别再唱下去了！

梁山伯　（停住了表演）为什么？

冯亚男　（把头扭向四九）四九，你觉得她们演得怎么样？

四　九　一点儿都不好看，没有激情。

冯亚男　这评价十分到位。（非常不满意）罗兰，刚才这段唱词，你要把内心的委屈与痛苦全部唱出来——假如唱不好，那么，《楼台会》这场戏就白演了！听着，它表达了梁山伯非英台小姐不娶的决心，要像火山爆发一样炽烈！知道吗？

梁山伯　我知道了。

冯亚男　知道就好，你再唱一遍让我听听！

梁山伯　（唱）　我要写成冤状当堂告，

头顶状纸——

冯亚男　哎哟,这次唱得更不行了,一点爆发力都没有!(责备地)罗兰,你到底怎么了?关键时刻戏反而出不来……这可是演戏的大忌啊!

梁山伯　冯导,你让我再试一次,好吗?

冯亚男　这可是最后一次了,开始——

梁山伯　(唱)　我要写成冤状……冤状……

冯亚男　算了算了,今天你是唱不好了!现在我们已经来到了意大利维罗纳市,请允许我在这里再说一遍——(一字一句地)罗兰同志!你这脑子里不能总是去想那个朱丽叶,要时时刻刻想着梁山伯……

〔蓦地,露天古剧场上传来了朱丽叶的幕内唱:

记得草桥两结拜,

同窗共读有三长载,

情投意合相敬爱,

我此心早许你梁山伯!

……

四　九　(惊喜地)你听你听!冯导,这里也有人会唱《楼台会》?

冯亚男　噢,一点不错!看来,果然有人一直在观察着我们。

四　九　这个人会不会是那个朱丽叶小姐?

梁山伯　恐怕是她……对对对,一定是她!

〔朱丽叶走上。

朱丽叶　请问这里谁是梁山伯先生?

梁山伯　是我。你是给我写过信寄过录像带的朱丽叶小姐?

朱丽叶　Si!我们已经神交了许多日子,今天终于在这露天古剧场上碰面了!梁先生,现在让我开口叫你一声——梁兄啊!

四　九　嘿嘿!这一声叫板还挺像模像样呢!公子,你快回答呀!

梁山伯　这……贤妹!

朱丽叶　这种种烦恼全是小妹连累你的!

梁山伯　不不不,愚兄决不怨你!

朱丽叶　你真好!梁兄,我想死你了!

梁山伯　我也一样。

(唱)　贤妹妹,我想你,

　　　　　　　　　神思昏昏寝食废。

朱丽叶　（唱）　梁哥哥,我想你,
　　　　　　　　　三餐茶饭无滋味。

梁山伯　（唱）　贤妹妹,我想你,
　　　　　　　　　衣冠不整无心理。

朱丽叶　（唱）　梁哥哥,我想你,
　　　　　　　　　懒对菱花不梳洗。

梁山伯　（唱）　贤妹妹,我想你,
　　　　　　　　　提起笔来字忘记。

朱丽叶　（唱）　梁哥哥,我想你,
　　　　　　　　　东边插针寻往西。

梁山伯　（唱）　贤妹妹,我想你,
　　　　　　　　　哪日不想到夜里?

朱丽叶　（唱）　梁哥哥,我想你,
　　　　　　　　　哪夜不想到鸡啼!

梁山伯、朱丽叶　（合唱）
　　　　　　　　　你想我,我想你,
　　　　　　　　　今生料难成连理!

　　　　〔王少娟在一旁再也忍受不住,她突然扭头奔了下去。

四　九　（边喊边追）王少娟,王少娟!你怎么跑了呢?
　　　　〔众人惊讶,灯灭。然后,又很快亮了起来,安东尼奥坐着轮椅在空旷的露天古剧场上缓缓地摇动了一圈。

6

　　　　〔梁祝剧团下榻的饭店。冯亚男劝说着王少娟。

冯亚男　我说王少娟呀,你怎么就经不起这种考验呢?让她们唱几句就唱几句吧!反正这又不是正式演出……

王少娟　（猛地站起身子,抹干眼泪）你别说了,冯导,这个祝英台我不演了行不行?

冯亚男　不行!你把事情想得太简单了!王少娟,我说给你听——(一字一句地)

这次我们在露天古剧场上演出《梁山伯与祝英台》,它的意义就像400年前首演莎士比亚名剧《罗密欧与朱丽叶》一样!我希望这将是一场能够写入史诗的演出,不能出任何纰漏!因此,祝英台这角儿非你莫属!

王少娟　可罗兰喜欢的拍档不是我,是那个朱丽叶!

冯亚男　这我知道。(不以为意地)那又有什么?

王少娟　唉!那天,露天古剧场上一出现朱丽叶,罗兰的眼睛就亮了!(越说越激动)两个人没说上几句话,居然唱起了"我想你"……

冯亚男　(安慰地)王少娟,罗兰那边我已经做过工作,她也表示今后不再这样!不过,你自己首先要有信心——你演了这么多年的祝英台,难道还怕竞争不过一个意大利少女吗?

〔四九气喘吁吁地跑上。

四　九　冯导!冯导!

冯亚男　又出了什么事情?快讲!

四　九　安东尼奥先生赶来要与你见面!

冯亚男　咦,他来见我,叫你这样紧张做什么?(充满崇敬地)这位老人是维罗纳市议会厅前议长,我们能出访意大利,多亏了他帮忙——等会儿安东尼奥先生来了,大家都要向他表示感谢!(又强调了一遍)你们都听清楚了没有?

四　九　这……(低声地)可安东尼奥先生就是朱丽叶的爷爷!

冯亚男　(一下子愣住了神儿)你说什么?

四　九　这次人家来见你,恐怕就是为了让他孙女演上祝英台。(伸手朝幕侧一指)你看你看,他们来了!

王少娟　冯导,我走了。(欲下)

冯亚男　等一等!你下去后,快把罗兰给我叫上来。

王少娟　哎!

〔王少娟走下。少顷,朱丽叶推着安东尼奥坐着的轮椅,从另一方向缓缓地走上。

冯亚男　(忙迎了上去,热情地)安东尼奥先生,怎么能让你跑到这里来呢?应该是我们过去拜访你的。再说你的腿脚又不方便……

安东尼奥　这倒没什么,一切都靠我孙女照顾。

冯亚男　我们直到现在才知道,原来你是朱丽叶小姐的爷爷。

安东尼奥　冯导演！

（唱）　小孙女喜爱中国戏，
　　　　咿咿呀呀唱不歇，
　　　　一心想演祝英台，
　　　　不知世事深与浅。
　　　　倘若她冒犯了贵剧团，
　　　　我先向你道个歉！

朱丽叶　（不悦地噘起了嘴）爷爷，我叫你是来帮忙的,怎么一见面,你反而道起歉来了呢？

安东尼奥　（小声地）这是策略！

（唱）　叫声孙女心别急，
　　　　爷爷我以退为攻选时机。

冯亚男　（唱）　他一声道歉出意外，
　　　　叫我不知如何来对答？
　　　　更何况安东尼奥是恩人，
　　　　得罪他定要被人来责怪，
　　　　倒不如有事装作无事样，
　　　　顺着杆子往上爬！

哎哟！安东尼奥先生,你向我们道歉做什么——朱丽叶小姐想演祝英台,是一件非常值得高兴的事情啊！

安东尼奥　（故意追问了一句）你说的是真话？

冯亚男　当然是真话！

（唱）　那一日在露天古剧场，
　　　　《楼台会》中闯入了她，
　　　　开口就把梁兄喊，
　　　　唱词一句都不差。
　　　　我们大家都傻了眼，
　　　　伸出拇指齐声夸！

朱丽叶　你听你听！爷爷,冯导都在表扬我了！

安东尼奥　（大笑）哈哈哈！

（唱）　以退为攻见成效，

>   我心中现在乐开了花!
>
>   冯导演,既然你对我孙女的演技评价不低,那就让她和贵剧团罗兰小姐同台演出吧!

冯亚男 同台演出?(这才醒过神来)安东尼奥先生,不行不行!

安东尼奥 为何不行?

冯亚男 这……唉!

> (唱) 我一不小心中了套,
>   被这老人牵着鼻子跑,
>   没想到道歉背后有文章,
>   诱引我说他孙女演技高,
>   这真是搬起石头压脚面,
>   自打耳光添烦恼。
>   事到如今怎么办?
>   我还须另想新门道!

〔罗兰走上。

梁山伯 冯导,你有事找我?

冯亚男 对对对!罗兰,你来得正好!

> (唱) 见罗兰,我心中立刻有主张,
>   她可以替我筑起一堵挡风墙。

安东尼奥先生,我来介绍一下——这位就是饰演梁山伯的罗兰小姐。

梁山伯 安东尼奥先生,你好!

安东尼奥 我原以为你是一个英俊帅气的小伙子,没想到却是一位眉清目秀的俏姑娘。

梁山伯 这……

朱丽叶 爷爷,罗兰小姐只要一穿上戏服,就变成我心目中最崇拜的梁哥哥了!

安东尼奥 罗兰小姐,我这孙女是你的一个崇拜者,她给你写过信,还寄过录像带。你的帮助与指点,使我孙女更加坚定了要演祝英台的决心。

梁山伯 朱丽叶小姐要演祝英台,开始我只是感到惊讶,后来渐渐转为钦佩,最后才是……

冯亚男 罗兰,你说话可要三思而后行啊!

梁山伯 三思而后行?

|（唱）|冯导她轻轻一言提醒我，
切不可草率回答闯下祸，
如今是两人争演祝英台，
可戏中的角儿只一个儿。
此事无论叫谁作定夺，
谁都是奈何奈何实奈何！

安东尼奥　（唱）　她神色凝重不说话，
　　　　　　　　定然是有人早把工作做！

朱丽叶　（唱）　梁哥哥啊梁哥哥，
　　　　　　　你关键时刻为何装糊涂？

梁山伯　（唱）　罗兰我虽说沉默不开口，
　　　　　　　心中却早就有了定向舵，
　　　　　　　王少娟确是一个好演员，
　　　　　　　这祝英台的角儿非她莫属。
　　　　　　　但我更看好的是朱丽叶，
　　　　　　　她给舞台演出带来新突破！
　　　　　　　传统戏再不能墨守成规，
　　　　　　　求发展定要走天涯海角。
　　　　　　　十八相送楼台会，
　　　　　　　让每一个地球人都知道"梁祝"！
　　　　　　安东尼奥先生,能允许我先问你一个问题吗?

安东尼奥　可以,你问吧!

梁山伯　朱丽叶小姐写信告诉我 —— 她的爷爷是一个梁祝迷。可据我了解,你却从来没有到过中国,怎么会对梁祝产生这样大的兴趣呢?

安东尼奥　这个问题你问得好,那就让时光返回到60年前吧!（追忆地）当时,我在日内瓦一个联合国组织里当翻译,一天,贵国总理周恩来先生带来了一部中国电影,准备招待各国外交官……在举行电影招待会之前,他把我给叫去了。

梁山伯　周总理找你?

安东尼奥　Si。（意大利语:是的）

〔四周转暗,一束追光打在安东尼奥身上。

安东尼奥 （边追忆边说）周先生一看到我,就说:"你的故乡维罗纳市是一座爱情之都。"我很惊讶:"总理先生,你是怎么知道的?"他笑着回答:"是莎士比亚告诉我的!他的《罗密欧与朱丽叶》不就诞生在你的故乡吗?"我点点头。最后,周先生才把话转到正题上,他说:"这次,我带来的电影是来自东方的一个爱情故事,它名叫《梁山伯与祝英台》。请你在翻译时加上这么一句话——今夜放映的是东方的《罗密欧与朱丽叶》!"

〔舞台上吊下一块银幕,放映彩色戏曲片《梁山伯与祝英台》。

〔幕后合唱:

　　　　上虞县,祝家村,玉水河边。
　　　　有一个,祝英台,才貌双全。
　　　　她只见,读书人,南来北往。
　　　　女孩儿,要出门,难如登天。
　　　　……

〔合唱声渐渐地轻下去,又传来安东尼奥的画外音。

……我被这个来自东方的爱情故事深深地吸引了!一边翻译,一边流着眼泪,四周的外交官们也都像我一样,屏着呼吸,泪水挂满了每个人的脸颊。放映结束,大家一起站立鼓掌,掌声足足回响了20多分钟。事后,我对贵国总理说:"我一定要把这部美丽动人的中国戏曲带回到我的故乡去,在曾经首演过莎士比亚名剧《罗密欧与朱丽叶》的露天古剧场上,演出来自东方的'梁祝'。而且,我们意大利维罗纳人也要与你们一起同台演出!"

安东尼奥 （唱）　我是一个梁祝迷,
　　　　　　　庄严的承诺牢牢埋心底,
　　　　　　　时光流逝六十年,
　　　　　　　安东尼奥的决心永远不改变!
　　　　　　　我是一个梁祝迷,
　　　　　　　希望寄托在我孙女,
　　　　　　　支持她用心饰演祝英台,
　　　　　　　朱丽叶要和梁山伯同台演出创奇迹!

朱丽叶　爷爷——（扑在了安东尼奥身上）

梁山伯　（激动地）安东尼奥先生,我心里其实早就选好了和谁一起同台演出!
冯亚男　罗兰,这件事情我们是不是还要听听王少娟的意见?
　　　　〔不知什么时候,王少娟早已悄悄地走了上来。
王少娟　我尊重罗兰的决定。冯导,你就让我做一回观众吧!
冯亚男　（惊讶地）你?
梁山伯　不!我理想中的这场演出,它会比原来的更为宏大,更为壮观,也更需要你共同参与演出!（激情满怀地）一边是"化蝶"的《梁山伯与祝英台》,一边是"殉情"的《罗密欧与朱丽叶》,东西方文化史上的两部爱情绝唱,命中注定要被联系在一起 —— 今天,就让我们一起牵手实现这同一个目标吧!
四　九　（笑）嘻嘻,又是一个了不起的绝妙创意!
　　　　〔灯灭。

7

〔舞台被切割成两个表演区:右边表演区演出《梁山伯与祝英台》,左边表演区演出莎士比亚的《罗密欧与朱丽叶》。少顷,一束追光照亮了左边的表演区,饰演朱丽叶的是王少娟,她脚步匆匆地走入了一座修道院。

王少娟　神父!神父!
　　　　〔神父的声音:"是朱丽叶小姐吗?"
王少娟　是我,神父,出事了!罗密欧失手杀死了我的堂兄,已被亲王驱逐出了维罗纳,现在父亲逼着我,跟另一个人立即完婚。这可怎么办呢?
　　　　〔神父的声音:"别急别急!朱丽叶小姐,让我替你想一个办法。"
王少娟　神父!
　　　　（唱）　假如你的智慧,
　　　　　　　　不能把我解救,
　　　　　　　　我已不想在这人间多一天停留。
　　　　　　　　尊敬的神父,
　　　　　　　　是你主持了我与罗密欧的婚礼,
　　　　　　　　使一对年轻人意合情投!

　　　　　两颗心在上帝的注视下结合，
　　　　　难道这还需要什么存在的理由？
　　　　　你的学识与高龄都使人钦佩，
　　　　　但我更需要你伸出一双扭转乾坤的巨手，
　　　　　叫我抛弃罗密欧去投入另一个人的怀抱，
　　　　　除非让嗜血的钢刀插上我的胸口！
　　　〔神父的声音："千万不要说这种不吉利的话！噢,解救你的办法我已经想好了。朱丽叶小姐,你看到搁在神桌上的那只玻璃瓶吗？"

王少娟　一只瓶子？

　　　〔神父的声音："对,这只瓶子里装着一种神秘的药水,你喝下它,就能不知不觉地死去42小时。这42小时里,你没有呼吸,也没有心跳,你的家人会把你送进墓室。等你醒过来时,就会看到罗密欧又出现在你身边……"

王少娟　真的？（双手拿起玻璃瓶）神父,你不会骗我吧？

　　　〔神父的声音："愿天主保佑你俩！"

　　　〔灯光迅速隐去。右边的表演区渐渐地转亮,映出身穿戏服的罗兰与朱丽叶——这是梁山伯与祝英台在《楼台会》上分手的最后一个瞬间。

梁山伯　（重重地咳嗽了一声,摸出手绢,擦嘴）血？

朱丽叶　哎哟梁兄,你吐血了！

梁山伯　唉,我该走了……回家。（悲哀地）回家去吧！
　　　　（唱）　辞别贤妹回家门，

朱丽叶　梁兄,你这个样子,我……

梁山伯　（接唱）　我死在你家总不成！

朱丽叶　（唱）　你是好好来访我，
　　　　　　　我反而害你得病归，
　　　　　　　梁兄啊！你千万要保重，
　　　　　　　今日别后你何时来？

梁山伯　（唱）　回家病好来看你，
　　　　　　　只怕我,短命夭殇不能来，
　　　　　　　倘若我有长和短，
　　　　　　　就在那胡桥镇上立坟碑。

朱丽叶　（唱）　立坟碑,立坟碑，

　　　　　梁兄你红黑两字刻两块。
　　　　　那红的刻着我祝英台，
　　　　　那黑的刻着你梁山伯。
　　　　　我与你生前夫妻不能配，
　　　　　梁兄啊！我死也要与你同坟台！

梁山伯　贤妹，愚兄告辞了！（走了几步，又想起了什么……回身）这只玉扇坠还是还给贤妹吧！（摇晃着脚步，走下）
　　　〔朱丽叶神色惆怅，灯光熄灭。四九匆忙奔上。
四　九　（双手拦着罗兰）哎哟公子，你可不能下场，那边还等着你去演罗密欧呢！（替对方戴上面具，换上了另一套戏服）快去吧！快去！
梁山伯　哎哎！
　　　〔左边的表演区再次亮起了灯光，饰演罗密欧的罗兰又急匆匆地奔进墓室。她看到躺在棺柩里的王少娟，立刻扑了过去。
梁山伯　朱丽叶！朱丽叶！你等一等呀！我来陪你一起安睡！
　　（唱）这长长的墓道，
　　　　　早被我的双腿甩在了后方，
　　　　　这冰凉的棺柩，
　　　　　在我的眼睛里犹如一张婚床。
　　　　　朱丽叶啊！我的爱人，我的妻房，
　　　　　你的美丽已把这墓室变成了欢乐的殿堂！
　　　　　死神虽然吸走了你的呼吸与心跳，
　　　　　却无力摧毁你身上的芬芳，
　　　　　你没有被任何人征服，
　　　　　胜利的旗帜依然飘扬在你的脸上！
　　　　　现在我飞快地向你奔跑，
　　　　　希望早一点来到你的身旁，
　　　　　这一杯毒酒能把一船人毒死，
　　　　　它帮助我实现心中的愿望！

（高举起毒酒，大喊一声）干杯！我来了！（一饮而尽，死去）
　　〔右边表演区的灯光又亮了。饰演祝英台的朱丽叶手里捧着玉扇坠，焦急万分地等候着讯息。少顷，四九匆匆跑上。

四　　九　英台小姐,我家……我家公子已经过世了!

朱丽叶　啊!(手中的玉扇坠落地)

　　　　〔灯灭。又亮起左边表演区的灯光。饰演朱丽叶的王少娟渐渐地醒转过来,她一眼看到的却是已经死去的罗密欧。

王少娟　你,你……你怎么死去了呢?(悲愤地大喊)神父,你骗我!(拔出罗密欧身上的佩剑,用力刺向自己的胸膛,死去)

　　　　〔灯灭,漆黑的舞台上由轻渐重地响起了喜庆的唢呐声。右边表演区的灯光又渐渐地转亮,映出一顶舞动着的龙凤花轿。

　　　　〔四九的声音:"小姐,这里已到了胡桥镇了。"

　　　　〔朱丽叶的声音:"停停!我要祭祀梁兄!"

　　　　〔花轿停下,从轿里走出白衣素服的朱丽叶。

朱丽叶　(唱)　一见坟台魂魄消,

　　　　　　　我呼天抢地哭号啕,

　　　　　　　楼台一别成永诀,

　　　　　　　人世无缘同到老。

　　　　　　　梁兄啊!我以为天从人愿成佳偶,

　　　　　　　谁知晓姻缘簿上名不标。

　　　　　　　实指望你挽月老媒来做,

　　　　　　　谁知晓喜鹊未叫乌鸦叫;

　　　　　　　实指望笙箫管笛来迎娶,

　　　　　　　谁知晓未到银河就断鹊桥;

　　　　　　　实指望我大红花轿到你家,

　　　　　　　谁知晓白衣素服来吊孝。

　　　　　　　梁兄啊!不能同生求同死——

　　　　〔坟台轰隆一声割裂。朱丽叶纵身跃入……与罗兰一起,化作一对美丽的蝴蝶。

　　　　(接唱)　化作蝴蝶乐逍遥!

　　　　〔灯光大亮,使矗立着的露天古剧场显得更加熠熠生辉。

　　　　〔少顷,罗兰、朱丽叶、王少娟、四九和冯亚男以及坐着轮椅的安东尼奥先生一齐走上舞台。

　　　　〔幕后合唱:

凡是有阳光的地方都有人居住，
凡是有人居住的地方都有梁祝迷。
动人的爱情故事早已传遍全地球，
美丽的蝴蝶展开翅膀永远飞呀飞！

〔全体演职员谢幕……灯暗。

（剧　终）

实验京剧

愤怒的赵五娘

> 浙江象山白沙湾上有一座赵五娘庙,流传在此地的民间故事里的赵五娘不但孝顺贤良,更是性格刚毅,令人敬佩。
> ——题记

人　物

赵五娘　原为蔡家媳妇。自蔡伯喈赴京赶考始,赡养二老,后二老辞世,又千里寻夫,多次遭受磨难,最后在海边羽化成仙。
蔡伯喈　嗣中状元后,奉旨入赘相府为婿。从此长留京都,忘却家乡旧情。
牛桂英　相府小姐。
蔡　公　伯喈之父。
蔡　婆　伯喈之母。
张广才　邻人,七旬老人。
王　商　同乡人,东京城里开绸布店。
梅　香　侍女。
李太监　宦官。

时　间

古代。

地　点

象山白沙湾附近的赵张村与传说中的东京府。

序

〔一切都是静谧的。

〔蓦地,舞台上传来一阵激越的琵琶弹拨声,初始犹如银瓶乍破,继而大珠小珠落玉盘。最后,响起声调高亢的男女声合唱:

　　一把琵琶,
　　弹拨出动人乐章;
　　一段情缘,
　　演绎出人间炎凉;
　　六百年传唱大孝女,
　　谱作新曲余音长。
　　啊——
　　温柔的赵五娘,
　　愤怒的赵五娘!

第一场　泪别长亭

〔村口。有一座长亭。
〔赵五娘内唱:

　　大比之年步匆匆,
　　身背琵琶送夫君。

〔少顷,赵五娘走上。

赵五娘　(接唱)　我与伯喈新婚整二月,
　　　　科举考惊破了鸳鸯梦,
　　　　公公婆婆怕我拖后腿,
　　　　叫我独自待家留守中。
　　　　赵五娘悄悄溜出门,
　　　　长亭藏身——
　　　　要与夫君再相逢!

〔幕侧传来脚步声。

赵五娘　　噢,公公婆婆来了!(忙躲入长亭内)

〔蔡公、蔡婆与蔡伯喈走上,蔡公手中拄着根龙头拐杖。

蔡伯喈　　父母大人,你们留步吧!出了村口,伯喈就要上路了。

蔡　公　　是呀是呀!今科开考,皇上广择良才。盼望儿一举高中,能博个功名回来,也不枉蔡家苦熬七代,出了一个读书郎哇!

蔡伯喈　　犬儿一定尽力!

蔡　公　　好!儿呀,你要记住,我们蔡家在这赵张村里,是个外迁户,如今全指望你金榜题名,光宗耀祖啊!

蔡伯喈　　父亲此言,伯喈记在心里了。

蔡　婆　　(小声嘟囔一句)唉!一家人团团圆圆过日子多好,去赶什么考呀!

蔡　公　　老婆子,这你就不懂了!苦读寒窗,不就为了日后出人头地吗?

蔡　婆　　好好好!我不懂,你懂!

蔡伯喈　　(环顾四周,神情有点迷茫)今日为何不见五娘前来相送?莫非……

蔡　婆　　那是你爹叫她——

蔡　公　　(急忙抢过话头)噢噢噢!五娘回娘家去了,我叫她在那边多住上几天,我儿不必疑心!

蔡伯喈　　这——(脸露不悦)这时她怎么能走呢?我赴京赶考,家里就……

蔡　公　　我们二老自己会照顾自己的。老婆子,你说呢?

蔡　婆　　哼,你说是就是吧!(又小声嘟囔地)两人年纪加起来都快一百五十岁了,还逞什么强?

蔡　公　　(拉起蔡婆的手)时辰不早,我们也该回去了。

〔蔡公强拖着蔡婆走下。

蔡伯喈　　(自言自语地)今天这事有点蹊跷!(转身欲下)

〔长亭里,忽地传出赵五娘的琵琶弹奏声。

　　　　　(唱)　新婚苦别泪双流,
　　　　　　　　妻守空房郎远游。
　　　　　　　　相隔千山与万水,
　　　　　　　　一种相思两地忧!

〔蔡伯喈回首,停住了脚步。

蔡伯喈　　咦——(脱口而出)这不就是我妻五娘弹的琵琶曲吗?(赵五娘怀抱

琵琶走出亭子）真的是五娘！

赵五娘　伯喈——夫君！

〔两人相拥。

蔡伯喈　刚才爹爹说你回娘家去了，我就觉得那不可能——五娘你不会做出这种事情的！

赵五娘　爹爹把我一个人留在家中，怕我新婚宴尔不肯放你走……

蔡伯喈　噢，原来如此！五娘，你我成家不过两月，就要活活被拆散了！（充满歉意地）伯喈真是对不起你呀！

赵五娘　别说这话了。夫君！其实五娘也是一个明白人，我就是想留你下来也是留不住的哇！（长叹一声）唉！身为一个女人，在家听父母，出嫁听丈夫……现在，既然公公婆婆都舍得让你赴京赶考争个功名，五娘也就没有怨言了。（话锋一转）不过，你要记着——

　　　　（唱）　赴京赶考千里远，
　　　　　　　　无人与你问冷暖，
　　　　　　　　自家身体自当心，
　　　　　　　　莫使五娘把心悬。

蔡伯喈（唱）　为求功名出远门，
　　　　　　　伯喈有志夺魁冠，
　　　　　　　锦衣玉带帝皇封，
　　　　　　　诰命夫人把梦圆。

赵五娘（唱）　夫贵妻荣皆浮云，
　　　　　　　只求一生能平安。
　　　　　　　中与不中莫计较，
　　　　　　　三场考毕回家转。

蔡伯喈　伯喈记住了。五娘，临走之际，我还有一件事情要托付于你啊！

赵五娘　夫君请讲！

蔡伯喈（唱）　阿姆与阿爹，
　　　　　　　两鬓都斑白，
　　　　　　　如今老屋剩二老，
　　　　　　　全靠五娘来当家。
　　　　　　　饥时添柴你把米煮，

寒时别忘衣衫加。
一朝泪别长亭前,
金榜题名——我再来报答!

赵五娘（唱）夫君嘱咐我记心上,
二老衣食定无妨,
家里留有赵五娘,
千里赴考——你莫挂心肠!

〔赵五娘与蔡伯喈依依惜别,两人抹泪分手离去。
〔幕后合唱:
不念鸳鸯帐寒,
当思桑榆暮年,
万里赴考早早归,
莫恋蟒袍红颜。

〔灯光渐渐暗灭。

第二场 奉粥吃糠

〔蔡家,土墙泥屋,十分简陋。少顷,蔡公、蔡婆二老互相搀扶着,踱步走上。

蔡 公（唱）犬儿赴考已七年,
蔡 婆（唱）至今依旧无讯息。
蔡 公（唱）水灾旱灾连续来,
蔡 婆（唱）颗粒无收肚皮饥。
蔡 公（唱）身倦力衰难支撑,
蔡 婆（唱）怪来怪去都怪你!
蔡 公 唉!事到如今,你怪我有何用呢?要怪,就怪那逆子不孝,忘记爹娘!幸亏我们还有个贤良媳妇可以依靠。
蔡 婆 今天官府开仓放粮,不知她领回来稻米没有。我已是前腹贴后背——饿死了!
蔡 公 天一亮,五娘就出门去的,现在应该可以回来了。

蔡　婆　噢,她回来了!回来了!
〔赵五娘疲惫地走上,手里拎着一只米袋。
赵五娘　公公婆婆一定等急了吧!
蔡　婆　岂能不急?我快变成饿死鬼了!
赵五娘　儿媳这就给二老煮饭去。(欲下)
蔡　公　(拄着拐杖走过去,伸手拉住赵五娘)媳妇,你只领来了这小半袋糙米?
赵五娘　这点糙米还是隔壁广才大伯匀给我的。县衙仓里官粮,七天前早被人家抢光了,哪儿还轮得上我们哪!(下)
蔡　公　(气愤地以龙头拐杖捶地)这是什么世道呀!
〔少顷,赵五娘奉粥复上。
赵五娘　饭已煮熟,请公公婆婆用餐。
蔡　婆　(端过碗筷,失望地)又是一碗薄粥。汤多米少,都能照得出人脸来!
蔡　公　你就将就吃吧!(把蔡婆拉了下去)
〔静场。
赵五娘　(叹气)唉!现在家里只有这一点点米,如果都煮成米饭,今天吃了,明天就没有了。为此我只能熬粥,还可以让二老多支撑几天哪!(双手捧起一碗糠秕,脸色无奈地)至于我五娘自己,依旧以糠秕果腹充饥!
(唱)　糠啊糠——
　　　　你本是与米共相依,
　　　　一贵与一贱,
　　　　筛你簸你两处飞。
　　　　稻谷入锅飘米香,
　　　　糠皮弃抛无人理,
　　　　这白米好似我夫君,
　　　　五娘就是那糠秕,
　　　　虽说都是父母生来父母养,
　　　　男女境遇差千里!
　　　　夫君他赴京赶考把家抛,
　　　　五娘我家务重担全挑起;
　　　　夫君他不传讯息七长载,
　　　　五娘我日日夜夜盼归期;

夫君他一举高中还是落第？
五娘我担惊受怕悲凄凄！
糠啊糠——
而今遇到灾荒年，
屋漏偏遭连夜雨，
我心苦黄连不足惜，
还须在二老面前露笑颜！
糠啊糠——
我双手把你捧嘴边，
用你果腹充肚饥，
无奈糠秕刺喉咙，
千咬百嚼难吞咽。
吃糠吃得我肝肠痛，
珠泪滚滚落泥地！
赵五娘啊赵五娘——
你前世欠下了什么冤债？
偏要今生加倍来补齐！

〔赵五娘大口大口地咽糠。蔡公、蔡婆复上。

蔡　婆　咦，你看她在吃什么？吃得挺有滋味啊！

蔡　公　还不是像我们一样——喝粥。

蔡　婆　我不相信！莫非她背着你我品尝好东西？（跑过去，赵五娘忙把手里碗藏起来，训斥地）果真如此！家里有好东西，你悄悄藏着掖着，一个人偷着吃，你这个没良心的小贱人！（夺过碗，欲砸）

赵五娘　（急忙劝阻地）婆婆！你砸不得呀！五娘吃的是糠！

蔡　婆　啊！（一下子愣住，端碗细观看）果然是糠秕。

蔡　公　糠秕只能用来喂猪的。（心疼地）媳妇，这你怎么能吃得下去呢？

赵五娘　我已经吃惯了。剩下的米，可以多给公公婆婆熬几次粥。

蔡　婆　（感动地）既然媳妇吃得下糠秕，我也陪你一道尝尝鲜！（举碗吃糠，一下子噎着喉咙）这糠真是……真是好难吃哇！

〔蔡婆手中碗"砰"的一声摔在了地上。

赵五娘　婆婆！婆婆！

〔蔡婆气绝身亡。

〔赵五娘大哭,蔡公只会摇头叹息。张广才与邻人们纷纷走上。

张广才　人死不能复活,快去准备后事吧!

〔邻人们抬下了蔡婆。

赵五娘　(猛地站起身子,剪下一捧头发)我上街去卖青丝,替婆婆换得一张草芦席、一口棺材!

〔赵五娘奔下。张广才搀扶着蔡公进入内室。少顷,王商走上。

王　商　这里是蔡家吗?

〔张广才复出。

张广才　正是。(抬头一见,大喜)哎哟!这不是王商兄弟吗?你在东京城里开了一家绸布店,今天怎么有空回来?

王　商　听说家乡连遭七年大灾,我捎带一些银两回来,救济急难,尽一点微薄之力。刚才一路走来……见这里聚集不少人,就先进来了。

张广才　(赞扬地)王商兄弟真是仁义之人!

王　商　那也是向你广才大哥学的。噢!广才大哥,今天蔡家出了什么事情?

张广才　唉!说起这户蔡氏人家,实在可怜哪!十年前从中原迁到我们赵张村居住,三年后,娶妻才两月的儿子蔡伯喈又赴京赶考,此后七年信息全无。今天蔡婆刚刚去世,蔡公也年迈多病,朝不保夕……多亏他家媳妇赵五娘一人支撑。

王　商　原来如此!不瞒你说,我在京都见到蔡伯喈了!

张广才　真的?(有些不敢相信)王商兄弟,你不会认错人吧?

王　商　火眼金睛,岂能看错!(气愤地)蔡伯喈早已金榜题名,中了头名状元。(语带嘲讽地)他也太有才了——后来,皇帝又招蔡伯喈入赘相府,与牛小姐拜堂成亲。

张广才　(吃惊地)什么?什么?那……那他又娶了媳妇不成?

王　商　对对!哼,当年牛小姐穿的嫁衣料作,还是我王商进的货哪!

〔蔡公手拄龙头拐杖颤巍巍地从内室走出,立在一旁倾听。与此同时,舞台那边射下一束追光,映出李太监与蟾宫折桂的蔡伯喈。

李太监　蔡伯喈听旨——(双手展开一道圣旨)

蔡伯喈　下官在此叩拜!

〔蔡伯喈急忙双膝跪地。

李太监　奉天承运,皇帝诏曰:本朝老臣牛丞相膝下一女,取名桂英,尚未婚配。朕愿牵红绳,招蔡伯喈入赘相府为婿,与牛桂英永结同心。钦此!

蔡伯喈　(大惊)啊!

李太监　莫非状元郎惊喜过度,一时承受不起?

蔡伯喈　(双手乱摇)不不不!

李太监　嘿嘿嘿!瞧你连话都说不清楚了!这牛丞相贵为三朝元老,别人想高攀都高攀不上的。而你高中之后,转眼间又成了乘龙快婿——(伸手扶起蔡伯喈)哎哟状元郎,你的艳福不浅,走桃花运啊!

蔡伯喈　错了错了!(急忙推辞)李公公,这事可万万使不得呀!

李太监　(脸色不悦)难道状元郎还想抗旨不成?

蔡伯喈　唉!下官自有隐情——伯喈赶考前,家中已有妻房赵五娘。

李太监　噢——(一下子愣住)那你为何不事先向皇上说个明白……如今这圣口已开,岂能改变?(继而,劝说蔡伯喈)现在老奴只能替你出一个主意——休旧妻,娶新娘!

蔡伯喈　这……(神情从迟疑转为无奈)下官领旨。

〔追光熄灭,蔡公一屁股跌坐在地上。

蔡　公　(痛心疾首地仰天叫喊)我这个不孝逆子呀!(昏了过去)

〔张广才见状,忙和王商一道过去搀扶起蔡公。

张广才　蔡公!蔡公!你醒一醒……你不能这样就走了呀!

蔡　公　(渐渐苏醒过来,双手举起拐杖)广才老弟,我双脚已是踏上了奈何桥,这命怕是留不住了呀!日后若是我那逆子回来,你就用这根龙头拐杖,狠狠地打他一个三不孝……拜托了!(气极而亡)

〔张广才双手接过拐杖,王商摇头叹息,灯渐暗。

第三场　描容上路

〔郊野地,两座新坟。

〔赵五娘披麻戴孝,双腿跪在坟前,身边放着一把琵琶。张广才走上。

张广才　五娘,你别哭了!二老既然去了,还是想一想你今后如何过日子吧!

赵五娘　(徐徐回转头来,抹去眼泪)大伯,我早想好了。替公爹公婆筑完新坟

后,五娘就离开赵张村,独自上路,到京都去寻找夫君蔡伯喈!(边说边捡起琵琶)

张广才　(重重叹了一口气)唉,五娘!这东京府远在千里之外,你一个妇道人家,路上怎么吃得消呢?

赵五娘　五娘从小操劳惯了,吃得起苦!

张广才　另外,途中住店吃饭,还需要一笔不薄的开销……

赵五娘　这五娘也想到了。(手指琵琶)我一路弹曲卖唱,边走边挣些盘缠,不就成了吗?

张广才　(心中颇为不安,背身唱)

　　　　蔡伯喈入赘丞相府,
　　　　赵五娘至今蒙在鼓。
　　　　王商捎来这恶消息,
　　　　叫我如何把真相吐?
　　　　可怜眼前梦中人,
　　　　筑坟之后上京都,
　　　　一旦见到蔡伯喈,
　　　　冷水一桶兜头灌,
　　　　满腔期盼成泡影,
　　　　心中顿失擎天柱。
　　　　张广才我需要想办法,
　　　　定要把赵五娘来劝阻!

依大伯之见,你还是别去了。我家虽小,可也容得下你呀!你就到大伯家里来住——大伯陪你一道等你夫君回来。

赵五娘　(坚决地拒绝)不!我已经等过他七年了。大伯!

　　　(唱)　这七年,我等他日出到日落;
　　　　　　这七年,我等他开春到冬末;
　　　　　　这七年,我等他脖子都望酸;
　　　　　　这七年,我等他嗓门都哭出血!
　　　　　　等过了两千五百五十天,
　　　　　　天天是无讯无息孤独度。
　　　　　　五娘今天下决心,

>   不惧遥遥千里路,
>   天气晴朗我快步走,
>   狂风暴雨我慢挪步,
>   囊中无银也不怕,
>   琵琶一响会有人助。
>   走一程来少一程,
>   距离目标就近一步,
>   走不动时俯身爬,
>   爬也要爬到东京府!

张广才　（被赵五娘的真性情感动）五娘呀,你这个人确实不一般——别看外表懦弱,内心却很坚强!看准了一件事情,你是一定要做下去的!

赵五娘　大伯原谅五娘生就这么一个人。

张广才　好!既然五娘一定要走,大伯也就不再阻拦了。（知道木已成舟,只得替对方另作打算）不过,我倒有个建议——临走之时,你不妨描上公公婆婆一幅画像。

赵五娘　我替公公婆婆描容?

张广才　正是!你和蔡伯喈成亲只有两月……这七年过去了,他见到你或许会认不出来,可生身父母是不会忘记的。（高声训斥）忘记爹娘,不如畜生!

赵五娘　噢,还是大伯想得周全——我这就去取纸和笔来。

张广才　东西我都捎来了。

赵五娘　大伯早替我准备好了!谢谢大伯!（伸手接过画纸与笔）

张广才　你就好好地描容吧!

赵五娘　（边描边唱）

>   手执画笔心颤抖,
>   未曾描容泪先流。
>   这支笔,先画二老一双眼,
>   望儿欲穿昏双眸;
>   这支笔,又画二老嘴与鼻,
>   愁云阵阵脸颊皱;
>   这支笔,再画二老顶上发,
>   片片白雪落满头!

　　　　　我画不出——
　　　　　公公婆婆笑颜开，
　　　　　只画出唉声叹气日日忧；
　　　　　我画不出——
　　　　　公公婆婆好身板，
　　　　　只画出弯腰弓背瘦如猴；
　　　　　我画不出——
　　　　　公公婆婆新衣衫，
　　　　　只画出破衣遮体鞋帽旧。
　　　　　饥荒岁月苦度日，
　　　　　相依为命撑破舟，
　　　　　谁料想厄运还未到尽头，
　　　　　二老双双赴黄泉。
〔幕后合唱：
　　　　　赵五娘描容揪心肺，
　　　　　腹中的苦涩唱不够。
　　　　　满张画纸盛满了泪，
　　　　　这笔端底下尽是愁！

赵五娘　大伯，你看——公公婆婆画像描完了。五娘描得不好，有负大伯期望！
张广才　不——（观画，大声叫好）画得好！画得好！画得像呀！
赵五娘　那五娘就此与大伯告别，赴京都去了。（拿起画像与琵琶欲下）
张广才　且慢！（赵五娘停步，递上一把雨伞）你带上我这把雨伞，一路上可以遮风挡雨。
赵五娘　谢谢大伯关心！
张广才　另外，我还有几句话要嘱咐于你！
　　　（唱）此去京都路漫漫，
　　　　　指路石立在白沙湾，
　　　　　东京由此往前行，
　　　　　翻越千水与万山。
　　　　　你见到夫君蔡伯喈，
　　　　　是好是孬莫长谈，

　　　　　　赵张村还有大伯在，
　　　　　　盼你及时把身返！
赵五娘　大伯，我记牢了！
　　　〔赵五娘与张广才拱手告别。灯暗。

第四场　望月生疑

　　　〔牛相府后花园，湖石花树，一轮明月挂在夜空。牛桂英与梅香走上。
梅　香　夫人！今夜明月如镜，请夫人赏月。
牛桂英　（叹气）哎！年年八月十五，都是一个人赏月——月圆人不圆哪！
梅　香　是呀是呀！这蔡老爷真是个怪人。自从入赘相府后就天天板着脸，从不见一丝笑容。刚才夫人请他过来赏月，他也推辞——（越说越气愤）姓蔡的，你牛什么啊！
牛桂英　梅香，不许瞎说！
梅　香　奴婢是替夫人鸣不平的。夫人是相府千金，金枝玉叶，可他只不过中了一回状元而已！（一回头，惊喜地）咦，蔡老爷来了！
牛桂英　他来了——（稍一思索）梅香，我们下去，看他一个人在这里做些什么！
梅　香　是要惩罚惩罚他的。
　　　〔牛桂英与梅香走下。少顷，蔡伯喈踱步走上。
蔡伯喈　一晃眼都有七年了，这日子过得郁闷哪！（抬头望月）天上的月亮，只有你才知道我蔡伯喈的心情……
　　　（唱）　一轮玉盘挂苍穹，
　　　　　　银辉遍洒夜色浓。
　　　　　　伯喈我抬头望明月，
　　　　　　无限惆怅藏心中。
　　　　　　离家别亲七长载，
　　　　　　只剩身躯灵魂空！
　　　　　　不知二老可安康？
　　　　　　衣食住行怎侍奉？
　　　　　　不知老屋还住否？

　　　　　从春如何挨到冬？
　　　　　老家全靠赵五娘，
　　　　　她稚嫩的肩头担子重！
　　〔花园里，忽地传来一阵琴声。
蔡伯喈　是五娘在弹琴？不不不！这不是琵琶，是一架古琴。
　　　（接唱）　我错把古琴当琵琶，
　　　　　只缘是此身锁深宫。
　　〔梅香走上。
梅　香　老爷！你听，夫人在弹什么曲子？
蔡伯喈　《孤雁恨》。
梅　香　错了！是《蝶双飞》。
蔡伯喈　《蝶双飞》？可为何我听起来……像是一曲《少妇怨》呢？
梅　香　哎哟老爷！你究竟怎么啦？净说些怨呀恨呀的，今夜夫人弹的都是一些欢乐的曲子。
　　〔牛桂英手捧古琴走上。
牛桂英　梅香，不许胡说八道！你给我下去！（梅香走下，走近蔡伯喈，温情地）夫君，为妻弹得不好，你来弹上一首，如何？
蔡伯喈　这……（双手接过古琴）哎哟娘子！这弦不合适，曲调难成！
牛桂英　为妻刚刚换上新弦……
蔡伯喈　这新弦没有旧弦好。我弹惯了旧弦，弹不惯新弦！
牛桂英　（背弓唱）　常言道——
　　　　　敲锣听声，说话听音，
　　　　　这言语的背后含义深。
　　　　　我还需要细细来打听，
　　　　　旁敲侧击探真情！
蔡伯喈　（背弓唱）　人常说——
　　　　　病从口入，祸从口出，
　　　　　那一言不慎伤自身。
　　　　　我把心中秘密牢牢守，
　　　　　切莫孟浪须小心！
牛桂英　夫君！

（唱）　夫妻本是连理枝，
　　　　可谁知，连理难结并蒂莲；
　　　　夫妻本是比翼鸟，
　　　　可谁知，形似比翼心分离。
　　　　你入赘相府已七年，
　　　　脸带愁容常叹气，
　　　　为妻今夜问一句，
　　　　夫君心中有何事？

蔡伯喈　伯喈如实禀报，只因家中还有二位高堂，日日牵挂不已！

牛桂英　噢，兄弟姐妹有吗？

蔡伯喈　爹娘生我一人，伯喈无兄弟姐妹。

牛桂英　除了兄弟姐妹外，家中还有别人吗？

蔡伯喈　（脱口而出）有……

牛桂英　快说！到底还有何人？

蔡伯喈　这这这……（脑门沁出汗水，急忙掩饰地）哎哟！我刚才是说，还有邻人张广才！
　　　　（唱）　一时慌乱失了言，
　　　　　　　 差点跌落陷阱里，
　　　　　　　 情急之下忙弥补，
　　　　　　　 不知能否躲过去？

牛桂英　（紧追不放）真的是邻人？难道没有其他人了吗？

蔡伯喈　没有！没有！没有了！（边擦汗边走下）

牛桂英　（喊）梅香！梅香！你快过来！
　　　〔梅香急上。

梅　香　夫人，你有何事吩咐奴婢？

牛桂英　你快去老爷故里走一趟，探听清楚他家里还有什么人。

梅　香　是！
　　　〔灯暗。

第五场　挂画惊马

〔东京街市。绸布店前,立着一根石柱。

〔赵五娘背着雨伞与琵琶,倒退着身子,脚步踉跄地上。

赵五娘　（唱）　涉千水,翻万岭,

　　　　　　　　风餐露宿到东京,

　　　　　　　　原指望找到夫君携手归,

　　　　　　　　谁料想他在京城又成亲!

　　　　　　　　新房设在牛相府,

　　　　　　　　高墙深院黑森森,

　　　　　　　　几番敲门寻夫君,

　　　　　　　　又被恶奴推出门。

　　　　　　　　到如今——

　　　　　　　　叫天天不应,

　　　　　　　　叫地地不灵,

　　　　　　　　五娘我流浪街巷中,

　　　　　　　　神色茫然无路行。

　　　　　　　　猛然间想到路一条,

　　　　　　　　唯有一死抗天命!

〔赵五娘欲要头撞石柱。王商走上。

王　商　（伸手拽着赵五娘衣襟）大姐!大姐!你别这样——（赵五娘回过头来）咦,这不是五娘吗?

赵五娘　你是……

王　商　我叫王商,是你老乡。（举手一指）那家绸布店就是我开的。

赵五娘　噢!广才大伯多次说起过你——你是乐于助人的好心人。

王　商　五娘,东京府离我们赵张村那么远,你是怎么走到这里的?

赵五娘　全靠广才大伯指引呀!他告诉我,白沙湾上立着一块指路石,顺着它的方向走,就能走到东京府。不过,王商哥你今天不该救我……五娘已是万念俱灰,不想活下去了!

王　商　莫非五娘已获悉蔡伯喈入赘相府为婿?

赵五娘　（摆摆双手）王商哥,你别再提他了!

王　商　不！五娘,你是原配夫人,那相府牛小姐不过是个"小三"……

赵五娘　(好奇地)咦,何为"小三"？

王　商　这……(搔搔头皮)哎哟！这个新词我也说不清楚。反正有一句古话讲得好——"先进山门为大"。

赵五娘　这句古话我倒听得懂的。

王　商　是呀！那牛小姐地位再高,论资历也得排在你后头……五娘！

　　　　(唱)　叫声五娘别泄气,
　　　　　　　是非曲直有公理！
　　　　　　　蔡公蔡婆都由你来养,
　　　　　　　你为蔡家出了多少力？
　　　　　　　四方邻居全知道,
　　　　　　　夸你是个贤良妻。
　　　　　　　且不说奉粥吃糠遭误会,
　　　　　　　且不说青丝买葬泪涟涟,
　　　　　　　单说描容上路赴京都,
　　　　　　　你手携画像走千里！

赵五娘　(双手举起画像)二老画像就在这里。

王　商　五娘你要把它挂在这根石柱上,让来来往往的行人都能看到！

赵五娘　王商哥,这是为何呢？

王　商　你看！前面就是丞相府。

　　　　(接唱)　蔡伯喈常在我店门过,
　　　　　　　　试一试——
　　　　　　　　他良心有没有喂狗吃！

〔王商说完,替赵五娘把画像挂在石柱上,带她走进绸布店。少顷,石柱下围满了观画的人群。

路人甲　这画像上的一对老人好可怜啊！

路人乙　白发苍苍,面黄肌瘦,不知家里的儿女能否看到？

路人丙　唉！看了这幅画像,我就想起远在故乡的爹娘！

〔响起一阵马蹄声。

〔幕内唱：
　　　　身居相府心郁闷,

　　　　　　　骑马上街来散心！
〔蔡伯喈手扬马鞭走上。

蔡伯喈（接唱）　见前方——
　　　　　　　石柱下围着人一群，
　　　　　　　叽叽喳喳在议论，
　　　　　　　不知出了啥事情？
　　　　　　　我扬鞭催马去查巡！

得儿驾！驾！驾！
〔骑马走圆场。
　　　　　　　顷刻间来到石柱下，
　　　　　　　手握缰绳我看分明，
　　　　　　　一幅画像入眼帘，
　　　　　　　画的是两个年迈人。
　　　　　　　男的是瘦骨嶙峋紧皱眉，
　　　　　　　女的是一脸苦相罩愁云，
　　　　　　　这二老的相貌有点熟，
　　　　　　　莫非与我血脉近？

哎哟！不会不会！
　　　　　　　爹娘远在千里外，
　　　　　　　岂会在京都留身影？
　　　　　　　更何况谁愿执画笔，
　　　　　　　浓淡有序描双亲？
　　　　　　　我勒紧马头转过身，
　　　　　　　远离石柱返归程！

〔马儿双蹄腾空，猛地嘶叫了一声。
　　　　　　　谁料想——
　　　　　　　鞍下坐骑不肯走，
　　　　　　　昂首仰天叫一声。
　　　　　　　我忙又回到石柱前，
　　　　　　　再次把画像看个清！
　　　　　　　这脸容，这表情，

越看越像我双亲……
闪开！闪开！你们快闪开！

〔围观的路人闪开一条通道。
〔蔡伯喈骑马上去，摘画。

伸手一把摘画像，
让我带回府中看分明，
从左到右，从上到下，
仔仔细细，认认真真，
反反复复来验证！

〔蔡伯喈扬鞭欲下。赵五娘从绸布店里冲出，挡在蔡伯喈马前，双手夺画。

赵五娘　这画像是我的！

蔡伯喈　（生气地训斥）大胆女子！你不惧死吗？快快给我让道！

〔蔡伯喈扬鞭奔左边，赵五娘左挡；蔡伯喈扬鞭奔右边，赵五娘右挡……最后，蔡伯喈纵马奋蹄直扑赵五娘。王商跑出店门，伸手拽了赵五娘一把，这才没有造成马踏五娘的悲剧。蔡伯喈趁机骑马携画奔了下去。

赵五娘　你还我画像！你还我画像！你还我画像！（边喊边追赶上去）

王　商　五娘，别追了！你知道这骑马的人是谁吗？他就是你千里寻找的蔡伯喈！

赵五娘　（回身，一下子愣住神情）天哪！刚才他差点用马蹄踏死了我……

王　商　是呀是呀！不过，蔡伯喈能带走二老画像，说明他良心还没有全部泯灭。今夜我正好要去给牛小姐送布料。五娘，你就跟着我一道进相府吧！

〔灯暗。

第六场　见夫斥夫

〔相府书房。蔡伯喈久久地观看画像。

蔡伯喈　（唱）　面对画像泪婆娑，
胸中好似石头压，
蔡伯喈东京把福享，
把二位高堂抛在家。

　　　　　有心还乡去探亲，
　　　　　我口难张开腿难跨，
　　　　　整整七年无音讯，
　　　　　到如今，不见活人只见画！
　　　〔幕内牛桂英喊声：夫君！夫君！你在书房里做什么？

蔡伯喈　没……没什么！
　　　〔蔡伯喈手脚慌乱，欲要收起画像……牛桂英与梅香走上。

牛桂英　这画像不必收起来了，让为妻也一道欣赏欣赏！
蔡伯喈　娘子，它没有什么好看的。
牛桂英　那你为何看了大半天呢？
蔡伯喈　这……
梅　香　老爷你别遮盖了，夫人已经知道画像上的二老是谁！
蔡伯喈　（吃惊地）啊！娘子，你都知道了，是吗？
牛桂英　我叫梅香去了你故乡赵张村。获悉家里曾有二位高堂外，还有一位结发妻子——她名叫赵五娘。
蔡伯喈　（大惊失色，双腿跪下）娘子！娘子！我这不是故意骗你的。（失声大哭）呜呜呜，我对不起你啊！
牛桂英　都七年了，你还是把我牛桂英当作外人……
蔡伯喈　我怕……怕……
牛桂英　别跪着了，你站起来吧！（伸手朝书房外一指）夫君，你听——
　　　〔屋外传来一阵乐器弹拨声。

蔡伯喈　好像外面有人在演奏古琴？
牛桂英　不！今天你听错了，这是琵琶。
　　　〔响起赵五娘边弹拨琵琶边吟唱：
　　　　　不念鸳鸯帐寒，
　　　　　当思桑榆暮年。
　　　　　万里赴考早早归，
　　　　　莫恋蟒袍红颜！

蔡伯喈　咦？奇怪！相府里，为何有人弹奏起这首琵琶曲？
牛桂英　（脸色有点儿恼了）莫非你还不明白——（朝屋外高声招呼）王商，你带她进来吧！

〔赵五娘手持琵琶,在王商的陪同下走进书房。

蔡伯喈　（脱口而出）五娘!

赵五娘　伯喈,我一路上找你好辛苦呀!

蔡伯喈　这……不不不!（又马上跑到牛桂英跟前,神情恍惚地）娘子,我现在是不是在做梦?

牛桂英　你的梦早应该醒了!（双手推开蔡伯喈,生气地）你娘子是在那边——夫君,你好好想一想吧!（决然地）梅香,我们走!
〔牛桂英与梅香走下。

王　商　蔡大人,你脑子是不是进水了?谁是你的娘子都搞不明白——（双手把赵五娘推到蔡伯喈跟前,大声地）赵五娘才是你原配夫人啊!

蔡伯喈　这……这……这……

赵五娘　（轻声低语地）莫非伯喈你有难言之处?

蔡伯喈　唉!你怎么一个人自说自话跑到东京府来了呢?（反而责备赵五娘）二位高堂,谁来侍候他们?

王　商　（旁白）这会儿他倒关心起来了!

赵五娘　伯喈你有所不知,自从你走后……

蔡伯喈　（嘴巴依旧很硬）我走后,你更要替我好好地侍奉爹娘!

王　商　现在谁想侍奉都晚了。（把脸转向蔡伯喈）蔡公蔡婆早已过世,死了!

蔡伯喈　（这才大吃了一惊）啊!他们是怎么死的?

赵五娘　婆婆是饿死的,公公他是……

王　商　五娘你不好意思开口——这句话让我来说!蔡大人,你爹是被你给活活气死的!

蔡伯喈　（仍不服气地）让我给气死的?不可能!

王　商　这还能冤枉你吗?（大声地）你是史上最烂的一个渣男!

蔡伯喈　渣男?（神情不解地）渣男是什么意思?

王　商　哼!你到百度上去查吧!（转身,叮咛赵五娘）五娘,今天你不能总是心太软!该说就说,该骂就骂,狠狠地教训教训他这个渣男!我告辞了!（边唱着港台流行歌曲边走下）

（唱）　你总是心太软,心太软,
　　　　独自一个人流泪到天亮。
　　　　你无怨无悔地爱着那个人,

我知道你根本没那么坚强。
……

〔静场。

蔡伯喈　五娘,这画像是你描的?
赵五娘　(点点头)是的。我在爹娘的坟头上画的——生怕你不认得我!(少顷,气愤地)刚才街市上,你还骑着高头大马,差点把我踩死……
蔡伯喈　不不不!这我不是故意的,是马惊疯了!
赵五娘　伯喈,你有三不孝之罪呀!
　　　　(唱)　爹娘在场,
　　　　　　　你不能养;
　　　　　　　爹娘去世,
　　　　　　　你不在身旁;
　　　　　　　爹娘入葬,
　　　　　　　无有儿孙来哭丧。
　　　　　　　你犯下了三不孝之罪,
　　　　　　　——难道不心慌?
　　　　　　　这画像,就像一面镜,
　　　　　　　照出了你的丑模样;
　　　　　　　这画像,就像一双眼,
　　　　　　　看透了你的铁心肠;
　　　　　　　这画像,犹如一块试金石,
　　　　　　　真真假假显本相!
蔡伯喈　(委屈地)哎哟五娘,伯喈我也有三不从之苦啊!
赵五娘　你有三不从之苦?
蔡伯喈　是呀!
　　　　(唱)　离乡赶考非我行,
　　　　　　　爹娘催我赴东京;
　　　　　　　金榜题名非我能,
　　　　　　　实是侥幸跃龙门;
　　　　　　　入赘相府更是非我愿,
　　　　　　　一张圣旨牵红绳。

　　　　当今皇上做大媒，
　　　　圣口一开重千斤，
　　　　伯喈若是不听从，
　　　　十条小命都死干净！

赵五娘　那我现在问你一句话,你愿意跟我一道回去,祭奠二老的坟茔吗？
蔡伯喈　回去？（神情犹豫地）这、这……这我还须去问一问那个牛桂英,她答应不答应？（急下）
赵五娘　（望着蔡伯喈远去的背影,叹气地）唉,他的心还在那边呢！
　　　〔赵五娘脸露失望之色,灯暗。

第七场　祭坟突变

　　　〔枯树老藤,一对旧坟。
　　　〔张广才手拄龙头拐杖,颤巍巍地走上。
张广才　老哥哥,老嫂子,广才小弟又来看你们了！
　（唱）北风怒号黄叶飘，
　　　　张广才手拄拐杖走墓道，
　　　　地下躺着的是两孤老，
　　　　再也无法和我把话唠。
　　　　此刻我惦挂赵五娘，
　　　　东京街头到未到？
　　　　她有否见到蔡伯喈，
　　　　不知是喜还是恼？
　　　〔赵五娘走上。
赵五娘　广才大伯！
张广才　（抬头一见,惊喜地）哎哟五娘,你回来了！到了东京府没有？见到了夫君没有？
赵五娘　我到了京都后,在王商大哥的引路下见到了蔡伯喈。
张广才　那你描容的二老画像让他看了没有？
赵五娘　他从我手中夺过去看了。

张广才　噢！五娘,你把二老过世的事告诉他了吗？
赵五娘　我说了！
张广才　那咽糠充饥、割发买葬的事你都说了？
赵五娘　说了！说了！我全说了！
张广才　(叹气地)唉！这下子恐怕那逆子是不会再来了呀！
赵五娘　大伯,现在五娘已不在乎他来不来呢——(神态平静地)反正二老在世时他没做什么,现在二老不在了更没有他什么事了！
张广才　这话说得也对……也对哇！
　　　　〔蔡伯喈与牛桂英走上。
蔡伯喈　大伯,我蔡伯喈最后还是来了！
张广才　(鄙视地)哼,蔡伯喈呀蔡伯喈！如今你还有什么脸面返回故乡？这圣贤之书你都白读了,百贤孝当先——(大声训斥地)跪下！跪下！先给你死去的爹娘磕头赔罪！
蔡伯喈　(顺从地)哎哎哎！
　　(唱)　见坟冢犹如见爹娘,
　　　　　我手抱墓碑哭断肠,
　　　　　爹娘的容貌实难忘,
　　　　　而今却——
　　　　　化作冰冰冷冷石两方！
　　　　　爹教儿,名扬天下成大业,
　　　　　儿却是,高中之后抛高堂；
　　　　　娘养儿,日喂米粥夜把屎,
　　　　　临终时,未见儿奉一碗汤。
　　　　　伯喈犯下不孝罪,
　　　　　脸朝黄土愧难当！
　　　　〔蔡伯喈跪拜之后,又站立起身子。
张广才　今天,你最对不起的人却偏偏忘了说！(大声地)她就是赵五娘——你的结发妻子！(把龙头拐杖递到赵五娘手里)五娘,你接着就用我这根龙头拐杖,狠狠打他一顿,出一出胸中怨气！
赵五娘　(举起拐杖,又徐徐放下)唉！我吃的苦,用这龙头拐杖打几下就能消解吗？(又递回给对方)广才大伯,还是你来吧！

张广才　好！（接过龙头拐杖）这根龙头拐杖是老哥哥临死之时交给我的。他托付我说，日后若是那逆子蔡伯喈回来，就用它狠狠地打一个三不孝——
〔牛桂英急跑上去，拦着龙头拐杖。

牛桂英　且慢！伯喈他是犯下不孝之罪，可这罪里还有我的一份……

张广才　咦，你是什么人？

牛桂英　拖着他七年不归的是我牛桂英。

张广才　那连你也一起打！（再举拐杖）

蔡伯喈　（大叫大喊）哎哟！这更加使不得了！（忙作解释）桂英她是当朝牛丞相的女儿，千金之身啊！

张广才　哼！（气愤地站在了一边）

蔡伯喈　听说爹娘之死，全由一碗糠秕引起。五娘你——（语调严肃地）当初，你为何不去官仓领粮？

赵五娘　县衙门里的官仓早就空无一粟。

牛桂英　（紧逼不放地）那你赶到州府里去要呀！假如州府官仓也空了，你还可以来京都哪！

蔡伯喈　对对对！到了东京府，这点小事跟我蔡伯喈一说就是了。

赵五娘　噢！（明白了，气愤地）这么说——倒是我五娘错了？

牛桂英　五娘错的还不只这一点。比如割发买葬，圣人曰："骨骼毛发，乃父母所赐。"你这样做虽说下葬了公爹公婆，可怎么对得起自己生身父母呢？

赵五娘　这……我又错了？

蔡伯喈　后来你把爹娘画像带到京都，更是铸成了大错。它不仅败坏我蔡伯喈的声誉，假如让当今皇上获悉此事，还要毁我蔡伯喈大好前程啊！

赵五娘　是不是要叫我向你认错赔罪？

蔡伯喈　（恬不知耻地）那就看你的表现了！

张广才　哎哟！这话越说越荒诞得没有边际了。好的坏的都往一锅里煮，真正把人给气死！（义愤填膺地）蔡伯喈，还有什么牛丞相的千金，你们这一趟回来不是祭坟，反而向赵五娘算账来了吗？

牛桂英　（见势不妙，忙岔开话题）不不不！我们除了祭奠二老坟茔，就是为了弥补从前过失，想与五娘她结个姐妹亲。

赵五娘　你与我结个姐妹亲？

牛桂英　对！

（唱）我口喊姐姐这尊称，
希望你能听分明，
妹妹有心帮姐姐，
出自一片慈悲心。
春天里，我陪姐姐去踏青，
夏天里，我为姐姐摇扇柄，
秋天里，你我携手摘红果，
冬天里，你我围坐大火盆。
从此后，姐姐你在相府长居住，
一生一世享太平！

赵五娘　噢！原来你们是要把我关在相府里？
牛桂英　不是关，是妹妹要把姐姐给"养"起来——"养"你一辈子！
蔡伯喈　是呀！你不能再到处乱走，去胡说八道了！
赵五娘　（恍然大悟地）现在我明白了，你们要堵我的嘴，捆我的腿，把我变成一个哑巴。不！（正色地）我没有做错一件事情，错的是你们！

（唱）你们高高在上做贵人，
不知人间苦难有多深！
家乡连遭七年灾，
哀号遍野一声声，
官仓放粮难救济，
我只能奉粥吃糠侍双亲。
倘若是越府过州去乞讨，
二老早双双饿死丧性命；
倘若是不舍青丝换棺木，
二老还至今曝尸葬不成；
倘若是不带画像赴京都，
你们今天岂会来此祭坟茔？

〔梅香快步奔上。

梅　香　老爷，夫人，李公公来了！

〔李太监走上。

李太监　哎哟！你们真会挑地方呀！我老奴跑得上气不接下气，中间差点儿断气……谢天谢地,现在总算把你们给找到了!

蔡伯喈　公公大人,你为何这么着急来找我们?

李太监　圣上下旨了,老奴岂能不来?圣上已经获悉你蔡伯喈家有二老……嘻嘻,还有一个名叫赵五娘的小媳妇儿。

蔡伯喈　(神情慌乱地)这……全怪我当初没有向皇上说清楚啊!(扭头向牛桂英哭诉)我的好娘子,你快想想办法呀!这可怎么办呢?

牛桂英　我叫爹爹去向圣上求情……

李太监　(神气十足地摆了摆手)用不着了!圣上获悉这一切后不但不恼,反而大喜!圣上说这个蔡伯喈七年不回一趟家乡,连爹娘之死都不回去,小媳妇都不要了——真是个忠臣!如今朕要封赐他为中郎将,主管朝廷礼仪,牛桂英为诰命夫人……日后,再御赐一块匾额!

蔡伯喈　啊!(喜出望外地)这是真的吗?公公大人,你别随便给我开玩笑呀!

李太监　老奴岂敢胡乱传达圣旨,这脑袋还要不要了?(双手作揖)恭喜蔡相公!恭喜牛夫人!你们快随老奴回东京府去领赏吧!

蔡伯喈　哎哎哎!(神气地)走!

牛桂英　回去!

〔蔡伯喈与牛桂英等随李太监欲下。

张广才　(高喊一声)等一下!老哥哥交给我的这根龙头拐杖,至今还没开过荤哪!蔡伯喈——看棒!(打了下去)

〔谁知龙头拐杖反被蔡伯喈举手托着,又狠狠地拖了一把,张广才力不可支,跌倒在地上。赵五娘双手扶起张广才。

蔡伯喈　(嘲讽地大笑)哈哈哈!

〔蔡伯喈等人走下。

赵五娘　(悲愤地)这世道究竟是怎么啦?

张广才　唉!(长叹了一声,摇摇头)五娘,你就放开喉咙哭一场吧!

赵五娘　不!

　　　　(唱)　我不哭!
　　　　　　　我不哭!
　　　　　　我目睹朝廷丑恶图,
　　　　　　两眼泪水已流干,
　　　　　　填满胸膛是愤怒!

　　　　　我要张开嘴巴说真相，
　　　　　让天下的百姓辨对错！
　　　　　我要背起琵琶重上路，
　　　　　再去闯一回东京府！
　　〔赵五娘奔下。
张广才　（喊）五娘！五娘！
　　〔灯光渐暗。

第八场　羽化成仙

　　〔海边，象山县白沙湾。
　　〔幕后合唱：
　　　　　似天上瀑布落山涧，
　　　　　似炉中烈火燃窑边。
　　　　　赵五娘啊赵五娘，
　　　　　一路奔跑直向前！
　　〔赵五娘肩背琵琶、手持雨伞急步跑上。
赵五娘　白沙湾，我又来了！（见路边石碑）对，广才大伯说过，顺着这块指路石往前走，就能一直走到东京府的。（激昂地）今天我不是走，是在跑啊！
　　（唱）　这一跑——
　　　　　东京原来由此行，
　　　　　一块石碑指分明，
　　　　　五娘我再到白沙湾，
　　　　　又闻阵阵海涛声。
　　〔海浪冲上沙滩，爆发出一阵阵轰响声。
　　〔幕后合唱：
　　　　　扑天涛声如雷鸣，
　　　　　海潮汹涌响不停！
赵五娘　（边走圆场边唱）
　　　　　这二跑——

　　　　　海风阵阵拂脸颊，
　　　　　往事历历梦惊醒，
　　　　　抬起头来望前方，
　　　　　一座山连着一道岭！
　　〔赵五娘打了一个趔趄，忙用伞柄支撑着身子。
　　〔幕后合唱：
　　　　　翻山越岭步艰辛，
　　　　　印伞岩上留伞印！

赵五娘　（边舞蹈边唱）
　　　　　这三跑——
　　　　　一道坎坡挂山岭，
　　　　　悬崖绝壁苦攀登。
　　　　　这四跑——
　　　　　我伸出十指往上爬，
　　　　　血迹斑斑不觉疼。
　　〔幕后合唱：
　　　　　染遍山石名赤坎，
　　　　　杜鹃泣血令人敬！

赵五娘　（唱）　这五跑，这六跑——
　　　　　爬过赤坎喘口气，
　　　　　浑身只觉力气尽，
　　　　　我双手解开缠脚纱，
　　　　　山石歇脚坐一阵……
　　〔赵五娘坐在一块山石上。突然，铺天盖地刮起了一阵大风。
　　〔幕后合唱：
　　　　　一阵大风平地起，
　　　　　缠脚纱飘落在山林，
　　　　　它化作一条盘山路，
　　　　　直通海边相思岭！
　　〔赵五娘站起身子，又奔跑起来。

赵五娘　（边奔跑边唱）

　　　　　这七跑呀这七跑——
　　　　　赤裸双足往前奔，
　　　　　七弯八岗脚步紧，
　　　　　此刻身轻似燕雀，
　　　　　五娘我好似会飞腾！
　　　〔赵五娘跑了下去。张广才追上。

张广才　五娘！五娘——（喘气不止地）唉，你心急什么呀！怎么不停下来，听一听我张广才劝说呢？
　　　　〔王商的声音：广才大哥，广才大哥！
张广才　咦，王商兄弟今天也赶来了。
　　　　〔王商走上。
王　商　广才大哥！我听说，那个蔡伯喈与牛桂英，跟着赵五娘又来到了这里，不知现在情况如何？
张广才　（狠狠地一跺脚）别提了，真正把人给气死！这缺德的蔡伯喈不是人，非但不悔恨，还把脏水泼到五娘身上，气得她又要往东京府上跑，想把真相告诉给天下百姓！
王　商　噢！赵五娘真是女中英杰，叫人钦佩！可如今东京府里的昏君，早与奸臣绑在了一起，她去了是要吃亏的。
张广才　因此，我做了一个手脚——（伸手指路边石碑）预先把这白沙湾上的指路石挪了一个方向。这下子，五娘她是到不了东京府了！
王　商　广才大哥用心良苦啊！（沉吟片刻，蓦地高喊起来）哎哟不好！现在指的方向是去海边相思岭……
张广才　是呀，这怎么啦？
王　商　假如赵五娘她一时想不开，会不会往大海里跳？
张广才　这……对对对！王商兄弟，我们快追上她！
王　商　追！
　　　　〔张广才与王商并肩跑下。转景，赵五娘已登上了相思岭。山岭下，是浩瀚无际的大海。
赵五娘（唱）　眼前已是相思岭，
　　　　　最后一跑到山顶，
　　　　　白云悠悠绕身边，

　　　　　环顾周围无路径，

　　　　　只见脚下大海洋，

　　　　　突然间，冒出一座东京城。

　　〔大海中，果然有一座熙熙攘攘的都市。

　　〔幕后合唱：

　　　　　东京城，东京城，

　　　　　街头巷尾闹盈盈。

　　　　　御赐匾额到相府，

　　　　　乐坏了——

　　　　　蔡伯喈与牛桂英！

　　〔一束追光射下，舞台一角映出了李太监。

李太监　（高声地）——传蔡伯喈与牛桂英前来接旨！

　　〔蔡伯喈与牛桂英应声急上。

蔡伯喈　下官蔡伯喈叩见李公公！（深深地长跪）

牛桂英　愚女牛桂英叩见李公公！（深深地长跪）

李太监　嘿嘿！这对小夫妻嘴巴还挺甜的。（高傲地一挥手）快把匾额抬进来吧！

　　〔两名侍从抬着一块匾额走上。

李太监　（念）奉天承运，皇帝诏曰：御赐蔡伯喈、牛桂英"全忠全孝"匾额一块。钦此！

蔡伯喈　谢皇上隆恩！

牛桂英　万岁万岁万万岁！

　　〔蔡伯喈与牛桂英从地上爬起，围着匾额，脸色十分得意。

蔡伯喈　全孝？

　　（两人相视狂笑）哈哈哈！哈哈哈！哈哈哈！

牛桂英　全忠？

　　〔这笑声传到赵五娘耳朵里，此刻她已愤怒到极点，双手猛力弹拨起琵琶。

赵五娘　（唱）　手持琵琶指不停，

　　　　　一弹一拨奏琴音，

　　　　　愤怒之火燃胸膛，

　　　　　压过阵阵狂笑声！

　　　　　回想五娘这七年，

　　　　　　含辛茹苦度光阴，
　　　　　　侍奉二老无怨言，
　　　　　　实是出自孝顺心。
　　　　　　千里寻夫到东京，
　　　　　　实是把真相弄弄清，
　　　　　　到头来——
　　　　　　恶人却被帝皇宠，
　　　　　　贫贱之人遭欺凌。
　　　　　　什么是全孝？
　　　　　　什么是全忠？
　　　　　　谁能把它说分明！
　　　　　　九州八域天与地，
　　　　　　为何缺少一杆公平秤？
　　　　　　茫茫宇宙日与月，
　　　　　　为何不见朗朗光明生？
　　　　　　我赵五娘——
　　　　　　咽不下这口气，
　　　　　　要与老天搏一命！
　　　　〔张广才与王商追了上来。
王　　商　（手持喇叭，用力高喊）赵五娘，你别跳！别跳！
张广才　（大声呼叫）别跳——大海！
　　　　〔赵五娘并不理会，脸上只是微微一笑。
赵五娘　（接唱）　浩瀚大海你倾听，
　　　　　　浩瀚大海你作证，
　　　　　　今日我用力踹一脚，
　　　　　　勒命天地翻转波浪滚！
　　　　〔赵五娘在相思岭上踹了一脚——奇迹出现了！东京城那边顿时地动山摇，海水漫上了丞相府。
蔡伯喈　（神情惊慌地叫喊）哎哟不好了！不好了！东京城发了大水啊！
牛桂英　这海水把丞相府给淹没了！
　　　　〔幕后合唱：

　　　　　　沉东京,升崇明,
　　　　　　民间传说直到今,
　　　　　　从此船过白沙湾,
　　　　　　海上犹闻琵琶声。
赵五娘　（唱）此刻我已恢复平静,
　　　　　　人世烦恼化为灰尘,
　　　　　　忠孝仁义不值一提,
　　　　　　留下一颗清静之心。
　　〔一朵祥云飞了过来,载着赵五娘冉冉地升上天去。
王　商　（惊喜地）广才大哥,你看!你看!赵五娘不是跳海,她升天了!
张广才　噢!五娘已是羽化成仙。（激动地）王商兄弟,我们要给五娘造一座庙。另外,还要叫子孙后代,都永远记住今天这个日子——
王　商　农历八月初三!
　　〔一扇写着"赵五娘庙"的寺门从空中吊了下来,然后,又从两侧移过来一排龙凤石雕柱,迅速地在舞台上搭起了一座气宇不凡的庙宇。正殿中间是身背琵琶、手持雨伞的赵五娘塑像。
　　〔梵钟声阵阵,犹如天籁之音。
　　〔此刻,所有剧中人都穿上当代时尚服饰,奔上了舞台,踏步穿行——仿佛这一瞬间,传说中的故事又"走"到了今天。
　　〔幕后合唱:
　　　　　　年年岁岁八月三,
　　　　　　香客挤满白沙湾,
　　　　　　赵五娘庙梵钟响,
　　　　　　一缕青烟天地间。
　　　　　　啊——
　　　　　　温柔的赵五娘!
　　　　　　啊——
　　　　　　愤怒的赵五娘!
　　〔灯光渐渐熄灭……幕落。

（剧　终）

后 记

去年的一个夏日,我有缘与市文联副主席韩利诚先生共同参加市委宣传部主持的一次评奖会议,随口向他说起自己想出一部剧本新作选的愿望。没想到几天之后,市文联组联部章惠玲主任就给我打了一个电话,让我填写一份文艺人才扶持项目申报表。在市文联这两位同志关怀下,经过市委宣传部审批,我终于顺利地获得了"入场券"。

本书的出版,除了要感谢市委宣传部与市文联的大力扶植,还要致谢宁波出版社的张爱妮编辑。我与张编辑是通过周东旭先生才认识的,她自从接手此项工作后,不辞辛劳,认真负责,每个环节都做得非常专业,从而使这部剧本新作选能够顺利出版。

剧本创作,我喜欢了一辈子,写了一辈子,虽说成绩不大,距离自己期盼中的扛鼎之作,还有一段很长的路。但可以欣慰地说,每一部作品,都是我的心血与汗水浇灌而成的!我希望,这22部剧本(包括前一本剧作选里11部)未来能在剧本创作的大森林里,留下一片树叶。

2020年6月写于寓所西城十二庭院